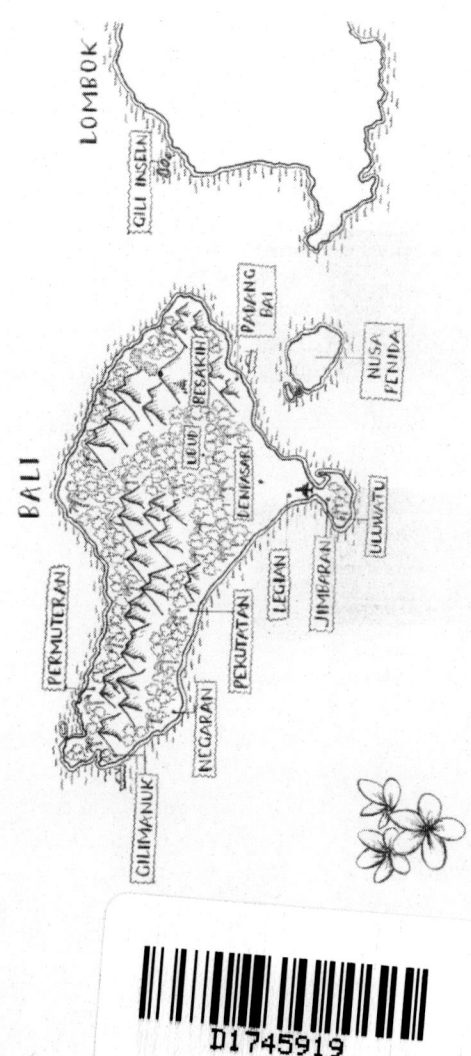

Über die Autorin:

Annika Schuster, Jahrgang 1989 und deutlich der Harry-Potter-Generation angehörig, hat schon früh gewusst, dass Bücher eine ganz besondere Rolle in ihrem Leben spielen. Wenn sie nicht liest, dann schreibt sie, und wenn sie nicht schreibt, dann reist sie. Viele ihrer Urlaubseindrücke hat sie mal mehr, mal weniger in ihre Erzählungen mit einfließen lassen.

Dank ihres Geschichts- und Skandinavistikstudiums hat sie das Recherchieren stark verinnerlicht und eine Vorliebe für Sprachen entwickelt. In ihren Romanen legt sie viel Wert auf Authentizität.

Annika Schuster

Mein Himmel über Bali

Roman

Bibliografische Information der Deutschen Nationalbibliothek:
Die Deutsche Nationalbibliothek verzeichnet diese Publikation
in der Deutschen Nationalbibliografie; detaillierte
bibliografische Daten sind im Internet über http://dnb.dnb.de
abrufbar.

1. Auflage
© 2020 Annika Schuster
Knooper Weg 32, 24103 Kiel
@schreib_chaos

Umschlagsdesign: Ria Raven Coverdesign/www.riaraven.de
unter Verwendung von Shutterstock Bildmaterial
Plumeria-Grafik: Alamy Stockphoto, by Sudarat Wilairat
Illustration: Ornella Hagedorn @ornellahagedorn
Logo BBPB: © 2020 Bye Bye Plastic Bags,
www.byebyeplasticbags.org
Zitat vorn: Lea Zander @zzimtherbst.autorin
Zitat im Text: *Inception* (2010), Warner Bros., Legendary
Pictures, Regie: Christopher Nolan
Schrift: South Bali Font, fontbundles.net, by Dawn Creative
Bestellung und Vertrieb: Nova MD GmbH, Vachendorf
Druck: SOWA Sp. z o.o. 05-500 Piaseczno, ul. Raszyńska 13
ISBN: 978-3-96698-366-2

Ich ziehe hinaus in die Weite der Welt,
male in den Farben meiner Träume,
umarm die Unendlichkeit meiner Sehnsucht
und tanz unter der blauen Freiheit des Himmels,
bis ich mich selbst zwischen all dem finde,
was verloren schien.

Lea Zander

1. Teil

1. KAPITEL

Ping. Die hellen Anschnallzeichen leuchteten auf, gleich würden wir zum Landeanflug ansetzen. Wie jeder andere schloss auch ich meinen Gurt und warf automatisch einen Blick durchs Fenster. Dunkelheit. Die digitalen Ziffern auf dem Display vor mir zeigten 20.31 Uhr an. Die Sonne war hier schon seit ungefähr einhalb Stunden untergegangen, wie auch die anderen Male, als ich hierhergeflogen war. Da ich bisher stets dieselbe Airline mit selbiger Route genommen hatte, hatte ich Bali beim Landeanflug nie sehen können. Ich hasste es! Da kam ich endlich wieder her, hierher, in mein persönliches Paradies, in meine Traumwelt aus Freiheit und Gelassenheit, und nie sah ich es von oben. Es frustrierte mich erneut zutiefst und umso angestrengter kniff ich die Augen zusammen, um *irgendetwas* erkennen zu können, doch bis auf die verschwommenen Lichter der vielen Häuser rund um den Flughafen war nichts zu sehen.

Ich lehnte mich in meinem Sitz zurück und atmete tief durch. Mir tat der Hintern weh, mein Magen war vom langen Sitzen gequetscht, von meinem Darm ganz zu schweigen. In einer guten halben Stunde hätte ich endlich wieder festen Boden unter den Füßen und könnte mich bewegen. Die Müdigkeit von vorhin war wie weggefegt und mein Herz schlug mit jedem Meter, den wir sanken, schneller. Ich konnte es kaum glauben – ich war endlich wieder zurück.

Nachdem ich mein Gepäck vom Band geholt hatte, reihte ich mich mit all den anderen Ankömmlingen bei der Passkontrolle ein. Mein großer Trekkingrucksack war mir in diesem vom langen Flug lädierten Zustand zu schwer, also hatte ich ihn vor mir auf den Boden abgestellt und schob ihn mit dem Fuß immer ein Stück vorwärts, wenn sich die Schlange bewegte. Ich sah mich um und trotz der eher tristen Umgebung, wie sie für eine Ankunftshalle typisch war, musste ich lächeln. Ich hatte es tatsächlich getan, ich hatte all meine Pläne über den Haufen geworfen und war wieder hierhergekommen. Pures Glück durchflutete mich und am liebsten hätte ich einen Luftsprung gemacht, doch meine müden Knochen und mein Benehmen ließen dies nicht zu.

Wie auch bei meinen letzten Aufenthalten hier fiel mir auf, dass es viele Alleinreisende wie mich gab – Mann oder Frau, ein recht ausgeglichenes Verhältnis. Viele der Männer ordnete ich ihrem Aussehen nach als Australier ein, die mal wieder bloß für ein paar Tage zum Surfen hergekommen waren und sich nur für die Passkontrolle ein Shirt und Schuhe angezogen hatten. Dann gab es die Pärchen, von denen ein paar mit Sicherheit das erste Mal hier waren, andere schienen eher routinierte Instagram-Pärchen zu sein, die sogar nach solch einem langen Flug wie aus dem Ei gepellt aussahen. Ich blickte an mir herunter und zupft an meinem grauen, gemütlichen Shirt, das ich über einer schwarzen Leggins trug. Wie immer hatte ich mich für *bequem* entschieden, nicht für *schick* oder gar *aufreizend* wie so manch andere Dame vor mir.

Da mehrere Schalter geöffnet waren, bewegte sich die Schlange zügig vorwärts, und bald kam ich an die Reihe. Der Beamte sah sich meinen Pass an und fragte mich überraschenderweise auf Deutsch, wie viele Tage ich zu bleiben gedachte. Ein wenig verdattert antwortete ich ihm nach kurzer Verzögerung, dass es genau die 30 Tage seien, die das Urlaubsvisum gestattete, woraufhin er bloß nickte und meinen Pass mit einem Stempel versah. Dann durfte ich gehen.

Kaum hatte ich die Kontrolle hinter mir gelassen, öffnete sich zu meiner Rechten die große moderne Halle, und ich erhielt einen ersten Eindruck von der Wärme, die draußen herrschte. Unzählige Taxifahrer mit handgeschriebenen Schildern standen hinter der Absperrung und obgleich noch kein einziger Fluggast den Sicherheitsbereich verlassen hatte, schallten ihre Stimmen laut zu uns herüber. Ich grinste in mich hinein und ließ meinen Blick über die dunklen Gesichter schweifen. Beim einzigen ATM in diesem Bereich hielt ich kurz an, um ein wenig Bargeld abzuheben, dann verließ ich die Sicherheitszone und machte mich auf die Suche nach meinem Fahrer Ketut.

Die Fahrt durch das spätabendliche Jimbaran ging müßig voran, ich sah Taxen und viele Motorroller. Die kleinen Gefährte drängelten sich in jede noch so winzige Lücke, doch niemand beschwerte sich darüber. In Deutschland hätte es schon ein wildes Hupkonzert ob dieser Frechheit gegeben, hier war es gang und gäbe, und der westliche Tourist musste sich zunächst einmal an diesen Fahrstil gewöhnen. Da ich dieses Verhalten bereits kannte, konnte mich das nicht mehr schockieren, ich genoss es eher. Denn obwohl es auf den ersten Blick wie das reinste Chaos erschien, funktionierte es.

Unterwegs hielten wir kurz in einem Supermarkt, damit ich mich für das Nötigste eindecken konnte, dann – ungefähr eine halbe Stunde, nachdem wir vom Flughafen losgefahren waren – hielten wir an meiner Unterkunft in Uluwatu, an der Westseite des südlichsten Ausläufers der Insel. Ich bedankte mich bei Ketut, zahlte ihm den im Voraus abgesprochenen Preis und machte mit ihm ab, dass ich mich für die nächste Fahrt per Mail bei ihm melden würde. Dann brauste er davon und ich wurde von einem Angestellten der Unterkunft in Empfang genommen und zu meiner kleinen Hütte gebracht. Es war dunkel, der Weg aber ausreichend beleuchtet, Zikaden zirpten laut, es war warm und auf meiner Haut klebte bereits ein dünner Schweißfilm. Die Luft roch süßlich-schwer und ich atmete tief ein und aus. Der Mitarbeiter schloss die Tür zu meinem Zimmer auf und schaltete das Licht an. Mit einem Lächeln stellte er meinen Rucksack neben das Bett und erläuterte mir kurz, wann es Frühstück gab und wo sich der nächste Warung oder größere Supermarkt befand. Ich bedankte mich bei ihm, woraufhin er sich mit einer knappen Verbeugung verabschiedete.

Das Erste, was ich tat, war, mich aufs Bett fallen zu lassen. Mit einem breiten Grinsen, das mir wohl nie wieder abhandenkommen könnte, starrte ich an die weiße Decke mit der schlichten Lampe und konnte es nicht fassen. Endlich, endlich, endlich war ich wieder hier! Stumm fuchtelte ich vor Freude mit den Händen in der Luft herum, dann stand ich wieder auf, um mir diese und das Gesicht zu waschen. Nachdem ich mich ein wenig beruhigt und abgekühlt hatte, sah ich mich etwas aufmerksamer in dem kleinen Zimmer um. Viel gab es allerdings nicht zu sehen: Das breite Doppelbett, auf dem ich saß, die Anrichte mit dem winzigen Flachbild-Fernseher darauf, einen Stuhl samt kleinem Tisch und der offene, nicht einmal einen Meter lange Gang um die Ecke zum Badezimmer. Die Wände waren weiß, ohne Bilder und sonstigen Schmuck, alles in allem war es sehr spartanisch, doch das störte mich nicht im Geringsten. Für dieses Zimmer zahlte ich weniger als 10 Euro die Nacht, da wollte ich mich nicht über fehlende Dekoration beschweren. Hauptsache, es war sauber, ich hatte ein Bett und eine vernünftige Toilette. Ich schnappte mir mein Handy, das noch ein wenig Akku hatte, und meine Wasserflasche und setzte mich nach draußen auf die Terrasse. Ich loggte mich ins WLAN ein und ließ meine Eltern und Freunde wissen, dass ich gut angekommen war, dann legte ich mein Handy beiseite und starrte bloß in die sanft beleuchtete Dunkelheit des Gartens hinaus. Ich schlang meine Arme um mein angezogenes Bein und bettete mein Kinn darauf. All den Geräuschen der herannahenden Nacht lauschend schloss ich die Augen und verwahrte das Gefühl der taumelnden Freude tief in mir. Dass ich endlich wieder hier war, nach so langer Zeit, schien wie ein Traum, doch war es keiner. Ich grinste.

Ich griff nach der Flasche und zuckte zusammen, als ich einen schwarzen, länglichen Fleck gegenüber an der Wand sah.

»Man, hast du mich erschreckt«, murmelte ich und musterte den Gecko, der vollkommen unschuldig in der Ecke klebte. Er bewegte sich keinen Millimeter und ich freute mich über seine Gesellschaft. Ich war zwar überhaupt kein Fan von Reptilien, doch gegen die Niedlichkeit eines Geckos kam ich nicht an. Mit ihren Knopfaugen und den Saugnäpfen an den Füßen waren sie einfach zu süß.

Eine Weile beobachtete ich meinen neuen Freund noch, doch als er plötzlich verschwand, nahm ich das zum Anlass schlafen zu gehen. Schnell wusch ich mir unter der Dusche den Schmutz der Reise vom Körper und putzte Zähne, dann fiel ich todmüde ins Bett.

Ich schlief wie ein Stein und wachte gegen 10 Uhr morgens auf. Nachdem ich mich gewaschen, eingecremt und angezogen hatte, ging ich zum Frühstück, wo mir Pancakes und Papayasaft serviert wurden. Die Sonne knallte bereits vom Himmel, doch ich saß geschützt unter einem Schirm, wo es dennoch brütend warm war. Ich genoss das Essen in aller Ruhe, danach würde ich mich auf den Weg zum Strand begeben, der nur ungefähr zehn Minuten Fußweg von der Unterkunft entfernt lag. Heute wollte ich nichts anderes tun, als mich zu sonnen, zu baden und mich einfach nur daran zu erfreuen, dass ich endlich wieder auf Bali war.

Ich lief die asphaltierte Straße entlang, die sich hinauf- und hinabschlängelte und von sprießendem Grün umgeben war, und wurde von dem einen oder anderen Motorrollerfahrer freundlich angehupt. Ich hob zum Gegengruß kurz die Hand und grinste in mich hinein. Als ein großer Tourenbus, vollgestopft mit Touristen, an mir vorbeibrauste, bekam ich schon einen Schreck, dass dieser dasselbe Ziel wie ich haben könnte, doch ich hatte Glück und er fuhr an der Abbiegung, die ich einschlagen würde, vorbei. Keine fünf Minuten später fand ich mich in der kleinen Ortschaft auf den Klippen wieder, unter denen sich der Strand ausbreitete. Ich lief die Stufen hinunter, an den offenen Hütten vorbei, wurde von Einheimischen freundlich lächelnd gegrüßt und grüßte ebenso freundlich zurück. Ich war noch keine 24 Stunden auf dieser Insel und schon fühlte ich mich wohler, als ich es in Deutschland je könnte.

Ich ließ die bunte Ansammlung der kleinen Häuser hinter mir und erreichte die breit gebaute Holztreppe, die hinunter zum Wasser führte. Hellblau und verlockend lag es zwischen grauen Felsen da und rief nach mir. Auf der Ebene hatten sich einige Leute versammelt, vorwiegend, um Bilder zu machen. Man glaubte, dieser winzige Fleck hier wäre an Schönheit nicht zu übertreffen, doch da täuschte man sich. Für einen ersten Eindruck war dieser Anblick allerdings schon eine Wucht. Der Sand hatte die Farbe von heller Eierschale und hob sich stark von den dunklen Felsen ab. Sanfte Wellen schwappten in diesen kleinen Einschnitt und der Grund war so uneben, dass man plötzlich knietief im Wasser stand, wenn man nicht aufpasste, wohin man trat. Von hier aus waren die umliegenden Häuser nicht zu sehen und so schien es, als würde man sich fernab jeglicher Zivilisation in einem winzigen Paradies befinden.

Lächelnd holte ich mein Handy hervor und knipste ebenfalls schnell ein paar Bilder, dann wandte ich mich dem schmalen, höhlenartigen Durchgang zu, der an den Strand führte, welcher zu den schönsten der gesamten Insel gehörte. Meine Füße steckten in praktischen Strandschuhen, damit ich mir diese an dem felsigen Untergrund nicht aufschnitt, und als sie das Wasser in dem Durchgang berührten, hielt ich kurz inne. Gut, dass sich gerade niemand vor oder hinter mir befand, sonst hätte ich einen Stau verursacht, denn ich musste diesen Moment einfach auskosten. Das erste Mal seit fünf Jahren berührte ich wieder den Indischen Ozean. Das erste Mal seit fünf Jahren hatte ich wieder das Gefühl, frei atmen zu können. Erneut erfasste mich eine Welle des Glücks, die meinen gesamten Körper flutete, und erneut scheiterte ich daran, meine Umgebung als Realität zu begreifen.

Als ich Stimmen hörte, löste ich mich aus meiner Starre und trat zwischen den Felsen hervor. Vor mir lag das weite Türkis des Meeres, es füllte gänzlich meinen Blick aus und allmählich, ganz langsam, begriff ich, dass ich wirklich und wahrhaftig hier war. Ein Kribbeln erfasste meine Nase, sodass ich mir in die Spitze kniff, um das Gefühl zu vertreiben. Es gelang mir, allerdings stieg es nun bis zu meinen Augen auf. Ich schnaubte ein wenig belustigt über diese Reaktion und wandte mich die Tränen fortblinzelnd nach links. Ich hob meine Füße aus dem Wasser und betrat den sanften Ausläufer des hellen Sandstreifens, welcher sich in einer bauchigen Kurve zu einem ungefähr 30 Meter breiten Strand ausbreitete und sich an grün bewachsene Felsen schmiegte. Kaum hatte ich ein paar Schritte getan, sah ich das mit buntem Graffiti bemalte Schiffswrack, das in diesem Moment von mehreren Leuten als Fotokulisse genutzt wurde. Mir war bewusst gewesen, dass ich hier nicht allein sein würde, umso überraschter war ich, dass sich außer mir gerade einmal knapp zwanzig andere Menschen hier aufhielten. Welch ein Glück!

Ich suchte mir ein Plätzchen, an dem ich meine Ruhe hatte, welches vom Wasser aus aber gut einsehbar war, dann zog ich Shorts, Shirt und Schuhe aus. In meinem

Bikini stand ich kurz da und schaute aufs Meer, atmete seinen salzigen Geruch ein, genoss die Hitze der Sonne auf meiner Haut und verweilte in dem Moment. Mein Herz schien mit jedem Atemzug schneller zu schlagen und ich gab mich seinem Drängen hin. Meine Zehen gruben sich in den heißen Sand, was ich jedoch nur für einen Augenblick aushielt, dann lief ich zum Wasser. Der Wind trug die Stimmen der anderen Strandbesucher herüber, ebenso das Klirren von Besteck, das von einem der Restaurants auf den Klippen stammen musste. Die kleinen Wellen brachen an dem Riff, welches sich wie ein Gürtel um den Abschnitt hier legte. Hätte ich ein Board, hätte ich über das Riff hinwegpaddeln können, doch hatte ich keines. Aber das störte mich nicht, heute war ich nur hier, um zu baden und mich meines Lebens zu erfreuen.

Schweiß kitzelte mich im Nacken und lief mir das linke Bein hinab. Ich machte zwei Schritte und schon wurden meine Füße von klarem Wasser umspült. Tausende Glücksgefühle schossen durch mich hindurch und ich konnte mir ein Grinsen nicht verkneifen. Nun zögerte ich es nicht länger hinaus, sondern watete so weit hinein, dass mir das Wasser bis knapp über die Brust reichte. Es war, als würden nicht nur Schweiß und Schmutz von mir gewaschen werden, sondern auch all die negativen Gedanken und Zweifel der letzten Zeit.

Tief atmete ich ein und aus, ließ meine Hände über die Wasseroberfläche gleiten und drehte mich langsam im Kreis. Vor mir erstreckte sich das scheinbar endlose Blau des Indischen Ozeans, doch ich wusste, dass es nicht einmal 70 Kilometer entfernt an die Küste Javas brandete. Und dennoch: In diesem Moment fühlte ich mich so frei und schwerelos wie lange nicht mehr.

Wandte ich mich gen Süden, so lag dort irgendwo die australische Westküste, allerdings sehr viel weiter entfernt als die Ostküste Javas. Nach Norden gewandt würde ich auf den Wassertempel Tanah Lot blicken, könnten meine Augen über zwanzig Kilometer weit sehen. Und nach Osten gerichtet lag der helle Strand vor einer grauen, mit leichtem Bewuchs versehenen Steilküste, auf der einige Unterkünfte, Bars und die Hütten der Einheimischen lagen. Ich ging in die Knie, sodass mein Kopf Stück für Stück weiter sank, ehe ich vollkommen von Wasser umgeben war. Die Wärme des Indischen Ozeans umfloss mich, hieß mich willkommen, und als ich wieder auftauchte, wusste ich, dass ich angekommen war.

2. KAPITEL

Am nächsten Morgen schlief ich aus und ließ den Tag gemächlich beginnen. Einen Jetlag hatte ich nicht, da ich mit der Zeit gereist war, dennoch blieb ich nach dem Aufwachen noch etwas liegen. Ich hatte die Klimaanlage über Nacht ausgeschaltet, wollte aber das dünne Laken, das als Bettdecke diente, nicht von mir nehmen, obwohl ich bereits leicht schwitzte. Gemütlichkeit im Bett konnte für mich nur mit Decke zustande kommen. Ich blieb also liegen und checkte E-Mails und Instagram sowie die Nachrichten in meinem Google-Feed. Ich beantwortete die über Nacht eingetrudelten Fragen meiner Eltern und Freunde und genoss das Gefühl der seltsamen Ruhe, die in mir lag. Kaum etwas in diesem Zimmer deutete darauf hin, dass ich mich auf Bali befand. Zwar war der Schrank mit Schnitzereien versehen, welche asiatisch anmuteten, doch genau konnte man es nicht eingrenzen. Ich mochte dieses Gefühl der kleinen Abgeschiedenheit, die mich in Hotelzimmern häufig überkam. Das Zimmer könnte sich überall auf der Welt befinden. Man tat dieselben Dinge, die man auch zuhause tat – schlafen, duschen, sich auf den Tag vorbereiten –, doch trat man dann hinaus, verließ die gemieteten vier Wände, so war es, als würde man eine Art Zeitkapsel verlassen. Erst dann prasselte die Erkenntnis wieder auf einen ein, dass man sich fernab der Heimat befand, in atemberaubender, paradiesischer Umgebung. Für die einen mochten dieses Paradies die Fjorde Norwegens sein, für die anderen die Hügel der Toskana, die Burgen und Wälder Rumäniens, die weite Strecke der Route 66 der USA, die massiven Bergketten des Himalayas – oder eben die Strände und Dschungel Balis.

Als ich in die Hitze des Tages hinaustrat und den feucht-süßlichen Geruch der Insel tief in mich aufnahm, war es in der Tat, als würde ich träumen. Es zwitscherte und zirpte überaus lebendig in dem landschaftsbestimmenden Grün jeglichen Tons, das Blau des Himmels war hell, die fernen, wenigen Wolken hoben sich in sattem Weiß von ihm ab. Jedes der Gästezimmer lag in einem kleinen, mit roten Ziegeln gedeckten Pavillon, deren Dächer spitz zuliefen und von Ornamenten geschmückt waren, wie man sie ebenso auf Tempeldächern fand. Die Hütten reihten sich entlang eines gepflegten Weges aus Steinplatten auf, ringsherum wucherten die Pflanzen durch alle möglichen Lücken und Ritzen. Es war immer wieder erstaunlich und wunderschön, wie grün diese Insel war und wie die Pflanzen scheinbar ungestört wachsen konnten, nicht von Menschenhand gestutzt und in Form gebracht. Der Weg zum Hauptgebäude war nicht nur von Pflanzen gesäumt, sondern auch von kleinen Dekorationsstücken wie mit Moos bedeckten Ziersteinen, Figuren und winzigen Schreinen. Bali war gleichermaßen als die Insel der tausend Tempel oder die Insel der Götter bekannt. Obwohl Indonesien weltweit das Land mit den meisten

Muslimen war – rund 88% der Bevölkerung gehörte dem Islam an –, war Bali geprägt vom inseleigenen Hinduismus. Die aus vielen alten Bräuchen gemischte und recht individuell auslegbare Religion war eng mit dem Alltag verflochten, was unter anderem begründete, dass überall auf der Insel Tempel gebaut worden waren. Einige von diesen waren Naturgottheiten geweiht, andere, weitaus kleinere, den Ahnen. Jedes traditionelle Haus in Bali verfügte über einen eigenen kleinen Tempel oder zumindest Schrein, doch fand man viele davon auch auf Feldern oder mitten im Dschungel. Bildgebend für die Insel waren in diesem Zusammenhang die vielen kleinen Opferschälchen, die Canang Sari, welche die Balinesen täglich auf die Wege vor ihre Häuser legten, auf Mauern oder sogar auf ihre Scooter. Spazierte man durch die Straßen, musste man oft aufpassen, diese Schalen nicht zu zertreten, was ein wirklich großer Fauxpas wäre. Viele dieser geflochtenen Schalen waren mit Räucherstäbchen bestückt und ihr Geruch bedeutete für mich immer wieder aufs Neue Geborgenheit und das Glück, dass ich hier sein durfte. Auf der kleinen Frühstücksterrasse der Unterkunft lagen ebenfalls zwei solcher Canang Sari und ich erfreute mich an ihrem Anblick. Ich aß eine ordentliche Portion Bananenpancakes mit Honig und trank meinen geliebten Papayasaft. Heute würde ich den Pura Luhur – den Tempel des Ortes – besuchen, doch ließ ich mir Zeit. Stress passte einfach nicht zu dieser Insel.

Nach dem Frühstück kehrte ich in mein Zimmer zurück, um mich einzucremen und meinen Rucksack zu packen. Ich sah mir den Weg zum Tempel bei Maps an: Es war circa eine halbe Stunde Fußweg und theoretisch leicht zu finden. Dennoch lud ich mir eine Offline-

Karte herunter. Ich verließ das Hostel und wandte mich gen Südwesten. Die Straße war kurvig und abschüssig und ich dachte jetzt schon daran, wie anstrengend der Rückweg werden würde, doch dann schüttelte ich diese Gedanken ab und konzentrierte mich auf meine Umgebung.

Uluwatu war vor allem bei Surfern beliebt, daher sah man einige mit Equipment beladene Wagen auf den Straßen, braun gebrannte Typen und Mädels mit Boards an ihre Scooter geschnallt sowie die eine oder andere Unterkunft mit dem Wort *surf* in ihrem Namen. Mehrmals wurde ich freundlich von Einheimischen angehupt und hob die Hand lächelnd zum Gruß und freute mich über die Sonne auf meinen Schultern. Je näher ich meinem Ziel kam, desto reger wurde der Verkehr. Unter die Autos und kleineren Lastwagen der Einheimischen mischten sich immer mehr Fahrdienste – erkennbar an den getönten Scheiben – und Reisebusse. Zwar war ich in der Nebensaison hergekommen, das hieß jedoch nicht, dass ich die Insel ganz für mich allein hatte. Und vor allem nicht solche beliebten Spots wie den Uluwatu Tempel.

Ich lief über den Parkplatz, auf dem gerade eine Touristenmenge aus einem der Busse strömte, und kramte in meinem Rucksack nach etwas Geld und holte meinen Sarong hervor. Balinesische Tempel durfte man nur betreten, wenn man sich entsprechend kleidete. Sarongs waren Wickelröcke, die aus einer Stoffbahn bestanden und man knöchellang trug. Es gab sie in vielen verschiedenen Farben sowie in bunten Mustern. Ich hatte mir einen Sarong in meinem ersten Bali-Urlaub gekauft, nachdem ich mir in mehreren Tempeln stets einen geliehen hatte. Die große Stoffbahn war äußerst vielseitig anzuwenden, so konnte man ein Strandkleid daraus wickeln oder sie als Turban nutzen, wenn man seinen Kopf vor intensiver Sonneneinstrahlung schützen wollte. Mit dem Eintrittsgeld von 30.000 indonesischen Rupiah in der Hand reihte ich mich in die Schlange vor dem winzigen Kassenhäuschen ein und wartete geduldig, während ich mich immer wieder umsah. Eine Gruppe von ungefähr fünfzehn Leuten wurde von zwei Mitarbeitern mit Sarongs versorgt. Da aber keiner von ihnen wusste, wie man diese genau anlegte, winkte einer der Mitarbeiter einen weiteren Mann heran, der es sich auf einer Mauer gemütlich gemacht hatte, um ihm und seinem Kollegen zu helfen, die fröhliche Meute an Neuankömmlingen richtig einzukleiden. Kurz bevor der letzte von ihnen den Sarong ordentlich geknotet bekam, erhielt ich mein Eintrittsticket und betrat das von Mauern umgebene Tempelareal.

Der Bereich hinter dem Tor war recht unspektakulär. Typische, graue Gehwegplatten bedeckten den Boden, rechts und links gab es erhöhte Ebenen von niedrigen Mauern und Pflanzen umgeben sowie kleinere Grasflächen. Auf einer solchen Erhöhung stand ein Gebilde aus vier weißen, steinernen Streben, in deren Mitte sich eine mythische Figur – ich glaube, es sollte einen Dämon darstellen – befand. Darunter lag ein kleiner Pool mit einer sitzenden Affenfigur im Zentrum. Ganz in der Nähe sah ich dann auch die ersten echten Exemplare. Die Affenart, die man auf Bali sehr häufig zu Gesicht bekam und die sich überwiegend in und um die Tempel angesiedelt hat, waren die Langschwanzmakaken. Sie hatten hellbraunes bis graues Fell, das an Brust und Bauch in Weiß überging, und waren in der Regel harmlos und ließen sich gern füttern. Besonders die kleinen Affen waren überaus niedlich, dennoch hielt ich mich von allen Tieren lieber etwas fern. Allgemein empfand ich Affen als gruselig und – wenn nicht unbedingt angsteinflößend – als respekteinflößend. Es lag an ihren Augen, sie wirkten so wissend und intelligent, dass ich sie immer nur kurz ansehen konnte. Zudem waren sie so sehr an Menschen gewöhnt, dass sie sich vieles zutrauten und nah an sie herankamen. Ich machte immer einen großen Bogen um die Tiere, da mir schon einmal eine Sonnenbrille vom Kopf geklaut worden war und ich das nicht noch einmal erleben wollte. Man musste wirklich auf seine Sachen aufpassen, vor allem solche, die man ganz unschuldig auf dem Kopf oder in der Hand trug. Da mir genau hier, in diesem Tempel, die Brille geklaut worden war, hatte ich alles gut verstaut und umklammerte mein Handy, mit dem ich gedachte, ein paar Fotos zu schießen.

Viele der anderen Touristen traten vollkommen frei von Angst oder Bedenken auf die Affen zu, machten Bilder und hielten ihnen Cracker oder Obst hin. Ich beobachtete dieses Schauspiel aus sicherem Abstand und sah, wie einer der in Weiß gekleideten Mitarbeiter sich der Gruppe näherte. In den Händen hielt er einen langen Bambusstab, den er nutzen konnte, um die Affen notfalls zu vertreiben, sollten diese zu aufdringlich oder aggressiv werden. Menschen. Mussten immer vor ihrer eigenen Dummheit bewahrt werden. Ich hoffte, dass die Übermütigen unter ihnen gegen Tollwut geimpft waren – ich war es auf jeden Fall.

Ich hielt mich nicht länger mit der Gruppe auf, sondern setzte meinen Weg fort. Die Sonne knallte erbarmungslos auf alles und jeden herab, doch verzichtete ich aufgrund der Affen auf meine Cap. Eine leichte Brise kam auf und verschaffte mir den Hauch einer Abkühlung. Ich näherte mich der Klippe, an deren Begrenzung sich der Weg entlangschlängelte. Das Herzstück des Tempels selbst war nur den Einheimischen vorbehalten, doch das Areal und der Blick aufs Meer waren für jedermann zugänglich. Es gab durchaus schönere und weitaus eindrucksvollere Tempel, allerdings war die Lage einmalig.

Ich ließ die letzten Stufen und grauen Platten hinter mir und sogleich öffnete sich der Blick aufs weite, offene Meer. Links schlängelte sich der von Mauern eingefasste Pfad bis hin zu einem kleinen Schrein hoch, der das Ende des Gebietes markierte. Auf der rechten Seite gab es ebenfalls ganz am Ende einen Schrein und davor lagen zwei kleinere, mit roten Ziegeln bedeckte Gebäude. Tief ein- und ausatmend trat ich an die Brüstung heran und sah mich um. Die Steilküste war teilweise von starkem Bewuchs geziert, weiße Schaumkronen zeigten an, wo die Wellen brachen, und das Meer hatte einen wunderschönen Blauton. Kleine Fischerboote schaukelten in der Ferne auf und ab, Schwalben zischten an einem vorüber. Die Aussicht war grandios und es hatte sich durchaus gelohnt, noch einmal hierherzukommen. Menschen aus allen Herren Länder standen neben mir und machten Fotos von der Umgebung, von ihren Freunden, von sich selbst. Natürlich gab es auch einheimische Touristen, welche leicht an ihrer zeremoniellen Tempelkleidung zu erkennen waren. Die Frauen trugen schicke, aufwendig gestaltete weiße Blusen und oft Blumen im Haar, die Männer hatten ein geknotetes Tuch um den Kopf gewickelt, welches man Udeng nannte. Das Beste jedoch war, dass sie alle – egal, wie schick sie aussahen – stets Flip Flops an den Füßen trugen. Ich fand diese Mischung immer wieder äußerst amüsant, doch es war gewiss nicht so, dass ich mich darüber lustig machte. Ich freute mich über diese Ungezwungenheit und außerdem: Warum sollte man in solch einer Hitze festes Schuhwerk tragen? Da ich einen kleinen Fußmarsch eingelegt hatte, um hierherzugelangen, hatte ich allerdings meine Trekkingschuhe angezogen, was in Kombination mit dem Sarong nicht so gut aussah wie es mit Flip Flops getan hätte.

Ich wurde aus meiner Träumerei geweckt, indem mich ein älterer Mann ansprach und fragte, ob ich ein Foto von ihm und seiner Frau machen könnte. Natürlich tat ich ihnen den Gefallen und sogleich wurde mir angeboten, dass sie auch ein Foto von mir machen konnten. Da sagte ich nicht nein. Als ich mir die Bilder danach ansah, war ich froh, dass ich nicht so verschwitzt aussah, wie ich mich fühlte. Mit dem Handrücken wischte ich mir den Schweiß vom Haaransatz und spazierte am Geländer entlang. Als ich den westlichsten Ausläufer des eingefassten Areals erreicht hatte, sah ich zurück und konnte exakt den Verlauf der hellen Mauern verfolgen. Immer wieder drehte ich mich um, um vor den Affen gewarnt zu sein, die sich auch in diesem Teil aufhielten. Ich machte noch ein paar Aufnahmen, dann verstaute ich mein Handy sicher in meinem Rucksack.

Eine Weile stand ich still da und betrachtete das Meer, dessen Geruch salzig in der Luft hing. Das Rauschen der Wellen klang hier oben viel weiter weg, als es eigentlich war, und versetzte mich in eine Art Traumzustand. Ich liebte das Meer in all seinen Facetten, liebte den Sturm und die riesigen Wellen an Portugals Westküste, die

Tide an der Nordsee und das salzige Wasser des Mittelmeeres. Ich liebte das aufgewühlte Dunkelblau, das sanftere Hellblau und das verlockende Türkis. Doch das Schönste war, dass die Farbpalette unendlich groß war und man auf mehreren Metern so viele Nuancen sah, dass es schon einen Meister brauchte, um diese Vielfalt auf Papier zu bannen. Bisher kannte ich nur zwei Ozeane, der Pazifik fehlte mir noch, doch wusste ich, dass ich mich ohnehin nicht für einen entscheiden könnte, wenn ich müsste. Der eine beherbergte meine Lieblinge Island und die Britischen Inseln, der andere – der sich direkt vor mir erstreckte – Bali. Wie sollte man sich da für einen Favoriten entscheiden?

Auf dem Rückweg hielt ich bei einem der vielen Cafés in der Nähe und bestellte mir ein Sandwich und einen Eistee. Mein Magen knurrte seit geraumer Zeit und mit den paar Salzcrackern, die ich eingepackt hatte, hatte er sich nicht zufriedengegeben. Außer mir saßen noch gut zehn weitere Gäste auf der Terrasse, eine kleine Gruppe erkannte ich aus dem Tempel wieder. Zwei Männer, die dem absoluten Surfer-Klischee entsprachen, bestellten sich ein Bier nach dem anderen und wurden von der Kellnerin kritisch beäugt, wenn sie glaubte, dass niemand hinsah. Ich saß unter einem großen Sonnenschirm und genoss den Schatten. Obwohl ich mich ordentlich eingecremt hatte, hatte ich das Gefühl, das meine Haut bereits ein wenig angegriffen war. Ich lehnte mich in meinem Stuhl zurück und loggte mich in das hiesige WLAN ein. Sofort ploppten einige WhatsApp-Benachrichtigungen auf, die ich schnell überflog. Ich checkte meine Mails und schrieb Ketut von meinem favorisierten Fahrdienst, der mich morgen rund dreißig

Kilometer weiter in den Norden bringen würde. Wir verabredeten uns für 10 Uhr morgens, da hätte ich genügend Zeit, in Ruhe zu frühstücken.

Neben dem Café lag ein Supermarkt, in dem ich etwas Obst und Wasser kaufte. Als ich wieder hinaustrat, wurde ich von einem jungen Mann angesprochen, der mich fragte, ob ich *transport* benötigte. Ich war geneigt, abzulehnen, doch dann wurden mir das Gewicht meines Rucksacks und der Anstieg der Straße bewusst, und ich sagte zu, allerdings nicht, ohne vorher mit ihm über den Preis zu verhandeln. Er lachte, als ich viel zu niedrig einstieg, doch war das bloß als Reaktion auf seinen Wucherpreis gedacht. Als er nicht weiter damit heruntergehen wollte, sagte ich ihm, dass wir so keine Einigung fänden, was ihn dazu veranlasste, noch 20.000 Rupiah abzuziehen. Nur weil ich Tourist war, hieß das ja noch lange nicht, dass ich Geld im Überfluss hatte. Letztendlich zahlte ich aber nur knapp 2 Euro für die Fahrt, doch wenn man einmal bedachte, dass man davon in einem Warung eine leckere Mahlzeit bekommen konnte, war es im Verhältnis gar nicht so wenig. Am Ende legte ich dennoch 10.000 Rupiah oben drauf, weil der Fahrer äußerst nett und lustig war. Als wir meine Unterkunft erreichten, sprang er sogleich aus dem Wagen, um mir die Tür mit einer kleinen Verbeugung aufzuhalten, was mich zum Schmunzeln brachte.

»*Thank you and take care!*«, sagte ich und drückte ihm die Scheine in die Hand.

»*Goodbye, my friend!*«, antwortete er mit einem breiten Lächeln und stopfte die Scheine in seine Hosentasche, dann brauste er hupend davon.

3. KAPITEL

Am nächsten Morgen war ich vollkommen gerädert. Die ganze Nacht über hatten irgendwelche Hähne gemeint, sie müssten einen Wettbewerb darin abhalten, wer am lautesten und am meisten krähen könnte. Diese verdammten Viecher hielten sich absolut nicht an den Sonnenaufgang, wie es immer so schön suggeriert wurde. Leider gehörte ich zu denjenigen, die mit einem leichten Schlaf verflucht waren, und so war ich jedes Mal wieder aufgewacht, als ich gerade wieder eingeschlafen war. Passend zu meiner Verfassung und Laune schoben sich ein paar graue, dicke Wolken über den Himmel. Müde saß ich über meinem Frühstück und würde es am liebsten stehen lassen und wieder ins Bett gehen, doch wollte ich nicht, dass man extra für mich zubereitetes Essen wegwarf – und zum Schlafen war gar keine Zeit, denn in einer Stunde sollte ich abgeholt werden. Ich schnitt die Pancakes in mundgerechte Stücke und aß langsam, aber bedächtig eines nach dem anderen. Am Ende war ich wahrlich vollgestopft und auch der Saft, den ich hinterhertrank, konnte dieses Gefühl kaum mildern. Ich trottete an Palmen, Farnen und Stauden vorbei und grüßte einen anderen Gast, der sich auf den Weg zum Strand machte. Als ich die Tür zu meinem Pavillon öffnete, musste ich mich zusammenreißen, mich nicht aufs Bett fallen zu lassen, sondern putzte Zähne, cremte mich ein und packte die restlichen Sachen zusammen. Nachdem ich mit allem fertig war, setzte ich mich aufs Fußende der Matratze und ging in mich. Die erste Station war schon vorüber und dennoch fühlte es sich an, als wäre ich bereits mehr als drei Tage hier. Das war gut. Ich brauchte nie viel Zeit, um mich an einen neuen Ort zu gewöhnen – sei es, ich zog in eine fremde Stadt oder fuhr in den Urlaub –, worüber ich froh war, denn so war es mir möglich, mich schnell auf das Wesentliche zu konzentrieren. Und nach Bali zurückzukehren, fühlte sich ohnehin immer wieder richtig an, obwohl es dieses Mal ein klein wenig anders war. Das letzte Mal war ich mit Noah hier gewesen, Noah, den ich zu diesem Zeitpunkt für die Liebe meines Lebens gehalten hatte. Kopfschüttelnd schnaubte ich leise. Es war so lang her – ganze fünf Jahre –, doch wenn ich an uns auf dieser Insel dachte, fühlte es sich an, als wäre es erst gestern gewesen. Und das war nicht gut. Ich hatte gewusst, dass mich die Erinnerungen irgendwann einholen würden, doch ich hatte ebenso gewusst, dass ich mich diesen stellen konnte. Es war eine traumhafte Zeit mit Noah gewesen, immer, überall. Wir hatten bestens zueinandergepasst, doch dann war das Leben dazwischengekommen und er war nach Köln, ich nach Berlin gezogen. Und das war okay. Ich hatte mich nach einer Weile damit abgefunden. Zu Beginn war es schwer gewesen, so schwer, dass ich geglaubt hatte, ich würde daran zugrunde gehen, würde mich nicht aufrecht halten können und mit jedem Tag weiter in mich zusammenschrumpfen, ehe ich nur noch aus Erinnerungen und

Schmerz bestünde. Diese Zeit war da gewesen, doch so kurz, dass ich sie vergessen hatte. Bis jetzt.

Ich fuhr mir über die Oberarme und starrte auf die weiße Wand. Ich hatte meinen Job gekündigt. Den Job, für den ich nach Berlin gegangen war, der, für den ich Noah verlassen hatte. Hätte ich diesen nicht angenommen, wäre ich mit ihm nach Köln gegangen. Dann ... Nein, Skye, schalt ich mich in Gedanken. Was wäre, wenn ... Das sind die schlimmsten Gedanken, die man sich machen konnte, und sie führten zu nichts! Ich war glücklich! So glücklich zumindest, wie man es in meiner Situation sein konnte. Zwar hatte ich gekündigt, doch hatte sich das äußerst gut angefühlt. Ich wusste einfach, ich würde in diesem Job nicht mehr weiterkommen, nicht mehr zufrieden sein, er tat mir nicht mehr gut. Ich hatte die Notbremse gezogen. Da ich die letzten fünf Jahre verhältnismäßig genügsam gelebt und somit viel gespart hatte, konnte ich es mir leisten, für eine Weile abzutauchen und nicht an die Arbeit zu denken. Das war großer Luxus und den wusste ich zu schätzen, doch hatte ich ihn mir auch erarbeitet. Ich war nach Indonesien gekommen, um mir eine Auszeit zu gönnen, um zu bestimmen, welchen Weg ich einschlagen würde. Ich war hier, um herauszufinden, wer ich war und wer ich sein wollte. Und ich wusste, Bali würde mir da eine große Hilfe sein.

Bali. Dieser Name war wie der Name eines guten Freundes, einer warmen Umarmung, eines Zufluchtsortes. Er berührte mich und löste in mir das Gefühl von Heimweh aus, wenn ich nicht hier war, oder das Gefühl von Heimat und Glückseligkeit, wenn ich diese Insel besuchte. Ich glaubte fest daran, dass mir dieses Fleckchen Erde so guttat, dass man es wahrhaftig sehen konnte. Ich hatte das Gefühl, ich ging aufrechter, lief bedächtiger und aufmerksamer durch die Straßen, erfreute mich an dem Anblick anderer Menschen, spürte die Harmonie und Herzlichkeit, welche in der grauen Großstadt so häufig verloren gingen – wenn sie denn überhaupt dort waren. Hier tickten die Uhren anders, langsamer, das Leben war eindeutig nicht so hektisch und es wurde ihm mehr Bedeutung zugemessen. Es ging nicht nur um Geld und Erfolg, um Schnelligkeit und Konsum, es ging darum, zu sich zu finden, sich noch einmal richtig kennen zu lernen, mit sich im Reinen zu sein, mit sich und der Natur. Ich war nicht religiös, glaubte an keinen Gott, doch konnte ich hier auf Bali verstehen, warum man sich dem Göttlichen zuwandte. Die Religion dieser Insel war einmalig. Der balinesische Hinduismus war durchdrungen von alten, örtlichen Bräuchen und Glaubensströmungen, von der Verehrung alter Naturgottheiten und der Ahnen. Diese Vielfalt zu durchschauen war ein Kunststück, doch war dies gar nicht mein Ziel. Ich erfreute mich schlichtweg an dieser Vielseitigkeit, an den kleinen Schreinen, die man überall mitten in der Natur entdecken konnte, an den Tempeln – klein wie groß – und an dieser Spiritualität, die über der gesamten Insel lag. Unaufdringlich und doch allgegenwärtig. Vielleicht war es das, was der westliche Tourist so vehement in seinem Leben vermisste, dass er solche Orte immer wieder aufsuchte. Das Leben der Balinesen war geordnet, an Regeln gebunden, sie wussten, wo sie in der Welt standen – sei es die große weite Welt oder bloß ihr eigener, familiärer Mikrokosmos. Leute wie ich strebten nach Freiheit und Individualität, doch glaubte ich, dass einige an dieser Freiheit auch zugrunde gingen. Andere hingegen waren durchaus in der Lage, sich ohne jegliche

Fesseln durchs Leben zu manövrieren – doch jene Menschen waren mit Sicherheit äußerst selten. Es war dieser Widerspruch: Auf der einen Seite sehnte man sich nach Unabhängigkeit und Ungebundenheit, doch auf der anderen waren bestimmte Strukturen nicht unsinnig. Sie konnten einem die Richtung weisen, einen vom Irrweg befreien, gar aus einem Teufelskreis herausholen. Möglicherweise lag darin die Kunst des Lebens: zu wissen, wann man Regeln brauchte und wann nicht.

Diesen Urlaub hatte ich mir fest vorgenommen, erneut alle großen Tempel Balis zu besuchen. Mich interessierte vor allem, wie es wäre, den Tanah Lot Tempel an der Westküste ohne Begleitung aufzusuchen. Das erste und bisher einzige Mal hatte ich diesen zusammen mit Noah besucht. Er war hellauf begeistert gewesen von dem Bau mitten auf einem Felsen, umspült von Wind und Wellen, von der Einzigartigkeit dieses Ortes. Mir war es genauso ergangen, doch hatte ich mich auch sehr über Noahs Begeisterung gefreut. Dieser Urlaub hatte uns noch ein Stück mehr zusammengeschweißt, denn er hatte mir Dinge gezeigt, von denen ich nicht wusste, dass sie so viel für mich im Hinblick auf unsere Beziehung bedeuteten. Ich hatte einen tieferen Einblick in Noahs Seele erhalten. Was könnte man sich Schöneres vorstellen, als den Menschen, den man innig liebt, noch ein Stück besser kennenzulernen?

Ich spürte einen dicken Kloß im Hals, als ich das helle Braun seiner leuchtenden Augen in meinen Gedanken sah, das sich tief in mir eingebrannt hatte. So lange Zeit hatte ich nicht mehr daran gedacht und nun traf es mich wie ein Blitz. Laut seufzte ich auf und fuhr mir durch die Haare. Einst hatte Noah mir alles bedeutet und dann hatten wir beide einen Schritt in die entgegengesetzte

Richtung gemacht, sodass wir uns für immer aus den Augen verloren. Doch so spielte nun einmal das Leben. Man musste Dinge und Menschen loslassen, um voranzukommen, einen Teil seiner Selbst hinter sich lassen, um daraus emporzuwachsen und neue Einsichten zu gewinnen. Man konnte aus der Vergangenheit lernen, doch sollte man sie nicht als Kompass nutzen. Auch war es nicht die Zukunft, die einen lenken sollte, nein, es war das Hier und Jetzt. Immer und überall.

Im Auto war es angenehm kühl und ich war froh, der Hitze für eine Weile zu entkommen. Zu Beginn solcher Reisen brauchte ich die Abwechslung, den Schatten und einen kühlen Kopf. Ich sah aus dem Fenster und ließ die balinesischen Straßen an mir vorüberziehen. Mal waren sie breit und mehrspurig, mal schmal und kaum ausreichend für zwei Autos, um aneinander vorbeizufahren. Hohe Mauern umgaben viele der Grundstücke, sodass man nur durch die Einfahrt einen Blick auf die Häuser erhaschen konnte, andere wiederum lagen annähernd frei und man konnte zumindest unter das Verandadach schauen. Hotels in Hauptstraßennähe waren leicht an ihrer Kastenform zu erkennen, einige trugen ihren Namen in Leuchtröhren an der Fassade oder auf den Dächern. Mittendrin gab es immer wieder Abschnitte, die gänzlich unbebaut und vollkommen grün und lebendig aussahen, dann folgten erneut Baustellen, Veranstaltungsplakate an langen Holzwänden, offene Garagen, in denen gebastelt wurde, Restaurants, Supermärkte und Warungs. Stromleitungen waren dicht über die flachen Gebäude gespannt, kleine Verkaufsstände boten Benzin in alten Wodkaflaschen an, die Stinkfrucht in den Auslagen war allgegenwärtig. Scooter

bretterten an einem vorbei, jeder Autofahrer schien mindestens einmal pro Minute zu hupen. Der Verkehr war wuselig, wie ich es kannte, und ich liebte es! Die Rollerfahrer machten aus einer zweispurigen Straße eine fünfspurige und es funktionierte. Rote Ampeln wurden zwar beachtet, doch alles andere verfiel in ein geordnetes Chaos. Zwar schnalzte mein Fahrer oft missbilligend mit der Zunge und hupte häufiger als die meisten, doch stärker äußerte er sich nicht. Ich lächelte still vor mich hin und bekam kaum genug von dem Anblick der Straßen. Manchmal schoben sich Minarette oder goldene Kuppeldächer der Moscheen in mein Blickfeld, doch bestimmten Schreine und Tempel das Bild. Hochmoderne Glasbauten reihten sich an in die Jahre gekommenen Häuser, manch eines war gar verfallen und offensichtlich vergessen. Auf einem riesigen, begrünten Kreisel stand eine dunkle Säule mit zwei weißgoldenen mythischen Figuren darauf, dort bogen wir nach rechts ab. Ein paar Minuten später fuhren wir auf gerader Strecke nach Legian. Wie auf dem Hinweg durchquerten wir den Ort Jimbaran, den ich in ein paar Wochen aufsuchen würde. Er war mein einziger Fixpunkt, dort hatte ich bereits eine Unterkunft gebucht. Vorher würde ich mich aber etwas weiter im Norden aufhalten.
Wir gerieten in einen Stau, kurz bevor wir den Abzweiger zum Flughafen erreichten, und standen gar für einige Minuten still. Der Bandar Udara Internasional Ngurah Rai lag auf einer Landenge, welche die schmalste Stelle der gesamten Insel war, was wiederum regelmäßige Verstopfungen auf den Straßen begründete. Es existierten tatsächlich nur zwei Straßen, die am Flughafen vorbeiführten: Die, auf der wir gerade fuhren, und die Mautstraße, die über den Golf von Benoa gebaut war. Da

deren Abzweiger allerdings die Nord-Süd-Straße kreuzte, herrschte an diesem Kreisel meist ein Gedränge und Geschiebe, das wirklich an den Nerven zerren konnte. Doch immerhin war auch dieser Kreisel von einer beeindruckenden, aus mehreren Figuren bestehenden Skulptur geziert, sodass man der Warterei minimal etwas abgewinnen konnte. Auf dieser Strecke gab es im Verhältnis gesehen wenig Grün, doch noch immer mehr als in deutschen Städten. Auch fuhren hier Linienbusse, die man sonst auf der Insel schmerzlich vermisste. Die Infrastruktur war nur in den großen Touristenorten einigermaßen gut ausgebaut. Gewiss konnte man sich Scooter und Autos leihen, doch würde ich mich hüten, mich selbst ans Steuer zu setzen. So gern ich auf dem Beifahrersitz saß, so ungern würde ich auf den Fahrersitz wechseln wollen. Und ich zahlte gern dafür, mir diesen Stress nicht antun zu müssen. Ketut war ein fairer Geschäftsmann, bot keine überteuerten Fahrten an und hielt sich immer an die Absprachen. Zudem waren er oder seine Angestellten immer überpünktlich, sodass ich als – in dieser Hinsicht – typisch Deutsche manchmal sogar ein schlechtes Gewissen bekam, wenn ich erst nach ihm am Hoteleingang auftauchte.

Die Fahrt dauerte nur noch wenige Minuten, wie ich auf meinem Handy nachverfolgen konnte, und allmählich wandelte sich das Bild der Umgebung. Die Häuser der Einheimischen schwanden, wurden in die schmalen Nebengassen gedrängt, die kaum auffielen, und mehr und mehr Hotels, Hostels und Pavillons rückten in den Vordergrund. Ein Restaurant lag neben dem anderen, kleine Souvenirstände boten T-Shirts, Sonnenbrillen, Handtücher, Flaschenöffner und vieles mehr an. Zusammen suchten Ketut und ich nach meiner

Unterkunft, schauten ein Schild nach dem anderen an. Trotz des offensichtlichen Tourismus' in diesem Ort schien er nicht überlaufen und keines der Hotels wirkte plump und das Gesamtbild störend. Ich hatte mir eine Unterkunft ausgesucht, die nicht direkt an der Straße lag. Sie war von Mauern, Palmen und anderen hohen Bäumen umgeben und in mehrere kleinere Gebäude unterteilt. Ich hoffte, dass sich meine Erwartungen bestätigten und ich nicht von Fotos bei der Buchung getäuscht worden war.

Nahezu gleichzeitig sahen Ketut und ich das Schild und er bog in eine äußerst schmale, gepflegte Seitenstraße ein. Ich liebte diesen Moment direkt vor der Ankunft. Man erwachte aus einer Art Trance, aus seinen Gedanken und all den Beobachtungen, und wurde plötzlich wieder in die Gegenwart katapultiert. Ich freute mich jedes Mal diebisch, wenn ich mich meiner Unterkunft näherte, war gespannt und aufgeregt. Die schmale Straße öffnete sich zu beiden Seiten und mündete in einen kleinen Wendehammer. Dahinter lag – von Schreinen und Figuren umgeben – das geöffnete Tor, durch das man einen ersten Blick auf das Areal erhaschen konnte. Und dieser war keine Enttäuschung. Bevor ich ausstieg, holte ich die Geldscheine hervor, die ich mir vor der Fahrt in einem Extrafach zurechtgelegt hatte, dann folgte ich Ketut, der mit meinem Gepäck auf mich wartete. Wir traten durch das Tor, sahen uns suchend um und einen Moment später wurden wir von einer in ein traditionelles Gewand gekleideten Frau empfangen. Mit einem Lächeln und einem Wink deutete sie auf die Rezeption, die offen und von Pflanzen umrahmt dalag. Nur ein kleines hölzernes Dach schützte diese vor möglichem Regen. Ketut stellte meine Sachen neben den

Tresen und ich bedankte mich herzlich bei ihm und drückte ihm das Geld in die Hand. Wir klärten kurz, dass ich ihm die genaue Uhrzeit meiner nächsten Abreise wieder per Mail zukommen lassen würde, dann verabschiedete er sich. Der Check-in verlief schnell und problemlos und ich wurde über die grauen Steinplatten auf dem Rasen zu meinem Zimmer geführt. Es war ein kleines, zweistöckiges Gebäude und mir gehörte die obere Etage, die durch eine freiliegende Treppe erreicht wurde, sodass man auf der Dachterrasse ankam. Eine große Schiebetür führte ins Innere und augenblicklich fühlte ich mich wohl. Die Mitarbeiterin zeigte mir kurz den Kühlschrank, die Klimaanlage und das Bad, dann zog sie sich mit einer leichten Verbeugung zurück und ich war allein.

Der Raum war liebevoll und detailreich gestaltet, alles war aufeinander abgestimmt. Dunkle Holzschnitzereien hoben sich von den weißen Wänden und der Bettwäsche ab, Bilder von Pflanzen lockerten die Atmosphäre auf und die beiden echten Topfpflanzen in der Ecke ohnehin. Das Bett hatte einen Himmel mit weißen, durchsichtigen Vorhängen, der Schreibtischstuhl war mit einem weißen Kissen gepolstert. Es gab genügend Ablagemöglichkeiten und auch der Schrank verfügte über ausreichend Stauraum, was in günstigen Hotels meist eher selten war. Vier Tage hatte ich hier gebucht, also würde ich auspacken und alles ordentlich einsortieren, womit ich sogleich begann. Als ich damit fertig war, nahm ich mir eine Wasserflasche aus dem Kühlschrank und setzte mich auf die Terrasse. Mit angewinkeltem Bein lehnte ich mich in dem gemütlichen Sessel zurück und blickte auf den Pool hinab, der wie ein kleiner Kanal das Grundstück in zwei Hälften teilte. Es gab eine Art

Pavillon mit einem Dach, das in der Mitte einen Knick machte, sodass seine Ausläufer in die halben Wände übergingen, die nicht am Boden anschlossen. Dort sah ich eine Liegelandschaft, viele Topfpflanzen, ein kleines Bücherregal und eine schmale Bar aus Bambus. Der Pool verfügte über zwanzig Liegen, von denen aber bloß vier belegt waren. Die Fläche schien symmetrisch angeordnet, auf der anderen Seite lag ebenfalls eine kleine Reihe Zimmer, nur der Pavillon am Ende des Pools brachte diese Ordnung ein wenig durcheinander. Ich nahm einen Schluck von dem kühlen Wasser und atmete kräftig durch. Die Fahrt hierher hatte mich noch matschiger gemacht und wenn ich den Tag nutzen wollte, sollte ich mich wohl kurz hinlegen. Ich stand also wieder auf, warf noch einen Blick nach unten, dann ging ich hinein und legte mich ins Bett.

Nach meinem Nickerchen lief ich durch die Straßen Legians. Ich hatte ein Ziel, nämlich den absolut hippen und gemütlichen Coffee Shop, der beinah direkt neben dem weltbesten Tattoostudio lag, dessen hoch erfreuter Gast ich bei all meinen Besuchen gewesen war. Gut gelaunt und mit aufgeladener Energie lief ich an den Minishops und Ständen der Einheimischen vorbei, ließ mich aber nicht von ihren Rufen und Angeboten beirren.

»*No thanks, got one*!«, sagte ich, als mir ein junger Kerl kurz hinterherlief, um mir gleich zwei Sonnenbrillen auf einmal anzudrehen, obwohl ich eine in meinen Haaren trug. Höflich lächelnd deutete ich auf besagtes Gestell und ging weiter.

Ich überquerte die Straße, nachdem ich eine Lücke zwischen den Scootern und Taxen gefunden hatte, und bog in eine etwas ruhigere ein. Keine Minute später erreichte ich mein Ziel und betrat das Café, dessen schwarze Wände mit Kreidezeichnungen von Kaffeebohnen sowie -tassen, Kuchen, Eis und Eistee geziert wurden. Ich freute mich auf die Smoothie Bowl und hoffte, dass sie in den paar Jahren meiner Abwesenheit nicht von der Karte genommen wurde. In einiger Entfernung zum Tresen blieb ich stehen und ließ meinen Blick durch den Raum schweifen. Obgleich es bloß ein Café war, bedeutete es mir viel, wieder hier zu sein. Es gab einfach Orte auf der Welt, die hatte man ins Herz geschlossen, und waren sie noch so klein und gewöhnlich. Lächelnd atmete ich tief ein, was beinah in einen Hustenanfall überging, als mein Blick an einem Mann in der Ecke hängenblieb. Ich traute meinen Augen kaum und machte unwillkürlich einen Schritt zurück.

Mit einem Mal prasselten die heftigsten Gefühle auf mich ein, als ich den dunkelblonden Schopf sah, der über einen Laptop gebeugt hing. Ich wusste nicht, was ich denken sollte, als ich ihn musterte, seine gebräunte Haut, die goldenen Härchen auf den Armen, den Kopf auf die Hand gestützt, die Miene grübelnd zusammengezogen. Mein Herz machte einen Hüpfer und geriet gleichzeitig ins Stocken, mein Magen fuhr Achterbahn und mir brach der Schweiß schneller aus, als ich es trotz des Wetters je für möglich gehalten hätte.

Ich konnte einfach nicht anders, als ihn anzustarren, hier, in diesem Café, auf Bali, auf *meiner* Insel, hier an dem Ort, an den ich zurückgekehrt war und mir größte Mühe gab, nicht an *ihn* zu denken.

Noah.

»*Hi, how can I help you?*«, fragte eine Stimme vom Tresen her, doch ich achtete nicht darauf. Mein Körper schaltete auf Flucht, ich wirbelte herum, aber es war zu spät.

»Skye?«

Noahs ungläubige Stimme löste eine Explosion in mir aus, deren ungeahnte Kraft mich in Stücke riss, doch ich blieb still. Scheiße. Das durfte doch nicht wahr sein!

Ich hörte, wie ein Stuhl zurückgeschoben wurde, ein paar Flip Flops, die über den Boden glitten, dann Stille.

»Skye?«

Ich schloss für einen Moment die Augen und versuchte, mich zu sammeln. Dass ich kläglich daran scheiterte, merkte ich daran, dass mir doch tatsächlich Tränen in die Augen gestiegen waren. Großartig.

»Hey.«

Okay, allmählich wurde es albern, also nahm ich mich zusammen und drehte mich um. Das, was ich sah, ließ mich sprachlos werden.

»Wow, du bist es wirklich.« Noah lächelte und rieb sich kopfschüttelnd über den Nacken.

Gleich seine erste Geste war eine, die mir so sehr vertraut war – auch nach all den Jahren noch.

»Hi«, antwortete ich krächzend und räusperte mich.

Kurz standen wir stumm da, musterten den anderen, vorsichtig, neugierig, dann lächelten wir beide etwas unsicher.

Noahs Augen, die von einem hellen Zimtstangenbraun waren, leuchteten erfreut. Sein Lächeln spannte den kleinen Leberfleck auf seiner Wange und ich ärgerte mich über das Kitzeln in meinen Fingerspitzen, welches dieser Anblick unerwarteterweise in mir auslöste. Seine Haare waren fast schulterlang, heller, als ich sie kannte, ausgeblichener. Seine Haut war tief gebräunt, wie von jemandem, der bereits einige Wochen in der

Sonne verbracht hatte. Wie lange war er schon hier, schoss es mir durch den Kopf. Mein Blick glitt über seine nackten Schultern und blieben einen Moment an seinen Schlüsselbeinen hängen, die mehr hervorstachen als früher. Er hatte abgenommen, war noch ein bisschen schlaksiger geworden, doch seine Unterarme waren noch genauso, wie ich sie in Erinnerung hatte. Eindeutig zeichneten sich dort die Muskeln ab. Ich stutzte, als ich erkannte, dass er nach wie vor das geflochtene Lederarmband trug, von dem wir uns damals jeweils eins in Marrakesch gekauft hatten. Meines war schon längst kaputt gegangen, ich hätte nie damit gerechnet, dass seines so lang überleben, geschweige denn noch immer von ihm getragen werden würde. Ich schluckte.

»Du ... Was machst du hier?«, fragte ich, als das Schweigen allmählich unbehaglich wurde.

»Dasselbe wollte ich dich gerade fragen.« Er grinste flüchtig und nickte in Richtung seines Tisches. »Willst du dich zu mir setzen?«

Ich zögerte und suchte fieberhaft nach einer Ausrede, doch fand ich keine. Außerdem wäre das zu offensichtlich gewesen, da stand ich das lieber durch. Aber eigentlich gab es doch gar nichts durchzustehen, oder? Er war kein Idiot, ganz im Gegenteil, wir hatten uns damals im Guten getrennt, aus der Not heraus, wenn man so will.

Ich strich mir eine Strähne aus dem Gesicht, dann nickte ich. »Ja, wieso nicht?«

»Willst du noch etwas bestellen?«, fragte er. »Das Übliche?« Er machte Anstalten, zum Tresen zu gehen. »Oder hat sich das geändert?«, fragte er schnell.

»N-nein, hat es nicht«, antwortete ich leise und wusste nicht, wohin mit mir.

»Gut.«

Er lächelte erneut, dann bestellte er für mich und ich setzte mich an seinen Tisch. Neben seinem Laptop lagen ein mitgenommen aussehender Collegeblock, ein Kuli eines deutschlandweiten Lieferservice sowie drei Bücher über Betriebswirtschaft. Ich hob die Brauen. Seit wann interessierte er sich denn für solch ein Thema?

Da ich nicht neugierig erscheinen wollte, beließ ich es bei Blicken und griff nicht nach einem der Bücher, sondern wartete geduldig, ehe Noah zurückkam und mir ein riesiges Glas mit Eiskaffee, dicker Milchschaumschicht und Schokoladenchips vor die Nase stellte.

»*Et voilà!*«

Ich machte große Augen. »Wow, der sieht richtig gut aus, danke!« Zwar war es keine Smoothie Bowl, doch verspürte ich im Augenblick ohnehin keinen Hunger mehr. Ich wusste noch nicht einmal, ob ich imstande war, dieses Glas hier zu leeren.

»Gern.«

Mit einem Lächeln setzte er sich mir gegenüber und sah mir einen Moment dabei zu, wie ich bedächtig und genießerisch den Milchschaum löffelte. Dabei versuchte ich, das Gefühl, welches sein Blick in mir auslöste, zu ignorieren.

»Seit wann bist du hier?«, fragte er mich, als ich den ersten Schluck von dem kühlen Getränk genommen hatte.

»Erst seit vier Tagen.« Ich legte den Löffel auf die Untertasse und sah ihn forschend an. »Und du?«

»Seit ein paar Monaten.«

»Was? Wow! Warum?«, fragte ich überrumpelt, da ich ganz und gar nicht mit solch einer Antwort gerechnet hatte. Wie hatte er das mit dem Visum geschafft? War er nach 30 Tagen immer wieder aus- und eingereist?

»Ich ... So wie es aussieht, lebe ich jetzt hier.«

Ich glaubte, mich verhört zu haben, und blinzelte verstärkt. »Du tust *was?*«

Er grinste kurz. »Ich lebe jetzt hier«, wiederholte er und strich sich erneut über den Nacken. »Ich eröffne ein Hostel in Jimbaran.«

»Tust du nicht!«, entfuhr es mir. Ich konnte es nicht glauben.

»Doch, tue ich.« Wieder flackerte ein Grinsen über sein Gesicht, doch besaß es nicht das Durchsetzungsvermögen wie zuvor.

»Aber ... Du ... Ich ... Was ist mit deinem Job? Was ist mit Köln? Du kannst doch nicht einfach so auswandern!« Ich war vollkommen überwältigt von dieser Neuigkeit. Von dieser ganzen Situation! Da traf ich ausgerechnet Noah hier auf Bali, ihn, dem ich damals diese Insel gezeigt hatte, die er nur langsam, Schritt für Schritt ins Herz geschlossen hatte, und nun saß er hier und erzählte mir diese irrwitzige Geschichte. Ich glaubte, ich war im falschen Film.

»Einfach so nicht, da hast du recht. Bisher ist es auch nur eine Aufenthaltsgenehmigung inklusive Arbeitsvisum. Und das war schon schwer, diese zu bekommen. Es ist ziemlich kompliziert mit dem ganzen Papierkram«, sprach er allen Ernstes. »Da ist Indonesien beinah genauso schlimm wie Deutschland.« Er lachte auf, doch als ich bloß mit einem Schnauben darauf reagierte, zeichnete sich eine steile Falte auf seiner Stirn ab. »Was ist? Findest du das irgendwie komisch?«

»Absurd finde ich das«, erwiderte ich und schüttelte den Kopf. Ich starrte auf meinen Eiskaffee.

»Absurd?« Er horchte auf und die Falte zwischen seinen Brauen vertiefte sich. »Ist das nicht etwas übertrieben? Hätte gedacht, du freust dich vielleicht.« Er hob die Schultern und lehnte sich in seinem Stuhl zurück. Er musterte mich prüfend.

Dieser Moment, diese ganze Situation war absurd! Ich konnte nicht glauben, dass das hier gerade geschah, doch es war die Realität, eindeutig. Noahs Augen bohrten sich fest in die meinen und ich wusste nicht, wo mir der Kopf stand. Wo sich mein Herz befand, wusste ich allerdings, es war mir nämlich in die Hose gerutscht.

»Du hast das immer für Luftschlösser gehalten«, murmelte ich und warf einen Blick durchs Fenster auf die Straße hinaus. Das satte Grün der Pflanzen, die überall wucherten, leuchtete so intensiv, dass wahrlich alles wie ein Traum erschien.

»Was meinst du?«

»Meine Idee, meinen *Traum*«, verbesserte ich und lachte traurig. »Meinen Traum, irgendwann, irgendwo, am liebsten hier, ein kleines Hotel zu eröffnen.« Ich sah ihn wieder an. »Du hast mich dafür belächelt.«

Vehement schüttelte Noah den Kopf und richtete sich wieder ein Stück auf. »Das habe ich nicht, das weißt du ganz genau! Ich habe dich nie belächelt!«

»Was war es dann?«, fragte ich herausfordernd. Wut stieg in mir auf, ein fast unbekanntes Gefühl ihm gegenüber.

»Ich habe es einfach nicht für realisierbar gehalten«, sagte er achselzuckend. »Wir hatten damals keinen richtigen Job, standen ganz am Anfang, du –«

»Und deswegen darf man keine Träume haben?«, unterbrach ich ihn und hob die Brauen. »Gerade in solchen Zeiten sind sie doch dafür da, sie können

Wegweiser sein, Ziele. Oder einfach nur Gedanken, zu denen man im hektischen Alltag gern zurückkehrt, ein *happy place*.« Ich rührte in meinem Eiskaffee herum, ohne darauf zu achten, dass ich so den ganzen Milchschaum verflüssigte. »Und jetzt ... hast du ...«

Ich konnte den Satz nicht zu Ende führen, denn es schmerzte schon genug. Es schmerzte unglaublich zu wissen, dass Noah scheinbar im Begriff war, das zu tun, womit ich schon längst abgeschlossen haben sollte, womit ich in diesem Urlaub abschließen *wollte*. Ich war hierher zurückgekehrt, um die Vergangenheit hinter mir zu lassen, und nun knallte man sie mir mitten vors Gesicht. Wie sollte ich denn damit umgehen? Zwar hatte ich in den letzten Jahren gelernt, dass manche Träume nie in Erfüllung gehen konnten, was okay war – es war absolut okay zu wissen, dass man nicht alles haben konnte –, doch nun zu hören, dass er, mein Exfreund, meinen Traum zu seinem Ziel gemacht hatte, schmerzte einfach nur. All das traf mich vollkommen unvorbereitet. Ich blinzelte gegen die Tränen an und fühlte mich einfach nur idiotisch.

Ich ließ den Löffel sinken und nahm mehrere große Schlucke von dem Kaffee, um mich für einen Moment abzulenken. Noah beobachtete mich, schien sich Worte zurechtzulegen, denn seine Miene war so offen, wie ich sie kannte – oder ich war schlichtweg noch immer dazu imstande, aus ihr zu lesen.

Einen Augenblick lang starrte ich auf die Tischplatte. Nur allmählich formte ich Worte in meinem Kopf, nur allmählich war ich dazu in der Lage, mich auf Noah zu konzentrieren, auf das, was er soeben berichtet hatte. Doch fiel es mir so unendlich schwer. Er hatte meinen Traum gestohlen. Anders ließ es sich nicht beschreiben.

Ich brachte es nicht fertig, mich für ihn zu freuen, obgleich ich es wollte.

Ratlos hob ich die Schultern. »Ich weiß nicht, was ich sagen soll.«

Noah biss sich auf die Unterlippe. »Dich zu freuen wäre wahrscheinlich ein bisschen viel verlangt, oder?«

Ich schnaubte leise. Das wäre wohl Antwort genug. Noah atmete durch und strich sich durch die Haare. Er sah hinaus auf die Straße.

»Da steckt keine böse Absicht hinter, weißt du?«, fragte er dann leise und suchte meinen Blick.

Ohne ihn anzusehen pulte ich an der Tischkante herum. »Wie bist du denn überhaupt darauf gekommen?«, murmelte ich.

Er zuckte mit den Achseln. »Ich wollte raus aus Deutschland, etwas machen, womit ich mich identifizieren konnte, wohinter ich stehen konnte. Ich wollte nichts verkaufen, mit dem ich selbst nichts anzufangen wusste«, erklärte er. »Jetzt oder nie habe ich gedacht.«

»Und warum ausgerechnet Bali?«

Er seufzte. »Skye, du hast nicht das Recht gepachtet, diese Insel nur für dich in Anspruch nehmen zu dürfen.«

Seine Stimme klang freundlich und dennoch fühlte ich mich wie ein kleines Kind behandelt. Belehrt. Womöglich verhielt ich mich aber auch wie ein kleines Kind. Ich bemühte mich, die Angelegenheit aus Noahs Sicht zu betrachten. Langsam beschlich mich das Gefühl, wir hätten die Rollen getauscht. Warf ich Noah vor, etwas in die Hand genommen, etwas geschaffen zu haben? Empfand ich nun etwa so über Träume wie Noah damals? Aber war es je sein Traum gewesen? Spielte das überhaupt eine Rolle? Wer schrieb fest, dass man erst einen Traum gehabt haben muss, ehe man Taten folgen ließ? Niemand. Vor allem nicht ich. Und dennoch: Es fiel mir unsäglich schwer.

Ich atmete tief durch und ließ die Neuigkeit noch einmal durch mich hindurchfließen, gefiltert, aus einem neutralen Blickwinkel heraus. Betrachtete ich einzig die Tatsache, dass er hier auf dieser wunderschönen Insel eine Existenz gründete, war ich begeistert und freute mich für ihn.

»Okay«, stieß ich aus.

»Okay?« Noah hatte mich nicht aus den Augen gelassen, noch immer lag seine Stirn in Falten.

»Ich ... ich freue mich für dich«, sagte ich.

Gekonnt hob er eine Braue.

»Zumindest versuche ich es«, milderte ich meine Aussage ab. »Es kommt nur sehr überraschend. Das alles hier kommt sehr überraschend.« Ich machte eine allumfassende Handbewegung. »Ich hätte dich niemals hier erwartet, egal ob mit oder ohne Hostel.«

Noahs Blick war weiterhin skeptisch, doch das konnte ich ihm nicht verübeln. »Nun ... Wie das Leben eben so spielt.«

Es war ein blöder Spruch, das wussten wir beide, und dennoch passte er wie die Faust aufs Auge. Niemals hätten wir damit gerechnet, dass sich unsere Wege hier kreuzten. Hier, wo vieles seinen Anfang genommen hatte. Und sein Ende.

»Willst du mehr darüber wissen?«

Ich nickte. Das tat ich wirklich.

Noah räusperte sich und gab seine angespannte Haltung auf, was es mir wiederum erleichterte, hier mit ihm zu sitzen. »Ich bin schon ganz gut davor. Ein Haus mit Grundstück habe ich seit einigen Wochen«, begann er zu erzählen. »Es muss noch einiges gemacht werden, doch wenn alles klappt, dann können wir in den nächsten Tagen online gehen und ungefähr in einem Monat eröffnen. Das ist zumindest der Plan.«

»Wir?«, hakte ich nach.

»Kadek und ich«, antwortete er und als ich die Brauen hob, sagte er: »Ihn habe ich gleich am ersten Tag hier kennengelernt. Er hat am Strand die Leute angequatscht, ob sie Lust haben, surfen zu lernen.«

Ich nickte. Wirklich eine der besten Möglichkeiten hier, neue Leute kennenzulernen.

»Wir sind ins Gespräch gekommen und da ich meine leidigen Surfkünste gern wieder aufleben lassen wollte, haben wir uns für den nächsten Tag verabredet. Von da an habe ich zehn Tage nichts anderes gemacht als zu surfen.« Kurz grinste er, was ich flüchtig erwiderte, denn ich erinnerte mich nur zu gut an seine allerersten Versuche damals. »Kadek ist ein prima Kerl, saufreundlich, offen, lustig, mit einem kleinen Hang zur Übertreibung, doch wenn man ihn kennt, weiß man, wann er was ernst meint und wann nicht.«

»Und du scheinst das bereits zu können«, mutmaßte ich.

»Ziemlich gut, würde ich sagen. Manchmal schafft er es immer noch, dass ich auf ihn reinfalle, doch diese Momente werden seltener.« Er strich sich eine Strähne hinters Ohr.

»Gefällt mir«, sagte ich und deutete auf ihn.

»Was?«

»Deine Haare.«

»Ja?«

»Ja.«

Wieder zuckte er mit den Achseln. »Hatte keine Lust mehr, mich drum zu kümmern. Der Übergang war schrecklich, aber jetzt bin ich ganz zufrieden damit.«

»Mh«, machte ich daraufhin bloß. »Also du und Kadek?«

»Ja, genau. Er ist wie gesagt echt cool und ich denke, man kann schon sagen, dass wir gute Freunde geworden sind.«

»Na, das hoffe ich doch, wenn du mit ihm zusammen ein Hostel aufmachen möchtest.«

»Ja.« Er lachte. »Das hoffe ich auch. Aber hey, er hat ordentlich investiert, zudem hängt seine halbe Familie da mit drin. So wäre das Einkommen eher gesichert, er könnte zumindest besser planen. Und er möchte natürlich die Gelegenheit nutzen, die Surfschule ins Hostel zu integrieren.«

Ich nickte. »Das klingt ja ganz gut. Und hier Zimmer zu vermieten, sollte ja ein Klacks sein.«

»Eben. Da mache ich mir auch keine Gedanken.«

»Und das Betriebswirtschaftliche?«, fragte ich dann mit einem Blick auf die Bücher.

»Ja, das ist vielleicht ein Scheiß, das kann ich dir sagen«, brummte er verdrießlich. »Doch auch da habe ich bereits jemanden an der Hand. Jo.«

»Jo?«, echote ich. »Sie ist auch hier?«

»Ne, ne«, winkte er ab. »Sie bleibt in Köln. Vorerst zumindest. Vielleicht findet sie es ja doch noch in sich, in diese *Affenhitze*, wie sie es nennt, zu reisen.«

Ich musste unwillkürlich lachen, denn ich konnte mir nur zu gut vorstellen, wie meine alte Klassenkameradin über die ständige Hitze hier fluchen würde – die ganze Zeit über fluchen würde.

»Sie hat den Kram ja studiert, doch ich möchte wenigstens *etwas* von dem verstehen, womit sie mir da jetzt schon ständig in den Ohren liegt.«

»Ich meine, das ist doch bei uns schon kompliziert genug, wenn man keine Ahnung davon hat, aber *hier*, in Indonesien?«, hakte ich nach.

»Auch da wurde mir bereits geholfen«, antwortete Noah. »Luh.« Er hob den Zeigefinger. »Kadeks Cousine. Sie hat hier Economy und Business studiert und arbeitet bei einer Hotelkette, die hauptsächlich in Kuta und Ubud vertreten ist.«

»Nicht schlecht«, gab ich zu. »Dann scheinst du ja in besten Händen zu sein.«

»Das denke ich auch.« Ein breites Lächeln stahl sich in sein Gesicht, bei dem es mich schmerzhaft durchzuckte.

Plötzlich fühlte sich alles so einfach an, hier mit ihm zu sitzen und zu reden, so als hätte es unser Ende gar nicht gegeben. Als hätte es die letzten fünf Jahre nicht gegeben.

Mein Blick hatte sich auf mein Glas gesenkt, an dem das Kondenswasser hinablief, das ich mit dem Finger auffing.

Es war das Schmerzhafteste, was ich jemals durchlebt hatte, und nun wurde dies durch diese lockere Unterhaltung einfach so abgetan. Es musste doch eigentlich anders sein, oder? Ich sollte hier nicht sitzen und plaudern, plaudern mit demjenigen, den ich lange Zeit für die Liebe meines Lebens gehalten hatte und der mir dann verloren ging. Der Schmerz von damals sollte etwas gelten, etwas wert sein. All die schlaflosen, verheulten Nächte, die grauen, trostlosen Tage – das konnte und *wollte* ich nicht einfach so hinter mir lassen. Es mochte idiotisch sein, ich sollte mich schließlich freuen, dass ich längst nicht mehr so darüber fühlte, darüber hinweg war, doch in diesem Moment störte mich diese Ungezwungenheit gewaltig.

»Was ist?«, fragte Noah, dem mein Stimmungsumschwung aufgefallen war. »Alles okay?«

Langsam sah ich zu ihm auf. »Ich ... ich weiß nicht. Es ist schon irgendwie seltsam, oder nicht?«

Noah sah mich lange an und legte die Handflächen aneinander, dann nickte er, was für mich wie eine Erlösung war. »Ja, schon, aber irgendwie auch nicht, oder?«

Ich nickte ebenfalls, denn ich verstand absolut, was er meinte.

Wir schwiegen einen Moment und es fühlte sich recht unangenehm an, worüber ich ein wenig froh war. Ich brauchte das, ich brauchte dieses Gefühl, dass eben doch nicht alles hundertprozentig stimmig zwischen uns war, denn wie sollte es das auch sein? Noah konnte mir nicht weismachen, dass er dem gegenüber total locker war – das merkte ich ihm an –, schließlich war er damals derjenige gewesen, der die ersten Wochen nach unserer Trennung so vehement gelitten hatte, dass ich nahezu all meine Berlinpläne über den Haufen geworfen hätte und zu ihm nach Köln gegangen wäre. Gemeinsame Freunde von uns, die ebenfalls in Köln wohnten, hatten sich schon ernsthaft um ihn gesorgt, was mein Gefühlschaos natürlich nur noch verstärkt hatte. Ja, die Zeit heilte Wunden, doch Gesagtes ließ sich nicht einfach auslöschen, Gefühltes nicht einfach verdrängen. Mehr als zwei Jahre lang hatte ich geglaubt, ich hätte den größten Fehler meines Lebens begangen, mich für den Job und gegen ihn entschieden zu haben, ich hatte kaum Ablenkung finden können. Und nun hatte ich den Job gekündigt, für den ich extra nach Berlin gegangen war. Es war die beste Entscheidung, die ich hätte treffen können, und es war eine Entscheidung, die mich letztendlich wieder hierhergeführt hatte. Und nun war Noah auch hier.

Ruckartig stand ich auf. »Ich muss los«, sagte ich.

»Was, wohin?« Noah sah gekränkt aus, doch darüber verbot ich mir nachzudenken.

»Ich hab noch was vor«, antwortete ich kurz angebunden.

»O-okay.«

Er sah zu mir auf. Ein Sonnenstrahl tanzte auf seinem dunkelblonden Haar, markierte ihn, markierte einen Abschnitt meines Lebens, mit dem ich abgeschlossen hatte. Seit Langem. Für immer.

»Kann ich dir meine Nummer geben?«, fragte er, als ich mich zum Gehen wandte.

Welch Ironie, dachte ich. Genau diese Frage hatte er mir damals bei unserem Kennenlernen gestellt. Ich wusste den genauen Wortlaut meiner Antwort nicht mehr – Noah hätte ihn mit Sicherheit gewusst –, doch wollte ich auch nicht so antworten wie damals, also nickte ich bloß.

Schnell kritzelte Noah ein paar Zahlen auf eine Seite seines Collegeblocks, dann riss er das beschriebene Stück heraus und reichte es mir. Wir sagten nichts. Er bat um nichts und ich versprach nichts, denn ich wusste nicht, ob ich mich bei ihm melden würde. Es lag in meiner Hand. Nicht nur sprichwörtlich.

Schnurstracks ging ich zurück ins Hotel. In meinem Zimmer angekommen legte ich die Schlüsselkarte wie in Trance auf der Kommode ab und setzte mich auf das

Fußende des Bettes. Langsam strich ich mir über die Oberschenkel und versuchte zu begreifen, was da gerade passiert war. Kopfschüttelnd fuhr ich mir durch die Haare und lachte freudlos auf.

»Das kann doch nicht wahr sein«, murmelte ich.

Noah. Noahnoahnoahnoah. Er war wie ein Geist aus meiner Vergangenheit, der mich jagte, mich nicht in Ruhe ließ. Ich war in dem Glauben hierhergekommen, dass ich eine wunderbare, sorgenlose Zeit auf meiner Trauminsel verbringe, ohne ständig an ihn erinnert zu werden. Ich wusste, dass es schwierig werden würde, schließlich hatten wir hier knapp einen Monat zusammen verbracht, doch ich kannte die Insel vor ihm, ich kannte *mich* an diesem Ort vor ihm – und dahin wollte ich wieder zurück. Zu mir. Gänzlich neu starten, so wie damals in meiner Selbstfindungsphase, einfach alles auf mich zukommen lassen, begleitet sein von Wellen und Sonne, Dschungel und der balinesischen Gelassenheit. Ich hatte mich so sehr danach gesehnt und nun sollte sich das alles ins Gegenteil kehren? Nein, das würde ich nicht zulassen! Was war so schlimm daran, dass Noah hier war? Jetzt mal ehrlich? Es war schließlich nicht so, dass ich ihn hasste – das tat ich in keiner Hinsicht! –, wir hatten bloß eine gemeinsame Vergangenheit, und die würde nicht meine Zukunft bestimmen. Ich hatte seine Nummer, nicht andersherum. Ich müsste den ersten Schritt tun, sollte ich wollen, dass er wieder ein Teil meiner Gegenwart wird.

Ich seufzte laut. Wollte ich das? Ich musste zugeben, dass es durchaus interessant war, dass er hier ein Hostel eröffnete, doch reichte dieses Interesse aus? Womöglich würden wir bloß alte Geister hinaufbeschwören, statt uns mit Neuem auseinanderzusetzen. Ratlos fuhr ich mir durchs Gesicht, ehe ich all diese Gedanken abschüttelte. Ich wollte da jetzt nicht drüber nachdenken, nicht hier, nicht heute. Also beschloss ich, an den Strand zu gehen, in der Hoffnung, nicht auf Noah zu treffen.

4. KAPITEL

Ich wurde erhört, denn den ganzen Tag, den ich an dem lang gezogenen, meilenweiten Strand verbrachte, erblickte ich bloß fremde Gesichter. Eine Weile beobachtete ich den Lifeguard-Typen in der knallroten Badehose, der immer wieder die roten Fähnchen fürs Schwimmverbot überprüfte und Menschen aus den Gefahrenbereichen zurückpfiff, ehe ich dazu überging, mit Musik in den Ohren vor mich hinzustarren. Die Sonne knallte, meine Haut, die sich allmählich daran gewöhnte, brutzelte unter der Schicht der Sonnencreme, der Schweiß rann mir von den Schläfen. Kurzerhand band ich mir ein schmales Tuch um den Kopf, sodass dieser vor der Sonne geschützt war und ich nicht glaubte, er würde allmählich bersten. Da ich mich bewegte und somit verdeutlichte, theoretisch bereit zu sein, angesprochen zu werden, bog eine in bunte Tücher gewickelte Einheimische in meine Richtung und bot mir eine Massage ein.

»*Massaaaaas*«, sagte sie mit einem gelangweilten Lächeln, das nicht ihre Augen erreichte.

Ich lehnte höflich ab.

Ohne eine Reaktion ging sie weiter. Kurz sah ich ihr hinterher, wie sie es bei einem Pärchen ein paar Meter neben mir versuchte, doch dort fand sie ebenfalls kein Glück. Bei einer Ansammlung älterer Damen hatte hingegen eine ihrer Kolleginnen – oder Konkurrentinnen – mehr Erfolg und nun steuerte sie auf diese Gruppe zu. Ich lächelte. Zwar nervten mich diese Angebote ein wenig, genauso wie die Sonnenbrillenverkäufer, die ignorierten, dass man bereits eine auf der Nase trug, doch gehörte das dazu. Ich würde an deren Stelle wahrscheinlich ebenfalls die Gelegenheit ergreifen und versuchen, ein Stück von dem großen Touristenkuchen abzubekommen – man konnte es den Einheimischen nicht verübeln.

Da die Sonne nach einer Weile unerträglich wurde, entschied ich mich, ins Wasser zu gehen. Ich hatte mir im Voraus schon einen Platz gesucht, der nicht direkt an der Verbotszone lag, und lief nun über den feuchten Sand, der ab und zu von einer Welle erfasst wurde. Es rauschte und klatschte um mich herum, einige Kinder liefen ein Wettrennen mit den Wellen, die an Land rollten, andere Touristen probierten sich am Surfen, wieder andere posierten für Fotos und ein paar waren hinter die brechenden Wellen geschwommen, um nicht ständig von ihnen an Land gespült zu werden, wie es einer Gruppe Freunde unaufhörlich passierte. Ich nahm mir an den Schwimmern ein Beispiel und tauchte unter den Wellen hinweg, bevor sie gegen mich schlugen. Ständig vergewisserte ich mich, dass ich nicht allzu weit abtrieb, und korrigierte meine Position, wenn es vonnöten war, was mich in Bewegung hielt. Ich beobachtete voller Neid ein paar Balinesen, die mit ihren Brettern wahre Kunststücke auf den Wellen vollführten, ehe sie lachend und schreiend ins Wasser stürzten und ihre Boards bis an den Strand getragen wurden.

Das Wasser war zu warm, um als Abkühlung zu gelten, dennoch genoss ich das Gefühl, wie der Schweiß von meinem Körper gewaschen wurde. Durch die Wellen war es zu aufgewühlt, um irgendetwas zu erkennen, daher erschrak ich jedes Mal, wenn sich eine Plastiktüte oder anderer Müll um mein Bein oder Fuß schlang. Es war immer wieder schrecklich, den angespülten Müll am Strand oder die kleinen Deponien am Rande der Dörfer zu sehen, daher war ich überaus froh, dass Bali seit Kurzem Einwegplastik verboten hatte. Doch solche Verbote sorgten nicht von heute auf morgen für ein Umdenken bei den Menschen, dabei spielte es keine Rolle, in welchem Land man sich befand. Überall gab es diesbezüglich noch viel zu tun.

Ich schüttelte mein Bein und schwamm ein paar Züge, ehe ich erneut unter einer Welle hindurchtauchte, die so gewaltig war, dass sie das eine oder andere Handtuch am Strand nass machte, was unter lautem Gekreische der Besitzerinnen kommentiert wurde. Ich rollte mit den Augen. Wenn man sich so nah an das Wasser legte, musste man mit so etwas rechnen. Als ich mich wieder umdrehte, paddelte ein Typ ein paar Meter neben mir auf seinem Brett. Unsere Blicke trafen sich und er hob grinsend seine Hand. Ich sah ihn einen Moment reglos an, dann besann ich mich und winkte zurück, ehe ich über mich selbst den Kopf schüttelte. Er bemerkte dies und lachte leise in sich hinein, was ich mit einem gespielt empörten Blick kommentierte, worauf sein Lachen etwas lauter wurde. Ich grinste und setzte an, etwas zu sagen, da kam eine neue große Welle auf uns zu und er nutzte die Chance. Ich beobachtete, wie er bäuchlings auf seinem Brett lag, in die Hocke ging und sich dann aufrichtete. Es sah höchst elegant und einfach aus, doch ich wusste, dass es das nicht unbedingt war. Tatsächlich hatte er die Welle perfekt erwischt, er vollführte ein paar Schleifen und ließ sich dann beinah bis zum Strand tragen. Da ich ihm so lange hinterhergesehen hatte, achtete ich nicht auf das, was hinter mir geschah, und so wurde ich von einer Welle erfasst. Ich wurde unter Wasser gedrückt und wirbelte hilflos umher, doch kämpfte ich gar nicht erst dagegen an. Ich atmete den Rest Luft, den ich hatte, durch die Nase aus, und schaffte es, nicht in Panik zu verfallen. Fünf Sekunden später war alles vorbei und ich tauchte japsend wieder auf. Schnell vergewisserte ich mich, dass ich nicht erneut überrollt werden würde, und strich mir Wasser und Sand aus dem Gesicht.

»Puh«, stieß ich aus und tauchte kurz unter, um meine Haare ein wenig zu ordnen. Dann entschied ich, zum Strand zurückzukehren.

Als ich mich grob mit meinem Handtuch abtrocknete, vernahm ich laute Rufe und drehte mich in die Richtung, aus der diese kamen. Drei Balinesen mit ihren Brettern unter den Armen winkten und riefen jemandem am Wasser etwas zu. Derjenige hob sein Brett auf und kam über den Sand getrabt. Es war der Kerl von eben. Als er an mir vorüberlief, schenkte er mir ein so breites Grinsen, dass ich mich umdrehte und ihm lachend hinterhersah. Seine Kumpels bemerkten dies und pfiffen laut, einer von ihnen hatte seine Faust zum Jubelsturm erhoben. Ich rollte demonstrativ mit den Augen und setzte mich dann hin, während die Jungs lachend abzogen.

Abends saß ich auf der Terrasse des hauseigenen Restaurants und aß eine Portion gebratene Nudeln. Ich kam nicht umhin, erneut in Gedanken über Noah zu verfallen. Der Strandtag hatte mich zwar abgelenkt, doch es war klar, dass ich das nicht die ganze Zeit über bliebe. Bisher hatte ich seine Nummer nicht in mein Handy eingespeichert, noch lag sie neben mir auf dem Tisch. Ich nahm einen Schluck vom Bintang-Bier und hob den kleinen Zettel hoch. Obwohl es recht laut und wuselig um mich herum war – das Restaurant war auch für Gäste, die kein Zimmer gebucht hatten, zugänglich, und ein Mann saß mit einer Gitarre auf einem Barhocker und sang vor sich hin –, war ich seltsamerweise ganz ruhig. All die Gedanken vom Vormittag waren fort und ich fragte mich ernsthaft, was daran so schlimm sein sollte, wieder mit Noah in Kontakt zu treten. Entschlossen stellte ich die Bierflasche ab, nahm mein Handy und tippte seine Nummer ein, ehe ich ihm eine Nachricht schickte. Die Antwort auf meine Frage, ob wir morgen zusammen frühstücken wollten, kam ein paar Minuten später, sodass ich mich zufrieden wieder meinen Nudeln widmete.

Wir trafen uns zu einem späten Frühstück um 11 Uhr in einem Restaurant am Strand. Es war ein dreistöckiger Bau, gänzlich aus Bambus, mit offenen Wänden und ultragemütlichen Stühlen und Sesseln. Ich kam äußerst gern hierher, wenngleich es im Verhältnis eines der teureren Lokale war, doch die Auswahl an Speisen und Getränken war überzeugend. Alles, was ich bisher probiert hatte, war köstlich und die Bedienung herzlich und sehr aufmerksam. Und die Lage war natürlich unschlagbar. Von unserem Tisch aus hatten wir einen guten Blick auf den Strand, an dem sich um diese Zeit schon viele Leute tummelten. Der Vorteil von Legian Beach äußerte sich darin, dass dieser so breit und lang war, dass man nicht das Gefühl hatte, er wäre überlaufen. Die meisten Leute lagen zudem unter Schirmen im Schatten, die allesamt entlang des Randes, nahe der Begrenzung, aufgestellt waren, sodass der Großteil des Strandes frei blieb.

Ich aß einen Melonensalat, dazu hatte ich ein Mango-Panna-cotta und einen Gurkeneistee bestellt. Noah schlang Pancakes in jeglicher Variation in sich hinein und orderte sogar noch einmal nach, was mit einem breiten Grinsen des Kellners kommentiert wurde. Ich schüttelte den Kopf und Noah hob fragend die Brauen.

»Was ist?« Er lachte gedämpft und heftete seinen Blick auf mich.

»Dass du noch immer so viel verdrückst ...«

»Natürlich, wieso sollte sich das geändert haben?«, entgegnete er lächelnd.

»Ja, warum?«, wiederholte ich und konnte mir ein Grinsen nicht verkneifen. Er sah so unschuldig aus. »Du hast recht.« Ich pikte ein Stück Wassermelone auf meine Gabel. »Ich glaube, ich würde mich den ganzen Tag nicht mehr bewegen können.«

»Ja, du.«

Ich streckte ihm die Zunge raus. Einen Moment lang aßen wir in stiller Eintracht weiter, genossen das Hier und Jetzt, ehe wir uns zufrieden und gesättigt zurücklehnten und jeweils ein weiteres Getränk bestellten.

»Also«, sagte ich und stellte mein Glas zurück auf den Tisch. »Das Hostel.«

Noah nickte langsam. Leichte Zweifel waren auf sein Gesicht geschrieben.

»Ich habe dir gestern keine Chance gelassen, mehr darüber zu erzählen.« Ich grinste ein wenig zerknirscht und hoffte, dass er mir nicht böse war, dass ich ihn einfach so habe sitzen lassen.

»Das stimmt«, antwortete er und seine Augen blitzten auf. »Ich mache dir keinen Vorwurf.«

Innerlich atmete ich auf, äußerlich blieb ich gelassen und nickte bloß. Als ich nichts weiter dazu sagte, begann Noah mit einem wissenden Grinsen zu erzählen.

Die Idee dazu war ihm erst vor rund einem Jahr gekommen. Er war es immer wieder in Gedanken durchgegangen und hatte nicht leugnen können, dass er plötzlich dafür brannte. Es hatte sich in seinem Hirn festgesetzt und er hatte wochenlang darüber gebrütet, wie es am besten anzupacken wäre. Über die letzten Jahre hinweg hatte er viel angespart, kaum etwas von seinem Gehalt ausgegeben, da ihm immer eine sich lohnende Gelegenheit gefehlt hatte. Er besaß kein Auto und war ohnehin schon immer recht genügsam gewesen, leistete sich nur das, was er wirklich brauchte. Als er das sagte, fiel mein Blick auf sein Handy. Es war zwar nicht mehr das, was ich noch kannte, doch auch kein besonders teures, topmodernes Gerät. Monatelang hatte er das Internet nach Tipps und Tricks durchforstet, nach möglichen Standorten – Bali war von vornherein klar gewesen – und sich über örtliche Gesetze und die Möglichkeit auszuwandern informiert. Noch war er nicht ausgewandert, diesen Schritt würde er erst wagen, wenn das Hostel sich als Erfolg entpuppte und die Behörden ihn ließen.

»Und welcher Ort genau ist es geworden?«, fragte ich. »Du sagtest Jimbaran?«

Noah bejahte und strich sich durch sein Haar. Er sah genau wie das Klischee eines Surfertypen aus. Ich wusste nicht, inwiefern mir das gefiel. Klischees waren noch nie sonderlich mein Fall gewesen und dann ausgerechnet hier, auf Bali, so auszusehen wie fast jeder andere ... Natürlich stand es ihm, er sah gut aus – sehr gut sogar –, doch störte mich der Look ein wenig, wenngleich es ziemlich albern von mir war, so zu empfinden.

Irgendwas in seinem Blick, den er mir zuwarf, ließ mich aufmerken. »Was ist?«, hakte ich nach.

Noah atmete tief aus, dann beugte er sich ein Stück vor und lächelte vorsichtig. »Vor Pantai Muaya.«

Ich hob die Brauen. Ich wusste, wo das war, denn ich kannte diese Gegend sehr gut.

»Direkt in der Kurve, am Hang.«

»Die ... die Kurve, von der ich so geschwärmt habe?«, wiederholte ich mit hoher Stimme. »Der Ort, von dem ich meinte, dass es ein Traum wäre, dort ein Hotel zu führen?«

Noah nickte und presste die Lippen aufeinander. Er befürchtete wohl, ich würde gleich ausrasten, doch ich nahm mich zusammen.

»Wow.« Ich rutschte in meinem Sessel ein Stück tiefer und pustete mir eine Strähne aus der Stirn. »Wow.« Das wackelige Kartenhaus aus Verständnis und Wohlwollen, welches ich seit gestern mühsam aufgerichtet hatte, drohte wieder in sich zusammenzufallen.

Noah sah mich vorsichtig an. »Bist du nun sauer?«

Ich erwiderte seinen Blick und offenbar lag nichts Schönes in meinem, denn er sah ziemlich schuldbewusst drein. »Ich ... Nein, bin ich nicht – denke ich«, fügte ich langsam an und bemühte mich, Karte für Karte genau an ihrem Platz festzuhalten. Es nützte nichts, mich erneut darüber aufzuregen. Außerdem stand mir das gar nicht zu. Es stand mir nicht zu, zu hassen, dass er das tat, was ich niemals mehr tun würde. Das wäre nicht fair.

Ich lachte freudlos auf und schüttelte den Kopf. Nicht fair ... Verdammt, ich konnte einfach nicht anders! Ich fand es unfair, dass er den Ort ausgewählt, den ich als *meinen* Ort auserkoren hatte. Ich war außerstande es anders zu beschreiben: Ich fühlte mich verraten.

»Du *bist* sauer.« Er lehnte sich seufzend zurück und richtete seinen Blick gen Meer, das genau wie gestern in Strandnähe überaus wild wirkte, doch ein paar Meter weiter draußen spiegelglatt war.

Ich verschränkte die Arme vor der Brust. »Ja.«

»Das verstehe ich.«

»Ach wirklich?«, gab ich spitz zurück. Ich konnte einfach nicht anders.

»Natürlich!« Jetzt sah er mich wieder an, sein Blick brodelte. »Ich verstehe, dass du es ungerecht findest, dass ich nun das tue, was du immer tun wolltest.« Er strich sich durchs Gesicht. »Doch du hast nie irgendeinen Schritt in diese Richtung getan, ich schon!«

Ich öffnete den Mund, um zu protestieren, doch mir blieben die Worte im Halse stecken. Stattdessen spürte ich ein Brennen in meiner Kehle, das ich mit Eistee zu löschen versuchte. Ich klammerte mich regelrecht an das Glas, denn es schmerzte. Noahs Worte schmerzten, die Tatsache, dass jemand anderes meinen verlorenen Traum lebte, schmerzte, dieses Wiedersehen schmerzte. Doch ich konnte nicht schon wieder einfach Reißaus nehmen. Ich war noch nie ein unhöflicher Mensch gewesen und feige schon gar nicht. Doch ich hatte mit all dem hier nicht gerechnet, absolut nicht, und dass ich nun ein bisschen empfindlich reagierte, war doch verständlich, oder nicht?

»Skye, es war nun einmal der perfekte Ort«, begann er zu erklären. »Denkst du nicht, ich hatte irgendwelche Vorbehalte? Glaubst du wirklich, ich habe einfach darüber hinweggesehen, was du mir damals erzählt hast, wovon du wochenlang geschwärmt hast?« Die Härte in seinem Blick war etwas Zärtlicherem gewichen, das das Brennen in mir nur verstärkte. »Ich habe viele Orte verglichen und am Ende musste ich mich zwischen Jimbaran und Ubud entscheiden. Aber du weißt, ich liebe das Meer. Wieso sollte ich dann ein Hostel in den Bergen eröffnen? Ja, Ubud ist wunderschön und reizvoll, doch liegt es nun mal nicht hier.« Er deutete Richtung Wasser.

Ich nickte stumm.

»Ich habe tagelang mit mir gerungen, doch musste ich mich beeilen, denn sonst hätte mir jemand das Angebot weggeschnappt. Ich habe sogar daran gedacht, dich zu kontaktieren, dich zu fragen.«

Ich sah auf.

»Doch wie wäre das denn abgelaufen? Wir haben seit fünf Jahren keinen Kontakt mehr, Skye. Da kann ich doch nicht einfach bei dir anrufen und fragen, ob ich ein Hostel in Jimbaran eröffnen darf.« Ein sanftes Lächeln breitete sich in seinem gebräunten Gesicht aus. »Oder?«

Ich atmete durch und blinzelte mehrmals, ehe ich mich zu einer Antwort durchrang. »Nein, das wäre komisch und absolut übertrieben gewesen«, gab ich zu. »Du musst niemanden um Erlaubnis bitten. Du ...« Ich spielte an meinem Glas herum. »Es ist schließlich eine tolle Idee. Beneidenswert.« Ich lachte leise und schnaubte durch die Nase, dann schüttelte ich den Kopf und sah ihn an. »Ich freue mich für dich.«

Skeptisch hob er die Brauen.

»Ehrlich. Das meinte ich gestern schon so«, beteuerte ich. »Es ist vielleicht ein wenig gewöhnungsbedürftig, denn ich habe dich nie unbedingt als den Gästetypen gesehen, wenn ich das jetzt mal so sagen darf, doch ich glaube fest daran, dass dir dieses ganze Projekt gelingen wird.« Denn du bist ein Macher, fügte ich in Gedanken an. Und ich nicht.

»Danke, das bedeutet mir viel.«

Noah richtete sich auf und strich sich dabei über die Oberschenkel, was meinem Blick nicht entging. Seine braunen Beine steckten in grünen, recht knappen Boardshorts, die Haare auf seinen Beinen waren genauso golden wie auf seinen Unterarmen.

»Das bedeutet mir tatsächlich mehr, als ich gedacht hätte.«

In seiner Stimme lag ein Lächeln, das mich wieder dazu brachte, ihm in die Augen zu sehen. »Ach ja?«

»Ja«, antwortete er mit Nachdruck.

Winzige Lachfalten kräuselten sich um seine Augenwinkel, die ich früher so geliebt hatte. Jetzt lösten dieser Anblick und die Erinnerung an die Vertrautheit zwischen uns allerdings ein namenloses Unbehagen in mir aus. Es war seltsam, dass man sich einst geliebt hatte. Seltsam, dass man miteinander so vertraut gewesen war, dass man sich blind verstanden, oft sogar dieselben Gedanken gehabt hatte. Es war seltsam, den anderen wie selbstverständlich zu berühren, das Einverständnis dazu zu haben, das Vertrauen des anderen zu genießen und sein eigenes zu geben. Und nun saß man sich gegenüber wie zwei flüchtige Bekannte, all das, was einem so natürlich wie atmen vorgekommen war, schaffte nun eine nahezu krampfhafte Atmosphäre. Wären wir im Streit auseinandergegangen, hätte der eine den anderen betrogen oder Gemeinheiten an den Kopf geworfen, dann wäre es jetzt leichter, denn dann würde ich höchstwahrscheinlich nicht hier mit ihm sitzen. Ich wäre gestern einfach wieder gegangen, wortlos, ohne schlechtes Gewissen. Zwar hatte ich gestern tatsächlich aus dem Café verschwinden wollen, doch bloß, weil ich überfordert gewesen war – ich hätte ein überaus schlechtes Gewissen gehabt, hätte er mich nicht gesehen und ich hätte mich nicht bemerkbar gemacht. Wir waren im Guten auseinandergegangen, haben uns nicht gehasst, sondern noch immer geliebt, doch hatten wir uns beide für eine andere Stadt entschieden. Zu weit voneinander entfernt, um überhaupt über eine Fernbeziehung nachzudenken, denn dafür waren wir beide nicht gemacht. Zu weit für den Schmerz einer räumlichen Trennung. Einfach zu weit.

Der Kellner kam und riss mich aus meinen Gedanken. Erst jetzt wurde mir bewusst, dass Noah mich die ganze Zeit über angesehen hatte. Ich räusperte mich und warf ihm einen flüchtigen Blick zu, dann kramte ich in meinem Rucksack nach meinem Geldbeutel, doch Noah kam mir zuvor. Er drückte dem Mann ein paar Scheine in die Hand und sagte ihm, dass das so passte. Der Kellner lächelte breit, verneigte sich knapp und wünschte uns einen angenehmen Tag.

»*Thanks, you too*«, murmelte ich und rieb mir mit dem Handrücken übers Kinn. »Danke, aber das wäre nicht nötig gewesen.«

Noah schob den Sessel zurück und stand auf. »Ich weiß. Ich wollte es aber.«

Ich blieb noch für einen Augenblick sitzen, dann erhob ich mich ebenfalls. Ich wusste, es brachte nichts, mit ihm darüber zu diskutieren, und das Geld würde er ohnehin nicht annehmen. Früher hatte ich ihm in solchen Situationen ab und zu heimlich etwas Geld in sein Portemonnaie gesteckt, doch das kam nun natürlich nicht infrage.

Als wir vor dem Restaurant standen, sahen wir uns schweigend an, bis Noah das Wort ergriff.

»Findest du mich jetzt so doof, dass ich nicht mehr mit dir an den Strand gehen darf?«, fragte er und seine Augen blitzten schelmisch auf.

»Ja, ich finde dich ziemlich doof«, spielte ich sein Spiel mit. »Doch heute bin ich gnädig, du darfst mich begleiten.«

»Oh.« Er lachte laut und irgendwo riss etwas in mir. Oder fügte sich zusammen? »Das ist wirklich eine Ehre.«

Er machte einen Diener und ich boxte ihm gegen die Schulter. Für die Winzigkeit eines Moments waren wir keine Expartner, sondern irgendetwas anderes, etwas Schönes. Doch dann setzte die Zeit wieder ein und wir schufen automatisch etwas Abstand zueinander.

»Also immer noch Berlin, hm?«, fragte Noah, als wir auf zwei Liegen unter Sonnenschirmen lagen, die wir für den ganzen Tag gemietet hatten.

»Ja, immer noch Berlin«, antwortete ich und brachte mich in eine aufrechte Position. Das Wetter hatte sich nicht geändert, noch immer brannte die Sonne erbarmungslos vom Himmel, keine Wolken trauten sich an sie heran. Der Sand außerhalb des Schattens war heiß, sodass man zum Wasser laufen oder seine Schuhe anbehalten musste. Die Wellen krachten an Land, nur wenige Surfer waren draußen und nutzten die Kraft der Natur. Wieder liefen junge Männer mit Sonnenbrillen, Handyhüllen und Caps durch die Reihen der liegenden Touristen hindurch, wieder versuchten ältere Frauen, ihre Massagekünste unter die Leute zu bringen. Ich nahm einen Schluck von meinem Eistee und genoss die Aussicht. »Der Job war auch immer noch derselbe.«

»War?«

Noah schwang seine Beine von der Liege, stellte sie zwischen uns und vergrub seine Zehen im Sand. Mein Blick fiel auf seine Füße. Sie waren beide mit Linien, dick und dünn, tätowiert. Noch etwas, wovon er damals nicht so viel gehalten hatte, und nun zierten schon eine Handvoll Zeichnungen seinen Körper. Mir gefiel das, doch ich riss mich zusammen, ihn nicht ständig zu lang anzusehen.

»Ich habe gekündigt«, begann ich zu erzählen. »Um eine Auszeit zu nehmen, mich neu zu orientieren. Der Job war in Ordnung, doch schon lange nichts mehr, das mich begeisterte. Am Ende hatte er mich eigentlich nur noch frustriert. Da habe ich die Notbremse gezogen.«

»Und das ist etwas, was du unbedingt brauchst«, wusste Noah. »Begeisterung.«

»Genau.« Ich lächelte. »Begeisterung ist mehr wert als Geld. Natürlich verdiente ich nicht schlecht, das will ich gar nicht bestreiten, dennoch erfüllte mich der Job nicht mehr ...« Ich zögerte, versuchte herauszufinden, wie Noah diese Neuigkeit aufnahm, doch er hörte mir aufmerksam zu, ohne eine verräterische Spur zu zeigen. Warum sollte er jetzt plötzlich sauer sein, dass ich den Job, der der erste Schritt für unsere Trennung gewesen war, gekündigt hatte? Ich richtete meinen Blick gen glitzernden Horizont. »Ich habe lange darüber nachgedacht, obwohl mein Entschluss eigentlich schnell festgestanden hatte. Nur den Schritt dann wirklich zu wagen ...« Ich zuckte mit den Achseln. »Bali soll der Anfang und das Ende sein, dazwischen will ich rüber nach Java und Lombok, vielleicht sogar noch nach Vietnam, aber ich glaube, dafür wird die Zeit dann doch zu knapp. Ich will mich nicht hetzen.«

»Schöner Plan.« Noah nickte und lächelte flüchtig.

Ich nickte ebenfalls und seufzte laut. »Tatsächlich ist es bisher wirklich nur ein Plan. Das einzige, das feststeht, ist Ubud in drei Tagen und Jimbaran in knapp zwei Wochen.«

»Kommt mir bekannt vor.«

»Was?«

»Die Reihenfolge. Erst Uluwatu, dann Legian, dann Ubud. Danach die Gilis?«

»Bietet sich natürlich an«, antwortete ich und wich seinem Blick aus. Erst jetzt fiel mir auf, dass ich bisher die Reiseroute unseres damaligen Urlaubs gewählt hatte und nicht die meiner beiden Solotrips.

»Bisher habe ich es nicht wieder auf die Gilis geschafft«, sagte Noah dann und runzelte die Stirn. Er sah Richtung Meer und ich musterte ihn aufmerksam.

»Hattest du es denn vor?«, fragte ich und erinnerte mich daran, wie sehr er von diesen drei winzigen Inseln, die man innerhalb von einer Stunde mit dem Speedboat von Bali aus erreichen konnte, geschwärmt hatte.

»Nicht wirklich.« Er zuckte mit den Achseln und wandte sich wieder mir zu. »Außerdem habe ich ohnehin kaum Zeit für *Urlaub*.«

Ich lachte auf, doch wusste ich, was er meinte. »Was steht denn alles noch so an?«

»Puh, so *einiges*.« Er seufzte übertrieben und kratzte sich an der Brust, dann nahm er eine Coladose aus dem bereitstehenden Eimer mit Eiswürfeln und öffnete diese. Es zischte und wirkte mit dieser Umgebung hier wie in der Werbung. »Die Wände müssen noch gestrichen werden, bis auf in zwei Zimmern gibt es noch gar keine Möbel. Die Bäder brauchen noch Lampen, Klimaanlagen müssen installiert werden, ich muss den Kühlschrank im Gemeinschaftsraum umtauschen, denn der kam bereits defekt an ...«

»Na toll«, sagte ich.

Noah nickte. »Der Garten braucht ebenfalls noch ein paar Möbel und wegen der Müllentsorgung bin ich auch noch nicht wirklich weiter.«

Ich horchte auf. »Inwiefern?«

»Na ja, du weißt ja, es gibt keine staatlich geregelte Müllabfuhr. Und bisher ist es für mich noch ziemlich undurchsichtig, wer was abholt und vor allem, wohin er es bringt, wie es tatsächlich entsorgt wird. Ich habe keine Lust darauf, dass mein Müll nachher am Rande des nächsten Dorfes liegt.«

»Absolut nicht«, stimmte ich ihm zu. »Was ist denn mit dieser einen Organisation? Ich komme gerade nicht auf den Namen, aber die wenden sich an Privatpersonen sowie Geschäfte, Hotels und dergleichen. Die helfen dir sogar dabei, eine eigene kleine Kompostieranlage zu bauen.«

»Wirklich? Das klingt ziemlich cool.«

»Allerdings. Und wäre natürlich auch nicht schlecht fürs Marketing.«

Auf Noahs Gesicht breitete sich ein warmes Lächeln aus, das mehr und mehr zum Grinsen wurde. Es erinnerte mich stets an eine Mischung aus Ezra Miller und Heath Ledger und hatte mich immer zum Schmelzen gebracht. In diesem Moment versetzte es mir bloß einen Stich, obwohl es ansteckend war und ich ebenfalls grinsen musste.

»Ich sollte dich als meine Beraterin einstellen«, scherzte er.

»Haha!«, entgegnete ich nur und wandte schnell den Blick ab, denn aus dem Stich wurde ein tief reichendes Brennen. Wären wir noch zusammen, würden wir ...? Nein, ich wollte keinen dieser Gedanken zulassen, niemals! Das wäre bloß Gift für mich. Ich musste mich unbedingt davon ablenken und das einzige, was mir einfiel, war das Offensichtlichste. »Wollen wir ins Wasser?«, fragte ich, war aber schon aufgestanden.

Noahs Miene wandelte sich vom grüblerischen Ausdruck zum erfreuten. Offenbar hatte er bemerkt, dass sein Satz nicht unbedingt der klügste gewesen war. »Klar, gern!«

Wir kamen zurück und ich schnappte mir mein Handtuch, um das Wasser grob von meinem Körper abzureiben. Noah stand neben unserem Platz in der prallen Sonne und breitete die Arme aus.

»Ich könnte stundenlang so stehen bleiben«, sagte er mit geschlossenen Augen.

Ein sanftes Lächeln lag auf seinen Lippen, doch wanderte mein Blick seinen Hals hinab. Sein Körper war regelmäßig gebräunt, nur seine Schultern waren um eine Spur dunkler als der Rest. Er war noch nie der stark durchtrainierte Typ gewesen, dennoch schlank und gut geformt und für mich noch immer anziehend. Das ließ sich nicht abstreiten. Die Rückseite seines linken Unterarms zierte ein wunderschön gestochenes Tempelmotiv und ich trat einen Schritt näher heran, um es zu betrachten.

»Hast du das hier stechen lassen?«, fragte ich und berührte die Stelle kurz mit dem Zeigefinger.

Er klappte seine Arme wieder ein und drehte sich zu mir um. Tropfen fielen von seinem Haar auf seine

Schulter, in den Raum zwischen uns und am liebsten würde ich sie ihm von der Haut streichen. Ich wusste nicht, woher diese Gedanken auf einmal kamen, doch fand ich sie äußerst unangebracht.

»Im weltbesten Studio natürlich«, antwortete er und fuhr sich durch das Haar. Diese Bewegung wirkte so natürlich und doch irgendwie einstudiert. Es war, als befänden wir uns bei einem Fotoshooting und er probierte seine besten Posen aus.

»Sehr schön«, antwortete ich und trat einen Schritt zurück. Noch ein Ort, den ich ihm gezeigt hatte. Ich stöhnte innerlich auf. Ich musste schleunigst damit aufhören, all die Dinge aufzuzählen, die er von mir kannte und noch immer verfolgte. Das war lächerlich! Er nahm mir doch nichts weg!

Ich warf ihm ein halbherziges Lächeln zu und legte mich wieder auf die Liege. Ich schnappte mir mein Buch, das ich gestern angefangen hatte, und Noah holte seinen Laptop hervor. Nach ein paar Minuten herrschte eine friedlich konzentrierte Atmosphäre und manchmal ließen mich Noahs leise Flüche schmunzeln, doch ich fragte nicht nach, was ihn so aufregte. Bestimmt Betriebswirtschaft oder Bürokratie – oder beides. Ich maß die Zeit nicht an der Uhr, sondern an den gelesenen Seiten und nach ungefähr siebzig klappte Noah seinen Laptop wieder zu. Ich legte einen Finger auf den letzten Satz, den ich gelesen hatte, und sah ihn an.

»Keine Lust mehr.« Leicht verärgert betrachtete er den Laptop, ehe er diesen wieder zurück in seinen Rucksack stopfte.

Ich überlegte, ihm anzubieten, erneut ins Wasser zu gehen, doch Noah kam mir zuvor. Er stand auf und streckte sich ausgiebig und als er wieder zu mir sah, erkannte ich leises Bedauern in seinem Blick.

»Ich mach mich auf die Socken«, sagte er und beugte sich hinunter, um nach seinem Shirt zu greifen.

»Oh, okay.« Ich holte das Lesezeichen hervor und legte es ins Buch.

»Ich komme mit diesem Kram einfach nicht weiter.« Er deutete mit einem Wink auf seinen Rucksack und streifte sich das Shirt über. »Luh will uns nachher im Hostel helfen, da werde ich ihr wohl mit ein paar weiteren Fragen auf die Nerven gehen müssen. Außerdem wartet Kadek sowieso schon auf mich.«

»Wart ihr etwa verabredet?« Ich bekam ein schlechtes Gewissen.

»Das sind wir mehr oder weniger jeden Tag. Einer von uns ist immer da und arbeitet an irgendwas und es ist natürlich gern gesehen, wenn der andere ebenfalls was macht.«

»Klar.« Und er war hier mit mir. Ich hoffte, Kadek wäre nicht sauer auf ihn. Mich interessierte sehr, wie der so sein würde.

»Also dann.« Er schulterte seinen Rucksack und nahm die halbvolle Coladose aus der Eiswanne.

»Also dann.« Ich sah zu ihm auf.

Er grinste flüchtig. »Viel Spaß noch.«

»Danke. Euch auch.« Ich war nicht aufgestanden, um ja nicht in die Verlegenheit zu geraten, ihn zu umarmen oder nicht zu wissen, ob ich es tun sollte oder nicht. Dennoch war die Situation auch so nicht besonders angenehm.

»Wir schreiben?«, fragte er und stopfte seine freie Hand in die Tasche seiner Shorts.

»Klar.« Ich lächelte und freute mich über diese Frage.

»Gut.«

»Ja.«

Wir lachten beide gepresst, dann hob Noah die Hand und drehte sich um. Kurz sah ich ihm hinterher, dann starrte ich eine ganze Weile auf meine angewinkelten Knie, ohne einen klaren Gedanken fassen zu können.

5. KAPITEL

Am nächsten Tag hatte das Wetter umgeschlagen. Hellgraue Wolken hingen tief am dunklen Himmel, die Sonne hatte keine Chance, sich zu zeigen. Ein leichter Wind wehte und verschaffte Abkühlung. Mir kam dieser Wechsel sehr gelegen, denn die letzten Tage waren äußerst sonnenintensiv gewesen. Ich beschloss, einen Strandspaziergang zu machen. Schon seit meinem ersten Urlaub hier hatte ich mit dem Gedanken gespielt, von Legian Beach bis zu der Landzunge zu laufen, auf der der Flughafen lag, aber nie die Zeit dafür gefunden. Nun hatte ich keinen strikt geplanten Tagesablauf vor mir und musste mich mit niemandem absprechen. Ich war mein eigener Herr.

Ich packte meinen Rucksack fast genauso wie die letzten Tage auch: Microfaserhandtuch, das kaum Platz wegnahm, Sonnencreme, große Flasche mit Wasser, kleine mit Eistee und ein paar Salzcracker. Da ich eine doppelte Portion Pancakes zum Frühstück verschlungen hatte, sollten die Cracker bis zum Nachmittag reichen. Vorsichtshalber packte ich noch einen zweiten Bikini zum Wechseln ein – man konnte nie wissen. Gegen 10 Uhr marschierte ich los. Als ich das große Tor zum

Strand durchschritten hatte, zog ich meine Flip Flops aus und verstaute sie im Außenfach meines Rucksacks. Ich ging an den kleinen Bars, hölzernen Verschlägen, offenen, nun unbenutzten Feuerstellen und Reihen bunter Liegen vorbei, die bisher kaum belegt waren. Der Himmel wirkte hier über dem offenen, weiten Meer ein wenig bedrohlicher als vom Hotel aus, doch das tat meinem Vorhaben keinen Abbruch. Die sanften Ausläufer der Wellen begrüßten mich, umspielten meine Knöchel, zogen sich zurück, kamen erneut. Ich wandte mich gen Süden, beobachtete, wie sich das Grau der Wolken im nassen Sand spiegelte, ehe es von einer neuen Welle fortgespült wurde. Ich begegnete einigen anderen Spaziergängern – manche hatten sich sogar eine lange Hose angezogen –, sah eine Gruppe von Surfschülern in kurzen Neoprenanzügen, die sich um ihren Lehrer geschart hatten, hörte das ferne *Massaaaaas* der älteren Frauen, Musik, die der Wind für einen Moment herübertrug, ehe sich die Noten in ihm verloren. Eine Familie mit quengelnden Kleinkindern kam mir entgegen und ich musste mir ein Lachen ob der Miene der genervten Eltern verkneifen. Je weiter ich marschierte, desto weiter gingen meine Gedanken über Oberflächlichkeiten hinaus, ehe ich mich in einer Flut aus Erinnerungen, Gefühlen und so lebendigen Bildern wiederfand, dass ich glaubte, es wären keine fünf Jahre vergangen. All die Zeit dazwischen schrumpfte zu einer Unbedeutsamkeit zusammen, Joe und Manu – meine letzten beiden Beziehungen – nahmen die Gesichter von Fremden an, machten mir Vorwürfe, auf die ich keine Antworten fand. Lag es an mir, dass es nicht gehalten hatte? Lag es daran, dass all die Zeit noch immer Noah in meinem Kopf herumgespukt hatte, in meinem Herzen, ohne dass ich es bewusst wahrgenommen hatte? Wäre es besser gewesen, hätten wir uns damals doch so unversöhnlich gestritten, dass es ein Leichtes gewesen wäre, ihn ein für alle Mal aus meinem Leben zu streichen, ohne Vorbehalte? Der Wind pustete mir die Strähnen ins Gesicht, doch spürte ich es kaum. Die Wellen strichen über meine Füße, doch auch das nahm ich nicht wahr. Mein Job, meine Freunde, meine Wohnung ... All das hätte ich nicht gehabt, wenn ich nicht nach Berlin gegangen wäre, wenn wir uns nicht getrennt hätten. Es gab nichts zu bereuen, wirklich nicht. Wie könnte ich? Schließlich hat mich all das wieder hierhergeführt, an den Ort, der mir auf der ganzen Welt am meisten bedeutete, der mein Heimathafen war, wenngleich ich von weit her kam, nicht hier geboren wurde. Der Ort, der nur gab und niemals nahm, der, an dem mein Herz verankert war.

Tränen stiegen mir in die Augen, doch ich blinzelte sie fort. Ich hob meinen Blick und konnte in der Ferne die Silhouette des Flughafens ausmachen. Ich drehte mich um und war überrascht, wie weit ich bereits gekommen war. Obwohl die Sonne nicht schien, schwitzte ich, doch hier wollte ich nicht baden. Erst wenn ich mein Ziel erreicht hatte, würde ich mir Abkühlung zwischen den Wellen verschaffen. Ich setzte meinen Weg fort, lief an kleinen blauen Fischerbooten mit Auslegern vorbei, die an Land gezogen im Sand darauf warteten, erneut von ihren Besitzern ins Wasser geschoben zu werden, und trat über einen Haufen aufgerollter Taue hinweg. Ohne stehenzubleiben holte ich meine Wasserflasche aus dem Rucksack hervor und genehmigte mir drei kräftige Schlucke, ehe ich sie zurückpackte.

Als ich mein Ziel erreichte, setzte ich mich in den Sand und machte eine Pause. Eine bogenförmige Mauer markierte das Ende des zugänglichen Strandes, dahinter lag das Flughafengelände. Hier war nicht viel los, es gab weitaus schönere Strandabschnitte, doch konnte man von hier aus die Flugzeuge starten und landen sehen. Zwischen den Bäumen am Rand des Strandes lagen grüne, blaue und orangefarbene Boote, eine indonesische Fahne lugte zwischen zwei Baumwipfeln hervor, Einheimische saßen zusammen und unterhielten sich. Außer mir waren nur drei andere Touristen hier, die so nah wie möglich an die Mauer gegangen waren und unter Staunen die startenden Flieger beobachteten. Ich aß ein paar Cracker und beschloss, doch nicht hier zu baden. Zwischen den vertäuten Booten, die leise auf dem Wasser schwappten, war mir das ein wenig zu umständlich. Ich beobachtete noch ein paar Minuten Flugzeuge und Wellen, dann machte ich mich auf den Rückweg.

Am nächsten Morgen erhielt ich eine Nachricht von Noah. Er fragte, ob ich mit ihm zum Hostel fahren wollte. Ohne groß zu überlegen, sagte ich zu und erst eine Stunde später, als Noah vor das Hotel rollte, fragte ich mich, was ich da eigentlich tat.

»Hey.« Er lächelte breit und nahm den zweiten Helm von seinem Lenker, um ihn mir zu reichen.

»Hey«, grüßte ich zurück und stand wie angewurzelt da. Ein fragender Ausdruck trat in seine braunen Augen, als ich mich nicht bewegte. »Oh, sorry!« Ich riss mich zusammen und trat schnell auf ihn zu.

»Alles klar?«, fragte er und ich wusste nicht, ob es eine normale Frage war oder diese auf etwas Bestimmtes abzielte.

»Natürlich«, antwortete ich überschwänglich und setzte mir den Helm auf. »Ein wunderschöner Tag und ich freue mich drauf, das Hostel zu sehen.« Ein wenig unschlüssig stand ich vor ihm, doch versuchte ich, das zu überspielen.

Winzige Fältchen bildeten sich in seinen Augenwinkeln, als er mich mit geneigtem Kopf und einem Grinsen ansah. »Freut mich, dass es dich freut.«

Ich entgegnete nichts, sondern wartete darauf, dass er den Roller wendete, sodass ich aufsteigen konnte. Noah rutschte ein wenig vor und ich schwang mein Bein über den Sitz. Als ich glaubte, gut zu sitzen, starrte ich für einen Moment auf meine Hände, die auf meinen Oberschenkeln lagen. Ich war schon immer jemand gewesen, der sein Gleichgewicht gut halten konnte, doch sollte ich es auf einem Motorroller im balinesischen Straßenverkehr nicht auf mein Glück ankommen lassen. Ich würde mich irgendwo festhalten müssen. Mein Blick wanderte Noahs Rücken hinauf. Er trug ein locker anliegendes Achselshirt, das im Nacken gekreuzt verlief, sodass seine Schulterblätter frei lagen. Seine gebräunte Haut war mir so nah und ganz sacht nahm ich ihren Geruch wahr. Ich hätte nicht zusagen sollen, schoss es mir durch den Kopf, als Noah den Motor anließ und ein Knattern die Luft erfüllte.

»Du musst dich schon an mir festhalten, Skye!«, sagte er über seine Schulter zu mir und ich konnte die Belustigung aus seiner Stimme heraushören.

Ich fühlte mich wie ein Idiot. Vollkommen unbeholfen, als hätte ich noch nie einen Mann berührt, legte ich meine Arme um seine Taille und wusste nicht, wohin mit meinen Händen, also standen sie in einem verkrampften Winkel ab. Ich glaubte, Noah schnauben zu hören, und plötzlich nahm er meine Hände und legte sie über seinem Bauch übereinander. Zu allem

Überfluss rutschte er wieder ein Stück den Sitz hinauf, sodass es kaum noch einen nennenswerten Abstand zwischen uns gab. Ich schluckte.

»Du kannst es natürlich auch ohne Festhalten probieren, doch bei diesen verrückten Balinesen würde ich das nicht riskieren.« Er gab Gas und dieser kleine Ruck reichte aus, dass ich mich wie von selbst an ihn klammerte.

Die ersten Minuten verbrachte ich damit, ein Gefühl für die Gewichtsverlagerung zu bekommen, während ich gleichzeitig versuchte, nicht darüber nachzudenken, so nah an Noah zu sitzen – geschweige denn daran zu denken, dass meine Hände auf seinem Bauch lagen. Ich biss die Zähne zusammen und ließ sie ein Stück weiter hinaufwandern, aber nur ein paar Zentimeter, da ich glaubte, so besseren Halt zu haben. Ich hoffte, er dachte sich nichts dabei. Von meinem Gefühlschaos genervt, schloss ich kurz die Augen und als ich sie wieder öffnete, konzentrierte ich mich auf unsere Umgebung, die sachte an uns vorüberzog.

Für die knapp 15 Kilometer brauchten wir über 40 Minuten, denn um den Flughafen herum staute es sich wie gewöhnlich und auch mit dem Scooter konnte man sich nicht so einfach zwischen den Autos hindurchschummeln. Zudem wagte Noah es nicht, es den Einheimischen auf ihren Rollern nachzumachen, die blind darauf vertrauten, dass die Autofahrer schon bremsten, wenn sie an ihnen in engen Schlangenlinien vorbeifuhren. Dass wir an den Kreuzungen brav warteten, wies uns eindeutig als Touristen aus. Als wir endlich auf die Jalan Raya Uluwatu bogen, konnten wir aufatmen. Nun brauchten wir nur noch wenige Minuten bis zum Hügel.

Trotz aller Befürchtungen hatte ich mich schnell daran gewöhnt, mit Noah auf einem Roller zu sitzen, und einmal erwischte ich mich dabei, wie ich versucht war, meine Wange gegen seinen Rücken zu lehnen, doch ich konnte es gerade noch verhindern. Die Gerüche der Straße waren intensiv, doch je weiter wir uns dem Ziel näherten, desto klarer wurde die Luft – obgleich sie aufgrund der Hitze ohnehin recht drückend war.

Bisher hatte ich den Hügel, der in einer weiten Westkurve lag, immer nur vom Strand aus gesehen, nie betreten. Ich war ein wenig aufgeregt und hoffte, dass es mindestens genauso schön wie in meiner Vorstellung sein würde. Wir fuhren durch die schmalen Straßen an Hotels und Cafés vorbei und näherten uns der kleinen Klippe am Ende des Hügels. Mein Herz machte einen Sprung, als ich auf das Meer blicken und den lang gezogenen, goldenen Bogen des Jimbaran Beaches sehen konnte. Noah hatte es tatsächlich geschafft, in der vorletzten Straßenschlaufe ein Grundstück zu ergattern, sodass sich einem ein nahezu ungetrübter Blick über den Küstenabschnitt bot.

Als wir vor einem typisch balinesischen Tor hielten, löste ich mich von seinem Rücken. Es war seltsam, diese mehr oder weniger erzwungene Vertrautheit aufzulösen, und als ich ein wenig umständlich vom Roller gesprungen war, hielt ich automatisch etwas Abstand zu Noah, der den Roller links neben das Tor stellte. Obwohl mir überaus warm war und ich schwitzte, glaubte ich, dass mir etwas Wärme genommen worden sei und ich möglichen Winden schutzlos ausgeliefert wäre, weil Noah nun nicht mehr bei mir war. Es war, als hätte man einen Teil von mir abgetrennt. So fühlte es sich zumindest für einen Moment lang an. Ich kaute auf meiner Unterlippe herum und strich mir über den Arm. Noah nahm den Helm ab und beobachtete mich. Offenbar konnte ich meine dramatischen, übertriebenen Gedanken nicht verbergen, denn eine steile Falte bildete sich zwischen seinen Brauen.

»Skye, ist alles in Ordnung mit dir?«, fragte er und leichte Sorge schwang in seiner tiefen Stimme mit.

Sein Ton traf mich mit voller Wucht und absolut unvorbereitet, sodass ich einen Augenblick brauchte, ehe ich zu ihm aufsah. Ich fühlte mich vollkommen blöde. Niemals hätte ich geglaubt, dass er mich so sehr durcheinanderbringen könnte. Wir hatten uns erst vor drei Tagen wiedergesehen, nach fünf Jahren! Es konnten unmöglich irgendwelche Gefühle im Spiel sein, das war nicht realistisch. Es war bloß Sentimentalität, nichts weiter. Und eine unleugbare Vertrautheit, die ich entweder überspielen konnte oder akzeptieren musste.

Ich räusperte mich. »Ja, es ist nur ...« Ich drehte mich zum Meer um und aus dem Augenwinkel sah ich, wie er seinen Blick erst einen Moment später von mir löste. »Ich glaube, ich bin ein wenig überwältigt. Von allem«, fügte ich etwas leiser hinzu.

»Hmm«, machte Noah und ich fühlte mich augenblicklich schlecht, ich hatte zu viel verraten. »Ich auch.«

Überrascht wandte ich mich ihm zu. Unsicher auflachend strich er sich über die Brust, dann zuckte er mit den Achseln. »Ist halt schon komisch.«

Ich starrte ihn an. Empfand er etwa genauso wie ich? Oh, bitte!

»Aber auch schön.« Er grinste und als ich nicht reagierte, stupste er mich sanft mit der Schulter an.

»Ja«, antwortete ich hastig. »Ja, das ist es.«

Er verschränkte die Arme und hob die Brauen.

»Ja, wirklich!«, beteuerte ich und musste lachen. »Vor allem dieser Ausblick.« Nun grinste ich ebenfalls und in Noahs Augen trat ein Funkeln.

»Oh ja, traumhaft, nicht wahr?« Er blinzelte gegen die Sonne an, denn er hatte sich seine Sonnenbrille ins Haar geschoben. Wahrscheinlich, um seiner Frisur den letzten Schliff zu verleihen, die trotz des Helmtragens perfekt saß. Ich wollte gar nicht wissen, wie ich auf dem Kopf aussah, und fuhr mir mit den Fingern durchs Haar, ehe ich es erneut im Nacken zu einem Knoten zusammenband.

Ich konzentrierte mich wieder die Umgebung. »Ich weiß gar nicht, was ich sagen soll!« Ich reckte den Hals, um über das Dach des Hauses vor uns hinwegschauen zu können. »Der Ausblick ist schöner, als ich es mir ausgemalt habe.«

Noah wandte sich zu mir um und lächelte breit, wenngleich es nicht ganz seine Augen erreichte. Irgendetwas schien auf einmal seine Gedanken zu trüben und ich fragte mich, ob er an dasselbe dachte wie ich. Wir standen beide hier, an einem Ort, der für mich stets Traum war und immer bleiben würde, und der für Noah Realität geworden war. Ich bemühte mich, mir davon nicht die Laune verderben zu lassen. Ich wollte kein Spielverderber sein und genoss schweigend die Aussicht, bis Noah in die Hände klatschte.

»Komm, ich zeig dir alles!« Schon wirkte er wieder ganz wie der Alte.

Das Grundstück war von hohen Mauern umgeben, sodass wir durch ein Lawang gehen mussten, um es zu betreten. Solch ein traditionelles Tor war charakteristisch für balinesische Privatgrundstücke, obgleich nicht jedes solch ein Tor aufzuweisen hatte. Das Lawang war wuchtig, seine steinernen Pfosten stuften sich um mehrere Ebenen als kleine Nischen ab, das mit Gras bewachsene, pyramidenartige Dach ragte ein wenig über. Neben den Pfosten standen schmale Schreine, welche ebenso mit matt-goldener Ornamentik verziert waren wie der Hauptbau. Die dunkelgrauen Steine muteten etwas verwittert an, aus manchen Ritzen lugten winzige Grasbüschel hervor. Es war recht schlicht, doch empfand ich es als wunderschön. Das Holz der schmalen Flügeltür war frisch lackiert, es glänzte in der Sonne beinah so hell wie die goldene Schmuckrahmung an ihren Kanten. Und hinter allem sah ich dunkelgrüne Zweige und Palmenwedel aufragen.

Wir nahmen die wenigen Stufen und mein Blick glitt über die beiden mythischen Figuren, die uns flankierten. Aus einem Impuls heraus deutete ich ein respektvolles Nicken an, von dem ich nicht wusste, ob es angemessen, komplett fehl am Platze oder einfach nur albern war, doch fühlte ich mich schlichtweg danach. Wir traten durch das Tor hindurch und gingen jeweils links und rechts an der kniehohen Mauer dahinter vorbei. Solche Mauern, die Aling-Aling genannt wurden, fand man nicht nur auf Privatgrundstücken, sondern auch an Stränden und vor allem in Tempeln. Sie dienten dazu, böse Geister abzuhalten, denn konnten diese nur geradeaus und nicht um Kurven gehen. Doch ob ich nun an Geister und Dämonen glaubte oder nicht – ich fühlte mich hier sofort aufgehoben.

Vor uns lag ein großzügig angelegter Garten mit Pflanzen, deren helles und dunkles Grün so lebendig wie in den Dschungeln im Norden wirkte. Hohe Liliengewächse von einem intensiven Pinkrot dienten als

Farbtupfer zwischen kleinen Palmen, zwei Meter hohem Bambus, den schmalen, langen Blättern des Wunderstrauches und hüfthohen Farnen. Von irgendwoher plätscherte es gemütlich, Zikaden zirpten mal lauter, mal leiser, das Rauschen des allgegenwärtigen Meeres mischte sich unauffällig darunter. Ich konnte kaum glauben, dass wir uns in einem der belebtesten Teile der Insel befanden. Es kam mir vor wie in einer Oase der Ruhe, abgeschnitten vom lauten Touristenstrom. Und ein wenig abgeschnitten von der Welt.

»Es ist wunderschön hier«, hauchte ich und fuhr sacht über die breiten Ausläufer eines Farns, denen noch etwas Kühle anhaftete, da sie im Schatten lagen.

»Ja, oder?« Noah trat neben mich. »Ich habe es kaum fassen können, als ich es zum ersten Mal gesehen habe. Dieser Garten ist wirklich ein Schmuckstück. Wir haben zwar etwas aufräumen müssen, aber gepflanzt haben wir nichts, wir haben nichts verändert.« Er ging in die Hocke und nahm eine Handvoll Erde, die er zwischen den Fingern zerkrümelte, ehe er mit einem zufriedenen Lächeln zu mir aufsah.

Ich hatte ihn nicht als einen sonderlich großen Pflanzenfreund in Erinnerung. Zwar waren wir gern im Wald oder in Parks spazieren gegangen, doch hatte er diese offensichtliche Begeisterung, die ihm nun aus allen Poren zu strömen schien, nie gezeigt.

»Ich habe zwar keine Ahnung vom Gärtnern, aber Kadek ist da gar nicht so doof drin. Außerdem hilft uns seine Mutter – und die hat wirklich ein Händchen dafür.«

»Das ist schön«, sagte ich. »Also volles Familienprogramm?«

Er zupfte an seinem Ohrläppchen. »Kann man so sagen.« Auf seinem Gesicht zeichnete sich ein Grinsen ab. »Kadeks Familie ist wirklich toll! Ein wilder Haufen zwar und ich verstehe meist natürlich kein Wort – es können nicht alle Englisch –, doch so herzlich und ... und ...« Er hob die Arme in die Luft. »Ich weiß nicht. So wie niemand eben in Deutschland ist.«

»Ich weiß ganz genau, was du meinst.« Ich lachte über seine Miene. »Einer der Punkte, warum ich solche Sehnsucht nach Bali hatte: die Herzlichkeit der Balinesen.«

»Eine wirklich einmalige Sache.«

In seine Augen trat ein träumerisches Funkeln und ich wandte mit einem knappen Lächeln den Blick ab. Noch immer konnte ich nicht begreifen, was hier vor sich ging, wo wir uns befanden – *wir* beide! –, was hier geschah. Mein Inneres wurde so häufig von einer Welle Neid überrollt, die sofort von aufrichtiger Freude fortgespült wurde, dass ich nicht wusste, wie ich damit umgehen sollte.

»Weiter?«, fragte Noah und deutete hinter sich.

Ich ließ mich nur zu gern von meinen Gedanken ablenken und nickte.

Ich folgte ihm über breite, ovale Steine, die den Weg übers Gras um eine breite Hecke herum markierten, ehe sich das Areal noch weiter öffnete. Eingerahmt von hohen, breit wuchernden Bäumen mit langen, teils bloß liegenden Wurzeln lag das Hostel da. Das Gebäude sah aus wie ein überdimensionaler Bungalow mit Obergeschoss. Es war breit und ausladend, die Wände im Erdgeschoss waren vorwiegend offen, die Decke wurde von dicken Bambusstämmen gestützt. Das mit hellroten Ziegeln gedeckte Dach war nicht allzu spitz und mit Ornamenten geschmückt. Es gab eine recht nackte

Hochterrasse, die bisher nur zur Hälfte mit Bodenplatten versehen war. Darunter befand sich nichts als Gras. Es war nicht zu erkennen, ob dieser Bereich später auch noch genutzt werden würde, ich konnte mir aber eine zweite Terrasse dort gut vorstellen.

Wir gingen einmal um das Haus herum, an dessen Rückseite ein kleiner Pool lag.

»Oh wow, davon hast du ja noch gar nichts erzählt«, sagte ich und musterte den Pool, der von dunklem Naturstein eingerahmt war. Das Becken war rund angelegt und mit einigen Einbuchtungen versehen, sodass es so eher wie ein Gartenteich wirkte. Im hinteren Teil gab es drei kleine Abstufungen, die sich perfekt an das abfallende Gelände am Grundstücksrand schmiegten, welche allerdings viel zu klein zum Schwimmen waren. Vermutlich sollten diese Stufen der optischen Auflockerung dienen. Noch war das Areal schmucklos und der Boden von den Arbeiten aufgewühlt, außerdem befand sich kein Wasser im Becken.

»Ich weiß schon gar nicht mehr, was ich alles erzählt habe und was nicht«, antwortete Noah und strich sich über den Nacken.

»Macht ja nichts.« Ich lächelte. »Ein Pool wertet das Gesamtpaket auf jeden Fall auf.«

»Das haben wir uns auch gedacht.«

Einen Moment lang sahen wir uns an und es kam mir so vor, als müsste einer von uns weitersprechen, doch tat es keiner. Mein Lächeln verblasste und ich wischte mir eine Strähne aus dem Gesicht, obwohl ich glaubte, dass dort gar keine war. Meine Bewegung veranlasste Noah dazu, sich zu räuspern und mit einem Wink anzudeuten weiterzugehen. Mit einem seltsamen Gefühl in meiner Magengegend folgte ich ihm um eine etwas schief geschnittene Hecke herum, die den Poolbereich eingrenzte, sodass man diesen nicht von allen Seiten einsehen konnte. Hinter der Hecke lagen drei kleine Hütten, auf die wir zusteuerten.

»Die hier ist die größte und soll eine Honeymoon Suite werden«, erklärte Noah, als wir so dicht vor der hintersten Hütte standen, dass er etwas sagen *musste*.

»Wirklich? Also ist es hier doch etwas Teureres?« Die Überraschung darüber lockerte meine Zunge.

»Ganz im Gegenteil«, antwortete er und ließ mir den Vortritt. »Solche Suiten gibt es meistens ja nur in Luxushotels – für den normalen Geldbeutel also nicht erschwinglich.«

Wir betraten besagte Suite und ich sah mich in dem leeren, großzügig angelegten Raum um. Nach hinten raus gab es eine riesige Fensterfront, hinter der sich ein kleiner Urwald zu tummeln schien.

»Ich möchte, dass sich jeder eine etwas luxuriösere Unterkunft für die schönsten Wochen seines Lebens leisten kann. Oder so ähnlich.« Noah lachte etwas befangen und ich verscheuchte alle Gedanken daran, dass ich mir früher natürlich manchmal vorgestellt hatte, wie es wäre, mit ihm verheiratet zu sein.

»Ein netter Gedanke«, sagte ich schnell, als ich merkte, dass er mir einen Blick zuwarf.

Die Sonne, die durch die rahmenlosen Fenster schien, brachte seine Zimtstangenaugen zum Strahlen. »Freut mich, dass es dir gefällt.«

Ich nickte langsam und vermied es, mir auf die Unterlippe zu beißen. Fragend deutete ich auf die schmale Treppe neben mir.

»Klar, nur zu!«

Ich stieg die Stufen hinauf und fand mich in einem etwas kleineren Raum als unten wieder. Es gab eine breite Fensterfront – zumindest nahm ich an, dass dort bald Fenster installiert werden würden – und als ich näher herantrat, sah ich, dass sich dort eine Art tief gelegter Balkon befand.

»Ein Pool?«, fragte ich und drehte mich schwungvoll zu Noah um.

»Gut erkannt.«

Er grinste und lehnte sich mit verschränkten Armen gegen die weiß verputzte Wand. Einen Moment lang musterte ich ihn und ertappte mich dabei, wie vertraut er nach all den Jahren noch immer auf mich wirkte. Der Leberfleck auf seinem Wangenknochen, die hellbraunen Augen, die paar markanten Sommersprossen, die Statur verbunden mit seiner gleich gebliebenen Gestik – nur die Haare waren länger, doch es stand ihm unheimlich gut und passte einfach zu seinem Lebensstil. Es war eigenartig, ihn hier zu sehen, mit ihm hier zu stehen. In seinem Projekt, in meinem Traum.

Offenbar regte sich etwas in meiner Miene, denn sein Grinsen verlor an Durchsetzungsvermögen. Ich sah fort und deutete auf einen Wasseranschluss in der Wand.

»Für eine Badewanne.«

»Das ist ja wirklich Luxus«, sagte ich anerkennend. »Eine Badewanne im Schlafzimmer.«

»Das ist das, was die Leute wollen.« Wieder lachte er. »Zumindest glaube ich, dass sie es wollen.«

»Bestimmt«, machte ich ihm Mut. »Ich find's cool. Haben die anderen beiden Hütten das auch?«

»Ne, die haben einen richtigen Balkon und nur 'ne Dusche.«

»Ah, okay.« Ich nickte.

»Soll ich dir das Haus zeigen?« Er stieß sich von der Wand ab.

»Unbedingt!«

Im Garten zeigte Noah mir noch kurz die Solarmodule, die am Grundstücksende versteckt hinter Büschen lagen, dann führte er mich durch beide Geschosse des Hauptgebäudes. Zwei der Gästezimmer waren bereits komplett bezugsfertig, eine Art Musterzimmer sozusagen. Mir gefiel der Einrichtungsstil, minimalistisch, modern, aber mit deutlichem Bezug zur Kultur der Insel.

»In den nächsten Tagen werde ich einziehen«, erklärte er. »Dann sind endlich alle Materialien hier und ich hoffe, wir können es in einem Rutsch fertigstellen.«

»Und in ungefähr einem Monat wollt ihr die ersten Gäste empfangen«, erinnerte ich mich an unser Gespräch im Café. Ich warf einen Blick in die Gemeinschaftsküche mit dem L-förmigen Tresen in der Mitte und der offenen Wand nach draußen.

»Ich hoffe sehr, dass es klappt, aber ich denke, es sieht ganz gut aus.«

»Bist du aufgeregt?«

»Nicht wirklich, ich glaube, dafür habe ich zu viel um die Ohren. Das kommt aber bestimmt noch.« Er fuhr sich durch sein offenes Haar.

»Mit Sicherheit. Hast du –« Ich brach ab, als plötzlich Schritte erklangen.

»*Noah?*«, rief jemand und zwei Sekunden später tauchte ein dunkles Gesicht um die Ecke auf.

»*Kadek, hey man!*«

Die beiden begrüßten sich, indem sie sich kurz umarmten und kumpelhaft auf den Rücken schlugen. Dann drehten sich beide zu mir um.

»*Kadek, this is Skye ... A good friend from Germany.*«
Kadek schritt auf mich zu und wir schüttelten die Hände – eine sehr untypische Begrüßungsart für Bali. »*Nice to meet you, Skye.*« Er lächelte ein einnehmendes Lächeln.
»*You too*«, antwortete ich.
»*So, what are you up to?*«, fragte Kadek und Noah erzählte ihm, dass wir uns vor ein paar Tagen durch Zufall getroffen haben, während ich dazu überging, den Balinesen hoffentlich nicht allzu auffällig zu mustern.
Kadek schien ungefähr in unserem Alter zu sein, allerdings konnte ich mich auch täuschen, denn oftmals sahen Balinesen jünger aus, als sie waren. Seine Haut hatte die Farbe von helleren Kaffeebohnen und an den Armen zeichneten sich darunter deutlich die Muskeln ab. Sein rechter Oberarm schien tätowiert, ich erkannte aber nur ein paar dicke Linien unter dem ausgeblichenen T-Shirt. Dazu trug er eine helle Khaki-Shorts und Flip Flops. Er hatte einen breiten Mund, den er mit Sicherheit oft zum Lächeln nutzte, denn um seine Mundwinkel herum bildeten sich beim Sprechen winzige Fältchen. Seine Augen waren tief und dunkel und es war leicht zu erkennen, dass in ihnen der Schalk saß. Obwohl es sich gerade nicht unbedingt um ein witziges Thema handelte, lachte Kadek laut und herzlich, was absolut ansteckend war. Er strich sich durch sein dichtes, schwarzes Haar, was dazu führte, dass er es noch ein wenig mehr verstrubbelte, und wandte sich mir zu. Er fragte mich, ob ich schon mal auf Bali gewesen war, wie ich die Insel fand und ob ich surfen konnte. Als er dazu überging, mit ausladenden Bewegungen davon zu erzählen, wie großartig es war, mit Noah zusammenzuarbeiten, unterbrach dieser ihn lachend und sagte, dass für

solche Geschichten noch genug Zeit wäre. Ich grinste die ganze Zeit über, da zwischen den beiden eine tolle Atmosphäre herrschte. Es schien, als kannten sie sich bereits ein Leben lang und hatten zusammen viele Abenteuer erlebt. So konnte es manchmal sein zwischen Menschen: Man traf sich und wusste, dass es etwas ganz Besonderes war, dabei spielte es keine Rolle, ob es sich um Liebende, Freunde oder gar um Familie handelte – denn meiner Meinung nach konnte man sich Familie ebenso aussuchen wie Freunde.

»*My mates will come soon and then we'll build the high terrace*«, erklärte er, als ich ihn fragte, was genau er heute vorhatte. »*And afterwards we'll have a nice dinner at our place. You wanna come?*«

»Äh«, machte ich ein wenig hilflos und Noah sprang für mich ein.

»*Sure, what shall we bring?*«

»*Nothing, my friend, nothing! You know!*« Kadek winkte ab und grinste mich an.

Ich grinste zurück und als Kadek sich kurz verzog, um Werkzeug nach draußen zu bringen, sagte Noah mir, dass ich nicht mitzukommen brauchte, schließlich wollte er nicht für mich mit entscheiden.

»Doch, warum nicht?«, gab ich zurück. »Wird bestimmt lustig.«

»Wirklich?« Er sah mich an. »Du sollst dich nicht gezwungen fühlen.«

Ich zuckte mit den Achseln. »Ich bin das vierte Mal auf dieser Insel und hatte noch nie wirklich was mit den Einheimischen zu tun. Und nun habe ich eine Chance«, erklärte ich. »Das will ich mir nicht entgehen lassen.«

»Okay.« Er nickte. »Schön. Soll ich dich zurückbringen und nachher wieder abholen?«

»Ach, Quatsch, das ist doch viel zu aufwendig!«, erwiderte ich. »Ich kann auch einfach an den Strand gehen. Oder ich helfe euch.«

Auf Noahs Gesicht breitete sich ein Lächeln aus. »Mir fällt bestimmt irgendwas ein, das du gar nicht falsch machen *kannst.*«

»Was soll das denn heißen?«, empörte ich mich.

»Ach, gar nichts!« Er lachte laut auf, als er meinem Schlag auswich, den ich natürlich nicht ernst meinte. »Komm, wir finden dir eine Arbeit«, sagte er, als er genügend Sicherheitsabstand zu mir eingenommen hatte.

6. KAPITEL

Kadeks Familie wohnte mitten in Jimbaran. Das traditionelle Gebäude lag in der Nähe der Udayana Universität, direkt neben einem Warung, welcher von der Familie betrieben wurde. Genau wie vor Noahs Hostel markierte hier ebenfalls ein Tor den Eingang, allerdings war dieses ein wenig schmaler, dafür aber um einiges mehr ausgearbeitet. Hinter dem Tor lag die Aling-Aling und dahinter tat sich das Grundstück zu einem fast quadratischen Hof auf. In diesem Hof lagen mehrere Gebäude. Kadek und sein jüngerer Bruder Komang zeigten mir nacheinander die verschiedenen Pavillons, die alle eine andere Funktion innehatten. Es gab den Pavillon für das Familienoberhaupt, welcher der einzige mit vier Mauern war, einen Pavillon, in dem Gäste empfangen wurden, den, wo Arbeiten verrichtet wurden, man sich versammelte oder auch schlief, einen, der die Küche beherbergte und einen für die Lagerung von Reis. Neben dem Familienschrein oder -tempel, den es in jedem traditionellen balinesischen Haushalt gab, lag der Zeremonienpavillon. All diese Gebäude waren nach einem Prinzip angeordnet, das den Aufbau des menschlichen Körpers darstellen sollte, soweit ich

Kadek richtig verstand. Es war ziemlich interessant und für westliche Standards äußerst ungewöhnlich.

Da es in Bali immer warm war und das Leben zum Großteil draußen stattfand, hatten die anderen Pavillons keine vier Wände, Privatsphäre gab es nur in dem *bale daja* des Familienoberhaupts. Kadeks Familie war den Umständen entsprechend dennoch recht modern, so besaßen sie einen kleinen Anbau mit Toilette und Dusche. Ich war äußerst froh zu hören, dass es sogar eine westliche Toilette gab, denn mit den Löchern im Boden hatte ich mich noch nie anfreunden können.

Ich wurde allen vorgestellt, Noah schienen alle bereits zu kennen, denn er setzte sich ganz selbstverständlich auf eine der Matten, die zwischen Komang und seiner Cousine Luh, von der Noah mir erzählt hatte, lag. Neben Kadek und seinem Bruder gab es noch eine Schwester, Putu, die das älteste Kind von Wayan und Luh war. Ich hatte davon gehört, dass balinesische Namensgebung wie der Aufbau des Grundstücks nach einer gewissen Ordnung verlief. Es gab nur vier Vornamen für Jungs wie Mädchen und kam ein fünftes Kind hinzu, wurde wieder beim ersten Namen angefangen. Aufgrund dieser kaum vorhandenen Namensvielfalt kam es, dass Kadeks Mutter genau wie seine Cousine hieß. Als ich ein etwas verdattertes Gesicht machte, lachten alle laut los. Ich grinste ein wenig verlegen und fing Noahs Blick auf. Er hob lächelnd die Achseln. Andere Länder, andere Sitten.

Mutter und Schwester bereiteten das Abendessen zu, derweil die Männer der Familie und Cousine Luh alles von mir wissen wollten. Da Wayan kaum Englisch sprechen konnte, mussten die Kinder ihm übersetzen, was das Gespräch etwas verlangsamte. Doch insgeheim genoss ich es. Das war genau das, was ich mir schon immer einmal gewünscht hatte: Nicht nur klassischer Tourist sein, oberflächlich meinen zu können, man verstand die Kultur, nein, einmal richtig dabei sein, den sogenannten Westen hinter sich lassen, wirklich und wahrhaftig eintauchen in die einheimische Lebensweise.

Das Oberhaupt der Familie war ein freundlicher, herzlicher Mensch. Interessiert musterte er mich, als ich erzählte, nickte und lächelte immer wieder, wenngleich er gar nicht verstand, was ich da sagte. Er las aus meiner Mimik und Gestik und zwinkerte mir sogar einmal belustigt zu, obwohl Kadek noch gar nicht mit der Übersetzung geendet hatte. Als Luh und Putu das Essen brachten, brachen große Jubelstürme aus und man erklärte mir, dass heute besonders viel und unterschiedlich aufgetischt wurde, da die Familie Gäste hatte. Ich bedankte mich mehrmals bei allen und fühlte mich ein wenig unwohl, weil ich so herzlich aufgenommen wurde. Das kannte ich nicht, jedenfalls nicht in diesem Ausmaße.

Es gab eine Auswahl an traditionellem Essen, deren Namen ich mir nicht merken konnte. Reis und Gemüse in Bananenblättern, gegrilltes Hähnchenfleisch auf Holzspießen, eine Art Porridge mit Sellerie und Erdnüssen, und Hackfleisch mit einer Vielzahl von Gewürzen in mundgerechte Häppchen getan, ebenfalls in Bananenblätter gewickelt, um die Form zu halten. Dazu gab es Tee, Orangensaft oder Bier.

Die Stimmung war ausgelassen. Es wurde geredet, gelacht, gegessen und getrunken. Wir verputzten jeden Krümel, sodass Luh noch etwas Obst für uns aufschnitt. Als mir die Durianfrucht angeboten wurde, lachte Noah mich im Hintergrund leise aus. Ich sagte natürlich nicht nein, da ich nicht unhöflich sein wollte, und nahm etwas von der Stinkfrucht. Der Beiname der Frucht kam nicht von ungefähr, sie stank wirklich schrecklich, und ich konnte mich kaum überwinden, sie zu probieren. Ich hatte gehört, sie sollte überraschend gut schmecken – kein Vergleich zu ihrem Geruch –, dennoch fiel es mir äußerst schwer. Farbe und Konsistenz waren ziemlich seltsam und das Aussehen der Frucht erinnerte mich ein wenig an das von überdimensionalen Cashewkernen, doch war sie weich, puddingartig. Ich hielt das Fruchtfleisch zwischen meinen Fingern und atmete nur durch den Mund, um diesen penetranten Geruch nicht riechen zu müssen. Kadeks Familie beobachtete mich aufmerksam und ich wollte sie nicht länger auf die Folter spannen – und es endlich hinter mich bringen. Ich biss ein Stück ab und war verwundert, *wie* weich es war. Ich kaute und schluckte schnell runter, denn allmählich begann sich der Geschmack zu entfalten. Ich schmeckte eine Mischung von Vanillepudding und Zwiebeln heraus, versetzt mit etwas Undefinierbarem. Zwar roch sie tausendmal schlimmer, als sie schmeckte, dennoch war es nicht unbedingt angenehm.

Mit einem breiten Grinsen auf dem Gesicht fragte Kadek, wie es mir geschmeckt hatte – er hatte die Frucht nicht angerührt. Ich spülte ein wenig mit Orangensaft nach und griff zur Papaya, während mich rundherum lachende Balinesen und ein besonders laut lachender Deutscher ansahen. Ich fühlte mich ein wenig auf den Arm genommen, doch das war okay, sollten sie ihren Spaß haben.

Nach dem Essen verabschiedete Komang sich, da er den Laden wieder aufmachen musste, und Wayan zog sich auf die Veranda des *bale daja* zurück, um Pfeife zu rauchen. So saß ich also mit den beiden Luhs, Kadek, Putu und Noah da. Die jüngere Luh verwickelte mich bald in ein anregendes Gespräch. Wir tauschten uns über deutsche und balinesische Gepflogenheiten, das Unileben und unsere Jobs aus. Wir verstanden uns gut, lachten viel und ich hatte das Gefühl, mit einer alten Freundin zusammenzusitzen. Putu war wie ihre Mutter eher etwas zurückhaltender, doch möglicherweise lag es einfach daran, dass sie nicht sonderlich gut Englisch sprach. Doch beide hörten aufmerksam zu und schnappten hier und da ein Wort auf, dass sie noch nicht kannten und sich dann erklären ließen. Irgendwann verabschiedete sich auch Putu, da sie nach Hause zu ihrem Mann und ihren Kindern musste, woraufhin Mutter Luh sich schlafen legte. Kadek holte weitere Bierflaschen, doch Noah lehnte dankend ab, da er bereits drei getrunken hatte und noch fahren musste. Kadek kommentierte das mit einem Schnalzen seiner Zunge, war aber umso erfreuter, dass ich eine Flasche nahm.

Die Stimmung war fröhlich, nur selten hatten wir Wortfindungsschwierigkeiten, sodass die Gespräche kaum ins Stocken gerieten. Es war schon längst dunkel und Kadek hatte kleine Laternen und eine etwas heruntergekommene Lichterkette mit Lampions angeschaltet. Ich fühlte mich aufgehoben und wohl wie lange nicht mehr. Auch als zur Sprache kam, dass Noah und ich einst ein Paar gewesen waren. Luh machte große Augen, während Kadek einen blöden, aber lieb gemeinten Spruch nach dem anderen abfeuerte. Noah und ich warfen uns eindeutige Blicke zu und rollten lachend mit den Augen. Es war komischerweise kein bisschen unangenehm. In diesem Moment fand ich es einfach nur schön, eine intensive Vergangenheit mit jemandem gehabt zu haben. Ich wusste, dass mir die gemeinsame Zeit mit Noah sehr viel bedeutete – damals wie heute. Noch immer war da ein Band zwischen uns, etwas, das auch über die Zeit hinweg bestehen geblieben war. Ich merkte es an der Vertrautheit zwischen uns, an manchen Gesten, an den Blicken. Gerade erzählte er Kadek und Luh davon, wie wir uns auf der Party eines gemeinsamen Freundes kennengelernt hatten, da die beiden nicht aufgehört hatten, zu nerven. Er erzählte, ohne zu stocken, ohne sich die Worte zurechtlegen zu müssen, es war beinah, als läse er seine einst aufgeschriebenen Gedanken vor. Ohne Scham mir gegenüber, so offen davon zu erzählen, doch auch ohne Reue. Mein Heiterkeitsgefühl verpuffte, regnete auf mich herab, als ich begriff, dass er es nicht bereute. Nicht bereute, jetzt und hier genau an diesem Ort zu sein. Irgendwo versetzte es mir einen Stich, obgleich es total albern war. Ich bereute es doch auch nicht, mich in diesem Moment hier, auf dem Grundstück von Kadeks Familie, zu befinden. Es war wunderschön und friedlich, nahezu besinnlich, und ich war mit Noah hier. Nein, ich bereute es nicht und dennoch war es ein seltsames Gefühl, ihn so locker von uns reden zu hören. Von unserem Anfang.

Ich verwarf all diese Gedanken und konzentrierte mich auf das, was er sagte. Vielleicht konnte ich dem ja noch etwas hinzufügen, vielleicht hatte er die Situation unseres Kennenlernens ja etwas anders aufgefasst als ich, doch schnell merkte ich, dass dem nicht so war. Wir schienen wie ein Spiegelbild des anderen gewesen zu sein. Mit anderem Aussehen, doch deutlich mit demselben Inneren. Wir beide waren nie diejenigen gewesen, die gern im Mittelpunkt standen und Leute anzogen wie Motten das Licht. Wir hatten beide auf der Party einem Bekannten zugehört, der die anderen Gäste wie Jünger um sich geschart hatte. Er erzählte und erzählte, gestikulierte und gestikulierte und ich hielt ihn und seine Geschichten für vollkommen übertrieben. Noah stand neben der Tür, ich auf der gegenüberliegenden Seite. In seinem Gesicht vollzog sich ein wundervolles Mienenspiel, eine Mischung aus Unglauben und Faszination über diesen Quatsch, der da erzählt wurde, und reiner Belustigung. Ich fühlte genauso und musste kurz auflachen, denn wir hoben beide gleichzeitig die Brauen, als die Geschichte ein hanebüchenes Ausmaß annahm. Noah wurde auf mich aufmerksam, warf mir einen Blick zu, der mich quer durch den Raum irgendwo in meinem Körper traf. Natürlich hatte ich ihn vorher schon bemerkt, er hatte einfach etwas an sich, das ich nicht ignorieren konnte, vielleicht seine lässige Eleganz? Ich wusste es nicht. Doch dass er mich in diesem Moment mit solch einem Blick ansah, traf mich unvorbereitet. Ich machte schnell auf cool, um meine Unsicherheit zu überspielen, und deutete mit einem Blick auf Jesus inmitten seiner Jünger und schüttelte leicht den Kopf und rollte mit den Augen, woraufhin er leise lachte. Dieses leise Lachen explodierte laut in meinen Ohren und rüttelte etwas in mir wach, das ich bis zu diesem Zeitpunkt nicht gekannt hatte. Fragend hob er seine Bierflasche hoch und ich nickte. Mit bleischweren Beinen und einem luftleichen Kopf ging ich auf ihn zu, ehe wir uns gemeinsam und übereinkommend schweigend in die Küche begaben, um uns ein Bier zu holen.

»*And then we started talking*«, sagte Noah und grinste mir zu.

»*And we did not stop 'til next morning*«, fügte ich lachend an und ignorierte das warme Kribbeln in meiner Brust.

»*Aaaaw, this is so sweet!*«, rief Luh und wurde sofort von ihrem Cousin zur Ruhe ermahnt. »*Sorry, sepupu*«, sagte sie kleinlaut, warf mir aber ein dickes Grinsen zu, das ich nur erwidern konnte. »*I wish I had some –*«

Sie wurde unterbrochen, denn wir alle hörten zögerliche Schritte vom Tor her näherkommen. Kadek stellte seine Flasche ab und stand auf, um nachzusehen, wer der spätabendliche Gast war. Noah rückte ein wenig zu mir auf und ich hatte das Gefühl, seine Haut an meiner zu spüren, doch ich wusste, dass es nur Einbildung war, denn es trennten uns noch einige Zentimeter voneinander. Was war los? Lag es am Alkohol, an der Geschichte unserer Vergangenheit, lag es an diesem Ort? Oder an etwas ganz anderem, dessen Existenz ich bis heute nicht für möglich gehalten hatte?

Ehe ich meine Gedanken fortführen konnte, sprang Noah neben mir auf, sodass ich zusammenschrak. Verwundert verfolgte ich seine Bewegungen, konnte aber wegen der Schatten in seinem Gesicht nichts außer ein seltsames Stirnrunzeln erkennen.

»*Hey*«, sagte jemand. Ein weiblicher Jemand.

Luh und ich erhoben uns ebenfalls und als ich sah, wie die Fremde mit großen Schritten auf Noah zuging, ihn umarmte und dann einen Kuss auf den Mund drückte, grollte etwas Dumpfes, Hohles durch mich hindurch. Mein Lächeln gefror mir auf den Lippen, es brannte und schmerzte förmlich, und ich fühlte mich plötzlich so dumm. Tausende Fragen und Flüche wirbelten durch meinen Kopf, doch ich kam nicht dazu, sie alle zu beachten, denn Noah drehte sich zu mir, diese große, brünette Schönheit im Arm.

»Skye, das ist Willow.«

»Hi«, sagte ich vielleicht etwas *zu* freundlich und gab ihr die Hand.

»*Hi, nice to* – Schön, dich kennen zu lernen.« Sie lächelte ein perlweißes Lächeln, das die ganze Stadt erhellen könnte, und strich sich eine lange Strähne aus dem gebräunten Gesicht.

Ich nickte stumm wie ein Fisch.

»Willow kommt aus Leeds, hatte aber Deutsch in der Schule gehabt«, erzählte Noah. »Sie beherrscht es noch immer ganz gut.« Er lächelte sie kurz an, was sie nicht minder fröhlich zurückgab. »Und wir lernen jeden Tag.«

»Ah, ich verstehe.« Wieder nickte ich. *Jeden Tag? Oh Gott. Bitte sag' nicht, dass sie deine Freundin ist. Bitte. Aber Moment. Wäre das wirklich so schlimm? Nein, verdammt noch mal! Natürlich nicht! Was denke ich mir eigentlich, was* glaube *ich zu denken?*

»*Wanna drink some beer?*«, fragte Kadek Willow.

Entweder bildete ich es mir nur ein oder er klang dabei nicht allzu freundlich.

»*Oh no, thanks, I'm here to pick up Noah.*« Sie winkte ab und die vielen Armreifen um ihr Handgelenk klimperten leise.

Ich hatte nicht viel Ahnung von Schmuck, aber sie wirkten ziemlich edel.

»Oh, aber ich habe Skye versprochen, sie nach Hause zu fahren. Also ins Hotel«, antwortete Noah.

»Wo ist es denn?«, fragte Willow und warf mir ein flüchtiges Lächeln zu.

»Legian«, sagte ich, bevor Noah antworten konnte.

»Oh, okay. Ich kann dich fahren. Kein Problem, oder?«

Sie sah Noah an, der wiederum mich ansah. Ich wusste nicht, woher dieses Gefühl so schnell kam, doch ich hasste diesen Moment abgrundtief. Am liebsten würde ich einfach gehen und mir irgendwo ein Taxi nehmen und hoffen, dass es mich bis nach Legian brachte. Doch Taxen fuhren meist nur dort ab, wo es viele Touristen gab – ich würde bis in Strandnähe laufen müssen.

Bevor ich irgendetwas sagen konnte, wurde über mein weiteres Schicksal entschieden. Noah und ich würden bei Willow mitfahren und Kadek würde am nächsten Morgen mit dem Scooter zum Hostel fahren, sodass dieser für Noah dort bereitstünde. Noah würde morgen ohnehin dort einziehen wollen, also passte das alles perfekt. Ja, perfekt, dachte ich gallig, ließ mir aber nichts anmerken. Wie schnell dieser Abend doch seine Wendung genommen hatte.

Ich verabschiedete mich mit einer Umarmung von Luh und Kadek und hoffte, die beiden wiederzusehen. Luh sagte, wir könnten uns gern mal auf einen Kaffee treffen, was ich erfreut annahm, und Kadek versprach mir, mich kostenlos an einem seiner Surfkurse teilnehmen zu lassen. Ich bedankte mich bei ihnen und nahm Kadek das Versprechen ab, dass er seinen Eltern ebenfalls noch einmal meinen Dank aussprechen sollte, dann stiefelte ich Willow und Noah hinterher, die bereits in ein Gespräch vertieft waren.

Die Fahrt war abenteuerlich, denn Willow hatte sich nach mehreren Monaten Aufenthalt in Südostasien schnell dem Fahrstil der Einheimischen angepasst. Sie hupte wie verrückt und fluchte laut auf Englisch, als eine ganze Armada von Scootern ihr den Weg blockierte, doch hatten wir einmal die vielen Ampeln hinter uns gelassen, wurde es ein wenig ruhiger. Die ganze Fahrt über unterhielten wir uns über Oberflächliches. So erfuhr ich, dass Willow allen Ernstes Influencerin war und Produkte von Schmuck-, Bademode- und Sneakerfirmen bewarb. Sie verdiente ziemlich gut damit und reiste zwischen Bali, Bangkok und Singapur so häufig hin und her, wie ich Mahlzeiten zu mir nahm. Noah erzählte stolz, dass Willow fleißig Werbung für das Hostel machte und dank ihr mehr Buchungen reingekommen waren. Natürlich freute mich das für Noah, doch im Großen und Ganzen fand ich Willow unerträglich. Ja, sie war nett, wunderschön, lachte viel und fuhr Auto wie die Jungs von *Fast & The Furious*, doch ich fand sie unerträglich. Punkt.

7. KAPITEL

Der nächste Tag sah schon anders aus. Beim Aufwachen dachte ich weder an Noah noch an Willow - oder die beiden zusammen -, sondern daran, wie glücklich ich mich schätzen konnte, hier zu sein. Ich drehte mich im Bett herum und griff nach meinem Handy, doch hatte ich keine Nachrichten erhalten. Einen Moment blieb ich noch in den weißen Laken liegen und lauschte auf die Geräusche des Hotels und der Umgebung, dann rollte ich von der Matratze und machte mich daran, meine Koffer zu packen. Heute würde es weiter in den Norden gehen. Nach Ubud.

»*Thank you, Ketut!*« Ich drückte meinem Fahrer ein paar Scheine in die Hand und verabschiedete mich von ihm. In ein paar Tagen würden wir uns wiedersehen, obwohl ich noch nicht wusste, wohin es als Nächstes ginge. Doch erst einmal hatte ich vier Nächte in Ubud gebucht.

Ubud war einer der beliebtesten und bekanntesten Orte in ganz Bali. Es lag im Hochland der Insel, umgeben von Reisterrassen, Wasserfällen und Dschungel. Es war eine völlig andere Umgebung als in Uluwatu oder Legian und ihr haftete etwas Traditionelles an. Zwar gab es hier in der Regel viele Touristen, doch da ich bisher noch nie in der Hauptsaison auf Bali gewesen war, war das Verhältnis von Einwohnern zu Urlaubern immer recht ausgeglichen.

Ich zog meinen kleinen Handgepäckskoffer hinter mir her, während mich das Gewicht meines Trekkingrucksacks beinah erdrückte, doch ich hatte nur knappe hundert Meter vor mir. Die Straße war gerade einmal breit genug, dass ein Auto hindurchschleichen konnte, ohne die Seitenspiegel zu verlieren, daher hatte Ketut mich an der Hauptstraße rausgelassen. Meine Unterkunft befand sich am Ende der Lane, lag also ruhig und geschützt vor dem Lärm des Ortes. Es war bereits das dritte Mal, dass ich hierherkam. Als ich Ubud das zweite Mal besucht hatte, hatte ich mir eine andere Unterkunft ausgesucht, da ich etwas anderes sehen wollte, doch diese war nicht an die erste herangekommen – also war die Entscheidung für die jetzige Reise nicht schwergefallen.

Das Grundstück erstreckte sich über zwei Ebenen, die obere glich dem Zuhause von Kadek und seiner Familie. Dort standen traditionelle Pavillons, teils für die Gäste, teils für die Betreiberfamilie. Pinkfarbener Hibiskus wuchs zwischen all dem Grün, mancher in steinernen Gefäßen, mancher in Beeten, die rings um die kleinen Gebäude angelegt waren. Im Zentrum der kleinen Anlage stand ein mit Blumenkranz geschmücktes Abbild von Ganesha aus Granit gehauen, umrahmt von Farnen und breiten, grün-weißen Blättern. Es roch nach Räucherstäbchen und ein kleines Wasserspiel plätscherte träge vor sich hin. Ich wurde wie überall herzlich empfangen und man trug mir meinen Koffer zu meinem Zimmer, das ich auf der unteren Ebene gebucht hatte.

Dort lag auch die kleine Terrasse, auf der das Frühstück serviert wurde, und der liebevoll angelegte Pool. Ich bekam tatsächlich mein Zimmer von damals, man war meinem Wunsch also nachgekommen. Ich bedankte mich mehrfach dafür und als ich die Tür hinter mir schloss, warf ich mich auf das riesige Doppelbett und atmete tief durch.

Es war schwül, der Himmel bedeckt und doch war der Pool gerade die beste Lösung. Es war früher Nachmittag, das Hotel nicht ausgebucht, und ich hatte den Pool für mich allein. Ich schwamm ein paar Züge, dann ließ ich mich im Wasser treiben – genau wie meine Gedanken.

Vorhin im Auto hatten Noah und ich kurz miteinander geschrieben. Ich hätte es albern und komisch gefunden, wenn ich mich nicht bei ihm gemeldet hätte. Nur weil seine Freundin – oder was auch immer Willow genau für ihn war – aufgetaucht war, hieß es ja nicht, dass ich mich nicht für den schönen Abend bedanken konnte. Es war wirklich ein schöner Abend gewesen, abgesehen vom Ende natürlich, und ich wollte Noah nicht die kalte Schulter zeigen. Es hatte sich nichts zwischen uns geändert, warum sollte es auch. Er war mein Exfreund. Punkt. Ja, ich musste zugeben, es zeigten sich Tendenzen eines Urlaubsflirts, doch alle Urlaubsflirts waren Luftschlösser. Ich brauchte mir nichts vorzumachen.

Ich tauchte unter und hielt so lange die Luft an, wie ich konnte. Früher bin ich sehr gern schwimmen gegangen, doch irgendwie hatte ich seit Jahren keine Zeit mehr dafür gefunden – eine Runde um den Park zu joggen war auch weniger aufwendig, als zur Schwimmhalle zu fahren. Ich glaubte, ich hielt nicht einmal eine halbe Minute durch, dann tauchte ich wieder auf. Mein Herz raste und ich atmete mehrmals tief ein und aus, während ich mir Haare und Wasser aus dem Gesicht strich. Ich sah zum Himmel. Er war um einiges dunkler geworden und ich meinte, es in der Ferne grollen zu hören. Ubud lag deutlich über dem Meeresspiegel, die Berge um den Ort herum hielten die Wolken über ihm fest, sodass es hier häufiger regnete. Doch das war meist die reinste Wohltat, eine Abkühlung für Geist und Körper. Ich entschloss, den Pool zu verlassen, und genehmigte mir eine ausgiebige Dusche, wenngleich ich davon ausging, in den nächsten Stunden sowieso wieder zu schwitzen. Kurz darauf verließ ich das Hotel und spazierte durch die Straßen. In Ubud herrschte eine gänzlich andere Atmosphäre als im Süden. Hier wirkte alles viel gelassener und besinnlicher. Zwar war die Vegetation überall auf Bali üppig und äußerst lebendig, doch hier fiel es besonders auf. Zudem lag ein anderer Geruch in der Luft, er war klarer und erfrischender, sodass man spüren konnte, wie die Seele gereinigt wurde, wenn man tief durchatmete. Das gesamte Leben schien entschleunigt und das legte sich auch auf die Touristen nieder – jedenfalls erging es mir so.

Ich hielt an einer Kreuzung und musterte das hölzerne Straßenschild mit der bunten Schrift, die viele kleine Läden und Restaurants in der Nähe auswies. Ich konnte keinen dieser Namen zuordnen, doch machte das nichts, denn ich hatte kein bestimmtes Ziel, ich ließ mich einfach treiben. Ein paar Schritte musste ich auf der Straße gehen, da sich ein kleiner Krater mitten im Gehweg befand, in dem man sich den Knöchel verstauchen konnte, wenn man nicht aufpasste.

Zwischen den Cafés und Boutiquen taten sich immer wieder wunderschöne Eingangstore zu den Grundstücken der Einheimischen oder den Unterkünften auf. Ich blieb auf der gegenüberliegenden Seite stehen und musterte die prächtigen, filigran ausgearbeiteten Tore. Zwar kannte ich nicht alle Orte Balis, doch glaubte ich, dass es nur in Ubud solch eine Pracht und Vielfalt gab. Ein Lawang, welches aus zwei Bögen bestand, war mit Blumenornamentik und mythischen Figuren geschmückt. Dahinter lag eine schwarze Aling-Aling, hinter der sich der hellblaue Himmel und das Geäst eines Baumes erstreckten. Das Tor daneben sah vollkommen anders aus, orangefarbene Töne waren vorherrschend und der Eingang wirkte wie ein Bilderrahmen, der in eine andere Welt entführte. Neben dem Tor stand ein überdachter Schrein, um welchen ein weiß-gelbes Tuch gebunden war. Links und rechts sprossen die Pflanzen. Palmwedel und Farne waren wie ausgestreckte Finger, die liebevoll über die Mauern strichen, ein ganzes Gewirr aus Luftwurzeln der Banyan-Feige verdeckte die Sicht auf das Haus dahinter und an den hohen Bambusstämmen ein paar Meter weiter konnte ich mich kaum sattsehen. Ich liebte es. Ich liebte diese fein ausgeklügelte Architektur und wie sie durch den pflanzlichen Rahmen perfekt in Szene gesetzt wurde. Ich liebte die Individualität dieser Tore, obgleich sie alle einer gemeinsamen Sache entstammten. Und ich liebte das Lächeln und die Gelassenheit, mit dem einem die Einheimischen begegneten, wenn sie einen dabei erwischten, wie man voller Staunen mitten auf der Straße stehen geblieben war. Und immer wieder entdeckte ich Neues, an das ich mein Herz hängen konnte, immer wieder kam noch ein Stück hinzu, das mich zusammensetzte. Jeder Mensch bestand aus

Puzzleteilen und jedes Erlebnis, jeder Schritt in eine bestimmte Richtung trug dazu bei, dass etwas aus einem entstand. Bei manchen dauerte es länger als bei anderen, doch irgendwann – so hoffte ich – war ein jeder von uns vollständig. Jeder war ein buntes Mosaik aus seinen Erfahrungen und schillerte in seinem ganz eigenen Farbspektrum. Ich wusste, dass ich noch nicht vollständig war, doch Bali half mir dabei, meine fehlenden Teile zu finden.

Auf dem Rückweg hielt ich an einem kleinen Warung in der Straße der Unterkunft, um dort zu essen. Dort gab es nur drei Tische, also noch nicht einmal Platz für zehn Personen, und ich genoss diese gedrängte Gemütlichkeit. Die linke Wand war mit modernen Kreidegrafiken und Sprüchen dekoriert, die rechte sah ein wenig traditioneller aus. Die Besitzerin war Kellnerin und Köchin zugleich und bereitete die Gerichte hinter einem Vorhang auf ihrem eigenen Herd zu. Für eine große Portion gebratene Nudeln und eine Cola zahlte ich knapp zwei Euro. Die Nudeln schmeckten furchtbar lecker, besser als in so manch edlerem Restaurant, und die Portion war riesig. Danach ging ich nur zwei Häuser weiter und setzte mich in das dort ansässige Lokal, um einen Cocktail zu trinken. Es war nicht besonders viel los, doch ausreichend, sodass man davon ausgehen konnte, dass das Lokal recht beliebt war.

Ich setzte mich an einen Tisch mit Eckbank im hinteren Teil und beobachtete die anderen Gäste. Hauptsächlich waren Pärchen anwesend, eine Gruppe von vier Mädels, die schon etwas beschwipst waren, lachte laut und rief beim Kellner ein breites Grinsen hervor. Ich bekam meinen Drink in einem schicken Alubecher mit

Bambusstrohhalm serviert, dazu eine Schale Erdnüsse. Ich nahm mein Handy zur Hand und sah mir die Fotos der letzten Tage an. Als ich zu den Bildern des Hostels gelangte, hielt ich einen Moment lang inne und versuchte, meine Gefühle zu ordnen. Der Spot war ein Traum, das Gebäude ebenfalls und ich war wirklich gespannt, wie es aussehen würde, wenn es fertig wäre. Ich scrollte weiter und als ich das Selfie von Luh, Kadek, Noah und mir sah, vollführte mein Herz einen albernen Hüpfer. Ohne es zu wollen, trat ein Lächeln auf mein Gesicht und ich zoomte an Noah heran. Er sah glücklich aus. Sein gebräuntes Gesicht hatte fast dieselbe Farbe wie die seiner Augen, sein leichter Dreitagebart warf in dem dunklen Licht einen markanten Schatten auf seinen Kiefer und sein breites Grinsen war wahrlich ansteckend. Irgendwo in mir erwachte eine so plötzliche Sehnsucht nach ihm, nach dem vertrauten Gefühl auf dem Motorroller, dass ich das Handy schnell aus der Hand legte und die Fotos den Rest des Abends nicht mehr ansah.

Der nächste Tag begann früh für mich. Ich hatte vor, den bekannten Campuhan Ridge Walk zu laufen, einen Weg, beginnend mitten in Ubud, der über Wälder und Reisfelder führte. Ich hatte es bisher nie geschafft, ihn zu begehen, daher wollte ich das endlich nachholen. Ich frühstückte meine geliebten Pancakes, trank einen Orangen- sowie einen Papayasaft und beendete mein Frühstück mit etwas Wassermelone. Danach cremte ich mich von oben bis unten ein und freute mich über die erste leichte Bräunung meiner Haut. Ich packte meinen Rucksack mit genügend Wasser, einem kleinen Handtuch und meiner Spiegelreflex, dann brach ich in

Richtung Ubud Market auf. Für den Ort war es noch einigermaßen ruhig um diese Zeit, die Luft kühl, erfüllt von Nebel und Trägheit. Scooter knatterten über die Straße, ein Lastwagen transportierte Wassertanks, irgendwo krähten ein paar Hähne. Ich lief über den unebenen, schlecht ausgebauten Fußweg, wich Laternenpfählen aus, die mitten darauf gebaut worden waren, und überquerte die Straße in einem halsbrecherischen Manöver. Ich brauchte eine knappe halbe Stunde, um den Beginn des Pfades zu erreichen. Ich ging an einem Laden vorbei, dann wand sich der Weg ein paar Meter hinauf, ehe ich die Bäume hinter mir ließ und sich links und rechts saftig grüne, wild bewachsene Hänge auftaten. Der Nebel hatte sich fast gänzlich verzogen und ließ so den Blick auf die Umgebung zu. Vor mir lief ein junges Pärchen und ungefähr hundert Meter weiter eine Familie mit Kindern im Teenageralter. Ich ging an einer Schaukel vorbei, die extra für Touristen am Hang installiert worden war, wovon es in den Bergen Balis einige gab. Gerade wurde einer Frau von den verantwortlichen Einheimischen geholfen, sich auf die Schaukel zu setzen. Zwei der Männer hielten die Schaukel fest und der dritte gab ihr auf Englisch Anweisungen. Das Pärchen und ich waren stehengeblieben. Wir wollten uns diese Show nicht entgehen lassen, vor allem nicht, wie der Freund der Schaukelnden kaum hinterherkam, ihrer zeternden Stimme Folge zu leisten, das perfekte Bild zu schießen. *Instagram husband*, schoss mir sogleich durch den Kopf und ich konnte mir ein Augenrollen nicht verkneifen. Ich liebte Bali und ich war tatsächlich erst durch Instagram auf einige der speziellen Plätze dieser Insel aufmerksam geworden, doch nicht nur! Und ich fuhr auch ganz sicher nicht hierher, nur um meine

Followerzahl durch schicke Bilder zu erhöhen. Mein Account war privat und dümpelte bei knapp 150 Followern herum, ich machte mir nichts daraus. Zwar teilte ich das eine oder andere Bild, doch eher, um Freunden und Bekannten zu zeigen, was ich gerade machte, dass es mir gutging, und nicht, um zu sagen »Ätschibätsch, ich bin im Paradies und ihr nicht«. Da die Schaukelnde nicht aufhörte zu zetern, sodass sogar die drei Balinesen belustigt die Brauen hoben, wollte ich mir das Theater nun nicht weiter antun, und setzte meinen Weg fort.

Die Sonne brach allmählich durch die Wolken und vertrieb den letzten Dunst. Ich nutzte diesen Moment, um die Schönheit dieses Morgens mit meiner Kamera einzufangen. Niemand hielt sich vor mir auf dem Weg auf, sodass man wirklich meinen könnte, ich hätte all das hier nur für mich allein. Tief atmete ich den kräftigen Geruch der feuchten Erde ein, nahm dieses Gefühl von Freiheit und Sorglosigkeit tief in mich auf. Ich ließ meinen Blick über die flachen Hütten schweifen, die sich an den Hang schmiegten, und verharrte im Anblick der Reisfelder, deren Grünton einmalig war. Die zwei Pärchen von der Schaukel überholten mich bald, sodass ich mich erst einmal ins Gras setzte und einen Schluck Wasser trank – ich wollte weder hinter ihnen herstapfen noch vor ihnen herhetzen. Während ich so dasaß, hoben meine Gedanken ab wie ein Vogelschwarm und erst am Ende landete ich bei Noah. Bisher war heute noch keine Nachricht von ihm eingetrudelt – und das wurmte mich. Ich wusste, dass es lächerlich war, dass ich mich lächerlich machte, und doch nahm ich immer wieder mein Handy in die Hand und las den letzten recht oberflächlichen Austausch zwischen uns. Seine Sätze waren unverfänglich, freundlich und zwanglos. Ganz normal.

Und das war auch gut so. Mit einem verärgerten Seufzen steckte ich mein Handy wieder weg. Was für ein Blödsinn! Ich wusste genau, dass es bloß die Erinnerung an unsere gemeinsame Zeit war, die mich so sehr durcheinanderbrachte, nicht die Gegenwart. Es war schön und seltsam zugleich, ihn nach so vielen Jahren wiederzusehen und zu erkennen, dass er sich eigentlich kaum verändert hatte. Zumindest hatte ich bisher keine ungewöhnlichen Anwandlungen erkannt – bis auf Willow vielleicht.

»Hmpf«, machte ich düster, als ich an ihre sonnengebräunte Modelgestalt dachte, welcher mit Sicherheit jeder und jede hinterhersah. Und dann war sie auch noch Influencerin ... Ich wischte mir mit dem Handrücken den Schweiß von den Schläfen. Wie schön, dass sie das machen konnte, was sie liebte. Ich atmete durch. Ja, wirklich: wie schön! Ich war wohl eindeutig neidisch und das machte mich zu einer biestigen Person. Und ich war keine biestige Person, noch nie gewesen. Und Willow hatte das auch überhaupt nicht verdient, sie war wirklich nett. Und witzig. Ich hatte sie auf der Rückfahrt von Kadeks Familie nur nicht ganz so witzig finden können – was vielleicht ein wenig verständlich war.

Ich stand auf und holte erneut mein Handy hervor. Ich schoss ein Bild von dem Weg und schickte es an Noah, keinen Text, sondern nur den Sonnenbrillen-Smiley dazu, dann ging ich weiter.

Hier oben schien die Zeit anders zu verlaufen, deutlich langsamer und ohne Regeln. Ich befand mich erst rund 40 Minuten auf diesem Pfad und doch glaubte ich, schon lange hier zu sein. Ich war ein Wanderer, der weder die Grenzen von Raum noch von Zeit kannte, der kein Ziel hatte, sondern der in jedem getanen Schritt einen höheren Sinn sah. Die intensiven Geräusche des Dschungels, die zu mir heraufdrangen, das Anbranden der scheinbar entfernten Zivilisation, mein stetiger Atem, das leise Wispern des sanften Windes – all das fügte sich nahtlos aneinander und setzte sich an den offenen Rand meiner Seele. Es machte ein winziges Stück mehr aus mir.

Ergriffen von meinen eigenen Gedanken lachte ich leise auf und ließ den Blick schweifen. Ich strich mir über den Nacken und band meine Haare zu einem Knoten zusammen, da sich dort die Hitze staute. Es war erstaunlich, wie schnell sich die Luft erwärmen konnte. Nur noch ein leiser Nachklang des kühlen Morgens zog über die grünen Dächer der Hänge hinweg. Obwohl ich außer Vegetation kaum etwas anderes sah, sah ich die Welt von oben – und dieser Ausblick genügte mir. Ich brauchte keine Wolkenkratzer, keine beeindruckende Skyline. War nicht der Himmel selbst das Beeindruckendste? Seine Linie, der Horizont, der uns zum Träumen und Innehalten anregte, zum Verweilen in den eigenen Gedanken? Waren die Dächer der Natur nicht schöner als die aus Stahl und Beton? Unter welchen fühlte man sich freier, unter welchen konnte man gedeihen? Schon immer hatte ich Platz zum Denken gebraucht, schon immer hatte ich nach Freiraum gestrebt, egal in welchem Sinne. Frei von gesellschaftlichen Konventionen, frei von Erwartungen, frei von erdrückendem Grau der Städte, frei von Ängsten und Ärgernissen. Dinge, die einen plagten oder hinderten, musste man überwinden, sich von ihnen lossagen, und genauso verhielt es sich mit Personen. Nicht nur Dinge konnten einen krank machen, Menschen genauso. Ein gewisser Egoismus war nicht ungesund, nein, er war nötig.

Gerade in der heutigen Zeit, wo alles so schnell ging, jeder so gut vernetzt war, jeder immer mehr wollte, von etwas, das ich nicht sah oder verstand. Es war wichtig, sich zurückzulehnen, zu entschleunigen und, wenn nötig, die Reißleine zu ziehen. Und das hatte ich getan. Mein Job hatte mir einst so viel bedeutet, seinetwegen hatte ich alles aufgegeben – auch Noah –, doch am Ende hatte er mir nicht mehr gutgetan. Die Arbeit wie auch die Leute hatten mich ausgelaugt. Ich hatte losgelassen und ich bereute es kein Stück. Es war das Beste, was ich hätte tun können.

Als ich den Bukit Campuhan erreichte, den Hügel, der den höchsten Punkt des gesamten Weges markierte, musste ich gezwungenermaßen wieder einen Stopp einlegen, denn ich wollte genau wie alle anderen auch unbedingt Bilder davon machen. So war ich gezwungen, ein wenig zu warten, bis die zehn anderen Leute, die sich hier tummelten, mit ihrem kleinen Fotoshooting fertig waren. In der Ferne sah ich schon die nächsten Touristen auf mich zukommen, daher blieb mir nicht viel Zeit. Ich ging in die Hocke, um eine bessere Perspektive zu haben, und machte erst ein paar Bilder mit dem Handy, dann mit meiner Kamera. Ich hatte Glück, denn gerade kam die Sonne wieder hinter den dünnen Wolken hervor und tauchte die Hügelkuppe in hellgrünes Licht, das sich von dem dunkleren Grün der Umgebung besonders schön abhob. Die einzelne, schmale Palme auf der rechten Seite verlieh dem Bild den zusätzlichen Charme, dann war der Moment auch schon wieder vorbei und die nächste Wolke schob sich vor die Sonne. Zufrieden schraubte ich den Deckel auf das Kameraobjektiv.

Am Ende des Weges lag ein kleines Café, in dem ich einkehrte. Ich bestellte mir einen Eistee und einen Obstteller, sodass ich mich erfrischt eine halbe Stunde später auf den Rückweg begab. Es kamen mir nun eindeutig mehr Leute entgegen, es hatte sich also gelohnt, etwas früher aufzustehen.

Als ich abends nach einer Abkühlung im Pool frisch geduscht im Bett lag und ein wenig las, meldete sich Noah. Aus dem Augenwinkel sah ich seinen Namen auf meinem Display aufblinken und ignorierte das Hüpfen meines Herzens. Ganz ruhig, beinah so, als ob ich unter Beobachtung stünde, griff ich nach meinem Handy und las die Nachricht.

Wow, bin ein bisschen neidisch, stand da. *Habe heute den ganzen Tag im Hostel verbracht, sorry, dass ich mich jetzt erst melde.*

Schon okay, dachte ich und las weiter.

Falls du morgen noch nichts vorhast, könntest du mir vielleicht dabei helfen, ein paar Möbel und etwas Deko fürs Hostel auszusuchen? Ubud ist schließlich der perfekte Ort für so was :)

Ich ließ das Handy sinken und lehnte meinen Kopf gegen die Wand. Ein weiterer Tag mit Noah. Wollte ich das? *Sollte* ich das? Ich dachte nicht lange darüber nach und tippte eine Antwort.

8. KAPITEL

Ich traf Noah in der Nähe des Ubud Marktes und war überrascht, als wir diesen nicht besuchten, sondern ein paar Straßen weitergingen.

»Zu touristisch«, sagte er mit einem Zwinkern, als ich ihn darauf ansprach. »Dort verkaufen sie fast alle das Gleiche und das zu viel zu hohen Preisen. Ich habe bereits mit einigen Künstlern und Ladenbesitzern per Mail kommuniziert – da will ich hin!«

»Okay, verstehe«, antwortete ich. Dass Noah nicht als Tourist angesehen werden möchte, war durchaus verständlich. Schließlich baute er hier eine Existenz auf und war darauf bedacht, sich nicht über den Tisch ziehen zu lassen. Natürlich konnte das immer noch passieren, doch ging er das optimistisch an. Während er über sein Handy eine Straßenkarte aufrief und sich dabei mehrmals mit fragender Miene um die eigene Achse drehte, hatte ich meinen Blick auf sein Haar gerichtet, das er heute zu einem kleinen Knoten gebunden trug. Ich biss mir auf die Unterlippe. Unser letztes Treffen war keine zwei Tage her und doch fühlte ich mich, als wäre etwas Weltbewegendes passiert. Allmählich beruhigte sich mein Herz wieder, das eben, als ich um die Ecke gebogen war, wie ein aufgeregter Kolibri geflattert hatte. Die Sonne verfing sich in Noahs Haaren, als er sich erneut umdrehte. Ihm rutschte ein leises »Hä?« raus, das mich schmunzeln ließ. Tief atmete ich durch die Nase ein und schüttelte dieses Gefühl der Enge um meine Brust ab, das mich schon seit heute Morgen plagte.

»Ich glaub', ich hab's«, sagte er nun und winkte mit seinem Handy.

»Gut.« Ich zog am Träger meiner Umhängetasche, da er an meiner Haut klebte.

»Wir müssen die Straße entlang und dann bald nach rechts«, erklärte er und deutete hinter sich. »Dort liegen die Läden, die ich suche.«

Scooter knatterten an uns vorbei, einige kleine Lastwagen, deren Waren scheinbar wackelig gestapelt waren, hupten sich durch die Gassen, Autos mit Touristen, die umherkutschiert wurden, fielen eindeutig auf, denn sie fuhren um einiges vorsichtiger. Kleine Opferschälchen lagen auf dem unebenen Gehweg und manch ein Einheimischer war in seiner weißen Kleidung auf dem Weg zu einem der vielen Tempel. Wir liefen durch eine der ruhigeren Nebenstraßen, in der kaum Verkehr herrschte, und Noah zählte mir auf, was er alles brauchte. Er wollte die Waren vor Ort selbst aussuchen und sich nicht aufs Internet verlassen, obgleich er die meisten später liefern ließ. Ihm lag viel daran, das Hostel so authentisch wie möglich zu gestalten, und daher benötigte er Möbel und Dekorationsgegenstände aus Ubud, denn hier wurden diese gefertigt.

»Da es zwei Schlafsäle und zehn Zimmer sowie die drei Hütten gibt, brauche ich für diese schon einmal insgesamt 18 Bilder – die Hütten bekommen jeweils zwei. Und dann natürlich noch welche für den

Gemeinschaftsraum, die Küche und den Empfang«, zählte er auf und ich nickte. »Nicht zu aufdringlich, was Traditionelles und bloß keinen Kitsch.«

»Okay.« Ich lachte und er grinste mich an.

Heute trug er kein Achselshirt, sondern ein kurzärmeliges Hemd zu knielangen Khakishorts und Sneaker statt Flip Flops. Das war wohl der Bali-Business-Look, schätzte ich und sah an mir herunter: schwarzes, luftiges Trägerkleid ohne besondere Auffälligkeiten, einen zerbeulten, jahrealten Rucksack und natürlich Flip Flops. Noah hatte sich die Sonnenbrille in die Haare geschoben, sodass eine Strähne quer über der Brille lag, was ein bisschen komisch aussah. Ohne darüber nachzudenken, winkte ich ihn zu mir heran und strich sie ihm glatt.

»Danke?«, sagte er ein wenig überrascht und ich trat schnell einen Schritt zurück, um einen gewissen Abstand zu ihm zu schaffen.

»Wir wollen doch nicht dein geschäftsmäßiges Outfit durcheinanderbringen«, antwortete ich mit einem Grinsen.

»Oh.« Er lachte. »Du hast meine Absicht also erkannt, sehr gut!«

»Ich denke schon«, gab ich zurück. »Meinst du, das nützt was?«

»Nein, wahrscheinlich nicht.« Er schüttelte den Kopf und lachte erneut. »Bestimmt denken die meisten im ersten Moment, ich wäre ein reicher Bonzentourist.«

Ich machte einen weiteren Schritt zurück und musterte ihn übertrieben. »Da könntest du wohl recht haben«, neckte ich ihn und er kniff bedrohlich die Augen zusammen, sodass ich kurz auflachte. Schnell sah ich mich nach einem Laden um und fand diesen ein paar Meter weiter. »Wollen wir den ausprobieren?«, schlug ich vor und Noahs Gesicht nahm wieder seine typische, freundliche Mimik an.

»Gern«, antwortete er.

Schon die Auslage des Ladens verriet mir, dass wir hier mit Sicherheit fündig werden würden. Es wurden verschiedene Formate angeboten, gerahmte Bilder, Bilder auf Leinwand, Tiere, Landschaften, religiöse Motive, kaum Abstraktes. Mir gefiel ein ungefähr ein Meter breites Bild einer Reisfeldlandschaft, in der einige Arbeiter und kleine Hütten zu sehen waren. Ich spürte Noah neben mir.

»Nett«, sagte er.

Ich drehte mich ungläubig zu ihm um. »Nett?«, wiederholte ich mit hoher Stimme.

Noah sah von mir zu dem Bild und wieder zurück, dann lachte er laut. »Zu köstlich deine Miene, wirklich!«

»Haha«, machte ich bloß und ging beleidigt weiter.

Der Verkäufer war auf uns aufmerksam geworden und ehe er uns irgendetwas andrehen konnte, erklärte Noah ihm sein Anliegen. Der Mann wechselte einen Blick zwischen uns und tippte gegen sein Kinn. Dann nickte er und winkte uns tiefer in seinen Laden hinein. Neugierig folgten wir ihm in eine Ecke mit einem kleinen Regal, in dem unzählige rahmenlose Bilder lagen. Er zog ein paar aus einem Stapel hervor und strich erst über die Oberfläche, dann drehte er das Bild um und deutete auf das mit Bleistift geschriebene Datum und das Kürzel des Künstlers.

»*Original*«, sagte er mit einem Lächeln, das uns wohl überzeugen sollte.

Noah trat neben ihn. »*May I?*«

»*Please, please!*«

Der Mann zog sich zurück und ließ uns tatsächlich in Ruhe stöbern.

»Die sind wunderschön«, hauchte ich, als wir ein Bild nach dem anderen besahen. Ehrfürchtig fuhren meine Finger über die Erhebungen der Farbe.

»Genau so etwas wollte ich haben«, antwortete Noah. »Jetzt müssen wir uns nur noch entscheiden.«

Wir. Ich horchte auf. Er sagte wir. Ich warf ihm einen kurzen Blick zu und hätte beinah aufgelacht, so absurd und schön war diese Szene. Noah hatte die Arme ausgestreckt, um vorsichtig in einem der Stapel zu blättern, das Sonnenlicht schien gebrochen durch die Plane des Ladens und ließ den Staub um uns herum golden in der Luft tanzen. Er sah zufrieden aus, angetan von den Motiven, ihrer Machart. Mein Blick tastete sich vorsichtig an seinem Hals entlang, über seinen ausgeprägten Kieferknochen, weiter über seine glatt rasierte Wange, bis hin zu seinen Augen, welche jedes Mal zu leuchten schienen, wenn er ein neues Bild betrachtete. In diesem Moment wirkte er so in sich ruhend, dass ich erneut den Neid in mir rumoren spürte. Er war angekommen. Und sein Empfinden darüber sickerte ihm aus jeder Pore, ließ ihn in seinem ganz eigenen Licht erstrahlen.

»Was ist?«, fragte er, ohne aufzusehen.

»Nichts, wieso?« Ich fühlte mich ertappt.

»Du hast geseufzt.«

»Hab ich nicht!«, erwiderte ich.

»Doch, hast du.« Er lachte leise in sich hinein, noch immer im Anblick der Bilder versunken.

Ich wollte etwas erwidern, klappte dann aber meinen Mund zu. Ich hatte geseufzt? Oh je. Das sollte mir gehörig zu denken geben!

»Dieses hier!« Noah zog ein Bild hervor und hielt es vor sich, damit ich es betrachten konnte.

Reisterrassen im Morgendunst. Das war das Erste, was mir dazu einfiel, und auch bei längerer Betrachtung passte dieser Titel perfekt. Im Hintergrund war der Himmel blass orangefarben, zwei Berge schauten aus dem Nebel, der auf den Bäumen lag, hervor, im Vordergrund lagen die Terrassen, auf deren Wasseroberflächen sich zwei Palmen spiegelten. Es war im Gegensatz zu den anderen Bildern bisher nicht so kontrastreich, doch wahrscheinlich war es genau das, was die Besonderheit ausmachte. Und das Motiv natürlich, es war wunderschön und ich glaubte, diese Umgebung direkt vor mir zu sehen, in dieses Bild hineingesogen zu werden. Idylle, Glück, freies Atmen, mit sich im Reinen sein. Sehnsucht, die zu Erfüllung wird. Mit einem Mal waren meine betrübten Gedanken wie weggeblasen und ich glaubte, meine Seele wuchs empor. Es dauerte eine Weile, bis ich merkte, wie sich Noahs Miene verändert hatte, und als ich meine Aufmerksamkeit wieder auf ihn lenkte, stockte mir das Herz.

Die Andeutung eines Lächelns lag auf seinen Lippen und der Ausdruck seiner Augen war so offen, so voller Freude, doch gleichzeitig schien er auch eine Frage zu formulieren. Ich wusste nicht, ob diese Frage mir galt, daher reagierte ich nicht darauf, sondern wandte mich mit klopfendem Herzen wieder ab.

»Es ist wunderschön«, sagte ich und räusperte mich.

Noah antwortete nicht sofort, doch als er es tat, war es, als streifte seine Stimme über meine Haut und hinterließ ein angenehmes Prickeln. »Das ist es.«

Ich hatte ihm den Rücken zugekehrt und tat, als sähe ich mir weitere Bilder an, doch hatte ich die Augen geschlossen und kämpfte gegen das Gefühl an, das in mir aufzusteigen drohte. Ich war überfordert. Eindeutig.

All den balinesischen Gottheiten sei Dank kam genau in diesem Moment der Verkäufer zurück und fragte, ob wir etwas gefunden hätten. Noah reichte ihm das Bild und sagte, dass wir noch eine Weile bräuchten. Ich nutzte die Gelegenheit, um ein wenig Abstand zu ihm zu gewinnen und durchzuatmen, wobei ich genau seinen Blick in meinem Nacken spürte. Ich ging in die Hocke, um einen Stapel am Boden durchzusehen, und der Verkäufer stellte mir mit einem Lächeln einen niedrigen Hocker hin.

»*Oh, thank you very much*!« Ich lächelte dankbar zurück, woraufhin er eine kleine Verneigung andeutete. Dieser Laden war wirklich ein Glücksgriff und ich hatte nicht das Gefühl, hier nur so zuvorkommend behandelt zu werden, weil ich Tourist oder anderer Kunde war. Es steckte ehrliche Freundlichkeit dahinter.

Eine Weile kramten Noah und ich stumm und in Gedanken versunken in dieser riesengroßen Auswahl an Bildern herum und förderten immer wieder ein paar Schmuckstücke zutage, bei denen wir ausnahmslos schnell übereinkamen, all diese nehmen zu wollen. Wir hatten offenkundig den gleichen Geschmack, das gleiche Auge, was wir allerdings nicht weiter kommentierten. Am Ende machte Noah mit dem Verkäufer einen wirklich guten Preis inklusive Lieferung aus. Womöglich würden diese und andere zukünftige Besitztümer zusammen nach Jimbaran gefahren werden, um Transportkosten zu sparen, dazu würde sich Noah noch einmal bei ihm melden.

Als wir den Laden verließen, war es, als würden wir wieder in die wirkliche Welt zurückkehren. Schnell schüttelten wir die seltsame Stimmung aus dem Laden ab und begannen ein oberflächliches Gespräch, das mit jedem Schritt, den wir uns von dieser großartigen Bildersammlung entfernten, an Tiefe gewann.

Die übrigen Bilder fanden wir in einem Laden nur ein paar Häuser entfernt. Dort gab es auch hölzerne Schalen für Seifen, Bambusstrohhalme und Bambusduschmatten. Geschirr kauften wir in zwei Keramikstudios und in einem davon hielten wir uns etwas länger auf, um bei den Arbeiten, die direkt neben dem Laden stattfanden, zuzusehen. Noah unterhielt sich angeregt mit dem Besitzer und nach einigem Kopfschütteln und ein paar Lachern gaben sie sich die Hand. Ich beobachtete derweil alles still und lächelnd von der Seite aus. Noch nie hatte ich Noah so offen erlebt. Wir beide hatten seit jeher zu den eher stilleren Typen gehört, die mehr dachten, als redeten und die Zweisamkeit Partys oder anderen Zusammenkünften vorzogen. Ich hatte ihm immer schnell angesehen, wenn es ihm zu viel wurde, doch natürlich war er stets höflich geblieben, denn er wollte niemanden vor den Kopf stoßen und einen Geburtstag schon nach nur einer Stunde verlassen, weil ihm die Leute einfach zu viel wurden. So war er nicht. Und nun eröffnete er ein Hostel. Sacht schüttelte ich den Kopf bei diesem Gedanken. Niemals hätte ich das für möglich gehalten, doch jetzt, wo ich ihn hier so sah, wusste ich einfach, dass es passte. Bali hatte es ihm angetan und ich kam nicht umhin, ein bisschen Stolz darüber zu empfinden, denn schließlich hatte ich ihm diese Insel mit all ihren Schätze gezeigt.

Mit einem zufriedenen Grinsen und der Sonne in den Augen kam er auf mich zu. Einen Moment lang sah ich ihn bloß stumm an, ließ das Gefühl, das er in mir auslöste, ungefiltert durch mich hindurchströmen, doch dann riss ich mich zusammen.

»Na, alles geklärt?«, fragte ich.

»Und wie!«, gab er strahlend zurück. »Da er mich so nett fand, hat er mir noch einen Extrabonus gegeben, wie er sagte.« Er fuhr sich durch sein Haar. »Aber wahrscheinlich hat er das nur so gesagt und es war bloß der Mengenrabatt, den ich ohnehin bekommen habe.« Schulterzuckend lachte er. »Jetzt fehlen nur noch die Möbel!«

Mit den Möbeln hatten wir nicht so viel Glück, denn sie waren verhältnismäßig teuer und eher schick als praktisch. Um diese kleine Enttäuschung zu verarbeiten, machten wir eine Pause und Noah lud mich zum Mittagessen ein. Erst wollte ich es nicht annehmen, doch da er dies schon in meinem Gesicht gesehen hatte, ehe ich es sagen konnte, war er mir zuvorgekommen und hatte mir den Wind aus den Segeln genommen. So saßen wir nun also in einem netten Restaurant mit gemischter Speisekarte, ich mit einem Burger vor mir, Noah mit gebratenen Nudeln, Rindfleisch und Ei.

»Immer noch dein Lieblingsessen?«, fragte ich und tunkte eine Pommes in die feurige Soße.

Noah nickte. »Und das wird es auch immer bleiben.« Er nahm einen Schluck von seinem Bier. »Ist zwar ein wenig schade um die kulinarische Vielfalt dieser Insel, aber ich werde einfach nie genug von diesen Nudeln bekommen.«

Ich lachte. Ich hatte schon immer seinen Appetit bewundert und die Fähigkeit, nicht von den riesigen Portionen, die er stets in sich hineinschaufelte, zu platzen oder aufzugehen wie ein Hefekloß. Seiner Figur sah man es überhaupt nicht an, dass er ein leidenschaftlicher Esser war, was vermutlich einer der Gründe dafür war, dass er nicht damit aufhörte. Ich kochte und aß zwar auch sehr gern, nahm mir genügend Zeit dafür, ließ mich nicht von anderen Dingen dabei ablenken, doch war mein Magen um einiges kleiner, sodass ich immer schnell satt wurde. Manchmal ärgerte ich mich sehr darüber.

Laut ausatmend schob ich meinen Teller von mir und Noahs Blick heftete sich sofort darauf. »Nur zu«, sagte ich, ohne dass er fragen musste.

Ein schelmisches Grinsen trat in sein Gesicht, als er meinen Teller zu sich zog und sogleich zwei Pommes nahm. »Das hat sich also auch nicht geändert«, sagte er.

Ich sah auf. »Was denn noch nicht?«

Etwas geschah in seiner Miene, doch konnte ich nicht daraus lesen. Kurz runzelte er die Stirn und dann war der Moment auch schon wieder vorbei. »Ich esse immer noch liebend gern gebratene Nudeln und du schaffst nicht einmal diesen winzigen Burger.« Mit dem leicht matschigen Burgerrest in der Hand deutete er anklagend auf mich.

Grinsend hob ich meine Schultern und griff zur Bierflasche, an deren Etikett ich herumfummelte. Hatte er wirklich das gemeint oder überspielte er seine Gedanken bloß? Ich warf ihm einen Blick zu, beobachtete, wie er meine Reste verschlang und sich dann weiter seinen Nudeln widmete. Zu gern würde ich in seinen Kopf hineinschauen, wissen, was er dachte, über mich, über uns. Ich könnte ihn einfach fragen, doch wollte ich uns beiden peinliches Schweigen oder Rumgedruckse ersparen.

»Wie sehen deine weiteren Pläne aus?«, fragte er zwischen zwei Bissen. »Weißt du schon, wohin du als Nächstes willst?«

Ich zog ein Bein an und wollte schon mein Kinn darauf abstützen, als ich mich entsann, dass wir uns in einem Restaurant befanden. Ich kehrte in eine normale Sitzposition zurück und sah, dass Noah breit grinste, so breit, dass mein Herz ins Stolpern geriet. Sein Grinsen. Es war das, was mich jedes Mal voller Intensität gepackt hatte, mich durcheinandergebracht und gleichzeitig geerdet hatte. Wie konnte ein Mensch bloß solch ein Grinsen zustande bringen, so rein und strahlend, so echt und lebensfroh. Es war der Schnappschuss einer gemeinsamen Freundin gewesen, das einzige Foto, das sein Grinsen in all seiner Perfektion hatte festhalten können. Nach unserer Trennung hatte ich mir dieses Bild so häufig angesehen, voller Schmerz und Zweifel, es immer wieder aufgerufen, vorm Schlafen, nach dem Aufwachen. Es hatte mich verrückt gemacht und irgendwann hatte ich mir das Verbot auferlegt, es wieder anzusehen. Ich hatte es nicht gelöscht, noch immer wusste ich genau, in welchem Ordner auf meinem PC es gespeichert war, doch hatte ich seine Existenz nach einer Weile vergessen. Dieses perfekte Grinsen, wie ein Juwel, so selten und kostbar, nur für ganz wenige Momente bestimmt, herzerwärmend und sehnsuchtsweckend. Es traf mich vollkommen unvorbereitet.

Noah wischte sich mit einer Serviette den Mund ab und warf mir einen erwartungsvollen Blick zu, da ich noch immer nichts sagte.

»Es werden wohl tatsächlich die Gilis sein«, brachte ich dann ein wenig atemlos hervor und sah zur Bar, hinter der unzählige Flaschen in einem Regal mit indirekter

Beleuchtung standen. Ich spürte seinen Blick auf mir ruhen und umso angestrengter vermied ich es, mich ihm wieder zuzuwenden.

»Alle drei oder nur ... Meno?«

Der winzige Hüpfer in seiner Stimme brachte mich dazu, ihn doch wieder anzusehen, aber wirkte er ganz unschuldig, entspannt und zufrieden.

»Nur Meno«, antwortete ich und nahm einen großen Schluck von meinem Bier. »Eine ganze Woche.«

Dieser Gedanke hatte sich seit heute Morgen beim Frühstück entwickelt und war seither mehr und mehr zu einem Plan ausgereift. Falls ich wirklich auf die kleine Insel wollte, musste ich mich heute noch um die Überfahrt und die Unterkunft kümmern – und ich wusste schon ganz genau, welche es sein sollte.

»Wow, eine ganze Woche pure Einsamkeit im Paradies. Gefällt mir.« Noah lehnte sich zurück, in seinen Augen lag ein warmer Ausdruck.

»Ja.« Mehr fiel mir dazu nicht ein. Wie Bali hatte ich ihm auch die drei Gili Inseln gezeigt, welche westlich von Balis großem Nachbarn Lombok lagen. Alle drei waren winzig, man konnte sie in zwei bis drei Stunden gänzlich umrunden, und jede von ihnen hatte einen eigenen Charakter. Wir hatten damals alle drei besucht und Noah hatte ebenso wie ich über Gili Meno empfunden – ein perfekter Ort, um abzuschalten und nur für sich zu sein.

»Danke für deine Hilfe.«

Wir standen an der Hauptstraße, an der Noah auf seinen Fahrer wartete und wo ich in die schmale Gasse zu meiner Unterkunft abbiegen würde.

»Sehr gern«, sagte ich. »Hat wirklich Spaß gemacht.«

Noah zupfte an seinem Ohrläppchen. »Das ist gut.« Ein Lächeln huschte über sein Gesicht, dann sah er kurz fort. »Ich wünsche dir ganz viel Spaß auf Meno.«

»Danke.« Ich strich mir über den Arm. »Den werde ich mit Sicherheit haben.«

»Klar wirst du das.«

Wir sahen einander an. Ich überlegte fieberhaft, dem noch etwas Geistreiches hinzuzufügen, doch brachte mein Hirn einfach nichts zustande. »Vielleicht sehen wir uns ja noch mal«, kam es mir dann über die Lippen, obwohl ich nicht wusste, ob ich das wünschte oder es überhaupt möglich wäre.

»Das wäre schön.«

Ich nickte, dann trat ich auf ihn zu. »Bis dann.« Ich stellte mich auf die Zehenspitzen, um ihn zu umarmen. Ich wusste nicht, ob ich ihn damit überrumpelte oder nicht, doch wollte ich es nicht auseinandernehmen, dass er die Winzigkeit eines Augenblicks brauchte, um darauf zu reagieren.

»Bis dann.«

Sein warmer Atem streifte meine Schulter und entweder bildete ich es mir ein, oder er drückte mich recht fest, nahezu innig. Ich löste mich von ihm und warf ihm ein flüchtiges Lächeln zu, dann drehte ich mich um und bog in die Gasse ein. Als ich wusste, dass ich aus seinem Blickfeld verschwunden war, fuhr ich mir durchs Gesicht. Mein Herz klopfte und noch immer wirkte die Umarmung nach. Es war bloß eine ganz normale Umarmung gewesen und doch rüttelte sie an meinem Inneren wie ein Irrer an den Stangen seiner Gefängniszelle.

»Oh, Skye«, murmelte ich zu mir selbst und legte den Kopf in den Nacken. Der klare Himmel von heute Morgen war einer grauen Wolkenwand gewichen, wahrscheinlich würde es gleich wieder regnen. Gemächlichen Schrittes näherte ich mich meiner Unterkunft und versuchte, meine Gedanken zu ordnen. Der Geruch von Räucherstäbchen zog in meine Nase und einen Moment später sah ich zwei Opferschälchen an einem kleinen Eingangstor zu einer Wäscherei liegen. Dieser Anblick brachte mich in die Realität zurück. Die vergangenen Stunden mit Noah fühlten sich im Nachhinein wie ein Abstecher in eine andere Zeit an, eine andere Welt, abgeschnitten vom eigentlichen Leben. Tief atmete ich den Geruch ein, ließ mich vollkommen auf die ruhige Atmosphäre dieser kleinen Straße ein, auf den Lärm der Hauptverkehrsader nur ein paar Meter weiter, das Bellen eines Hundes, das Sirren der Stromleitungen über den Dächern, das Geklapper von Geschirr und den Duft von Waschmittel. Ein entferntes Donnergrollen erklang und mir fiel ein Regentropfen mitten auf die Stirn. Ich setzte mich wieder in Bewegung und erreichte mein Zimmer genau in dem Moment, als der Himmel seine Schleusen öffnete. Ich wusch mir Hände und Gesicht und nahm mir ein Wasser aus dem Kühlschrank, dann setzte ich mich auf die überdachte Terrasse und lauschte dem Regen, der auf Pflanzen und Wege niederprasselte. Ich hörte das Klatschen von Flip Flops und lachende Flüche und einen Moment später stoben zwei Mädels mit ihren Einkäufen an mir vorüber. Sie waren bereits vollkommen durchnässt. Ich dachte an Noah und hoffte für ihn, dass er schon im Auto saß.

Die paar Stunden mit ihm heute waren wirklich schön, doch auch geistig anstrengend gewesen, da ich nicht gewusst hatte, wie ich auf ihn reagieren sollte. Manchmal hatte es sich wie früher angefühlt, so vertraut und unkompliziert, dann aber wieder steif und unangenehm.

Ich wusste, dass das nicht nur an mir lag, und insgeheim war ich froh darüber. Es tat gut zu wissen, dass Noah ebenfalls leichte Schwierigkeiten hatte, sich durch diese Situation zu manövrieren. Allerdings war das ja auch normal. Unsere intensive Vergangenheit erleichterte und erschwerte den Umgang gleichermaßen, manche Dinge sollten weiterhin in der Beziehungskiste verschlossen bleiben, andere hatten durchaus Potenzial, sich zu Aspekten einer Freundschaft zu entwickeln. Aber war eine Freundschaft denn überhaupt möglich? War es etwas, das ich wollte? Gedankenverloren schraubte ich den Deckel der Wasserflasche auf und nahm einen Schluck. Würde ich in dem Wissen nach Hause zurückkehren können, dass Noah nun auf Bali lebte, *meinen* Traum lebte, ohne Reue oder Neid zu verspüren? Würde ich stärker über diese Tatsache empfinden, wenn ich mich weiterhin nur oberflächlich damit beschäftigte, oder würde ein Tiefergehen es nur noch verschlimmern? Was hatte mir dieser Tag hinsichtlich dessen gebracht? Es hatte Spaß gemacht, Noah zu helfen, doch hatte ich mich stets ein wenig zurückgehalten und ihm die Entscheidungen überlassen, ohne ihn stark zu beeinflussen. Doch er hatte mir keineswegs das Gefühl gegeben, mich zurücknehmen zu müssen. Er hatte mich nach meiner Meinung gefragt, nicht aus Höflichkeit, sondern aus Interesse, aus dem Wunsch heraus, dass ich ihm half. Und es hatte sich gut angefühlt. Kein einziges Mal hatte ich daran gedacht, dass ich gerade dabei half, s*ein* Hostel einzurichten, nicht eine Sekunde lang. Das war doch ein positives Zeichen, oder? Ja, einmal hatte ich Neid empfunden, doch galt das nicht Bali an sich, sondern eher der Erkenntnis, dass er wusste, was er wollte, dass er sich dafür einsetzte, Risiken einging. Aber tat ich das nicht auch? War ich nicht auch ein Risiko eingegangen, meinen Job zu kündigen? Ich hatte mir eine Auszeit genommen, um die nächsten Weichen zu stellen. Noah hatte das früher als ich getan, hatte für sich früher erkannt, was wirklich wichtig war, nämlich nicht nur in Luftschlössern zu leben, sondern sie zum Anlass zu nehmen, etwas Wahres daraus zu bauen, etwas Standhaftes, ein Fundament für die Zukunft. Er hatte es gewagt, ich nicht. Im Endeffekt ärgerte ich mich bloß über mich selbst. Ich hätte selbst diesen Schritt wagen können, doch war ich einfach zu feige gewesen. Wie konnte ich da Noah gegenüber einen Groll hegen? Das war nicht nur albern, sondern höchst unfair. Es hatte mich in meinen Grundfesten erschüttert zu erfahren, warum er hier war, was er hier tat, doch letztendlich nur, weil es mir einen Spiegel vorgehalten hatte. Ich hatte plötzlich begriffen, wie viel Zeit vergangen war, wie viele Möglichkeiten dadurch ungesehen an mir vorübergezogen waren. Ich musste etwas finden, was ich wirklich wollte. Und das würde ich mir dann auf die Fahne schreiben und mein Leben danach ausrichten. Ich wollte nicht in ein paar Jahren wieder auf jemanden treffen, der eine genaue Vorstellung vom Leben hatte, und mich erneut in solche Selbstzweifel stürzen. Ich brauchte ein Projekt und wenn es auch noch so klein war, das war mir egal, Hauptsache, ich schlug endlich eine Richtung ein. Und wenn ich scheitern sollte, dann scheiterte ich eben. Ich wollte es wenigstens versucht haben, denn alles war besser, als herumzusitzen und sich in Wunschdenken zu verlieren, ohne je wirklich etwas angepackt zu haben.

2. Teil

9. KAPITEL

Die Fahrt mit dem Speedboat von Padang Bai nach Gili Trawangan dauerte ungefähr 90 Minuten. Das Boot war voll, doch nicht ausgebucht. Ich hatte mir im vorderen Bereich einen Platz am Fenster gesichert, obgleich die Sitze viel zu niedrig waren, um hinausschauen zu können. Die Sitze waren aus Plastik und gleich als Erstes legte ich mein Handtuch darauf, um nicht daran festzukleben oder nach einer Weile in meinem eigenen Schweiß zu sitzen. Die Luft im Boot war stickig und die beiden Ventilatoren nahe dem Eingang nett gemeint, doch kaum nützlich. Bis auf meinen kleinen Rucksack, in dem sich meine Wertsachen, etwas zu trinken und eine Banane befanden, hatte ich vor dem Einsteigen alles an Gepäck der Crew übergeben. Gekonnt hatten die sich Koffer und Taschen zugeworfen oder es auf ihren schmalen Schultern hineingetragen. Nun waren die Urlauber und deren Habseligkeiten verstaut und wir legten ab. Ich setzte meine Kopfhörer auf und suchte nach einer entspannten Playlist, dann schloss ich die Augen.

Während der gesamten Überfahrt döste ich vor mich hin, blendete das Schaukeln des Bootes ebenso aus wie die stickige Luft und das Engegefühl, das sich in mein

Bewusstsein schleichen wollte, weil ich nicht hinaussehen konnte. Obwohl ich mehrmals wegsackte, hatte ich das Gefühl, dass die Zeit kaum verging, und als wir endlich langsamer wurden, wollte ich es erst nicht glauben. Sofort herrschte rege Betriebsamkeit. Die Crew rief sich irgendetwas zu und die ersten Gäste standen schon im Gang. Die waren bestimmt deutsch, dachte ich, und blieb so lange sitzen, bis die Ersten das Boot verlassen hatten. In weiser Voraussicht trug ich meine Strandschuhe, denn hier auf der größten der drei Gili-Inseln gab es keinen richtigen Anleger. Alle Boote landeten direkt am Strand, sodass man ein paar Meter durchs Wasser waten musste. Abenteuerlich wurde es mit dem Gepäck, welches die jungen Männer, die bis zum Bauch im Wasser standen, ebenso unbesorgt einander zu warfen, als würden sie sich an Land befinden. Es war spannend zu beobachten, wie die Gepäckstücke, die alle mindestens zwanzig Kilo wogen, nur knapp einem Tauchgang entgingen, wenn sie von Mann zu Mann weitergereicht wurden. Manch einer schien beinah unter den Koffern zusammenzubrechen – zumindest sah es danach aus. Für die Reisenden, die bereits am Strand warteten, war es das reinste Spektakel.

Als ich mit meinen Schuhen durchs Wasser lief, atmete ich auf. Es war eine Wohltat, nach der gestauten Hitze des Bootes die Füße abzukühlen. Ich wurde auf eine Frau aufmerksam, die laut diejenigen zu sich rief, die weiter nach Gili Meno wollten, und ging auf sie und die winzige Gruppe um sie herum zu. Ein beachtlicher Teil der Neuankömmlinge würde hier auf Gili T. bleiben, doch damit hatte ich gerechnet. Viele kamen hierher, um Party zu machen. Ich suchte allerdings genau das Gegenteil.

Die schmalste Stelle zwischen Gili T. und Gili Meno lag nicht einmal einen Kilometer auseinander, doch musste man an Menos Ostküste fahren, um zum Hauptort und Hafen zu gelangen. Das würde ungefähr fünfzehn Minuten dauern. Wenn ich von hier zu der kleinen Insel hinübersah, spürte ich, wie mein Herz vor Freude schneller schlug. Das rege Treiben in meinem Rücken interessierte mich nicht, ich wollte einfach nur in mein Paradies zurück, in die Ruhe und Einsamkeit.

Ich erkannte mein Gepäck, welches an den Strand getragen wurde, und ließ es so lange nicht aus den Augen, ehe es zum nächsten Boot hinübergetragen wurde. Alles war gut organisiert, die Koffer, die wie ihre Besitzer weiterfuhren, waren mit einem grünen Band versehen, genau wie mein Handgelenk. Nach fünf Minuten Wartezeit konnten wir die Fähre, wie man das Boot ruhig bezeichnen konnte, betreten und wir legten ab.

Auf Meno gab es ebenfalls keinen befestigten Anleger und als ich dort vom Boot ins Wasser sprang, wäre ich am liebsten sofort richtig schwimmen gegangen. Der Schweiß hatte mein Top getränkt und mir die Schläfen verklebt und mir wurde bewusst, dass ich zudem ein wenig roch. Doch immerhin war ich nicht die einzige, der es so erging. Als ich ein paar Meter den schmalen Strand hinaufgegangen war, drehte ich mich einmal um die eigene Achse. Mir ging das Herz auf. Ich liebte Bali über alles und wahrscheinlich würde nie ein anderer Ort diese Liebe übertrumpfen, doch Gili Meno kam da sehr nah heran. Die mittlere der drei Gili Inseln war die ruhigste und im Gegensatz zu Gili T. nicht von Touristen überlaufen. Meno war für mich so etwas wie eine kleine Oase in all dem Trubel. Bisher hatte ich die Gilis immer nur in der Nebensaison bereist, daher konnte ich nicht sagen, wie voll diese zur Hauptsaison waren, doch das wollte ich auch gar nicht herausfinden.

Die Ostseite von Gili T. konnte man durchaus als einen Miniatur-Ballermann bezeichnen, Gili Air, die östlich von Meno lag, mutete wie ein Aussteigerparadies mit dem Hang zu Narkosemitteln an, und Meno war noch einmal ganz anders. Obwohl die Inseln nur wenige hundert Meter auseinanderlagen, unterschieden sie sich meiner Meinung nach sehr. Meno in der Mitte war der Ruhepol, vielleicht ein wenig die Außenseiterin. In manchen Urlaubsbewertungen oder Reiseblogs hatte ich gelesen, dass Meno oft als langweilig erachtet wird. Ich konnte darüber nur lachen, denn dies waren wahrscheinlich meist Menschen, die Angst davor hatten, mit sich selbst allein zu sein. Ja, es stellte sich manchmal wirklich als seltsam und auch anstrengend, gar angsteinflößend, heraus, wenn man sich nur mit sich selbst beschäftigen musste, doch genau darin lag immer wieder der Reiz. Meno forderte einen heraus. Während man sich auf T. unter lauten Beats und auf Air mit grünem Rauch ablenken konnte, musste man sich auf Meno sich selbst stellen. Die Insel war so klein, man hatte sie in zwei Stunden Fußweg gänzlich umrundet, und eigentlich sah man nichts außer Pflanzen, Wasser und den benachbarten Gilis sowie einen Teil der Westküste Lomboks.

Es gab eine kleine, privat betriebene Schildkrötenauffangstation und ein künstlich angelegtes, aus Skulpturen gefertigtes Korallenriff sowie ein Schiffswrack. Zum Schnorcheln war es ideal, doch da konnten die anderen beiden Inseln ebenso mithalten. Meno war ruhig. Wenig Touristen, wenig Einheimische. Man begegnete selten jemandem und wenn, dann war es, als würde man ein Geheimnis teilen. Man nickte sich einvernehmlich zu oder grüßte sich knapp. Man merkte sofort, wenn man einen Gleichgesinnten traf, jemanden, der diese Ruhe zu schätzen wusste – anderweitig hätte man sie auch gar nicht verdient.

Noch bevor ich mein Gepäck in Empfang genommen hatte, wurde ich von mehreren Einheimischen gleichzeitig gefragt, ob ich *transport* benötigte, doch ich lehnte dankend ab. Mein Weg führte vom Hafen nur wenige hundert Meter nördlich und dafür brauchte ich mit meinem Gepäck bloß eine knappe Viertelstunde. Dennoch würde es anstrengend werden – heute war ein besonders heißer Tag –, doch ich wollte nur ungern in eine dieser wackeligen Kutschen steigen, insbesondere, weil mir die Pferde leidtaten, die davorgespannt waren. So schulterte ich also meinen großen Trekkingrucksack und nahm den Griff meines Trolleys in die Hand. Den würde ich teilweise ebenfalls tragen müssen, da es keine befestigten Straßen gab, doch manche Wege waren so platt getreten, dass ich meinen Koffer ziehen konnte. Ich befreite mich schnell aus dem Trubel der Ankömmlinge und den Kutschern, ich wusste schließlich, wohin ich musste. In dem angrenzenden Minimarkt kaufte ich mir einen Eistee, dann wandte ich mich gen Norden.

Der Weg führte mich an Warungs, Cafés und Unterkünften vorbei, doch sie standen alle in großzügigen Abständen zueinander, sodass es nicht vollgestopft wirkte. Die Sonne knallte auf meine Schultern, die ich natürlich genauso wie den Rest meines Körpers ordentlich eingecremt hatte, und die Cap auf meinem Kopf schützte mein Hirn vorm Überkochen. Der Weg war ein Traum. Zu meiner Linken war alles grün und verwuchert, zu meiner Rechten war es blau und paradiesisch. Das Meer lag ruhig da, die Fischer- und Ausflugsboote schaukelten gemütlich und die Sicht war so klar, dass man die Wolken über Lomboks Bergen einzeln zählen könnte. Kurz blieb ich stehen, blendete das Gewicht meines Rucksacks und das Gefühl meines schweißnassen Tops an meinem Rücken aus, stellte den Koffer in den Sand und atmete tief durch. Bali fürs Herz und Meno für die Seele. Oder war es andersherum? Ich konnte mich nicht entscheiden, doch spielte es auch keine Rolle. Ich liebte beide Inseln abgöttisch.

Ein breites Grinsen schlich sich auf mein Gesicht, als ich daran dachte, dass eine ganze Woche auf dieser Insel vor mir lag. Eine Woche! Damals waren es nur zwei Nächte gewesen, viel zu wenig! Und nun würde ich diese Insel bis ins kleinste Detail erkunden, jeden Meter Strand tief in meine Seele aufnehmen, die Ruhe und die Gelassenheit in mein Blut übergehen lassen können. Genau das brauchte ich jetzt, genau das war alles, was zählte.

Als ich das Resort erreichte, musterte ich es eine Weile. Weißes Holz hob sich vom blauen Himmel ab, leichter Wind ließ weiße Vorhänge flattern, die Liegen am Pool waren in dem hellen Sand nahezu gar nicht auszumachen. Nur wenig Leute hielten sich auf dem Grundstück auf, kaum einer befand sich in den Wellen, die nur rund zehn Meter vom Eingang entfernt sanft an den Strand rollten. Auf den ersten Blick wirkte die Unterkunft fast leer, so wie ich es gehofft hatte. Meiner Recherche zufolge war das Resort eine der wenigen, im Verhältnis sehr teuren Übernachtungsmöglichkeiten, anderswo konnte man ab 7 Euro ein Doppelzimmer ergattern. Doch seitdem ich dieses Hotel das erste Mal gesehen hatte, hatte ich gewusst, dass ich es eines Tages buchen wollte. Und als dieser Zeitpunkt vor zwei Tagen gekommen war, hatte ich mich so übel gefreut, dass ich wahrhaftig einen Luftsprung gemacht hatte. Und nun war ich hier. Endlich.

Ich lief die paar Stufen zur kleinen Eingangshalle hoch und wurde sogleich von einer netten Mitarbeiterin in Empfang genommen. Das Einchecken verlief problemlos, ich erhielt genau den Bungalow, den ich haben wollte. Man überreichte mir Schlüssel und einen Flyer mit Informationen über Schnorcheltouren, dann trug ein Angestellter meinen Koffer und führte mich zu meinem Bungalow. Mit einer kleinen Verbeugung ließ mich der junge Mann allein, nachdem er mir Klimaanlage und Minibar gezeigt hatte. Ich bedankte mich bei ihm, dann schloss ich die Tür und sah mich in dem großzügig angelegten Raum um. Ein merkwürdiger Jubellaut entwich meiner Kehle und mit einem Mal sprang ich aufs Bett und ließ mich auf die breite, weiche Matratze fallen. Die weißen Vorhänge waren zurückgezogen und wenn ich meinen Kopf hob, konnte ich das Meer sehen. Ich fühlte mich wie eine Königin. Einen Moment lang blieb ich liegen, dann rollte ich mich vom Bett hinunter, zog mein Shirt und die kurze Hose aus, schnappte mir mein Badehandtuch und lief im Bikini die paar Meter zum Strand. Ich hatte meine Flip Flops im Zimmer liegen gelassen, daher wurde ich schnell mit viel zu heißem Sand unter meinen Füßen bestraft, sodass ich das Handtuch achtlos fallen ließ und geradewegs ins Wasser rannte. Es schien, als würden meine Füße zischen, als ich sie abkühlte, doch das erfrischende Gefühl löste sich in dem warmen Wasser rasch wieder auf. Ich tauchte unter und schwamm ein paar Züge, ehe ich wieder an die Oberfläche kam. Ich warf einen Blick zum Resort zurück und konnte mein Glück kaum fassen. Zwar würde mich diese eine Woche mehr als zwei Wochen auf Bali kosten, doch genau dafür hatte ich gespart. Man musste sich auch mal etwas gönnen. Fünf Jahre lang hatte ich mir keinen großen Urlaub mehr geleistet, immer etwas zurückgelegt, hart gearbeitet, mich nur darauf konzentriert. Nun war es an der Zeit, die Seele baumeln zu lassen, keinen Verpflichtungen nachkommen zu müssen, zu träumen, Träume wahr werden zu lassen und zu entspannen. Jetzt war es an der Zeit, einfach nur zu sein.

Nachdem ich meine Sachen ausgepackt und ein wenig sortiert hatte, schnappte ich mir mein Buch und legte mich an den Pool. Außer mir waren noch acht andere Gäste dort, eine angenehme Anzahl. Die meisten lasen ebenfalls, zwei Frauen machten intensives Sonnenbaden und bewegten sich überhaupt nicht, ein Pärchen ließ sich im Pool treiben. Ich setzte meine Kopfhörer auf und suchte nach meiner Leseplaylist mit instrumentalen, stimmungsvollen Liedern, die mir halfen, noch weiter in die Sphären der Bücher einzutauchen und alles um mich herum zu vergessen. So verbrachte ich die nächsten zwei Stunden unter gelegentlichem Positionswechsel, ehe ich mich wieder im Meer abkühlte. Zwar lag der Pool direkt zu meinen Füßen, doch sah ich es nicht ein, diesen zu benutzen, wenn wenige Meter neben mir der Indische Ozean einladend funkelte. Dieses Mal nahm ich Taucherbrille und Schnorchel mit, um mir die Unterwasserwelt anzusehen.

In Strandnähe gab es nichts außer hellem Sand und kleinen silbernen Fischen, die sich kaum von ihrer Umgebung abhoben. Ich schwamm ein paar Meter weiter raus und mit einem Mal änderte sich einfach alles. Eben noch nichts weiter als Sand gesehen, breitete sich nun eine bunte Korallenlandschaft vor mir aus. Gelb, Orange, Rosa, Lila, dazwischen blaue und grüne Fische, gestreift, gepunktet, gedrungen, pfeilförmig oder platt. Ich sah den Anführerfisch aus dem Aquarium von *Findet Nemo*, sogar gleich mehrere davon. Mit ihren schwarzweiß gestreiften Körpern und dem gelben Fleck dazwischen sowie ihren fahnenartigen Rückenflossen fielen sie zwischen den anderen bunten Fischen deutlich auf. Ich verfolgte zwei von ihnen, versuchte, näher an sie heranzukommen, doch sie waren sehr scheu oder übervorsichtig, und da ich ohne Flossen ins Wasser gegangen war, kam ich ihnen gar nicht hinterher. Ich schwamm zurück an die Oberfläche und pustete das Wasser durch den Schnorchel, sodass ich nicht extra auftauchen und ihn leeren musste, und ging sofort wieder zur Beobachtung über. Fächerförmig oder knollenartig breiteten sich die Korallen in alle Richtungen aus, ich entdeckte sogar eine, die wie ein überdimensionaler orangerosafarbener Teller aussah. Irgendwann gab sich auch *Nemo* höchstpersönlich die Ehre, versteckte sich jedoch blitzartig zwischen fingerlangen, weich aussehenden Korallen, als ich mich näherte. Meine Ohren waren erfüllt vom stetigen Knistern und Knabbern der Meeresbewohner, mein eigener Atem hallte leise in dem Schnorchel wider und ab und zu röhrten die Motoren der kleinen Fischerboote vorbei, was ich auszublenden versuchte. Dann war es wieder still. Mit Armen und Beinen von mir gestreckt lag ich im Wasser, sah mich gelegentlich nach dem Strand um, um nicht zu weit abgetrieben zu werden, und machte den einen oder anderen kleinen Tauchgang. Ich erreichte eine Stelle, an der der Grund deutlich abfiel und in der Mitte ein fast kreisrundes Sandloch ohne Steine oder Korallen offenbarte. Ich holte tief Luft und tauchte die schätzungsweise drei Meter hinab. Unten angekommen ließ ich den Sand durch meine Finger rieseln, dann begab ich mich in eine aufrechte Position und bewegte mich für einen Moment gar nicht, um die absolute Schwerelosigkeit und das Gefühl der vollkommenen Ruhe zu genießen – wenngleich es bloß für ein paar Sekunden anhielt. Es war ein unbeschreibliches Gefühl, gänzlich von Wasser umgeben zu sein, keinem anderen Menschen zu begegnen, Fische an einem vorüberschwimmen zu sehen, so als gehörte man plötzlich dazu, als wäre man ein Teil dieser Welt. Das Wasser war klar, ich spürte die verschiedenen Ströme an meiner Haut, mal wärmer, mal kälter, meine Ohren waren noch immer vom Knistern erfüllt, und eine Farbenpracht erfüllte meinen Blick und mein Herz, wie es sonst nicht möglich war. Wo sonst waren herbstliche Goldtöne und frühlingshaftes, helles Grün sowie sommerliches Blau von Enzian und Vergissmeinnicht zusammen präsent? Das Meer bot eine Vielfalt an Farben wie sonst kein anderes Ökosystem. Wie sonst keine andere Welt.

Den Abend genoss ich im hoteleigenen Restaurant auf der ersten Etage mit Blick auf den Pool. Der Wind hatte etwas an Kraft zugenommen und bot so eine willkommene Abkühlung. Die langen, weißen Vorhänge flatterten und wurden von den Angestellten festgebunden, damit sie nicht plötzlich auf den Tellern der Gäste für Unordnung sorgten. Ich bestellte mir eine Portion Reis, dazu kleine Schüsseln mit verschiedenem Gemüse und Fleisch. Anbei gab es eine leckere, scharfe Knoblauch-Sojasoße, in die ich die mundgerechten Happen tunkte.

Zur Feier des Tages genehmigte ich mir zwei Cocktails, einen zum und einen nach dem Essen. Es war 19 Uhr und die Sonne schon vor knapp einer Stunde untergegangen. Das Hotel sorgte mit Lichterketten, Kerzen und kleinen Fackeln für ausreichend Licht, welches einen angenehmen Ausgleich zur Dunkelheit schaffte.

Nach diesem überaus leckeren Essen lehnte ich mich in meinem Korbstuhl zurück und schlürfte genüsslich den Cocktail nach Art des Hauses mit Drachenfrucht und Lime. Er war äußerst fruchtig und nicht zu süß, genau richtig. Als ich diesen geleert hatte, orderte ich noch ein Bintang und ein Wasser dazu. Ich wollte am nächsten Tag die Kopfschmerzen vermeiden, die sich bei mir meist leider sehr schnell einstellten, daher trank ich abwechselnd vom Bier und vom Wasser. Wie so oft drehte ich die Flasche in meiner Hand hin und her, las mir das Etikett durch, strich mit dem Daumen über den roten Stern, der namensgebend für das Bier war. Mir schmeckte es immer wieder gut, was aber wohl auch daran lag, dass Bintang zu einer großen, weltweit bekannten Brauerei der Niederlande gehörte. Es war gutes, klassisches Pilsener und deutlich teurer als die einheimischen Erzeugnisse. Ich dachte daran, wie Noah zum ersten Mal das Bintang probiert hatte und ganz überrascht gewesen war, dass es so gut schmeckte. Fast wie bei uns, hatte er gesagt. Auch jetzt trank er es noch gern und ja, es war albern, doch ich bildete mir etwas darauf ein, dass ich ihm dieses Bier gezeigt hatte. Genau wie ich ihm Bali gezeigt hatte. Und Meno.

Plötzlich schlug meine Stimmung um, ich konnte nichts dagegen tun. Zwar hatte ich nach dem gemeinsamen Vormittag in Ubud klar und vernünftig über diese Tatsache nachdenken können, doch in diesem Moment wollte ich mich nicht mehr so erwachsen verhalten. Am liebsten würde ich ihm ordentlich den Kopf waschen und ihn anfahren! Ich hatte ihm Bali gezeigt, ich hatte ihm meinen Traum offenbart, ihn in meine Seele und mein Herz blicken lassen, den verwundbarsten Punkt offengelegt. Und was machte er? Er stahl mir meinen Traum und machte ihn zu seiner Realität! Tränen stiegen mir in die Augen, die ich sogleich fortblinzelte. Alkohol gelang es schnell, meine Schleusen zu öffnen und mich von meinen Gefühlen übermannen zu lassen, was ich wirklich hasste, doch ich konnte mich einfach nicht wehren. Es machte mich wahnsinnig, dass Noah dieses Hostel eröffnete. Er hätte es überall auf der Welt machen können, aber nein, es musste unbedingt Bali sein, *mein* Bali! Das stand ihm nicht zu, nicht, nachdem ich ihm von *meinem* Traum erzählt hatte!

Ich atmete schwer. Wieso fühlte ich auf einmal so? Wieso warf ich all meine vernünftig zurechtgelegten Gedanken einfach so über Bord? Ich war wahrhaftig wütend auf ihn, und oh, was war ich verletzt. Es fühlte sich an, als hätte er mich verraten, mich im Stich gelassen. Irgendwo ganz tief in mir drin spürte ich Widerstand, meine Vernunft versuchte, meine Aufmerksamkeit zu erlangen, doch ließ ich es nicht zu. Ich wollte schimpfen und toben und ihm Vorwürfe machen.

Ich merkte, wie ich in einen Abwärtsstrudel geriet, aus dem ich mich so schnell nicht befreien würde, und stand ruckartig auf. Ich suchte den Kellner und bat ihn, die Rechnung auf meine Zimmernummer zu schreiben, dann lief ich die Treppe hinunter und die paar Meter zu meinem Bungalow. Ich machte mir nicht die Mühe, das Licht anzuschalten, sondern warf mich auf das Bett und vergrub schluchzend mein Gesicht in dem Kissen.

Ich heulte bestimmt eine halbe Stunde lang, heulte mich richtig aus, machte den Kissenbezug nass – ein Glück, dass ich mich nicht geschminkt hatte – und ließ all die aufgestauten Gefühle heraus. Irgendwann setzte ich mich dann schniefend auf, rieb mir über die Augen und zog laut die Nase hoch.

»Meine Güte, Skye, was war denn das?«, fragte ich heiser und strich mir verklebte Strähnen aus dem Gesicht.

Aufgestaute Gefühle ... Ich schnaubte. Seit wann waren sie aufgestaut? Welche Gefühle genau waren es überhaupt? War ich wirklich sauer auf Noah? Ja, verdammt! Diese Antwort war nicht schwer zu finden, doch ich wusste, dass sie nicht unbedingt gerechtfertigt war. Noah hatte nicht damit gerechnet, mir noch einmal zu begegnen, und ich ebenso wenig. Wer hätte denn sagen können, dass wir uns ausgerechnet auf Bali wiedertreffen, ausgerechnet zu diesem Zeitpunkt? Niemand. Ich konnte ihn nicht für meine Gefühle verantwortlich machen. Oder doch?

Frustriert gab ich es auf, weiter darüber nachzugrübeln, und stand auf, um mir die Tränenspuren aus dem Gesicht zu waschen. Nachdem ich mir gründlich die Nase geputzt hatte, griff ich zur Zahnbürste. Der Abend war gelaufen, so oder so, da konnte ich nun auch schlafen gehen.

Während ich mir die Zähne putzte, beobachtete ich mich im Spiegel. Meine Augen waren rot und geschwollen, mein Blick traurig und verletzt. In mir war ein Loch, doch ich wusste nicht, ob es mein verlorener Traum dort hineingestanzt hatte oder etwas anderes. Ich fühlte mich erschöpft, was eindeutig am Weinen lag, doch auch leer und irgendwie ... nach nichts. Die Euphorie des Tages war verpufft, zurückgeblieben war ein

Häufchen Selbstmitleid, vermischt mit unendlicher Traurigkeit und dem Wissen, dass ich allein dafür verantwortlich war, wo ich jetzt stand. Ich hätte nach den Sternen greifen können, so wie Noah es getan hatte, und sie nicht nur aus der Ferne beobachten und anhimmeln sollen. Ja, das hätte ich tun sollen. Und dieses Wissen machte mich fertig. Doch da war noch etwas anderes, etwas, das ich noch weniger wahrhaben wollte. Es war Noah selbst. Ich brauchte mir nichts mehr vorzumachen, da waren eindeutig Gefühle im Spiel. Im Moment war es unerheblich, ob sie aus Erinnerungen bestanden oder aus etwas gänzlich Neuem, sie waren real, und das allein zählte.

Wütend spuckte ich die Zahnpasta ins Waschbecken und spülte meinen Mund aus, dann rieb ich mein Gesicht mit After Sun ein und schaltete das Licht aus. Im Dunkeln tapste ich zu meinem Bett zurück, hinter dem das Fenster zum Meer hinaus lag. Ich sah nichts außer Dunkelheit, deren Ränder hell aufblitzten. Mürrisch zog ich die Vorhänge zu und legte mich hin. Noahs Gesicht erhob sich aus meinen Gedanken, schwebte über mir, nahm all den Platz in meinem Kopf ein. Sonnengebräunt, mit wachen, hellen Augen, in denen so viel Wärme und Freundlichkeit lag, ein Blick, der einer festen Umarmung glich. Ich hatte das Gefühl, mein ganzer Körper verkrampfte, dabei war es nur mein Herz. Nur mein armes, kleines, dummes Herz. Noahs Stimme schwebte durch mich hindurch, sein klares Lachen, das ich vom allerersten Augenblick an geliebt hatte – noch immer liebte. Ich hatte nie aufgehört, es zu lieben. Ich hatte nie aufgehört, *ihn* zu lieben. Ich hatte diese Liebe bloß tief in meiner Vergangenheit vergraben.

Ein Schluchzen entriss sich meiner Kehle, als ich glaubte, mein Inneres würde mit jedem Atemzug weiter ausgehöhlt. Ich hatte nie aufgehört, Noah zu lieben. Was war ich doch nur für ein Idiot?

10. KAPITEL

Der nächste Tag brach zögerlich an. Als ich die Augen aufschlug, schloss ich sie sogleich wieder, denn die Sonne tanzte auf meinem Kissen. Stöhnend rollte ich mich auf die andere Seite, wobei ich einen leichten Kopfschmerz vernahm. Verdammter Alkohol, verdammte Heulerei! Fluchend rieb ich mir über die Schläfen und kauerte mich dem angebrochenen Tag zum Trotz zusammen, doch der Schlaf wollte nicht zurückkehren, er hatte sich davongemacht. Ich strampelte mich aus dem verknoteten Laken frei und richtete mich auf. Das Brummen in meinem Schädel nahm zu, ich hielt meinen Kopf in den Händen und tastete mit den Fingern meine Augen ab. Die Lider fühlten sich warm und geschwollen an, also würde ich heute nur mit Sonnenbrille herumlaufen oder den ganzen Tag im Wasser verbringen, wo mich niemand sehen konnte. Als ich es ein paar Minuten später ins Bad geschafft hatte, bestätigte sich das, was ich zuvor erfühlt hatte: Ich sah schrecklich aus. Gutmütige würden vielleicht meinen, ich hätte eine Hausstauballergie, knallharte Realisten aber würden mir hemmungslos an den Kopf werfen, dass ich verheult aussah. Große Klasse. Ich versuchte, mit kaltem Wasser aus dem Hahn die gröbsten Schäden davonzuspülen, doch auch nach zwei Minuten sah ich kaum ein Stück besser aus. Mich schminken würde ebenso wenig nützen, da ich ohnehin wieder ins Meer springen würde – und wie ein Panda mit geschwollenen Augen wollte ich erst recht nicht aussehen. Ich spülte meinen Mund aus, um den Geschmack der Nacht loszuwerden, dann zog ich mir eine Leinenhose und ein Top an, das man über dem Bauchnabel zusammenknotete, und ging zum Frühstück, das dort serviert wurde, wo ich gestern zu Abend gegessen hatte.

Ich suchte mir einen sonnigen Platz, um einen triftigen Grund zu haben, meine Sonnenbrille nicht abzunehmen, obwohl es jetzt schon äußerst warm war und ich mit Sicherheit in den nächsten Minuten anfangen würde zu schwitzen. Der Wind vom Abend hatte allerdings nicht nachgelassen, sodass es für die halbe Stunde auszuhalten wäre. Ich kaute gedankenverloren auf meinen Pancakes herum und bekam kaum mit, dass ich sie innerhalb weniger Minuten aufgegessen hatte. Ich stand auf, um mir einen Nachschlag sowie etwas Obst zu holen, und als ich wiederkam, verharrte ich kurz an meinem Tisch, ehe ich mich setzte. Ich mochte es, allein in den Urlaub zu fahren, so musste ich mich mit niemandem absprechen, konnte immer das tun, was ich wollte, weil ich auf niemanden Rücksicht nehmen musste. Das war großartig! Außerdem stellte es jedes Mal eine Herausforderung dar: Man war gezwungen, über seinen eigenen Schatten zu springen, Dinge selbst in die Hand zu nehmen, man war für alles selbst verantwortlich und konnte niemanden vorschicken. Das hatte mir vor vielen Jahren geholfen, aus meinem Schneckenhaus herauszukommen. Ich hatte mich vor diese Herausforderung gestellt und sie gemeistert. Anfangs hatte ich mich dabei nicht unbedingt mit Ruhm bekleckert, doch nach und nach hatte ich den Dreh raus. Allerdings fand ich es manchmal immer noch merkwürdig, allein in einem Restaurant zu sitzen, wenn man nur von Pärchen, Familien oder Freundesgruppen umgeben war. Man fühlte sich dann so, als ob mit einem selbst etwas nicht in Ordnung wäre. Man redete sich ein, die Menschen um einen herum würden sich gedanklich das Maul über einen zerreißen, weil man allein war. Mochte die niemand? Hatte die keinen Freund, keine Freunde? Was stimmte denn nicht mit der? Doch das waren am Ende bloß die Dämonen im eigenen Kopf, die einen zu solchen Gedanken veranlassten. Ich habe schon von vielen gehört, dass sie es beneideten, wenn Menschen allein in den Urlaub fuhren, sich das trauten, damit klarkamen.

Was mich aber wirklich gelegentlich am Alleinreisen störte, war, dass man seine Eindrücke mit niemandem teilen konnte. Klar, es gab das Internet, man war immer schnell mit Familie und Freunden verbunden, wenn man es denn wollte, doch konnte man diesen bloß Abbilder der Realität senden, voll entwickelt waren diese Bilder nur bei einem selbst vor Ort. Und waren es nicht bloß Bilder, es waren Gerüche, Geräusche, Gefühle. Wie sich die Wolken innerhalb kürzester Zeit veränderten, erst bauschig und voll, später beim Sonnenuntergang Pinselstriche von eleganter Hand geführt. Und dabei hatte man das Rauschen der Wellen in den Ohren, das Lachen und die Freude der anderen Touristen. Der Geruch von Salz und Räucherstäbchen begleitete einen an Balis Küsten, der Geruch von Sonnencreme, vermischt mit Schweiß und Wind, der so unnachahmlich für mich der Inbegriff von Sommer war, überall hin.

Man konnte das Gefühl nicht beschreiben, nicht an andere weiterreichen, wenn sie so weit entfernt waren, das sich einstellte, wenn man das erste Mal mit nackten Füßen den Sand berührte, sich mit den Zehen durch die verschiedenen Schichten grub, die Sonne auf der Oberfläche fühlte und die Kälte darunter. Der erste Schluck Bier auf der Veranda nach einem heißen Tag, der erste Bissen in den Burger, nachdem man so viele Stunden unterwegs gewesen war und sich die Füße wund gelaufen hatte. Der erste Schrecken, wenn einem die Sonnenbrille von einem Affen geklaut wurde und du wusstest, die siehst du nie wieder. Das erste Lächeln eines Kindes, das nicht deine Sprache spricht und du nicht seine, ihr euch aber fröhlich zuwinkt, wenn ihr aneinander vorbeigeht. Die erste Welle, die über dir zusammenschlägt, und du prustend an die Oberfläche zurückkommst, mit der Angst, gleich wieder von der nächsten überrascht zu werden. Das erste Mal – nein, nicht nur das erste Mal, sondern *immer wieder*. Reisen sollte nie langweilig sein, niemals. Und wenn es das war, dann machte man irgendetwas falsch! So klischeehaft es klingen mochte, doch für mich war der Weg das Ziel. Der Weg, auf dem man immer wieder Neues entdeckte, der Weg, der einen an fremde Ufer führte, auf ungewisse Pfade, wackelige Brücken, durch Sand und Dschungel und über Strände und Berge. Die Freiheit, die einem Angst einjagte, weil man sie aus dem Alltag nicht kannte, die Sehnsucht, die mit jedem Schritt gestillt und weiter geweckt wurde. Das Fernweh, die Wanderlust, das Heimkommen. All das. All das war doppelt so schön, wenn man es teilen konnte. Wahrhaftig teilen, mit jemandem zusammen erleben konnte, dessen Seele genauso wild und entdeckerfreudig war wie die eigene. Dessen Geist genau dieselbe

Reinwaschung erfuhr, dessen Körper sich ebenso aufrichtete, sich wie die Pflanzen nach der Sonne reckte, der sich dem Wind entgegenstellte und die Wellen ritt. Der mit einem zusammen einfach lebte.

Meine Knie wurden plötzlich ganz schwach und ich setzte mich hin, den Teller dabei vollkommen vergessend. Er fiel klappernd auf den Tisch, doch Gott sei Dank war die Fallhöhe gering, sodass er nicht kaputtging. Dennoch war wohl jetzt auch der letzte Frühstücksgast hellwach. Ich räusperte mich schuldbewusst und rückte mit dem Stuhl näher an den Tisch heran. Ein Kellner kam und fragte, ob er mir Saft nachschenken sollte, ich bejahte und bestellte noch ein Wasser dazu. Er füllte Papayasaft nach und verschwand dann kurz, um gleich darauf mit dem beorderten Wasser zurückzukehren. Ich bedankte mich leise und aß die Pancakes, während sich erneut die Tränen ankündigten. Ich hatte geglaubt, ich käme hierher, um einen Abschluss zu finden, um einen neuen Weg einzuschlagen, dabei war ich die letzten Jahre bloß im Kreis gelaufen, war alten Wegen gefolgt, die ich als neu geglaubt hatte, nur um wieder an einem ganz bestimmten Ort zu landen: Noah.

Es fiel mir plötzlich so leicht, meine Gefühle zu deuten, obgleich ich das gar nicht wollte. Ich wollte nicht so fühlen, wie ich es tat, die ganze Zeit getan hatte, doch wusste ich, dass ich mich ihrer nicht länger erwehren konnte. Es war zum Schreien. Ich wollte all das hier mit Noah verbringen, mit ihm teilen, so wie damals, als wir noch glaubten, alles wäre perfekt, als das Leben noch so einfach gewirkt hatte. Ich wollte ihn bei mir haben, jetzt und hier, direkt neben mir am Frühstückstisch. Ich wollte mich darüber beschweren, dass er morgens ständig gebratene Nudeln aß, was er abends schon immer tat, dass er zu wenig Obst zu sich nahm und zu viel Bier trank. Ich wollte, dass er daraufhin mit einem Augenrollen reagierte und er irgendwas Unverständliches vor sich hinmurmelte, ehe er mich unschuldig angrinste, um die Wogen zu glätten. Ich wollte, dass er mir von seinen Plänen für den Tag erzählte, die er sich so zurechtgelegt hatte, dass wir beide auf unsere Kosten kämen. Ich wollte, dass er mir über den Arm strich, beiläufig und doch so voller Zuneigung und Vertrauen. Ich wollte in seine Augen sehen, in seine Zimtstangenaugen, angeleuchtet von der Morgensonne, darüber sein vom Wind zerzaustes Haar, in das ich mit meinen Fingern noch mehr Unordnung brachte. Ich wollte sein Lachen hören, so nah an mir, dass ich es auf meiner Haut spüren konnte. Ich wollte –

Verdammt, Skye, reiß dich gefälligst zusammen, schalt ich mich, als es mit mir überzukochen drohte. Das kann doch nicht dein beschissener Ernst sein! Noah war Geschichte, seit *fünf* Jahren! Es kann doch nicht sein, dass es bloß eine Begegnung braucht, und schon fällt alles in sich zusammen, was du dir in den letzten Jahren mühselig und ohne ihn aufgebaut hast! Und was stellst du dir denn eigentlich vor? Dass er genauso empfindet, dass er zu dir zurückkommt? Warum sollte er? Er baut sich hier ein Leben auf, siehst du das denn nicht? Und er hat Willow, er braucht dich nicht! Und dass du ihm vorhältst, deinen Traum gestohlen zu haben, solltest du noch einmal gründlich überdenken. Er hat die Gelegenheit beim Schopfe gepackt, etwas aus seinen Ambitionen gemacht – persönlicher Traum hin oder her –, wenn er jetzt Lust darauf hatte, sollte ihn doch nichts davon abhalten, erst recht nicht du!

Vollkommen überwältigt von meiner Selbstschelte starrte ich auf den letzten Streifen Pancake, den ich übrig gelassen hatte. Noah hätte ihn jetzt gegessen, das hatte er immer getan, meine Reste aufgegessen, doch Noah war nun einmal nicht hier, würde es nie sein, und der Pancake würde in den Müll wandern. Sorry, Pancake, doch wir beide mussten damit klarkommen, dass Noah nicht mehr bei mir war. Ich nicht mehr bei ihm. Und ich konnte uns beiden keinen Vorwurf daraus machen. Wir hatten uns damals einvernehmlich getrennt – falls es so etwas überhaupt gab. Er war nach Köln gegangen, ich nach Berlin. Wir wussten, eine Fernbeziehung hätte uns noch mehr zerstört, sodass wir es gar nicht erst wagten. Ob das ein Fehler gewesen war? Möglich, doch ich glaubte nicht daran. Es hatte uns größeren Schmerz erspart, dass wir uns sogleich getrennt hatten. Im Guten, weil wir beide wollten, dass der jeweils andere einen tollen Job bekam, wir wollten der Zukunft des anderen nicht im Wege stehen. Aber war das wirklich das Wichtigste? Manche sagten, einen neuen Partner findet man überall, doch was ist, wenn du *den einen* bereits gefunden hast und dann wieder loslassen musst? Was macht das mit einem? War man dann beziehungsunfähig und glaubte man, nie wieder so lieben zu können wie mit dieser einen Person? Ich wusste jetzt, dass ich niemals aufgehört hatte, Noah zu lieben. Es hatte immer ein kleines Kämmerlein in meinem Herzen gegeben, das ihm allein gebührte, wenngleich er selbst nicht mehr in meinem Leben gewesen war und ich diese Gefühle verkannt hatte. Das wusste ich nun. Doch was brachte mir diese Erkenntnis? Nichts.

Den Tag verbrachte ich genauso wie den vorigen: Ich lag am Pool in der Sonne, hörte Musik und las ein wenig, kühlte mich ab und zu in den Wellen ab und schnorchelte vor mich hin – dieses Mal mit Flossen. Abends aß ich in einem Lokal an der Nordseite der Insel. Dort gab es Steinofenpizza, die überaus lecker war. Ich musste zugeben, dass Pizza mir immer schnell fehlte, wenngleich ich die kulinarische Auswahl im Ausland nicht verschmähen wollte. Ich trank kein Bier, sondern genehmigte mir zwei Gläser Wein zum Essen und spazierte danach am Strand entlang Richtung Westen. Ich hatte meine Spiegelreflex dabei und wollte ein paar Aufnahmen vom Sonnenuntergang machen. Ich suchte mir eine Stelle im Nordwesten der Insel, sodass ich Gili T. nicht gänzlich vor der Linse hatte, sondern aufs freie Meer hinausblicken konnte. Der Sand war noch angenehm warm und ich rutschte ein paar Mal mit dem Hintern hin und her, sodass ich in einer gemütlichen Kuhle saß. Ich machte ein paar Aufnahmen vom sich langsam verfärbenden Himmel, ehe ich ihn ohne technisches Gerät eine Weile lang beobachtete. Laut Internet gehörten die Sonnenuntergänge auf den Gilis zu den schönsten der Welt. Mir war grundsätzlich egal, was das Internet sagte, doch da musste ich einfach zustimmen. Solch eine Farbenvielfalt am Ende des Tages hatte ich bisher nur auf den Gilis gesehen.

Am Horizont lag ein Band aus dünnen Wolken, das die orangefarbenen Sonnenstrahlen zerteilte. Über einem sanften Wolkenhügel hatte der Himmel die Farbe eines seichten Vormittags angenommen, hellblau, nicht sonderlich kräftig, darüber lagen blasse, rosafarbene Schlieren, die sich allmählich verliefen. Von der Sonne ausgehend, die die Wolken in unmittelbarer Nähe gelb und orangefarben anmalte, wurde der Himmel immer heller, weiße und violette Wolkenstreifen verzierten das Firmament und mit jedem Augenblick wurde die Farbpalette größer und größer. Ich war so fasziniert von diesem Schauspiel, dass ich vollkommen vergaß, Bilder zu machen, erst als es fast zu spät war, entsann ich mich meines Vorhabens. Ich fing die letzten Strahlen, die letzten bunten Wolken ein, dann legte ich die Kamera wieder beiseite und verfolgte, wie die Sonne im Meer versank.

Ich wusste nicht, woher diese Begeisterung über Sonnenuntergänge rührte, doch sie traf mich jedes Mal tief in meinem Inneren. Vielleicht war ich eine alte Seele, hatte die jahrtausende alte Faszination über die Bewegungen der Himmelskörper tief in mir verankert, welche schon die Menschen der Jungsteinzeit dazu veranlasst hatte, Steinkreise oder andere Steinsetzungen anzulegen. Vielleicht war es aber einfach nur natürlich, dass wir unserer Lebensspenderin so verfallen waren, wenn wir sie jeden Morgen und jeden Abend auf- und untergehen sahen. Vielleicht lag diese Faszination in unseren Genen und gehörte genauso zu uns wie das Atmen. Und in der Tat war es für mich so, als hielte die Welt für einen Moment den Atem an, wenn der letzte Streif der Sonne den Horizont berührte, ehe sie hinabtauchte in die Dunkelheit, nur um uns am nächsten Tag erneut zu begrüßen.

Die atemlose Stille wurde von den heranrollenden Wellen durchbrochen, welche mich aus meiner Trance weckten. Hier am offenen Meer war es eindeutig kühler als in den Dschungeln Balis, doch immer noch angenehm warm. Ich beschloss aufzubrechen und so spazierte ich begleitet von dem Ruf des Muezzins der Moschee auf Gili T. zurück zum Hotel.

11. KAPITEL

Es ist immer wieder erstaunlich, wie schnell Gedanken und Gefühle durch einen hindurchschießen und dass sich das alles innerhalb des Bruchteils einer Sekunde abspielt. Der menschliche Körper ist ein Wahnsinnsprodukt der Evolution, fähig, blitzschnell Reize aufzunehmen und zu verarbeiten. Meist wissen wir sofort, was die Reaktion sein soll, doch aufgrund von unterschiedlichen sozialen Normen verhalten wir uns manchmal anders. Häufig gelingt dies, andere Male geraten wir ins Stammeln oder ins buchstäbliche Straucheln. Einem wird heiß oder kalt, ein dumpfes Dröhnen grollt durch so manches Inneres, man glaubt, die Unsicherheit stehe einem auf der Stirn geschrieben. Nun, manchmal war dies tatsächlich der Fall und ich glaubte, für solche Situationen ein gutes Auge zu haben, was jedoch nicht hieß, dass ich selbst dagegen gefeit war.

Es war der vierte Tag auf Meno und ich fand es äußerst schrecklich, dass die Hälfte meines Aufenthalts somit in ein paar Stunden vorüber wäre. Bisher hatte ich mich im Uhrzeigersinn Stück für Stück, Tag für Tag um die Insel herumgearbeitet, wenngleich sie ja im strammen Fußmarsch innerhalb von nur zwei Stunden zu umrunden war. Doch ich wollte mir Zeit nehmen, denn davon hatte ich auf dieser Insel wahrlich genug. Heute und morgen wollte ich an der Westseite Menos schnorcheln gehen. Dort war, nur wenige Meter vom Strand entfernt, vor wenigen Jahren ein Ring aus Skulpturen ins Wasser gesetzt worden, welcher eine tolle Schnorchel- und Fotogelegenheit bot. Die 48 Skulpturen stellten alle reale Menschen dar, welche in Zweiergruppen in liebevoller Geste angeordnet waren. Man hatte sie aus umweltfreundlichem Material gefertigt und schon jetzt hatten Schwämme und kleine Korallen ein neues Zuhause auf diesen Figuren gefunden. In ein paar Jahren würden diese hoffentlich ein wunderschönes, künstliches Riff bilden. Ganz in der Nähe dieser Skulpturen lag ein kleines Schiffswrack, welches über die Jahre tatsächlich zu einem Riff geworden war. Zwar konnte ich bloß den nach oben gerichteten Bug berühren, weil es so tief lag, doch allein der Versuch und die Lage des Wracks waren es definitiv wert. Ich hatte im Internet nach Anbietern von Touren zu diesen Spots gesucht, um die Zeiten zu erfahren, wann die meisten Boote ankamen, da ich diesen Gruppen nur zu gern aus dem Weg gehen wollte. Die meisten dieser Touren boten einen Lunch an, daher rechnete ich mir aus, dass diese gegen die Mittagszeit Pause machten und so der Spot etwas leerer sein würde. Als ich damals dort geschnorchelt hatte, hatten sich zum selben Zeitpunkt ungefähr sechs Boote dort aufgehalten, und wenn sich die Möglichkeit bot, solch einen Strom abzuwarten, dann wollte ich diese auch ergreifen.

Ich lag am Pool und lauschte dem Hörbuch eines neuen Thrillers, welches ich mir vorhin heruntergeladen hatte, und ließ die Sonne meine Haut brutzeln. Ich war vor zwei Wochen aus Deutschland losgeflogen und allmählich sah man die ersten Bräunungserfolge. Ab und zu vernahm ich gedämpfte Stimmen der anderen Hotelgäste, doch meine Kopfhörer schirmten mich von allen Einzelheiten ab, sodass ich höchst konzentriert der spannenden Ermittlung lauschen konnte. Kurz hob ich meine Sonnenbrille an, um mir den Schweiß vom Nasenrücken zu wischen, der sich dort immer schnell sammelte, und nahm eine Bewegung aus dem Augenwinkel wahr, der ich aber keine weitere Beachtung schenkte. Ich stopfte das Taschentuch in meinen Beutel zurück und lehnte mich wieder gegen das leicht hochgestellte Rückenteil der Poolliege, als eine Stimme an mein Ohr drang. Ich erstarrte. In mir brach ein Orkan so plötzlich los, als hätte ihn eine unbekannte Kraft die ganze Zeit über in seinen Fesseln gehalten und nun auf einmal losgelassen, sodass er wie ein Berserker über mich herfiel. Mein Herz hüpfte mir bis zum Hals und ich hatte das Gefühl, es aushusten zu müssen, während ein Schauer nach dem anderen über meine Haut raste – und all das nicht einmal innerhalb einer Sekunde. Rational gesehen hatte ich mich bestimmt verhört, doch ich reagierte nicht rational.

Die Stimme setzte erneut an, ein amüsiertes Lachen lag in ihr, welches an meinem Inneren kratzte. Ich richtete mich auf, nahm Kopfhörer und Sonnenbrille ab und wäre am liebsten fortgerannt.

»Hey«, sagte Noah und grinste übers ganze Gesicht. »Hab' ich dich erschreckt?«

»Ob du ...«, machte ich heiser und stand auf. Er strahlte mich an, absolut unschuldig und voller Freude. Ich war noch immer zutiefst verwirrt, wusste überhaupt nicht, wie ich auf ihn reagieren sollte. Auf ihn *hier*, in meiner Oase. »Was machst du hier?«, fragte ich und glaubte, er würde meinen beschleunigten Puls hören können, weswegen ich instinktiv die Arme vor der Brust verschränkte. Ich rechnete es ihm hoch an, dass er sich weiterhin auf mein Gesicht konzentrierte und nicht auf meine nun leicht gequetschten Brüste.

»Dich überraschen?«, fragte er und sein Grinsen verblasste zusehends. »Ich glaube, das ist mir gelungen, oder? Nur weiß ich nicht, ob es gut oder schlecht ist ...«

Er ließ diese Aussage wie eine Frage klingen und ich brauchte einen Augenblick, um darauf zu antworten, denn in mir schrie alles durcheinander. Die eine Hälfte wollte ihn umarmen und ihm sagen, wie schön diese Überraschung war, die andere Seite wollte ihn anschreien und in den Pool schubsen. Ich haderte mit meinen beiden Ichs und war äußerst versucht, ihn von mir wegzustoßen – in jeglichem Sinne –, doch wollte ich ihn auch nicht vor den Kopf stoßen, was ich somit unweigerlich getan hätte. Ich war einfach zu nett!

»Natürlich ist es eine gute Überraschung«, antwortete ich und lachte blöd. »Aber wieso? Und woher weißt du, dass ich in diesem Hotel bin?«

»Instagram«, antwortete er mit einem leicht schuldbewussten Blick, obwohl er nun absolut keine Schuld daran trug, dass ich meinen Aufenthaltsort für jedermann sichtbar gemacht hatte.

Ich hob zur Antwort bloß die Brauen. Noah zupfte an seinem Ohrläppchen. Ha, er war unsicher, triumphierte ich, ließ mir aber nichts anmerken. Er hatte mich überrumpelt, noch immer fuhren meine Gefühle Achterbahn, ich würde ihm nicht allzu überschwänglich begegnen. Jedenfalls nahm ich mir das fest vor.

»Wir haben die letzten Tage echt viel im Hostel geschafft«, begann er zu erzählen und setzte sich auf die freie Liege neben mir.

Mein Blick huschte über das Areal, auf der Suche nach Angestellten des Resorts, doch sah ich niemanden.

»Nun warten wir auf die Möbel und den ganzen Kram aus Ubud, dann können wir einrichten und sind beinah fertig.«

Ich nickte bloß, denn ich wollte nicht nachfragen, warum er sich ausgerechnet dazu entschlossen hatte, mir ganz offensichtlich hierher zu folgen. Und was war mit Willow?

»Willow hat einen spontanen Auftrag bekommen und musste nach Bangkok. Dort bleibt sie mindestens zwei Wochen«, sagte er, als hätte er meine Gedanken gelesen.

Moment, hatte er das vielleicht tatsächlich? Ich musste unbedingt an meiner Miene arbeiten!

»Oh, okay«, rang ich mich durch zu sagen und legte mir mein Handtuch in den Schoß. Ich fühlte mich seltsam nackt, was komplett albern war, schließlich hatte er mich vor gut einer Woche am Strand ebenfalls im Bikini gesehen. Und vor Jahren ohnehin gänzlich nackt ... Abrupt schüttelte ich den Kopf, um diese Gedanken zu vertreiben, woraufhin er fragend die Brauen hob, doch ich winkte ab. Einen Moment lang sahen wir uns schweigend an. Er war plötzlich so nah, uns trennte bloß ein halber Meter voneinander. Ich hörte meinen Puls in meinen Ohren rauschen und meine Finger krampften sich um den Rand der Liege, als ich seinen Duft einatmete: Sonnencreme, Schweiß sowie sein Parfüm, welches er nach all den Jahren nicht gewechselt hatte. Ich hatte ihm damals eine Probe davon mitgebracht. Ich hatte ihn auf diesen Duft gebracht. Ich war das gewesen. Ich. Und noch immer trug er ihn. In diesem Moment machte es mich wahnsinnig, sodass ich wieder aufstand, um einen gewissen Sicherheitsabstand zu ihm zu gewinnen.

Noahs Blick folgte mir. Er runzelte die Stirn, ehe er sich ebenfalls erhob, wobei seine Gelenke leise knackten. Ich wandte mich von ihm ab. Mein Blick fiel auf meinen Bungalow, der der vorderste in der Reihe war. Ich kämpfte gegen den Drang an, mich dort drin zu verstecken.

»Wie lange bleibst du hier?«, fragte ich und drehte mich langsam wieder zu ihm.

Er zuckte mit den Schultern. »Weiß ich noch nicht. Kommt drauf an.«

Ich fragte nicht, worauf. »Hast du schon eine Unterkunft?«

Er nickte in die Richtung des weißen Hauptgebäudes, welches auch an diesem Tag absolut traumhaft und einladend aussah. »Vielleicht werde ich mir hier ein Zimmer nehmen.«

»Ist recht teuer«, antwortete ich. »So im Vergleich.«

Ich wollte, dass er hier ein Zimmer nahm, sodass er ganz in meiner Nähe war, und ich wollte, dass er sich so weit von mir entfernte, dass die Zeit, die wir bräuchten, zueinanderzufinden, ausreichen würde, einander zu vergessen. Was bildete er sich ein, hier einfach so aufzukreuzen?

»An deinem Himmel ziehen Wolken auf«, bemerkte er und machte einen Schritt in meine Richtung.

Getroffen zog ich die Stirn kraus. »Du ...« Hast kein Recht, das zu sagen, wollte ich ihm an den Kopf werfen, doch konnte ich nicht, denn es verschlug mir die

Sprache. Dies war ein Ausdruck gewesen, den er zu Zeiten unserer Beziehung ständig zu mir gesagt hatte. Er spielte dabei auf meinen Namen an, daher war dieser Satz etwas Intimes für mich, für uns. Er hatte ihn stets mit so viel Liebe gesagt, mich wissen lassen, dass er aus mir lesen konnte, wie es bisher noch nie irgendjemand getan hatte. Er hatte immer gewusst, wie viel mir das bedeutete, dass er mich in- und auswendig kannte, mit all meinen Macken und Fehlern und guten wie schlechten Eigenschaften. Dass er mich so akzeptierte, wie ich war. All das steckte in diesem Ausdruck. Ich hasste ihn in diesem Moment dafür, dass er ihn nutzte, so gedankenlos aussprach.

Scheinbar hatte er gemerkt, was er gerade anrichtete, denn aus *seiner* blöden Miene konnte *ich* ebenfalls noch immer lesen.

»Skye, hey, das war nicht so gemeint«, fing er an und streckte die Hand nach mir aus, doch ich machte keine Anstalten, auf ihn zuzugehen. Stattdessen wandte ich ihm die kalte Schulter zu. Er verstand den Wink und seufzte leise. »Es tut mir leid, ich hätte das nicht sagen sollen.«

»Du hättest nicht herkommen sollen«, rutschte mir heraus und ich bereute es sofort.

Es war, als splitterte das hauchdünne Glas, auf dem unser unerwartetes Wiedersehen Fuß gefasst hatte, in tausend Einzelteile. Ich konnte es geradezu auf den Naturstein, der den Pool umgab, rieseln hören. Ich wusste nicht, warum sich das so intensiv anfühlte, und war überrascht und überwältigt zugleich, dass es Noah wirklich traf. Er schüttelte sich leicht, so als würde er seine Haare von den feinen Splittern befreien wollen, und irgendwo hinter seinen Zimtstangenaugen ging ein Licht aus.

»Du hast recht«, sagte er und räusperte sich, wobei sein Blick unsicher hin- und herflackerte. »Das war eine dumme Idee. Ich weiß nicht, was mich dazu getrieben hat.«

Ich nickte stumm und kaute auf meiner Unterlippe herum. Diese Unterhaltung, diese Stimmung, die sich wie ein erstickendes Tuch über uns legte, passte nicht hierher. Hier war das Paradies, solche Worte, solche Gefühle sollten hier keinen Zutritt haben, und doch hatten sie es geschafft, die Tore zu überwinden. Dabei war eigentlich gar nichts vorgefallen – bis auf die Tatsache, dass Noah mir hinterhergereist war. Und das war etwas, das ich nicht so leicht abtun konnte.

»Ich ...« Sein Blick fand zu mir, doch er sah so unsicher aus wie ein kleiner Junge, der wusste, dass er etwas Schlimmes getan hatte, und nun die Konsequenzen fürchtete. Doch welche Konsequenzen sollte es geben, was konnte ich schon tun? Verstand er überhaupt, was *er* hier tat? Wusste er, warum ich so reagierte?

»Ich werde mal schauen, ob sie hier noch was freihaben«, sagte er. »Morgen suche ich mir ein Boot, das zurück nach Bali fährt.«

Wieder nickte ich, dann schnappte er sich seine Tasche und ging an mir vorbei. Der minimale Hauch seiner Bewegungen streifte meine Haut und es wahr, als würde sie mir von den Knochen gerissen. Unkontrolliert atmete ich ein und spürte Noahs plötzliches Zögern, doch er drehte sich nicht um. Dieser Moment dauerte bloß eine Sekunde, und doch schien er meine Welt aus den Angeln zu heben. Er lief zur Hälfte um den Pool herum und verschwand im Hauptgebäude. Als ich ihn nicht mehr sehen konnte, war es, als erwachte ich aus einem verstörenden Traum. Die Zeit setzte wieder ein, mein Herz kam allmählich zur Ruhe und ich nahm meine Umgebung wieder wahr: Die Sonne, die auf meine Haut knallte, der Schweißtropfen, der mein Bein hinunterlief, das Schwappen der sanften Wellen. Ich blinzelte in Richtung des Eingangs, dann sprang ich völlig unvermittelt mit einem Kopfsprung in den Pool.

»Hey«, sagte ich leise, als ich Noah abends auf der Terrasse fand.

Er saß mit dem Rücken zu mir gewandt, ein Bintang in der Hand, den rechten Fuß auf dem linken Knie und den Blick gen Ozean gerichtet. Als er mich bemerkte, änderte er seine Position und stellte die Bierflasche auf dem Tisch ab.

»Hey«, sagte er ebenfalls leise, machte jedoch keine Anstalten, dem noch etwas hinzuzufügen.

Er trug die knielange Jeansshorts von heute Mittag, aber nicht mehr das graue Achselshirt, sondern ein dunkelblaues T-Shirt mit einer kleinen Palme auf der Brust. Seine gebräunten Füße steckten in Flip Flops und auf seinem Kopf saß eine abgewetzte Cap mit einem mir unbekannten Logo, das sehr nach Surfing aussah.

»Darf ich?«, fragte ich und deutete auf den leeren Stuhl direkt vor mir.

»Klar.« Er nickte und sein Blick huschte wieder zum Strand zurück.

Ich folgte diesem und atmete tief durch. »Es tut mir leid wegen vorhin«, begann ich stockend. »Du sollst natürlich nicht abreisen, das ist Blödsinn. Du kannst schließlich tun und lassen, was du willst.«

Noah hob vielsagend die Brauen, dann wandte er sich zu mir um. »Nun, wenn die Person, mit der ich gedenke

Zeit zu verbringen, keine Lust darauf hat, sollte ich wohl doch abreisen.«

Es war klar, dass er mich damit meinte, doch sein Ton war deutlich verärgert und pampig, daher erwiderte ich zunächst nichts. Erst als er schnaubend ausatmete und einen Schluck von seinem Bier nahm, fasste ich erneut Mut.

»Du bist also meinetwegen hier?«

»Natürlich«, gab er schnippisch zurück und ich verzog das Gesicht. »Was sollte ich denn sonst hier tun? Jetzt, wo du gerade hier bist?«

»Weiß nicht«, antwortete ich kleinlaut und zuckte mit den Schultern.

Noah musterte mich, dann seufzte er und nahm die Cap ab, um sich durch die Haare zu fahren. »Ich war, seitdem wir beide hier waren, nicht mehr auf den Gilis«, sagte er dann in gemäßigterem Ton. »Ich hatte bisher keine ... keine Gelegenheit gefunden, doch nun habe ich die Zeit und einen Grund dazu.« Er deutete vielsagend auf mich.

»Du ... Das ist lieb von dir.« Ich schob mir eine Strähne hinters Ohr und wusste nicht, wohin ich sehen sollte. Man konnte ihn so oder so verstehen, je nachdem, wie die eigene Gemütslage war. Meine war eindeutig, doch ich versuchte, nichts Großes in seine Worte hineinzuinterpretieren.

»Ich dachte, es könnte ganz nett sein, etwas mehr Zeit mit dir zu verbringen.«

Ich schnaubte belustigt und Noah schnitt eine Grimasse, als er über seine Worte nachdachte.

»*Sehr schön* wollte ich natürlich sagen«, verbesserte er sich und strich sich über den Nacken, ehe er erneut zur Flasche griff.

»Natürlich«, wiederholte ich und grinste leicht, was er aus dem Augenwinkel sah.

Er hielt mir seine Flasche entgegen und ich nahm das Friedensangebot an. Ich trank einen Schluck daraus, ehe ich sie nachdenklich in den Händen drehte und dann an ihn zurückgab. Dabei streifte ich seinen Finger und mein Magen hüpfte mir für einen Moment bis in die Kehle. Ich tat, als wäre überhaupt nichts dabei, mied allerdings geflissentlich seinen Blick. Ich rutschte auf meinem Stuhl in eine bequemere Position, zog ein Bein an und legte mein Kinn darauf. Mehrere Minuten verharrte ich so, still und schweigend, und Noah tat ebenfalls nichts, außer in Richtung des Meeres zu starren. Irgendwann war sein Bier leer und er sah sich nach einem Kellner um, der sogleich an unseren Tisch kam.

»Willst du auch?«, fragte er mich und ich nickte stumm. »*Two, please.*«

»*Right away*«, antwortete der Kellner.

Als er die beiden Flaschen brachte und uns mit einem Lächeln eine Schale Erdnüsse dazustellte, sagte ich noch immer nichts, nickte ihm aber dankend zu. Da die Flaschen schon geöffnet waren, wollte ich sogleich einen Schluck nehmen, doch Noah hinderte mich daran.

»He«, sagte er leise und hielt sanft meinen Arm fest, mit der anderen Hand hob er seine Flasche an. »Auf Meno.«

Ich warf einen Blick auf die Stelle, an der sich unsere Haut berührte, ehe ich den Blick hob und in seine Augen sah. Sehnsucht packte mich, zerriss mich, doch blieb ich äußerlich ruhig, was mich große Mühe kostete. »Auf Meno«, brachte ich beinah lautlos hervor und stieß mit ihm an. Er lächelte und nahm seine Hand wieder fort, was mich schier wahnsinnig machte. Es fühlte sich an, als hätte sie einen eiskalten Abdruck hinterlassen, und nur eine erneute Berührung würde mich vor dem Kältetod retten. Es war lächerlich und doch so real. So schmerzhaft.

»Das habe ich gebraucht«, sagte Noah, nachdem er genießerisch ausgeatmet hatte.

Es dauerte einen Moment, ehe ich darauf reagierte. »Was meinst du?«, fragte ich und starrte auf das Etikett. Ich wusste nicht, wohin mit mir.

»Einen freien Tag, andere Gedanken. Bier«, antwortete er lächelnd.

Ich sah es nicht, doch hörte ich es. Schon immer hatte ich mehr von ihm wahrgenommen, als man es oberflächlich tun würde. Schon immer war da diese Verbindung gewesen, diese Vertrautheit, als hätte ich einen fehlenden Teil meiner Selbst in ihm gefunden. Ich hatte ihn immer mit geschlossenen Augen sehen können, hatte genau gewusst, was er tat, *wie* er es tat, obgleich ich nicht hingesehen hatte. Seine Anwesenheit hatte sich stets angefühlt, als wäre ich in einen warmen Mantel gehüllt, der seine Bewegungen auf mich übertrug. Sein Lächeln, welches ich nicht sah, berührte mich, schlug sanft eine Saite in mir an, die noch lange nachklang.

Da ich wieder verstummt war, sah er mich an. Nicht nur sein Kopf, sondern sein gesamter Oberkörper drehte sich zu mir, seine Miene war offen und unschuldig. Die Wogen hatten sich geglättet, und ich war froh darüber. Ich war froh über seine Anwesenheit hier. Und ich war es nicht.

»Es fühlt sich ein wenig nach Urlaub an«, sprach er weiter und nahm einen Schluck, ohne mich dabei aus den Augen zu lassen.

Den Nachklang meiner Emotionen ignorierend lachte ich leise auf und hielt den Blickkontakt. »Immer noch komisch: Du lebst auf Bali und brauchst Urlaub.«

Er zuckte mit den Achseln. »Seit ich wieder hier bin – dort, wie auch immer –, hatte ich kaum einen freien Tag. Ich bin sofort an die Arbeit gegangen, habe sofort alles dafür getan, um jetzt da zu stehen, wo ich mich befinde: kurz vor der Öffnung des Hostels.«

»Verstehe«, antwortete ich. »Was ist das für ein Gefühl?«

Das Zimtstangenbraun seiner Augen kam in Bewegung, ein Strahlen trat hinein und auf seinem gebräunten Gesicht breitete sich ein zufriedenes Lächeln aus, gegen das man sich einfach nicht wehren konnte. Ich freute mich für ihn, sehr sogar.

»Ein bisschen unglaublich, ein bisschen überwältigend und einfach nur schön.«

»Du hast es dir verdient.«

Er nickte und zog leicht die Brauen zusammen.

»Was ist?« Ich neigte meinen Kopf ein wenig.

Noah schwieg einen Moment, fummelte an dem Etikett des Flaschenhalses herum und kaute auf seiner Unterlippe. »Ich hab' ordentlich Schiss, Skye.«

Die Weise, wie er das sagte, brachte mich nahezu um den Verstand. Es lag so viel Wärme in der Art, wie er meinen Namen aussprach, so viel Vertrautheit und ein bisschen Verzweiflung, ein bisschen Angst. Und was noch viel schlimmer war: das Wissen darum, dass er mir das sagen konnte, dass ich ihn nicht dafür verurteilen oder es ins Lächerliche ziehen würde. Es war ein Impuls, der mich dazu brachte, meine Hand auf sein Knie zu legen.

»Das kann ich gut verstehen«, sagte ich und versuchte, ihm ein aufmunterndes Lächeln zuzuwerfen. »Es ist doch ganz normal, dass du dich so fühlst. Das gehört dazu. Aber weißt du was?« Absichtlich schlug ich einen übertrieben fröhlichen Ton an.

»Was?« Er ging auf dieses Spiel ein.

»Es wird ein voller Erfolg werden, Noah, das *weiß* ich einfach, okay? Du hast so viel Leidenschaft in dieses Projekt gesteckt, so viel Herzblut und Mühen – Geld natürlich auch«, er schnaubte, als ich das sagte, »und das sieht man. Das gesamte Hostel ist mit so viel Liebe erdacht, die Ausstattung, der Garten, die Hütten. Du hast dich damit selbst übertroffen und kannst verdammt stolz auf dich sein, wirklich!« Erst jetzt bemerkte ich, dass mein Daumen Kreise auf seiner Haut vollführte, und erstarrte. Ich war so ein Idiot! Wie konnte ich mich so schnell vergessen, mich hinreißen lassen? Ich lehnte mich in meinem Stuhl zurück, sodass ich unweigerlich meine Hand von seinem Knie nehmen musste, und fuhr mir durchs Haar. Dabei spürte ich überaus deutlich seinen Blick auf mir. Und ich wusste, was in diesem zu lesen wäre, wenn ich es denn täte. Doch tat ich es nicht.

»Danke«, flüsterte er und ich nickte bloß.

Wieder schwiegen wir. Ich wusste einfach nicht, was es in diesem Moment noch zu sagen gab, doch bemühte ich mich auch nicht, Worte zu finden, bloß, um die Stille zu durchbrechen. Müdigkeit schlich sich in meine Glieder, mir war ein wenig kalt und nach ein paar Minuten fielen mir beinah die Augen zu. Ich leerte mein Bier und stellte die Flasche auf dem Tisch ab.

»Du gehst schlafen?« Noah fuhr sich durchs Gesicht. Er sah so müde aus, wie ich mich fühlte.

»Ja.« Ich schob den Stuhl zurück und stand auf. Ich überlegte. »Wenn ... Wenn du magst, kannst du morgen mit mir schnorcheln kommen.« Was ich eigentlich schon heute vorgehabt hatte, wenn sein Auftauchen mich nicht so durcheinandergebracht hätte.
»Bei den Statuen?«
Ich nickte.
»Sehr gern.« Er lächelte, aber nur kurz, denn dann musste er gähnen.
»Ich schreibe dir?«, schlug ich vor.
»Mach das.«
Er stand ebenfalls auf und eine Weile sahen wir uns an. Etwas war anders, das war eindeutig. Eine Schwere hing zwischen uns, die bei unserem unverhofften Wiedersehen vor knapp zwei Wochen noch nicht da gewesen war. Sie zerrte an meinen Nerven.
»Gute Nacht«, sagte ich, um nicht noch länger in dieser Schwere verharren zu müssen.
»Schlaf gut.« Der Ausdruck in seinen Augen war weich.
»Du auch.« Mit einem knappen Lächeln verabschiedete ich mich und als ich die Terrasse verließ, wäre ich am liebsten gerannt, doch ich riss mich zusammen.

12. KAPITEL

Am nächsten Morgen lackierte ich mir die Nägel. Es war ein Tick von mir. Wenn etwas in meinem Leben geschah, das mich forderte, durcheinanderbrachte, eine neue Dynamik in meinen Alltag integrierte, griff ich häufig zu diesem kleinen Pinsel und der intensiv und schwer riechenden Farbe. Ich brauchte Veränderung. Temporäre Veränderung, die nicht so drastisch wäre wie eine neue Frisur oder Haarfarbe und nicht so permanent wie ein Tattoo. Ich war nie der Typ gewesen, der sich viel schminkt, und in gewisser Weise war ich auch gar kein großer Fan von Nagellack, doch allein die Farbe aufzutragen, hatte etwas Beruhigendes an sich. Wenn man sein Werk nicht ruinieren wollte, musste man sich konzentrieren, sich Zeit dafür nehmen, und in den paar Minuten, in denen die Farbe trocknete, konnte man kaum etwas anderes machen, als herumzusitzen und zu warten. Es hatte etwas Meditatives an sich und zugleich veränderte es einen – zumindest optisch und bloß in kleinem Maße.

Als ich die dunkelblaue Farbe aufgetragen hatte, setzte ich mich auf mein Bett und blickte durchs Fenster Richtung Strand. Genau wie die letzten Tage war es ein sonniger Morgen und ich wusste nicht, woran ich es erkannte, doch es sah eindeutig danach aus, dass es draußen heiß war. Womöglich lag das am Stand der Sonne, an der grellen Farbe ihrer Strahlen, oder es war doch bloß das Bewusstsein darüber, sich in einem Land mit äußerst warmem Klima aufzuhalten, und man bildete sich nur ein, Temperatur anhand von Bildern ausmachen zu können. Doch ich glaubte nicht daran. Ich hatte oft das Gefühl, erkennen zu können, ob es draußen warm oder kalt war – unabhängig der Jahreszeit.

Ich schrieb Noah, dass ich in einer halben Stunde gedachte loszugehen. Drei Minuten später antwortete er, dass er das schaffe und sich freue. Lange starrte ich auf diesen klaren, unverfänglichen Satz, und schickte am Ende bloß einen klassischen Smiley zurück.

Ich cremte mich ein, packte meine Sachen und war außerstande, gegen das Flattern in meinem Magen anzukämpfen. Ich fühlte mich unvergleichlich albern, sodass ich laut mit mir schimpfte und mir mehrmals wirsch durch das Gesicht fuhr, doch beruhigte mich das keineswegs. Das Gefühl, dass mein Magen Achterbahn fuhr, blieb. Ich warf einen Blick in den Spiegel und schüttelte etwas ungläubig den Kopf. Dann besah ich kritisch mein Shirt: Es war ein schmal Geschnittenes, mit Rundhalsausschnitt und einem ausgeblichenen Regenbogen darauf. An keinem Tag, seitdem ich hier war, hatte ich mich an meinem Outfit gestört. Jetzt tat ich es. Laut stöhnte ich auf und verfluchte mich dabei. Zügig zog ich das Shirt aus und stand einen Moment unschlüssig da, wobei ich meinen nackten Bauch betrachtete. Meine Brüste waren in einen gestreiften Bikini in Wickeloptik gepackt. Ich umfasste diese und wünschte mir wie so häufig, dass sie etwas voller wären. Zwar saß das Oberteil perfekt und dennoch war ich nicht zufrieden. Ich drehte mich hin und her, drückte hier und da an meiner Haut herum, ehe ich laut und frustriert ausatmete. Was tat ich hier eigentlich? Die Zeiten, dass ich mich in meinem Körper nicht wohlfühlte, waren lange vorüber, *sehr* lange. Ja, ich war nicht perfekt, doch wer war das schon? Und gerade Noah hatte mir nie das Gefühl gegeben, mich über meinen Körper ärgern und mehr Sport treiben zu müssen. Nein, er hatte mich geliebt, so wie ich war, ohne Ausnahme. Nun würde er sich erst recht nicht daran stören, dass ich ein paar mehr Dellen an meinem Hintern hatte und sich kleine Röllchen bildeten, wenn ich nicht gerade saß. Was sollten diese unsinnigen Gedanken? Mit einem entschlossenen Ausdruck in den Augen kehrte ich meinem Spiegelbild den Rücken, zog das Shirt wieder an, schnappte meine Sachen und verließ den Bungalow.

Ich wartete am Pool auf Noah. Währenddessen spielte ich mit meinem Handy herum, überlegte, ob ich noch ein Foto auf Instagram posten sollte, doch dann entschied ich mich dagegen. Schließlich hatte mich mein letzter Post erst in diese Situation gebracht, in der ich mich seit gestern befand. Eine Situation, in der ich auf meinen Exfreund wartete, für den ich noch Gefühle hatte. Noch immer, nach all der Zeit.

Noah kam zwei Minuten vor der verabredeten Zeit herbeigeeilt. In seiner Hand hielt er sein Shirt, doch an seinem Körper trug er bloß quietschbunte Badeshorts, die kurz über dem Knie endeten – mehr nicht. Sein Rucksack hing ihm von nackten, gebräunten Schultern, die ein bisschen mehr Farbe hatten als seine Brust und sein Bauch. Seine Haut glänzte frisch eingecremt. Es war dumm und albern und lachhaft, doch ich konnte meinen Blick einfach nicht von ihm lösen. Ich hatte ihn vor Kurzem erst mit freiem Oberkörper gesehen – am Strand in Legian –, doch es fühlte sich an, als sei eine Ewigkeit vergangen. Eine Ewigkeit, in der mein Gefühlsleben in bunten Farben explodiert war. Mindestens genauso bunt wie Noahs Shorts. Dieser Gedanke brachte mich zum Schmunzeln.

»Was ist so lustig?«, fragte er und blieb vor mir stehen.

Ich machte eine Handbewegung in Richtung des einzigen Kleidungsstücks, das er an seinem Körper trug. »Ganz schön auffällig.«

Noah richtete seine Cap, die er mit dem Schirm nach hinten trug, sodass dunkelblonde Strähnen durch das Loch hindurchlugten. »Zu doll?«

Ich schüttelte den Kopf. »Passt zu dir.«

»Hmm«, machte er und runzelte die Stirn. »Ich weiß jetzt nicht, ob das gut oder schlecht ist.«

»Das kannst du dir aussuchen.« Mit einem breiten Grinsen stand ich auf und marschierte los.

Wir nahmen den Weg, der im Uhrzeigersinn um die Insel herumführte. Wir liefen durch den winzigen Hauptort, in dem die Touristenboote anlegten, sagten den kleinen Schildkröten in der Auffangstation Hallo und ließen die flachen Häuser der Einheimischen hinter uns. Das Meer rauschte gemächlich vor sich hin, mal blitzte es durch das dunkle Grün der wilden Hecken hindurch, mal lag es umrahmt von Palmen da, mal hatte man einen gänzlich freien Blick auf das verlockende Blau, dessen Ruf in meiner Seele kitzelte. Ich freute mich ungemein auf diesen Schnorcheltrip.

Der Weg war schmal und wir begegneten keiner Menschenseele. Ringsherum wucherten Pflanzen und es schien, als wäre man gänzlich allein. Nichts deutete darauf hin, dass sich in der Nähe andere Leute aufhielten. Erst, als sich der Bewuchs ein wenig lichtete, wurde der Weg breiter, und Stimmen schwangen zu uns herüber. Vor uns tat sich ein Hotel auf, wir liefen mitten durch die kleine Anlage hindurch. Rechts lagen die flachen, wenigen Gebäude und der Pool, links gab es eine überdachte Terrasse mit Bar und nur ungefähr drei Meter dahinter lag das Meer. Entspannte Beachmusik drang aus den Lautsprechern und der Mann hinter der Bar wandte sich mit einem Wink uns zu, doch wir hoben bloß die Hand zum Gruß und gingen weiter. Wir hatten nicht vor, schon um diese Uhrzeit ein Bier zu trinken. Hinter dem Hotel lagen ein paar Hütten der Einheimischen, ebenso wie an Land gezogene Boote, von denen einige reparaturbedürftig wirkten. Ein grauer Schrein aus Beton war mit einem weißen Tuch geschmückt, um ihn herum hingen mit pinken Blüten besetzte Zweige eines Baumes, dessen Namen ich nicht kannte. Allem haftete eine Ruhe und Gelassenheit an, dass man sich fragte, ob die Menschen hier überhaupt jemals von dem Wort *Stress* gehört hatten.

Ein provisorischer Zaun aus Zweigen und dünnen Ästen diente als Grundstücksbegrenzung, hinter dem sich ein paar Hühner tummelten, und einige Meter weiter war ein Mann damit beschäftigt, die Ausleger seines Bootes zu erneuern. Freundlich und mit einem Lächeln grüßten wir einander. Ich warf Noah einen Blick zu, den er wissend erwiderte. Wir brauchten gar nicht darüber zu reden, wir hegten dieselben Gedanken und schwiegen in stiller Eintracht.

Wir bogen um die nächste Kurve und fanden dort zwei winzige Verkaufsstände am Wegesrand vor. Der Vordere wurde von einer jungen Frau betreut, welche Bambusstrohhalme für 10.000 Rupiah das Stück anbot, umgerechnet etwa 60 Cent, und hinter dem zweiten Stand saß ein deutlich älteres Ehepaar und verkaufte verschiedenste, selbst gesammelte Muscheln. Manche von diesen waren gar größer als meine Faust. Interessiert blieben wir stehen, was die junge Frau sofort nutzte. Sie machte uns ein Angebot: zwei Strohhalme für 15.000.

»*And how much for fifty?*«, fragte Noah.

»*Fifty?*« Die Frau riss ihre Augen auf. »*You want fifty?*«

Ich sah ihn ebenfalls überrascht an.

»*Yeah, for my hostel.*« Er lächelte einnehmend.

Die Frau musterte ihn einen Moment. »*Ahhhh*«, machte sie dann und holte ihr Handy hervor, um zu rechnen. »*420.000*«, antwortete sie und hielt ihm ihr Display entgegen.

»*Alright.*« Noah nahm das Angebot an und holte sein Portemonnaie hervor. Als er hineinsah, verging ihm allerdings das Lachen. »Oh Shit.« Er räusperte sich. »Skye, du hast nicht zufällig 150.000 für mich?« Mit einem zerknirschten Grinsen drehte er sich zu mir um, während die Frau die Strohhalme in eine große Papiertüte packte.

Ich rollte demonstrativ mit den Augen und kramte mein Geld hervor. »Glück gehabt«, sagte ich und reichte ihm die Scheine.

»Danke, du bist ein Schatz!«

»Ich weiß«, antwortete ich selbstbewusst.

Er lachte leise und gab der Frau das Geld, die es, ohne zu zählen, in ihre Hosentasche steckte. »*Thank you very much!*«

»*Thank you, thank you*«, erwiderte die Frau und verneigte sich knapp.

Wir verabschiedeten uns von ihr und Noah fasste mich am Arm. »Wie viel hast du noch übrig?«

Ich sah zu ihm auf und er deutete mit einem Blick hinter sich zu den beiden Alten mit ihren Muscheln. Ich verstand den Wink und zählte nach. »Etwas über hundert.«

Ein beschwörendes Funkeln trat in seine braunen Augen. Ich musste lachen.

»Hier, kauf' dir was Schönes!«, sagte ich und drückte ihm gleich mein ganzes Portemonnaie in die Hand.

Er grinste dankbar und drehte sich schwungvoll um. Ich beobachtete ihn amüsiert und kam nicht umhin, mich über ihn und seine lockere, fröhliche Art zu freuen. Auch dass er mir am Ende einen leeren Geldbeutel zurückgab, milderte diese Freude nicht. Er hatte innerhalb weniger Minuten drei Menschen glücklich gemacht – nein, *vier* verbesserte ich mich. Wenn nicht gar fünf.

Vor dem nächsten Restaurant, an dem wir vorbeigingen, war eine Lichterkette aus Plastikflaschen über den Weg gespannt. Not machte erfinderisch – in diesem Falle eher Überfluss. Überall auf der Insel fand man an Pfählen aufgehängte Müllnetze vor, mit dem Hinweis, dass man Meno bitte sauber halten sollte. Ich war absoluter Fan dieser Sache, zumal ein Großteil der Touristen für Müll verantwortlich war. Und das überall auf der Welt. Hier auf diesem winzigen Fleckchen namens Meno gab es eine Organisation, die sich um die Abfallwirtschaft kümmerte, Clean Ups organisierte und die Bevölkerung über die vielseitigen Möglichkeiten des Recyclings aufklärte.

»Bist du schon weitergekommen in Sachen Müll?«, fragte ich ihn und deutete auf die Lichterkette.

»Ich hatte mir einmal kurz die Seite angeguckt, die du mir geschickt hast«, antwortete Noah und betrachtete die aufgehängten Flaschen nachdenklich. »Demnächst findet wieder eine Infoveranstaltung statt, vielleicht schaffen Kadek und ich, die zu besuchen.«

»Wäre gut«, sagte ich. Ich würde mir die Chance nicht entgehen lassen.

Noah warf mir einen Blick zu und runzelte die Stirn.

»Was ist?«

»Höre ich da einen gewissen Unterton heraus?« Er grinste.

Ich biss mir auf die Unterlippe und hob leicht die Schultern. »Möglich.«

Er lachte auf. »Du hast ja recht.« Er schob die Daumen unter seine Träger. »Ich werde Kadek sagen, dass wir da unbedingt hinmüssen.«

Ich grinste ebenfalls. »Sehr schön.«

Noah nickte mir wohlwollend zu und ging weiter. Den Rest des Weges unterhielten wir uns über weitaus belanglosere Dinge und ich verschwendete keinen einzigen Gedanken an meine Gefühlswelt. Noah fragte mich, ob ich in letzter Zeit irgendwelche interessanten Filme gesehen hätte (er selbst hatte die letzten Monate überhaupt keine Zeit mehr dazu gehabt), wir diskutierten über aktuelles Weltgeschehen, das uns jedoch so sehr deprimierte, dass wir uns schnell einem anderen Thema zuwandten, und ich erkundigte mich nach seiner

Familie. Es war ein angenehmes Gespräch und ich fühlte mich wohl. Vergessen waren die verheulten Stunden von vorgestern. Ich freundete mich mit dem Gedanken an, eventuell den Rest meiner Zeit auf Meno mit Noah zu verbringen. Ich könnte ihn schlecht einfach so fortschicken, außerdem freute ich mich über seine Anwesenheit – das Chaos in meinem Herzen einmal ausgeblendet – und sollte die Zeit mit ihm genießen. Meine Gefühle waren ohnehin eine Sackgasse und führten zu nichts. Meine Zeit in Indonesien war begrenzt und es dauerte nicht mehr lang, ehe diese unerwartete Überschneidung unserer Leben enden würde. Die Welt würde sich bald wieder in ihren gewohnten Bahnen drehen, und unsere Bahnen wären tausende Kilometer voneinander entfernt.

Wir erreichten den Spot und stellten fest, dass sich dort vier Ausflugsboote tummelten. Die Touristen trugen alle zur eigenen Sicherheit – wie auch für die der Veranstalter – Schwimmwesten. Zwar ärgerte es mich, dass wir nicht allein waren, doch der Anblick dieser strampelnden Meute heiterte mich wieder auf.

»Sieht schon etwas lächerlich aus, oder?« Noah ließ seinen Rucksack von der Schulter gleiten und in den Sand plumpsen. Dabei blinzelte er gegen die Sonne an und beobachtete das Treiben auf dem Wasser.

»Ziemlich«, bestätigte ich und kam nicht umhin, darüber nachzudenken, dass Noah nicht gegen die Sonne anblinzeln müsste, wenn er denn seine Cap richtig herum tragen würde. Ich zog mein Shirt aus und versuchte so zu tun, als bemerke ich nicht, dass Noah mich dabei ansah. Ich hatte immerhin den Vorteil, dass er kein T-Shirt trug und ich nicht darauf warten musste, dass er es auszog ... Doch warum sollte er mich so ansehen wie ich ihn? Das tat er mit Sicherheit überhaupt nicht, es war bloß ein gewöhnlicher Blick. Da war überhaupt nichts bei. Außerdem hatte er mich erst gestern im Bikini am Pool gesehen. Ich schüttelte diese Gedanken ab und schnappte mir meine Flossen und die Taucherbrille, von welcher der Schnorchel baumelte. »Na los, die Gruppen ziehen bestimmt gleich ab«, sagte ich.

»Wollen wir es hoffen!«

Noah tauschte Cap gegen Taucherbrille aus, sodass ihm beim Gehen der Schnorchel gegen die Nase stieß, was ich grinsend beobachtete. Er streckte mir die Zunge raus, worauf ich mit einem leisen Lachen antwortete. Wir erreichten das Wasser und zogen unsere Flip Flops aus, die uns über den heißen, grobkörnigen und mit allerlei spitzem Zeugs versehenen Strand gebracht hatten. Schnurstracks ging ich ins Wasser, denn ich würde erst dort meine Flossen anziehen. Noah folgte mir und als ich ihm einen Blick zuwarf, erkannte ich ein fröhliches Glitzern in seinen Augen. Er liebte das Meer mindestens genauso sehr wie ich.

Die Stimmen der anderen Touristen drangen zu uns herüber und wir sahen, dass einige zu ihren Booten zurückkehrten. Es würde wohl nicht mehr allzu lange dauern und wir hätten den Spot für uns – sofern keine neuen Boote kämen. Ich setzte mich auf den Grund, sodass mir das Wasser bis zur Brust reichte, und schlüpfte in meine Flossen. Dann spuckte ich in die Taucherbrille und verrieb meinen Speichel auf den Gläsern – so würden diese nicht so schnell beschlagen. Noah, der neben mir saß, tat es mir gleich. Schweigend bereiteten wir uns vor, es wirkte wie ein kleines, verschworenes Ritual, dabei war gar nichts Besonderes daran, doch ich genoss es sehr. Mit einem kleinen Seufzer setzte ich mir die Brille aufs Gesicht, zog die kleinen Gummistücke des Schnorchels zwischen meine Zähne und tauchte unter.

Immer wieder war ich erstaunt, wie warm das Wasser des Indischen Ozeans war. Es war kein Vergleich zur Ost- oder Nordsee, auf keine Weise. Wenn meine Haut nicht nach längerer Zeit aufquellen würde, würde ich den gesamten Tag im Wasser verbringen. Dort fühlte ich mich pudelwohl und konnte mich stundenlang damit beschäftigen, einfach nur herumzupaddeln, das entfernte Ufer oder die Weite des Horizonts zu betrachten, mich unter die kleinen, bunten Fische zu mischen oder mich auf dem Rücken treiben zu lassen. Es dauerte, ehe mir allmählich kalt wurde, meistens war ich, wenn ich gemeinsam mit anderen ins Wasser ging, nach einer Weile allein, denn viele froren recht schnell. Hier in den warmen, seichten Wellen vor Meno wurde mir nie kalt, obgleich es kühlere Ströme gab, doch empfand ich diese bloß als angenehm.

Der Sand unter mir war hell und schmucklos, die Sicht klar und nur wenige Fische waren zu sehen, doch ich wusste, dass sich dies gleich ändern würde. Mein Herz schlug vor Vorfreude immer schneller und dieses Gefühl ging in meine Bewegungen über, sodass ich mich immer weiter von Noah entfernte. Der Grund fiel ab, Steine lagen vereinzelt herum, von denen winzige Korallen und Pflanzen sprossen, ein bunt gestreifter Fisch flitzte an mir vorüber, und dann breitete sich urplötzlich eine riesige, scheinbar unendliche Landschaft vor mir aus. Sie war durchsetzt von großflächigen, flachen Felsformationen, die alle mit Korallen oder büscheligem Gras, das sanft hin- und herwog, bewachsen waren. An einigen hafteten schwarze Seeigel, andere waren blank und zwischen vielen waren helle Sandflecken auszumachen. Fische in den unterschiedlichsten Farben und Mustern zogen an mir vorüber, manche in Paaren, andere in Gruppen, einige allein. Es knisterte und knackte um mich herum, es war wundervoll. Doch leider auch ganz und gar erschreckend. Es gab Farben, unzählige Tupfer von intensivem Blau oder Orange, und Formen, doch man sah, dass es schöner sein könnte. Einst schöner gewesen war. Ein zu großer Teil, als dass man ihn hätte ignorieren können, war der Korallenbleiche zum Opfer gefallen. Wie der Name schon sagte, waren haufenweise Korallen ausgeblichen, was darauf hinwies, dass sie tot waren – oder im Sterben lagen. Überall auf dem Grund und zwischen ihren noch lebenden Artgenossen sah man abgestorbene Korallenteile, Splitter, Überreste. Auch am Strand hatten sich viele kleinteilige, scharfkantige, spitze und harte Korallenreste unter den Sand gemischt, weshalb es schmerzhaft war, diesen ohne Schuhe zu betreten. Es stimmte mich überaus traurig, daran zu denken, dass es hier in einigen Jahren womöglich gar keine Korallen mehr geben würde – und somit auch weniger Fische, weniger der anderen Meeresbewohner. Ich warf einen letzten Blick auf eine Ansammlung toter Steinkorallen, dann tauchte ich hinab, dem Grund entgegen, welcher ungefähr zwei Meter unter mir lag. Ich streckte meine Hand aus und griff nach etwas Sand – es war eine kleine Tradition. Egal, wo ich schnorchelte, stets tauchte ich zu Beginn einmal hinab, um den Meeresgrund zu berühren. Ich wusste nicht, warum ich es tat, doch tat ich es gern.

Ich drehte meinen Körper herum, sodass ich mich vom Boden abstoßen konnte, und rauschte hinauf, wobei ich meinen Schnorchel aufrecht hielt. Kurz bevor ich die Oberfläche erreichte, wurde ich langsamer, dann pustete ich mit einem kräftigen Ausatmen das Wasser aus meinem Schnorchel. Ich atmete mehrmals tief ein und aus und sah mich nach Noah um. Diesen fand ich nur wenige Meter von mir entfernt, treibend, den Blick auf mich gerichtet. Ich grinste, obgleich das gar nicht so einfach mit dem Schnorchel war, dann schwamm ich an ihn heran und hob meinen Kopf an die Luft. Er tat es mir gleich.

»Noch immer eine richtige Wasserratte, nicht wahr?« Seine Stimme klang gepresst, etwas quietschig.

Ich nickte und warf einen Blick auf die Ausflügler in den Schwimmwesten. Es befanden sich nur noch vier von ihnen im Wasser. »Lass uns zu den Skulpturen!«

»In Ordnung.«

Ich schnorchelte voraus, Noah folgte mir. Wir schwammen über die ersten Figuren hinweg – einem Trio von auf dem Sand liegenden Frauen –, welche wir uns für später aufhoben. Rund zwanzig Meter von diesen Skulpturen entfernt zeichnete sich unser Ziel ab. Mit jedem Flossenschlag war der Kreis deutlicher zu erkennen. Noch paddelten zwei der Touristen über diesem und schossen Fotos, doch kamen sie den Abbildungen der sich umarmenden Paare nicht näher. Wir hingegen schon.

Ich sah kurz zu Noah und beinah gleichzeitig gingen wir auf Tauchstation. Ich besah den Kreis erst von außen, in einem Abstand von ungefähr einem Meter, korrigierte meine Position mit den Flossen, tauchte etwas tiefer, um mir beim Auftrieb die Gesichter anzusehen. Gestreifte, gelbe, silberne und schwarze Fische zischten umher, umrundeten die Männer und Frauen aus Stein, knabberten an dem zarten Pflanzenbewuchs ihrer Haut. Ich wünschte mir von ganzem Herzen, dass dieses Projekt gelang und sich hier bald ein wunderschönes Korallenriff bilden würde, doch angesichts der stetig wärmer werdenden Meere könnte dies wohl immer ein Wunsch bleiben.

Mir ging die Luft aus und ich kehrte an die Oberfläche zurück, wo Noah schon auf mich wartete. Er hatte seine Brille abgenommen, um die Gläser auszuwaschen, da sie beschlagen waren. Ich konnte ebenfalls nicht mehr perfekt sehen und machte es ihm nach.

»Ich würde gern versuchen, ein cooles Bild von dem Kreis zu schießen«, sagte er und atmete tief durch. »Fürs Hostel.«

»Klingt gut.«

»Würde es dir was ausmachen, wenn du mit drauf bist?«

Ich stutzte. »Nein, natürlich nicht.« Ich sah ihn an. »Solange du mich aus einem guten Winkel einfängst.«

»Natürlich.« Er lächelte. »Soll ja nett aussehen.«

Nett. Da war wieder dieses Wort. Stirnrunzelnd zog ich mir wieder die Brille übers Gesicht, sodass er meine Miene nicht mehr sehen konnte. »Jetzt sofort?«

»Gern, wenn du es schaffst.«

»Die Frage ist wohl eher, ob der Fotograf es schafft«, antwortete ich, holte Luft und tauchte wieder unter.

Ich beeilte mich, schnell am Kreis zu sein, damit mir noch genügend Atem bliebe, um um die Figuren herum- und mitten in den Kreis hineintauchen zu können. Ich ging mit dem Grund auf Tuchfühlung, änderte meine Position, drückte meinen Hintern nach unten, ließ die Hände nach oben schweben und hielt die Beine gestreckt. Ich hoffte, Noah drückte mehrmals hintereinander ab, denn diese Position war gar nicht so einfach, da der gesamte Körper nach oben trieb, wenn man nichts dagegen unternahm. Ich schaffte es für ein paar Sekunden, dann schwamm ich mitten durch zwei Paare hindurch und strebte mit gehobenem Kopf auf ihn zu.

»Und?«, fragte ich schwer atmend.

»Sah schon ziemlich gut aus«, antwortete er.

»Aber noch mal?«

Er grinste schief und hob entschuldigend eine Hand aus dem Wasser.

»Okay.« Ich nickte, holte erneut tief Luft und war wieder ganz in meinem Element – sprichwörtlich.

Die Fotosession dauerte Gott sei Dank nur noch ein paar Minuten, denn allmählich wurde es anstrengend, immer wieder abzutauchen, so lang wie möglich den Atem anzuhalten und dabei zu versuchen, noch einigermaßen vorteilhaft auszusehen. Bald glaubte Noah, genügend Bilder aufgenommen zu haben, mit und ohne mich. Ich ließ mich kurz auf dem Rücken treiben, um wieder zu Kräften zu kommen. Während er die Fotos gemacht hatte, hatte ich mich kaum auf meine Umgebung konzentriert und das wollte ich gleich noch nachholen. Als Noah sein von einer wasserfesten Hülle geschütztes Handy wieder in die Reißverschlusstasche seiner Shorts gesteckt hatte, tauchte er noch ein paar Mal mit mir hinunter.

»Ich würde noch gern zum Wrack«, sagte ich, nachdem wir durchgeatmet hatten.

Allmählich spürte ich die Anstrengung in meinen Gliedern und bewegte mich so wenig wie möglich. Ich war eindeutig aus der Übung und die Tauchgänge forderten ihren Tribut, doch wollte ich unbedingt noch einmal das Wrack sehen. Noah atmete ebenfalls etwas schwerer, dann nickte er und setzte sich seine Brille wieder auf. Wir kehrten um, ich warf einen letzten Blick auf den Kreis, dann schwamm ich voran. Auf dem Weg zum Wrack tauchten wir zu dem Figurentrio und Noah machte schnell ein paar Fotos davon, dann ging es weiter.

Das Wrack lag tiefer als die Skulpturen und im ersten Moment hatte es stets etwas Unheimliches an sich, wie sein Bug emporragte. Von der Oberfläche aus konnte man nicht viel sehen, sein Heck verschwand vollkommen in der Dunkelheit. Hier hielten sich noch drei weitere Schnorchler auf, die offenbar nicht zu den Touristengruppen gehörten, und probierten sich daran, so weit hinunterzutauchen, dass sie das Wrack berühren konnten. Ich beobachtete die drei eine Weile, während ich still im Wasser lag und neue Kraft schöpfte. Hier gab es nicht so viele Fische, auch war der Grund nur noch vereinzelt mit Steinen bedeckt. Ich drehte mich ein wenig, um einen Blick auf Noah zu werfen, der den anderen ebenfalls zusah. Er wurde auf mich aufmerksam und ich erkannte ein gequetschtes Lächeln hinter seiner Brille. Ich erwiderte es, dann atmete ich tief ein.

Ich machte ein paar kräftige Züge mit Armen und Beinen und hatte meinen Blick vollkommen auf das Wrack konzentriert. Wie ein Geist der Vergangenheit, eine Erinnerung, die mehr und mehr ins Bewusstsein rückte, ragte es auf, rief mich zu sich. Ich spürte den Druck auf den Ohren und glich diesen aus, ohne langsamer zu werden. Ich streckte meine Hand aus, nur noch ein paar Zentimeter – dann berührte ich die unebene, von Seepocken, Pflanzen und kleinen Korallen besetzte Bordwandkante. Für wenige Sekunden verharrte ich dort, starrte in das immer dunkler werdende Blau, sah nach oben zu Noah und den anderen drei Schnorchlern, die mir alle zusahen. Druck lastete auf mir und mein Herz pochte. Das Wasser war angenehm kühl, kein Vergleich zu der Oberfläche, und am liebsten würde ich noch eine Weile hier verbleiben, doch hatte ich keinen Atem mehr. Ein wenig frustriert über meine unzureichenden Künste, lange die Luft anzuhalten, stieß ich mich von dem Wrack ab und strebte der Oberfläche entgegen. Einmal noch sah ich mich in diesem tiefen Blau um. Es hatte etwas Faszinierendes, Magisches an sich, unter Wasser zu schweben, in dieser Leichtigkeit aufzugehen, während man von einer vollkommen anderen Welt umgeben war. Man vergaß alles andere, lebte von Sekunde zu Sekunde. Man bekam ein gänzlich anderes Gefühl für die Zeit und nur das eigene Ich und der Körper spielten eine Rolle. Das Leben schien entschleunigt, heruntergebrochen auf das Wichtigste – was auch immer das für einen war. Nicht viele Menschen hatten das Privileg, unsere Erde aus dieser Perspektive zu sehen, und ich schätzte diese Momente sehr, kostete sie gänzlich aus.

Als ich zu Noah zurückkehrte, nahm ich Brille und Schnorchel ab und atmete kräftig ein und aus, während das Gefühl des Tauchgangs noch in mir nachklang. Doch ich spürte, wie es allmählich verebbte, wie ich die Verbindung zu etwas verlor, das ich nicht begreifen konnte. Es war, als würde sich mein Bewusstsein wieder zu seiner normalen Größe erweitern und sich diese Beschränkung, diese Konzentration auf das Wesentliche, mit jedem Atemzug weiter auflösen. Mein Blick hakte sich in Noahs und einen Augenblick später befand ich mich wieder im Hier und Jetzt.

Mit müden Gliedern kehrten wir an den Strand zurück. Wir wechselten von Flossen in Flip Flops und ruhten uns eine Weile sitzend auf unseren Handtüchern aus. Schön zum Liegen war es hier nicht, da überall zu viele Korallenstücke und kleine Zweige herumlagen, die einen in die Haut stachen. Ich trank mehrere Schlucke Wasser und spülte mir dann das Gesicht ab, da mir das Salz leicht auf der Haut brannte. Noah, der die Handgelenke über die angewinkelten Knie gelegt hatte, hatte die Augen geschlossen und sein Gesicht Richtung Sonne gedreht, sodass ich ihn geradewegs angucken konnte – was ich auch tat. Seine Miene wirkte vollends zufrieden, glücklich, entspannt. Noch war er nicht ganz trocken, einige Tropfen verharrten an seinen Schultern und seiner Brust und es juckte mich in den Fingern, sie fortzuwischen, doch tat ich es natürlich nicht. Sein dunkelblondes Haar lag kreuz und quer, was mir ein Lächeln entlockte und mich tief durchatmen ließ. Als er dieses Geräusch hörte, öffnete er sein linkes Auge.

»Was ist los?«

Tausende Worte stolperten übereinander, doch brachte ich nicht die kleinste Silbe hervor. So viel würde ich ihm gern sagen, doch war es nicht nur unangebracht, es führte auch zu nichts. Ich sah auf meine Hände und rieb mit dem Zeigefinger etwas Sand von meiner Haut.

»Es ...« Ich biss mir auf die Lippe.

Noah hatte nun beide Augen geöffnet und seine Position ein wenig geändert. Jetzt saß er mir im Schneidersitz direkt gegenüber. Sein Blick fiel auf meine lackierten Nägel und etwas glomm in seinen Augen auf, doch als er mich ansah, stand nur eine Frage in darin.

»Es ist schön, mit dir hier zu sein«, eröffnete ich ihm dann. »Und sehr seltsam, *ziemlich* seltsam.« Ich erwiderte seinen Blick, aber nur kurz, denn zu mehr traute ich mich nicht. »Findest du nicht auch?« Meine Augen hatten eines der Ausflugsboote, die sich näherten, fixiert. Die nächsten Gruppen an Schwimmwesten-Touristen wurden herangefahren.

»Es ist, als wären keine fünf Jahre vergangen«, sagte er leise und mit einem seltsamen Unterton, den ich nicht einordnen konnte, nicht einordnen *wollte*. Wieder fiel sein Blick auf meine Hände.

»Ist das was Gutes oder was Schlechtes?«, flüsterte ich und schluckte.

Noah hob seinen Kopf, sah mir direkt in die Augen. Es war, als würde sich mein Magen überschlagen, als ich den Ausdruck in den seinen las. War es Bedauern, das ich erkannte, ein leises Anzeichen von Wut? Ich verstand es nicht und wandte den Blick ab, als ich ein verdächtiges Kribbeln in meiner Nase spürte.

»Ich weiß es nicht«, antwortete er mit belegter Stimme und räusperte sich.

Ich starrte aufs Meer hinaus, zu Gili T. hinüber, wo sich der begrünte Hügel der Insel wie der dicke Bauch eines Schlafenden in die Höhe hob. Bis zum anderen Ufer machte ich mindestens vier verschiedene Blautöne aus und keiner dieser ähnelte der Farbe des Himmels. Der Ruf des Muezzins erklang von dort und wieder einmal war ich fasziniert davon, wie gut Wasser den Schall transportieren konnte. Zittrig einatmend strich ich mir über die Schultern, auf denen die Sonne brannte. Ich drehte mich zu meiner Tasche um und zog die Sonnencreme hervor, dabei spürte ich deutlich Noahs Blick auf mir. Er kitzelte mich im Nacken. Ich sollte etwas sagen, doch wusste ich nicht, was. Ich ärgerte mich darüber, dass ich dieses Thema überhaupt erst angeschnitten hatte, und ich hatte keine Ahnung, wie ich es wieder beenden konnte, ohne dass es zu unangenehm wurde. Mir fiel nichts Besseres ein, also fragte ich ihn nach Willow.

»Was macht sie genau in Bangkok?«, wollte ich wissen und tat mir etwas von der Sonnencreme auf meine Handfläche. Dabei vermied ich tunlichst, Noah anzusehen.

Dieser schwieg für einen Moment und bevor er antwortete, änderte er erneut seine Position. Nun saß er nicht mehr zu mir gewandt da, sondern ebenfalls Richtung Wasser. »Eine der Schmuckfirmen, für die sie unter Vertrag steht, hat sie spontan zu einem Shooting eingeladen.«

»Aha.« Wow, was war ich bloß für ein Idiot. Was Willow machte, interessierte mich nicht die Spur, ich konnte überhaupt nichts mit diesem Influencer-Dasein anfangen. Doch nun hatte ich mich auf diesen Pfad begeben und würde ihn nicht sogleich wieder verlassen. »Macht ihr der Job Spaß?« Ich verrieb die Creme auf meinen Schultern und Armen.

»Ich denke schon.« Noah zuckte mit den Achseln. »So kommt sie gut rum, sie ist schon immer gern verreist und hat einen Sinn für Mode. Es passt zu ihr.«

Sinn für Mode, dachte ich grummelnd. Den hatte ich wohl nicht, vor allem nicht so wie Willow. Ich bin in Shorts und einem Shirt mit Regenbogendruck an den Strand gegangen, sie hätte sicherlich ein Outfit mit deutlich mehr Klasse gewählt. Etwas Weißes, Luftiges, das sich perfekt um ihren Körper schlang, nicht zu viel, aber auch nicht zu wenig zeigte, womöglich noch mit einem passenden Sonnenhut dazu, der nur äußerst wenigen Menschen stand. Doch ihr stand alles. Das, was ich von ihrem Account gesehen hatte, sprach zumindest dafür.

»Und was sagt sie zum Hostel?« Ich befreite meine Beine mit dem unteren Ende des Lakens vom Sand und cremte diese ebenfalls ein.

Noah spielte mit einem kleinen Stück Koralle herum. Er wirkte nachdenklich, wenn nicht gar etwas vorsichtig. »Sie findet es gut, sie unterstützt mich sehr, zumindest ...« Er brach ab und fuhr sich durch die Haare, dann lachte er kopfschüttelnd. »Sie macht viel Werbung für uns.«

»Ja, das hast du schon erzählt.« Ich lächelte zaghaft. »Das ist doch gut, oder?«

»Ja, das ist es.«

Er warf mir einen Blick zu und ich wusste, dass da noch mehr war, was er zu diesem Thema zu sagen hatte, doch aus irgendeinem Grund konnte oder wollte er das nicht. Vielleicht bildete ich es mir aber auch nur ein.

Statt das Thema zu vertiefen, schnappte er sich meine Sonnencreme, stand auf und ließ sich hinter mir auf die Knie sinken. Ich riss die Augen auf und versteifte mich ein wenig. Ich hörte, wie er die Creme einmal auf seinen Händen verrieb, dann berührte er mich an den Schulterblättern. Trotz der Sonne auf meinem Körper spürte ich die Wärme seiner Hände an meiner Haut. Stromschläge fuhren durch mich hindurch, als diese weiter hinunterwanderten, meinen unteren Rücken eincremten, wobei er jedoch weder sonderlich vorsichtig noch sonderlich grob vorging. Es war überhaupt nichts dabei. Und dennoch machte es mich wahnsinnig. Ich drückte meinen Rücken durch und biss die Zähne zusammen. Warum tat er das? Wieso hatte er mich nicht gefragt? War das nicht ein bisschen zu aufdringlich? Unaufhaltsam schoss ein Gedanke nach dem anderen durch meinen Kopf und erleichterte mir die Situation keineswegs.

Und wieso sagte er auf einmal nichts mehr? Hatte er selbst gemerkt, wie unpassend das war, wollte nun aber nicht abbrechen, weil das noch komischer wäre?

»Hast ... Hast du dir schon überlegt, wie lange du bleiben willst?«, war das einzige, das mir einfiel zu sagen. Und es war ebenfalls das Dümmste.

»Nicht wirklich«, antwortete er und hob den Verschluss meines Bikinis an, um auch dort Sonnencreme zu verteilen.

Hallo, kommt dir das nicht gerade seltsam vor?

»Ich möchte dir nicht auf die Nerven gehen ...«

»Das tust du nicht«, sagte ich sofort.

»Ich weiß, dass du diesen Ort liebst, und du hattest nicht damit gerechnet, die Zeit hier mit mir zu verbringen. Das tut mir leid.«

»Du musst dich doch nicht dafür entschuldigen.« Ich grub meine Finger in den Sand.

»Doch, muss ich«, erwiderte er und strich mir sanft über den Nacken. Viel zu sanft. »Ich hätte dich zumindest vorher fragen sollen, dir die Möglichkeit geben sollen, zu entscheiden. Und das habe ich nicht.« Seine Bewegungen hielten inne, verharrten über meiner Haut, und doch prickelte es schlimmer als zuvor. »Es war eine dumme Kurzschlussreaktion.«

War es möglich, dass er sich mit Willow gestritten hatte? Nervte es ihn, dass sie so oft weg war? So gern würde ich ihm diese Fragen stellen, doch war ich zu feige. Ich traute mich einfach nicht.

Sein Finger strich an meiner Schulter entlang, dann ein Stück die Wirbelsäule hinab. Was zum Teufel tat er da? Mein ganzer Körper kribbelte, wurde immer heißer, mein Bauch war von wild gewordenen Schmetterlingen erfüllt und weiter unten machten sich ein paar Muskeln bemerkbar. Mein Mund wurde trocken, meine vergrabenen Finger krampften sich zusammen.

Zu Noahs einem Finger gesellten sich die anderen, erst die Spitzen, dann seine ganze Hand, die an mir verharrte. Ich konnte es hören oder spüren – ich wusste es nicht genau –, dass er sich zu mir beugte, dass sich sein Gesicht meinem Rücken näherte, und ich hielt den Atem an. Ich wollte das nicht! Oh, und wie ich das wollte! Verdammt, Skye, nein! Das war keine gute Idee, das wusstest du ganz genau! Doch ob Noah das ebenfalls wusste? Natürlich tat er das, er hatte gerade gesagt, dass er nicht einfach so hätte herkommen sollen. Noah, *stopp*!

Ich bewegte mich. Es war nur ein Hauch, ich verlagerte mein Gewicht, strich mir über den Unterarm, doch es reichte aus. Noah hinter mir verharrte einen Moment, dann zog er blitzartig seine Hand zurück und ich hörte, wie er sich damit über sein Gesicht fuhr. Ich schloss die Augen und versuchte, mein aufgeregtes Herz zu beruhigen.

13. KAPITEL

Als wir ins Hotel zurückkehrten, ging ich geradewegs in meinen Bungalow und Noah in sein Zimmer im Hauptgebäude. Wir hatten nicht mehr viel gesprochen und sogar ein paar Schritte voneinander entfernt den Heimweg bestritten. Es herrschte eine unangenehme Stimmung zwischen uns, die mich traurig und wahnsinnig zugleich machte. Irgendetwas Unausgesprochenes hing in der Luft, doch ich wusste nicht, was. Ich zog mich aus, wickelte mich in mein Handtuch und hängte meinen Bikini zum Trocknen auf den kleinen Wäscheständer auf meiner Terrasse und ging dann duschen. Das war aller Wahrscheinlichkeit überaus unnütz, da der Tag noch lange nicht vorbei war und ich sicherlich noch mal in die Sonne gehen würde, doch brauchte ich das in diesem Moment einfach. Eine Dusche reinigte nicht nur den Körper, sondern ebenso das Gemüt. Nachdem ich mich ordentlich eingeseift und die von Noah aufgetragene Sonnencreme abgeschrubbt hatte, wechselte ich zu kaltem Wasser, was ich allerdings nur ein paar Sekunden lang durchhielt. Mit einem Japsen drehte ich den Hahn zu und umklammerte bibbernd meinen Oberkörper. Seufzend legte ich den Kopf in den Nacken und stellte mir vor, wie Noah zu mir ins Bad kam, um mir mein Handtuch zu reichen. Moment! Was?

»Du bist doch vollkommen bescheuert!«, sagte ich laut und stieg aus der Dusche, um mir mein Handtuch selbst zu holen.

Den gesamten Nachmittag verbrachte ich im Bett und las eines meiner Bücher weiter. Das lenkte mich ab und irgendwann war ich so sehr in die Lektüre vertieft, dass ich nichts mehr um mich herum mitbekam. Auch nicht, dass ich mehrere Nachrichten von Noah erhielt. Erst als ich die restlichen zweihundertzwanzig Seiten ausgelesen hatte, kehrte ich in die Wirklichkeit zurück und schaute auf mein Handy, das auf dem Nachttisch lag. Die Nachrichtenanzeige blinkte blau. Blau stand für alle, denen ich keine besondere Farbe zugeordnet hatte, also könnte es fast jeder meiner Kontakte sein. Blöderweise wünschte ich mir aber, es wäre Noah. Ich nahm mein Handy in die Hand und sah seinen Namen aufploppen. Obwohl ich noch nicht wusste, was in der Nachricht stand, hüpfte mir mein Herz bis zum Hals. Ich zögerte einen Moment, doch dann öffnete ich unseren Chat. Es waren fünf Nachrichten von ihm, kurze Sätze, Fragen, bloß ein Wort. Seufzend lehnte ich mich in meinem Kissen zurück und sah an die hölzerne Decke.

Bock auf Pizza?, tippte ich.

Noah ging online, schrieb etwas, zögerte, schrieb weiter, dann war er wieder offline. Ich hob meine Brauen. Einen Moment später war er erneut online und dann las ich ein *gern*.

»Ich gehe davon aus, du weißt, wo wir hinmüssen?«, fragte er zur Begrüßung, als wir uns am Pool trafen.

»Natürlich«, antwortete ich und ignorierte das Stechen in meinem Herzen bei seinem Anblick. »Ich war vorgestern erst da und wir ... wir waren damals auch dort.«

»Du meinst das Restaurant an der Nordspitze, das, wo sie abends immer Filme zeigen?« Er lächelte erfreut.

»Genau.« Ich erwiderte sein Lächeln, wurde dann aber wieder ein bisschen ernster, nachdenklicher. Es war schon zu spät, oder? Ich war gefangen und würde mich da nicht mehr herauskämpfen können, zumindest nicht, solange ich noch in Indonesien war. Zuhause erst könnte ich ihm entfliehen, zuhause würde wieder Normalität einkehren. Ihn fortzuschicken wäre zwecklos. Ich würde mich nach einer Nachricht von ihm verzehren, mich noch weniger auf meine restliche Zeit konzentrieren – ich kannte mich. Und deshalb entschied ich mich dazu, das Beste daraus zu machen.

Noah beobachtete mich, auf seiner Stirn hatte sich eine Falte gebildet und er zupfte an seinem Ohrläppchen. Die Stimmung war seltsam zwischen uns und das störte ihn genauso wie mich, das war ihm anzusehen.

»Skye ...« Unsicherheit flackerte in seinem Blick auf, er sah zum Meer und presste die Kiefer aufeinander. Schwer ausatmend richtete er seine Cap, ehe sein Blick langsam wieder zu mir wanderte. Er sah gequält aus.

»Sag nichts, okay?«, sprach ich sanft und lächelte. »Wir sind hier, im Paradies, und darauf werden wir uns jetzt verdammt noch mal konzentrieren, ja?« Ich suchte seinen Blick. »Okay?«

Ein winziges Lächeln stahl sich auf sein Gesicht, welches von Sekunde zu Sekunde größer und breiter wurde. Es war, als würde die Sonne aufgehen. Da war es wieder, dieses Heath-Ledger-Ezra-Miller-Lächeln, von dem ich nie genug bekommen konnte. Nie. Und doch gehörte es mir nicht mehr, und das würde es auch nie wieder tun. Doch das war okay.

»Okay«, sagte er.

»Ich hab' echt vergessen, wie gut die Pizza hier schmeckt!« Die Reste kauend lehnte sich Noah in seinem Stuhl zurück, der leise quietschte.

Tisch und Stühle standen im Sand, keine zehn Meter vom Wasser entfernt. Die Abendsonne zauberte orange- und rosafarbene Streifen an den Himmel, welcher am Horizont im Norden und Nordosten bereits die ersten dunkelblauen, leicht violetten Vorboten der Nacht andeutete. Entspannte, unaufdringliche Musik schwebte aus dem Haupthaus des Restaurants zu uns herunter, meterhohe, bogenförmige Papierlaternen sorgten für eine gemütliche Atmosphäre. Eine streunende Katze hatte sich zwischen unseren Füßen niedergelassen und schlief friedlich. Über mein Bier hinweg lächelte ich Noah an, der das letzte Stück, das ich nicht mehr geschafft hatte, gerade herunterschluckte. Das Murmeln und Lachen der anderen paar Gäste, die in Sitzsäcken herumlümmelten, vermischten sich mit der Musik und dem sanften Rauschen der Wellen zu einer Sinfonie der Gemütlichkeit. Ich seufzte leise. Manchmal konnte ich wahrhaftig nicht glauben, dass ich gerade hier war. In meinem kleinen Paradies, auf einer winzigen Insel, die im Westen und im Osten von ihren Geschwistern eingerahmt und doch so unterschiedlich war. Und sich auch zu Bali unterschied. Doch liebte ich Bali noch ein winziges Stück mehr. Keine Frage, es war größer und um einiges vielfältiger als Meno, doch daran lag es nicht.

Bali hatte einfach etwas an sich, das sich tief in mir verankert hatte – oder schon immer dort gewesen und erwacht war, als ich die Insel zum allerersten Mal betreten hatte.

»Wie sind deine Pläne?«, fragte Noah unvermittelt. »Hiernach?« Er machte eine allumfassende Geste.

»Oh ...« Ich nahm einen Schluck von meinem Bier und stellte dann die Flasche auf den Tisch zurück. »So ganz genau weiß ich das noch nicht.«

»Aber du bleibst in Berlin?«

Ich zog das Knie an und legte mein Kinn darauf. »Ich denke schon.« Ich spielte an dem Tischholz herum. »Es ist meine Heimat geworden. Ich bin dort angekommen, schon seit Längerem.«

»Das ist schön.«

»Ja.«

»Aber?«, hakte Noah vorsichtig nach.

Ich lachte leise auf. »Da scheint sich wirklich ein Aber zu verstecken, oder?«

»Wirkt auf jeden Fall so.« Er zuckte die Achseln und grinste.

»Ich weiß es nicht. Irgendwie ... Dieser Urlaub sollte so etwas wie Inspiration sein, etwas, auf das ich all die Jahre hingearbeitet habe. Ich habe meinen Job gekündigt, stehe also vor einem Neuanfang, doch bisher weiß ich noch überhaupt nicht, in welche Richtung das gehen soll. Und die Zeit hier hat mich in dieser Hinsicht noch kein Stück weitergebracht.« Ich strich mir eine Strähne hinters Ohr, sah kurz zu Noah, der mir aufmerksam zuhörte, und heftete meinen Blick dann wieder auf das Tischholz, das am Rand leicht gesplittert war. »Ich beneide dich ein wenig.«

Noah stutzte. »Warum?«

Ungläubig sah ich ihn an. »Warum?«, wiederholte ich und schnaubte. »Weil du ein Ziel hast. Deinen Traum lebst.« *Meinen* Traum, schoss mir durch den Kopf, doch ich ignorierte diesen Gedanken. »Du machst was aus deinem Leben, strebst nach etwas, etwas Handfestem, etwas, das man sprichwörtlich vor Augen hat. Du weißt, was du tust. Ich wünschte, ich hätte nur annähernd solch ein Ziel.«

Ein wenig überrascht von mir selbst hielt ich inne. Ich hatte diese Gedanken zum ersten Mal zu Worten geformt, sie jemandem gegenüber ausgesprochen. Ich atmete durch und fühlte mich ein Stückchen leichter. Ich wusste nicht, wohin mit mir, was ich tun sollte, wie ich mir mein zukünftiges Leben vorstellte. Noah hatte meinen Traum zu seinem gemacht und er lebte ihn. Noch immer stach mich dieses Wissen, doch wenn ich ehrlich war, wusste ich, dass ich niemals diesen Schritt gegangen wäre. Ich konnte Noah das nicht vorwerfen. Und wer war ich schon, dass ich ihm diesen Traum verbieten könnte, nur weil er einst meiner gewesen war?

»Du nimmst es mir übel, oder?«, fragte er und richtete sich ein Stück auf. Seine eine Hand lag an der Tischkante, die andere neben seinem Bier. Mit dem Zeigefinger stieß er in einem unbestimmbaren Rhythmus gegen die Flasche.

»Was?«, fragte ich und schluckte, dabei wusste ich genau, was er damit meinte.

»Dass ich das Hostel eröffne.« Seine Miene war ernst und er schaffte es nicht, mir in diesem Moment in die Augen zu sehen.

»Ich ...«

»Ich habe es in deinem Gesicht gesehen«, sprach Noah weiter. »Als wir uns in Legian im Café getroffen haben. Du ... Es hat dich verletzt. Es tut mir leid, Skye, ehrlich, das war nicht meine Absicht.«

Er sah zu mir auf, seine Zimtstangenaugen leuchteten in seinem gebräunten Gesicht, sie versprachen Wärme und Fürsorge, doch galten diese nicht mir. Nicht mehr. Ich schüttelte den Kopf, wusste nicht, was ich sagen sollte. Das Lachen der anderen Gäste schmerzte mir in den Ohren. Ich strich mir über die Arme.

»Es tut mir leid«, wiederholte Noah. »Alles.«

Unsere Blicke verfingen sich ineinander. *Alles.* Das konnte so viel sein, so wenig. Sprach er bloß vom Hostel oder von uns, von damals? Er sah traurig aus, ratlos. Ich sehnte mich nach einer Umarmung, nach etwas Schutz und Geborgenheit, ich wünschte, ich könnte ihn berühren, über seinen Arm streichen, seine Wange. Seine Hand war so nah, ich müsste nur die meine ausstrecken, über den Tisch greifen. Meine Nase begann gefährlich zu kribbeln, doch noch immer konnte ich den Blick nicht von ihm lösen. Ein Sturm wütete in mir, riss mich hin und her, das wilde Gefühl breitete sich von meinem Bauch bis in die Finger- und Zehenspitzen aus, unaufhaltsam, nicht zu bändigen. Ich hasste dieses Gefühl. Wenn eine Emotion körperlich wurde, machte mich das umso rasender, umso hilfloser. Irgendetwas in Noahs Blick sagte mir, dass es ihm ähnlich erging, und das ärgerte mich. Er sollte nicht so denken, das verkomplizierte alles noch viel mehr. Ich biss mir auf die Unterlippe und wandte endlich den Blick ab. Dennoch nahm ich wahr, wie ein Ruck durch ihn ging und er die Hand nach mir ausstreckte, sie über den Tisch schob. Mein Magen sackte mir in die Kniekehlen und ich hielt den Atem an. Dann klingelte sein Handy.

Innerlich erstarrte ich zu Eis. Ich wagte es nicht, einen Blick auf Noah zu werfen, der ebenfalls erstarrt war, mitten in der Bewegung. Seine Handfläche war nach oben gerichtet, so offen und schutzlos. Verletzlich. Seine Finger schlossen sich zur Faust und mit einem leisen Grunzgeräusch zog er sich zurück, ehe er sein Handy aus der Hose fischte.

»Sorry, ist Willow«, murmelte er und stand auf.

Natürlich ist sie das. Ein hohles Gefühl fraß sich durch mich hindurch und ich heftete meinen Blick aufs Meer. Noah hatte sich etwas entfernt, er stand ganz ruhig da, mit dem Rücken zu mir. Ich kam nicht umhin, ihn zu beobachten, wie er ein paar Schritte in die eine, dann in die andere Richtung machte. Er trat ans Wasser heran, sodass die Wellen seine nackten Füße umspülten, fuhr sich durchs Haar, platzierte seine Hand für eine Weile in seinem Nacken. Je weiter die Sonne unterging, desto stärker schälten sich seine Konturen aus dem seichten Licht heraus. Ich konnte mir ein Seufzen und ein verärgertes Kopfschütteln nicht verkneifen. Ich versuchte, meinen inneren Aufruhr zu zerschlagen, nicht weiter darüber nachzudenken, dass er da gerade mit *Willow* sprach, doch je stärker ich das versuchte, desto größer wurde das Loch in meinem Inneren. Wie gern würde ich mich jetzt betrinken! So richtig albern wie ein Teenager mit Herzschmerz. Mein Blick fiel auf meine Bierflasche. Da waren nur noch ungefähr zwei Schlucke drin und noch mal bestellen wollte ich nun auch nicht. Ich wollte so schnell wie möglich ins Hotel zurück, doch würde ich nicht einfach so abhauen und Noah allein lassen. Das gehörte sich nicht, außerdem wäre es wirklich albern, schließlich hatte er mir nichts versprochen. Er hatte eigentlich *gar nichts* getan, und ich wusste, dass er mit Willow zusammen war – oder sie sich auf dem Weg dorthin befanden. Ich hatte ihm vorhin verboten, irgendetwas diese Sache betreffend zu sagen, hatte gesagt, dass wir es genießen sollten, dass wir im Paradies waren. Was war ich doch für eine Heuchlerin! Ich machte mir doch selbst die größten, kompliziertesten Gedanken. Ich kam einfach nicht von ihm los. Von dieser Vorstellung von uns.

Ich fing Noahs Blick auf, als er über seine Schulter zu mir sah. Kurz hielt der Kontakt an und unsägliche Traurigkeit überschwemmte mich, dann sah er wieder aufs Meer hinaus. Ich schluckte schwer und heftete meinen Blick auf seinen Rücken. Er trug eines dieser Achselshirts, das so weit ausgeschnitten war, dass man recht viel vom Oberkörper sehen konnte. Bei den meisten Typen sahen diese echt bescheuert aus, doch zu Noah passte es – und es stand ihm. Genauso stand ihm die Cap, die er wieder falsch herum trug. Und die paar Tattoos, die im Laufe der letzten Jahre hinzugekommen waren. Äußerlich hatte er sich verändert, nicht viel, aber so viel, dass es auffiel, doch war sein Charakter geblieben, wie ich ihn kannte. Vielleicht war er eine Spur offener geworden, ging nun eher auf Leute zu, statt zu warten, dass sie ihn ansprachen, doch das war eine durchweg positive Entwicklung. Ich fragte mich, wie er und Willow sich kennengelernt hatten, doch würde ich das Gespräch mit Sicherheit nicht auf dieses Thema lenken – vor allem nicht heute Abend.

Das Telefonat war beendet und Noah steckte sein Handy in seine Shorts. Einen Moment verharrte er dort und gab mir das Gefühl, etwas angespannt zu wirken – seine Haltung war viel zu steif. Was war vorgefallen, worüber hatten sie gesprochen? Verdammt noch mal,

Skye, reiß dich zusammen, schalt ich mich sogleich und sah kurz auf mein eigenes Handy, um mich abzulenken. Erst als Noah an unseren Tisch zurückkam, hob ich meinen Kopf. Das, was ich in seiner Miene las, wühlte mich auf.

»Ist es ...« Er räusperte sich. »Ist es okay, wenn wir zurückgehen?«

»Natürlich.« Ich schob meinen Stuhl zurück und achtete darauf, die schlafende Katze nicht zu wecken. Ich warf ihm einen vorsichtigen Blick zu, doch traute ich mich nicht, zu fragen.

»Danke«, murmelte er und holte sein Portemonnaie hervor.

»Lass mal«, sagte ich und lächelte ihm kurz zu. »Ich mach das.«

Noah sagte nichts, sondern nickte bloß. Ich zögerte noch einen Moment, dann ging ich auf das offene Gebäude zu, um zu bezahlen. Noah folgte mir erst, als ich damit fertig war und auf ihn wartete. Der Weg zurück dauerte knapp zehn Minuten. Die Sonne war untergegangen und überall leuchteten Laternen, Lichterketten oder kleine Fackeln, die im Sand steckten. Von hier aus hatte man einen perfekten Blick auf Gili Air, was ebenfalls vereinzelt erleuchtet dalag. Noah schwieg und ich sagte ebenfalls kein Wort, sondern hing meinen eigenen Gedanken nach. Diese erleichterten meine Situation keineswegs, doch waren sie eine kleine Ablenkung von der bedrückenden Atmosphäre, die uns umgab. Wir kamen an ein paar kleinen Fischerbooten vorbei, die sachte vor sich hinschaukelten, und begegneten einer Handvoll Abendspaziergängern, Einheimische waren nicht zu sehen. Als wir im Hotel ankamen, wurde ich mit jedem Schritt langsamer, bis ich schließlich zwischen

Pool und meinem Bungalow stehen blieb. Ich drehte mich zu Noah um, dessen Miene für mich in diesem Moment undurchdringlich war. Ich wartete, doch ich wusste nicht, worauf. Noah erlöste mich einen Augenblick später, indem er mich in seine Arme zog. Vollkommen überrascht ließ ich ihn gewähren, konnte mich jedoch nicht ganz in diese Umarmung hineinlehnen. Etwas hielt mich zurück.

»Gute Nacht«, sprach er leise an mein Ohr und ich schloss die Augen und versuchte, das Gefühl seiner Haut an der meinen zu ignorieren. »Und tut mir leid.«

Ich übte ein wenig Druck aus und Noah ließ mich wieder los. Er trat sogar einen Schritt nach hinten, was deutlich unterstrich, wie diese Umarmung gemeint war. Es schmerzte, obgleich ich mir ihrer Bedeutung von vornherein bewusst gewesen war. Zumindest redete ich mir das ein.

»Du brauchst dich nicht zu entschuldigen«, sagte ich. »Ich weiß noch nicht einmal, wofür.« Ich lächelte, was er nur schwach erwiderte, doch er klärte mich auch nicht auf. Ich würde ihm gern helfen, mit ihm darüber reden, was vorgefallen war, denn er sah unglücklich und ein wenig verloren aus, aber ich bot es ihm nicht an. In seiner Gegenwart hatte ich den Bezug zu Richtig und Falsch verloren, da tat ich lieber gar nichts. Um mich selbst zu schützen – zumindest den Teil, der noch nicht unter die Räder gekommen war.

Noah warf mir ein halbes Lächeln zu, das ihm nur schwer über die Lippen kam, und hob die Hand zum Abschied.

»Gute Nacht«, antwortete ich und betrat schweren Herzens und schweren Schrittes die kleine Veranda vor meinem Bungalow.

14. KAPITEL

Am nächsten Morgen sah und hörte ich nichts von Noah. Wir hatten einen ähnlichen Schlafrhythmus und uns daher die letzten beiden Tage irgendwann beim Frühstück getroffen, ohne uns vorher abzusprechen, doch an diesem Morgen blieb ich allein. Ich hatte zwei Pancakes gegessen und schob lustlos ein Stück Wassermelone über den Teller. Der Tag hätte nicht schöner sein können und doch war er es nicht. Eine laue Brise brachte die Vorhänge des Restaurants durcheinander und trug den Geruch von Salz herein. Die Wellen rauschten etwas lauter als gestern, die bunten Boote hüpften munter auf und ab. Schon jetzt knallte die Sonne vom Himmel und die wenigen Wolken konnten ihr nichts anhaben, diese waren bloß dünne Pinselstriche, zum Verblassen verdammt. Immer wieder nahm ich mein Handy in die Hand und öffnete Noahs und meinen Chat, doch tippte ich nichts. Ich starrte auf die letzte Nachricht von gestern Nachmittag und wünschte, es käme eine neue hinzu, doch wusste ich, dass dies nicht geschehen würde. Zumindest nicht in nächster Zeit. Ich ließ mein Handy zurück auf den Tisch gleiten und lehnte mich schwer ausatmend zurück. Ich hatte nur noch zwei volle Tage auf Meno, da wollte ich nicht länger Trübsal blasen und auf Unmögliches warten. Entschlossen aß ich das letzte Melonenstück auf und verließ das Restaurant.

Ich hatte meine Sachen gepackt und wandte mich nach Süden. Mein Plan, die ganze Insel Stück für Stück zu umrunden, bestand noch immer, also marschierte ich los. Es war interessant zu sehen, dass ich auf meinem Weg teilweise alten Gesichtern, teilweise neuen begegnete. Drei der vier Fischerboote nahe dem Hotel waren ebenfalls dieselben wie an den Tagen zuvor und wieder begegnete ich denselben Pferdewagen, die sich auf den Weg in den Hauptort machten, um dort ankommende Touristen aufzugabeln. Zweimal wurde ich gefragt, ob ich *transport* benötigte, doch ich lehnte dankend ab. Im Minimarkt im Ort kaufte ich mir einen gekühlten Eistee, von dem ich sofort einen kräftigen Schluck nahm, dann entschied ich mich spontan, quer über die Insel zu laufen, statt wieder die Südspitze zu umrunden. Ich lief an verschiedenen Bungalows vorbei – die einen kleiner, die anderen größer, mal luxuriöser, mal weniger –, entdeckte einen weiteren Supermarkt und einen Warung und stattete der inseleigenen Moschee einen Besuch ab. Jedenfalls betrachtete ich das Bauwerk von außen, das vergleichsweise neu aussah. Eine kurze Internetrecherche ergab, dass das Erdbeben im August 2018 dafür gesorgt hatte, dass der Steinbau zu instabil geworden war, sodass man sich entschieden hatte, ihn abzutragen und die Moschee gänzlich aus Holz wieder aufzubauen. Noch immer konnte man einige Reste des Bebens erkennen, denn manche Gebäude hatte man einfach in ihrem zerstörten Zustand gelassen. Man war weitergezogen. Ich scrollte durch die Google-Bewertungen der

Moschee und war entsetzt, als ich las, dass sich einige Menschen über den Ruf des Muezzins beschwerten, und zwar in solch einem dreisten Maße, dass heiße Wut in meinem Bauch rumorte. Menschen konnten so ignorant sein! Vielleicht hätten diese sich mal vorher darüber informieren sollen, dass Indonesien ein muslimisches Land war, sogar das mit den meisten Muslimen weltweit. Was erlaubten sich diese Leute überhaupt? Ich schnaubte laut. Auf Bali war es einem kaum bewusst, dass der Islam die Religion der großen Mehrheit der Indonesier war, denn dort herrschte der Hinduismus vor, genauer gesagt die Hindu-Dharma-Religion, und nur rund 6% der Bevölkerung gehörten dem Islam an. Die Moscheen wirkten zwischen all den vielen kleinen und großen Tempeln unscheinbar, doch sah man einmal genauer hin, erkannte man es schnell, dass dort mehrere Religionen anzutreffen waren. Die Ignoranz der meisten Touristen war einfach zum Kotzen! Natürlich musste sich das europäische oder amerikanische Ohr erst einmal daran gewöhnen, doch störte es mich in keiner Weise. Wenn mich was störte, dann war es das elende Krähen der Hähne mitten in der Nacht, die überhaupt keinen Sinn für Uhrzeiten hatten. *Das* störte, aber nicht der Ruf zum Gebet! Und dann noch zu schreiben, man solle sich aus diesem Grund von Meno fernhalten, war eine horrende Frechheit.

Wutschnaubend schloss ich die App und steckte mein Handy wieder ein. Einen Augenblick verharrte ich noch in der Betrachtung der hölzernen Konstruktion, dann begab ich mich wieder auf den Weg. Ich ging rechts an der Moschee vorbei und wandte mich nach Nordwesten und folgte dem kleinen, handbemalten Schild, das auf Menos Salzwassersee verwies. Keine zehn Minuten später hatte ich das helle, sandige Ufer dieser kleinen Oase erreicht. Obwohl sich auf Meno einige Touristen aufhielten – ihre Zahl war dennoch kein Vergleich zu den beiden Nachbarinseln –, war hier keine Menschenseele anzutreffen.

Der See hatte ungefähr die Form eines Ovals, mit zwei Einbuchtungen an der Westseite, und beherbergte dunkelblaues Wasser. Eingerahmt wurde er von einem Ring niedriger Bäume mit dünnem Astwerk. Es gab eine gut befestigte Holzbrücke, die an der einen Uferseite entlangführte, und eine lange Reihe von mit Planken versehenen Pontons, deren Zweck sich mir nicht ganz erschließen wollte. Eine provisorische Brücke?

Ich betrat die richtige Brücke und folgte ihrer Bahn gemächlichen Schrittes und atmete die warme Luft tief ein. Das Rauschen des Meeres war ganz nah, wirkte in diesem Moment aber so fern, dass es schien, als bildete man sich es bloß ein. Der Kontrast zwischen dem saftigen Grün der Pflanzen und dem tiefen Blau des Sees war ein starker und erinnerte mich an einen der vielen kroatischen Nationalparks, die ich vor Jahren mit einer Freundin besucht hatte. Kurz glaubte ich, mich nicht in Indonesien zu befinden, sondern in einem unbekannten Land, in dem alles altbewährt und fremd zugleich war.

Ich lehnte mich gegen das Geländer und ließ den Blick schweifen. Irgendwo krähte ein Hahn und ich rollte mit den Augen, lachte aber in mich hinein. Ich musterte die Baumlandschaft, die sich harmonisch an den Rand des Sees schmiegte, und fand keine einzige Lücke, außer dort, wo sich der Weg hindurchschlängelte. In all dem ganzen Touristentrubel auf Bali und den Gilis gab es erfreulicherweise immer wieder solche

Orte, solche Momente. Genau aus diesem Grund liebte ich das Reisen.

Vollkommen überhitzt und schweißnass kam ich im Hotel an. Kurzerhand warf ich meine Sachen in mein Zimmer, zog Top und Jeansshorts aus und lief in Flip Flops zurück an den Strand. Das Wasser war eine Wohltat, spülte Schmutz und Schweiß davon. Ich tauchte einmal der Länge nach unter, um auch meine Haare nass zu machen, und als ich in Richtung des Strandes wieder auftauchte, sah ich Noah dort stehen. Wieder trug er seine bunten Badeshorts und das Cap auf dem Kopf. Er hob die Hand zum Gruß, machte jedoch keinerlei Anstalten, ins Wasser zu gehen. Fragend sah ich ihn an und wischte mir dabei das Wasser von den Augen. Fragend sah er zurück.

»Nun komm schon!«, rief ich lachend und einen Moment später blitzte kurz sein altbekanntes Grinsen in seinem Gesicht auf.

Er zögerte nicht länger, sondern steuerte zielstrebig auf mich zu. Dort, wo mir das Wasser bis zum unteren Ansatz des Halses ging, reichte es ihm gerade einmal bis unter die Brust. Einen Moment zu lang blieb mein Blick an seiner gebräunten Haut hängen.

»Du warst unterwegs, oder?«, fragte er mich.

Ich nickte und heftete meinen Blick nun auf das funkelnde Braun seiner Augen. Hatte er mich etwa gesucht? »Hab wieder einen Inselspaziergang gemacht«, antwortete ich und ließ meine Handflächen über die Wasseroberfläche gleiten. »Ich war bei der Moschee und dem Salzwassersee.«

»Dann war dein Tag bisher aufregender als meiner.«

»Was hast du denn gemacht?« Ich versuchte, ganz normal zu klingen, doch ich glaubte, mein Ton war inmitten des Satzes seltsam gesprungen.

»Nur am Pool gegammelt«, sagte er und hielt meinen Blick fest.

Zu gern wollte ich ihn nach Willow fragen, fragen, was gestern Abend passiert war, doch stand mir das nicht zu. Es ging mich nichts an. »Da war meiner wirklich aufregender«, antwortete ich, um überhaupt etwas zu sagen.

Noah zwinkerte. »Und der Rest des Tages?«

Ich hob meine Schultern leicht aus dem Wasser. War das ein Angebot? Nun, er war mir hinterhergereist, war meinetwegen hier, da war es bloß logisch, dass wir die Zeit miteinander verbrachten. Sofern ich das zuließ – und das tat ich.

»Wir könnten –«

»*Wir*?« Er hob die Brauen.

Ich sah ihn entrüstet an, worauf er bloß lachte. »Darauf wolltest du doch hinaus?«, rief ich bangend.

»Natürlich wollte ich das«, antwortete er und grinste dabei so breit, dass ich seine Backenzähne sah.

»Gut!« Ich spritzte ihm Wasser ins Gesicht.

Er schloss die Augen und ließ es über sich ergehen. »Also, was können *wir* denn?«, fragte er, als ich die Bestrafung einstellte.

»Irgendwo anders als im Hotel essen gehen? Anschließend in eine Bar am Hafen, andere Leute sehen?«

»Andere Leute, soso.« Er verschränkte die Arme vor der Brust.

Ich lachte kopfschüttelnd. »Du weißt, was ich meine.«

Wieder grinste er. »Weiß ich.«

Ich nickte einmal kräftig, dann tauchte ich unter und schwamm ein paar Züge Richtung Strand. Als ich wieder an die Oberfläche kam, sah ich zu Noah zurück, dessen Blick an mir haftete.

»Kannst du meine Cap mitnehmen?«, rief er.

Ich richtete mich auf. »Klar.« Auffordernd streckte ich meine Hände aus.

»Das wird doch eh nichts«, lachte er.

»Wenn du schlecht wirfst«, erwiderte ich grinsend, woraufhin er nur schnaubte. Ich hüpfte zwei Schritte in seine Richtung und hätte fast den Moment verpasst, als er seine Cap tatsächlich warf. Ich hechtete nach vorn und machte einen Sprung, der mich gänzlich ins Wasser beförderte, doch bekam ich die Cap zu fassen, ohne, dass sie ebenfalls nass wurde. »Ha!«, triumphierte ich mit erhobener Hand, die den Schirm festhielt.

»Gekonnt ist eben gekonnt.« Unglaublich von sich selbst überzeugt breitete Noah grinsend die Arme aus und tat, als würde er sich bei seinem Publikum bedanken.

»Pff«, machte ich bloß, setzte mir die Cap auf mein nasses Haar und kehrte ins Hotel zurück.

Eine Viertelstunde später kam ein tropfnasser Noah zu den Poolliegen, wo ich mich ausgebreitet hatte. Ich hatte ein Buch gegen meine angewinkelten Beine gelehnt und sah kurz zu ihm auf, wie er dort stand und offenbar nach irgendetwas suchte. Er ging zu einer anderen Liege und schnappte sich von dort sein Handtuch, dann kam er wieder zurück und legte sich neben mich. Wir sagten kein Wort, doch war das auch nicht nötig. Ich reichte ihm seine Cap, die an meinem Fußende gelegen hatte, und er nahm sie mir lächelnd ab, dann schloss er die Augen. Ich betrachtete ihn noch einen Moment, wohl wissend, dass er das sicherlich spürte, dann widmete ich mich wieder meinem Buch.

15. KAPITEL

Es war damals eine unserer liebsten Traditionen gewesen: Wenn wir irgendwo neu waren – sei es bloß ein Restaurant oder Café, eine Ausstellung oder ein Nachtclub, oder eine fremde Stadt, gar ein fremdes Land –, hatten wir uns immer Zeit dafür genommen zu beobachten. Wir nahmen stets einen Platz ein, von dem aus man den Großteil der jeweiligen Fläche im Blick hatte, und beobachteten und studierten die anwesenden Menschen. Auf diese Weise lernte man erstaunlich viel über Gestik und Mimik und Verhalten in der Öffentlichkeit, aber auch über zeitgenössische Mode, oder das, was manche Leute Mode nannten. Alltagskulturen waren immer wieder spannend, vor allem in Ländern und Gebieten, die viele Menschen aus verschiedensten Orten anzogen. Als wir damals zusammen auf Bali und den Gilis gewesen waren, hatten wir diese Tradition ebenfalls gepflegt, allerdings nicht so häufig. Manchmal hatte ich das auch allein getan, doch es brachte deutlich mehr Spaß, wenn man zu zweit war.

Die Sonne war schon untergegangen, als Noah mich von meinem Bungalow abholte. Er trug eine knielange

Hose aus dunkelblauem Stoff, dazu ein weißes Shirt und sah somit ungewöhnlich brav aus, fast ein bisschen zu schick. Ich hatte mich für ein luftiges, weißes Strandkleid entschieden, das für den Strand aber etwas zu schade war. Lieber wählte ich es für solche Anlässe aus. Als ich Noah durch die gläserne Tür auf der Veranda stehen sah, kribbelte es in meinem ganzen Körper, was ich dadurch zu unterdrücken hoffte, dass ich Willows Namen hundertmal hintereinander in meinem Kopf aufsagte. Es brachte etwas, nur nicht im gewünschten Ausmaß.

»Hey«, sagte ich und schloss hinter mir zu.

»Schön siehst du aus.«

Unsicher sah ich ihn an. Dieser Satz war ihm so einfach über die Lippen gekommen. »Danke«, erwiderte ich und schob mir eine Strähne hinters Ohr, die aus meinem Knoten im Nacken gerutscht war. »Du auch.«

Noah grinste schief. »Nicht ein bisschen zu brav?«

Meine Wangenmuskeln zuckten. »Doch, ein wenig.«

Er lachte laut und fuhr sich durch sein Haar. Seine Cap hatte er ausnahmsweise auf dem Zimmer gelassen. »Wusste ich's doch!«

Ich zuckte mit den Achseln und hängte mir meine kleine Tasche über die Schulter, in der sich Geld, Handy und Schlüssel befanden. »Du siehst eher wie jemand aus, der mit dem eigenen Segelboot hergekommen ist und nicht in einem vollen, viel zu warmen Speedboat.«

Scheinbar empört hob er die Augen. »Eigenes Segelboot? Keine Jacht?«

Ich legte den Kopf schief und sah ihn demonstrativ einmal von oben bis unten an. »Hmm. Nein, Boot.«

»Mist.« Er machte eine enttäuschte Handbewegung. »Wollen wir?«, fragte er dann mit einem spitzbübischen Lächeln.

Eines der Resorts im Hafen bot nicht nur für Hausgäste Speisen und Getränke an, sondern für jedermann. Die Terrasse war mit gemütlichen Sitzecken ausgestattet, einer Bar gänzlich aus Bambus gefertigt sowie erhöhten Separees, die den überdachten Pavillons der Einheimischen, unter denen diese gern ein Schläfchen hielten, in kleinerem Format nachempfunden waren. Als uns eine Kellnerin begrüßte, entschieden wir uns für eine dieser Konstruktionen, welche im rechten Winkel zu dem gesamten Areal aufgebaut worden war, sodass wir einen Blick aufs dunkel daliegende Meer sowie auf die anderen Gäste hatten. Ein wenig ungelenk krabbelten wir auf die Erhöhung und ließen uns dann in den etlichen bunten Kissen nieder. Zwischen uns stand ein flacher Tisch mit einer Getränke- und Speisekarte, die wir erst einmal ausgiebig studierten. Mein Finger tippte im Takt der leisen Beachbar-Musik, die zu uns herüberwehte, gegen die eingeschweißte Karte und ab und zu wanderte mein Blick über den Rand dieser hinweg. Es waren noch rund zehn andere Gäste anwesend, manche in kurzer Strandkleidung, andere hatten sich etwas herausgeputzt und ein Pärchen hatte es meiner Meinung nach sogar ein wenig übertrieben.

»Was haben deine Augen entdeckt?«, fragte Noah, der seine Speisekarte sinken ließ. Auffordernd wackelte er mit den Brauen.

»Noch nichts Besonderes«, antwortete ich und löste meinen Blick langsam von dem Paar, das Cocktails schlürfend an der Bar saß.

Er folgte meinem Blick. »Ah«, sagte er dann. »Du findest, ihre Kleidung ist für dieses Etablissement zu übertrieben.«

»Ein wenig vielleicht, ja«, gab ich zu.

»Du hast recht, aber wer sind wir, über so etwas urteilen zu dürfen?«

Betroffen sah ich ihn an. Ein schlechtes Gewissen breitete sich in mir aus.

Noah langte über den Tisch und stieß mich sanft an der Schulter an. »Weiß ja niemand, dass wir dieses Spiel treiben.« Er zwinkerte. »Also los: Welche Berufe haben sie und worüber unterhalten sie sich gerade?«

Einen Moment lang sah ich ihn noch an, dann schwand das schlechte Gewissen wieder und wurde von dem Spieltrieb abgelöst. Die Kellnerin kam und ich entschied ich schnell zwischen drei Favoriten, Noah bestellte wie so häufig gebratene Nudeln. Dass ihm diese nicht schon zum Halse heraushingen ... Ich trank einen Schluck von dem hausgemachten Eistee, der fruchtig, aber nicht zu süß schmeckte. »Also«, setzte ich an. »Er ist in einer großen Firma angestellt, womöglich bei seinem Vater, und hat gute Chancen auf einen Aufstieg, ist jedoch nicht sonderlich klug oder verfügt über eine hohe soziale Intelligenz.«

Noah nickte. »Und sie hat studiert, ist aber in einem unterqualifizierten Job gelandet und möchte da gern raus. Wie, ist ihr egal, durch Heirat oder durch eine bessere Anstellung. Hauptsache, weg.« Er nahm einen Schluck von seinem Bier. »Gerade reden sie über irgendein soziales Event, das ansteht, auf das sie sich überhaupt nicht freut, wo sie allerdings durchmuss, denn er mag solche Veranstaltungen. Da kann er nämlich Vitamin B bis zum Umfallen pflegen.«

Ich gluckste und zog eine Grimasse. »Wir sind echt ganz schön fies, oder? Wahrscheinlich sind die super nett.«

»Hey, verdirb' nicht das gute alte Spiel«, beschwerte Noah sich. »Es gibt keinen Anstand, keine Moral.« Er machte eine waagerechte, zackige Handbewegung. Schlussstrich, keine Diskussion.

»Okay, okay«, lachte ich. »Ist ja gut! Es – Oh, guck mal!« Ich deutete mit meinem Glas in Richtung des Pärchens. Der Mann war aufgestanden und küsste die Frau auf die Stirn.

»Guter Kuss«, sagte Noah leichthin. Ich reagierte nicht darauf.

»Er geht bestimmt auf Klo.« Ich sah weiter geradeaus, hatte aber das Gefühl, dass Noah mich ansah. Es kribbelte in meinem ganzen Körper und unwillkürlich strich ich mir über den Hals und versuchte, diese seltsame Empfindung zu ignorieren. »Sieh mal, einer der Typen aus der Gruppe beim Feuerkorb geht auf sie zu.«

Noah sagte nichts und ich fühlte mich dazu gezwungen, mich ihm zuzuwenden. Er sah mich tatsächlich an, nun lächelte er kurz – ein wenig ertappt? – und blickte dann wieder zur Bar. Einen Moment lang musterte ich ihn noch, dann widmete ich mich ebenfalls wieder dem Schauspiel.

Die Frau und der Kerl aus der Gruppe schienen sich zu kennen. Sie wechselten ein paar Worte, lachten und dann strich er ihr über den Arm. Noah und ich atmeten schockiert ein. Die Frau lächelte vielsagend, strich sich betont langsam eine Strähne hinters Ohr und klimperte ihn mit ihren langen Wimpern an. Ihre Körpersprache war eindeutig, sie richtete sich etwas auf, beugte sich leicht in seine Richtung und lächelte breit. Der Kerl verhielt sich ähnlich, machte noch einen Schritt auf sie zu, sodass er ihre Knie berührte.

»Ist das dreist!«, zischte ich, war aber wie gebannt von dieser Szene.

»Von wem?«

»Na von beiden! Dass er es wagt, in diesem kurzen Moment auf sie zuzugehen, kaum ist ihr Freund – oder was auch immer dieser ist – weg, und dass sie einfach darauf eingeht!«

»Vielleicht ist es die wahre Liebe«, kommentierte Noah und ich konnte nicht erkennen, ob er das ernst meinte oder nicht.

Stirnrunzelnd sah ich ihn an. »Ja, aber –«

»Oh Shit!«, entfuhr es ihm und er richtete sich alarmiert auf.

Mein Blick schnellte zur Bar. Der Freund war zurückgekehrt und ihm missfiel die Szene eindeutig. »Scheiße«, murmelte ich, als der Freund den anderen Kerl laut anmachte, drohend auf ihn zuging. Der Kerl in Badeshorts und dunkelgrünem Shirt hob abwehrend die Hände. Seine Kumpels hatten sich erhoben, einer war auf die Streitenden zugegangen.

»Das könnte übel ausgehen«, murmelte Noah.

Und es ging übel aus. Der Freund schlug dem Fremden mitten ins Gesicht. Sofort brach der Tumult los. Die Kumpels sprangen auf den Schläger zu, seine Freundin schrie panisch auf. Die anderen Gäste beobachteten diese Szene halb erschrocken, halb belustigt, doch nun war ganz sicher nichts Lustiges mehr dabei. Noah seufzte und machte Anstalten, vom Hochsitz zu klettern.

»Was hast du vor?« Ich riss die Augen auf.

»Wenn ihm niemand hilft, wird der Kerl übel zugerichtet. Auch wenn er zuerst geschlagen hat.«

»Noah, das ...« Ich streckte meine Hand aus, verharrte jedoch mitten in der Bewegung und zog sie dann wieder zurück.

»Mir passiert schon nichts.« Er grinste, sprang hinunter und lief mit lockeren Schritten auf die Prügelei zu.

Zwei weitere Gäste und die Kellner hatten sich der Rauferei angeschlossen, beziehungsweise versuchten, die Streitenden auseinanderzubringen. Es war laut, es wurde geflucht, gebrüllt, die Freundin hatte sich weinend zurückgezogen und wurde von unserer Kellnerin getröstet, die mit einem leicht genervten Ausdruck die Szene verfolgte. Ich konnte sie verstehen. Sie wäre später diejenige, die sich bei uns Gästen für den Tumult entschuldigen müsste, obwohl sie absolut keine Schuld daran trug – sondern wieder irgendwelche blöden Touristen, die womöglich zu viel getrunken hatten und einfach nicht wussten, was sich gehörte.

Noah erreichte die Gruppe und griff sogleich beherzt ein. Er war größer als die meisten Anwesenden und zog einfach einen der Typen heraus. Dieser wehrte sich, schlug um sich, doch Noah wich seinen Fäusten geschickt aus. Dann packte er diesen bei den Schultern und redete auf ihn ein. Der Kerl war wütend, es war nicht ungefährlich, was Noah da tat, doch konnte er ihn offensichtlich überzeugen, denn nun half er ihm, einen weiteren seiner Leute zurückzuhalten. Ich schaute dieser Szenerie mit klopfendem Herzen zu, Angst um Noah bestimmte all meine Gefühle, ließ meinen Blick schärfen, alles um ihn herum ausblenden, nur er war in meinem Fokus. Es war, als hätte man mich programmiert, ihn nicht aus den Augen zu verlieren. Noah und der andere Kerl zogen einen weiteren Mann aus der Prügelei heraus, in die die Kellner nun voll mit einbezogen waren – sie taten mir am meisten leid. Anhand der Bewegungen war zu erkennen, dass der Mann betrunken war, denn er ruderte wild mit den Armen herum und wehrte sich vehement. Einen Moment später geriet Noah in seine Schussbahn. Ich schrie leise auf, als die Faust des Mannes gegen Noahs Stirn prallte und er nach hinten taumelte. Jetzt hielt mich nichts mehr auf dem Hochsitz. In Windeseile krabbelte ich über das Holz, sprang hinunter und lief auf die Menge zu. Allmählich schien sich die Rauferei zu lichten, einige hatten andere am Kragen oder Arm gepackt, um sie voneinander fortzuziehen, und der, der als Erstes zugeschlagen hatte, stand mit Platzwunde und blutender Lippe keuchend gegen die Bar gelehnt. Seine Freundin wollte sich um ihn kümmern, doch er wies sie rüde ab. Weinend lief sie davon. Der Kerl in der Badeshorts wollte ihr nachsetzen, doch seine Kumpels hielten ihn zurück und sagten ihm, dass er bescheuert sei und es nicht verschlimmern solle.

Ich erreichte Noah, der sich den Kopf hielt und heftig blinzelte. Seine Hand war blutverschmiert und ich bekam einen großen Schreck. Ich fasste ihn am Arm und führte ihn zu einer Poolliege.

»Setz dich«, sagte ich leise und achtete darauf, dass er nicht plötzlich umkippte oder dergleichen. Es war zu dunkel, um zu erkennen, wo genau die Wunde saß, wie groß sie war und wie viel Blut er verloren hatte. Ich wusste, dass Platzwunden immer schlimmer aussahen, als sie waren, doch in diesem Moment verspürte ich blanke Panik.

»Geht schon«, presste er hervor, als er mein Gesicht sah.

»Du bist leichenblass«, erwiderte ich und hockte mich vor ihn. Sorgenvoll sah ich zu ihm auf, hatte meine Hände auf seine Knie gelegt.

Er stöhnte leicht.

»Noah!«

Er legte eine Hand auf meine. »Dein Himmel ist bewölkt.«

Ich schnaubte laut und schüttelte den Kopf. Dass er ausgerechnet jetzt diese Worte in den Mund nahm ... Wahrscheinlich glaubte er, ich würde es ihm nachsehen, schließlich war er verletzt. Und recht hatte er. Dieser elende Idiot!

»*Need some ice?*«, fragte eine helle Stimme.

Ich drehte mich um. Es war die Kellnerin, die mir einen kleinen, in ein Geschirrtuch gewickelten Beutel entgegenhielt. Ich erhob mich. »*Yes, thank you*«, antwortete ich und versuchte zu lächeln. »*Is there a place where he can wash the blood off?*«

»*Sure, follow me, please!*«

»Hast du gehört?«, fragte ich Noah, der bloß ein leises Brummen übrighatte. »Komm.« Ich half ihm auf und stützte ihn den gesamten Weg über. Die Kellnerin führte uns in einen leeren Bungalow am Pool und zeigte uns das Badezimmer. »*Can we get some paper towels, so we won't ruin these?*« Ich deutete auf die flauschig aussehenden Handtücher, die ich nur ungern mit Noahs Blut versauen wollte.

»*Sure.*«

Die Kellnerin eilte los und kehrte kurz darauf mit einem Stapel Papierhandtücher zurück. Ich hatte derweil angefangen, Noah, der sich über das Waschbecken gebeugt hatte, das Blut aus den Haaren zu waschen. Ich bedankte mich bei ihr und sie entschuldigte sich tausendmal für die Unannehmlichkeiten. Das Essen ginge natürlich aufs Haus und wir könnten noch so viel kostenlos nachbestellen, wie wir wollten. Ich versuchte, ihr zu verdeutlichen, dass das nicht nötig sei, schließlich konnte das Hotel nichts dafür, doch ließ sie sich nicht davon abbringen. Letztendlich entschieden wir uns aber dazu, in unser Hotel zurückzukehren, denn der Abend war gelaufen und ich machte mir Sorgen um Noah. Wir ließen uns unser Essen einpacken und machten uns auf den Weg.

Wir brauchten doppelt so lang wie für den Hinweg, denn Noah war deutlich angeschlagen – im doppelten Sinne. Ich stützte ihn, was unser Tempo weiter drosselte, und als wir endlich im Hotel ankamen, war ich erschöpft. Nicht nur körperlich, auch geistig. Wir diskutierten gar nicht darüber, ich brachte Noah direkt in meinen Bungalow. Schnell googelte ich nach möglichen Folgen von Platzwunden und überall stand geschrieben, dass man die betroffene Person zwei Tage lang beobachten sollte. Es könnten Übelkeit, Benommenheit und weitere Symptome auftreten, die auf eine Gehirnerschütterung hinwiesen, da wollte ich lieber bei ihm sein. Ich hoffte, dass es nicht allzu schlimm und ein Arztbesuch unnötig wäre, doch das würde sich wohl im Laufe der Nacht herausstellen. Noah hatte immerhin so viel Glück gehabt, dass sich die Wunde auf der Stirn und nicht mitten auf dem Kopf befand, so würden zumindest keine Haare in sie gelangen. Ich suchte in meiner Reiseapotheke nach einem Desinfektionsspray und sprühte es über die Verletzung. Noah saß in meinem Bett, mit dem Rücken gegen die Wand gelehnt, den Kopf leicht zur Seite geneigt. Als das Spray seine Haut berührte, zuckte er zusammen und stöhnte leise.

»Sorry«, murmelte ich und drückte ihm die Kompresse, die uns die Kellnerin mitgegeben hatte, auf die Stirn. »Kannst du das einen Moment lang halten?«

Er nickte und übernahm kurz. Ich richtete derweil das Bett her, nahm ein paar zusätzliche Kissen vom Sofa und stopfte sie in seinen Rücken, stellte uns eine Wasserflasche auf den Nachttisch und holte unser Essen heran. Mein Magen knurrte laut, doch ich wusste nicht, ob ich in dieser Situation etwas essen konnte. Durch das viele Blut, das ich an meinen Händen gehabt hatte, war mir ein wenig der Appetit vergangen.

»Willst du was essen?«, fragte ich ihn.

»Ich glaube nicht«, antwortete er mit geschlossenen Augen.

»In Ordnung. Falls du es dir anders überlegst, sag Bescheid.«

»Mach ich, danke.«

»Klar doch.« Unschlüssig saß ich am Fußende des Bettes und betrachtete ihn. Seine Gesichtsfarbe hatte sich wieder einigermaßen normalisiert, doch fiel es noch immer auf, vor allem unter seiner gebräunten Haut. In dem Licht der Wandleuchten neben dem Bett sah ich, dass ich etwas Blut an seinem Haaransatz vergessen hatte. Gerade wollte ich aufstehen und ein feuchtes Tuch holen, da griff er nach meinem Arm. Er sagte nichts, öffnete auch nicht die Augen, sondern hielt mich einfach bloß fest. Ich schluckte und focht einen inneren Kampf aus. Am Ende wusste ich nicht, welche Seite genau es war, die gewann, doch ich krabbelte ans Kopfende und setzte mich neben ihn. Er war ganz warm und alarmiert befühlte ich seine Stirn, doch schien er kein

Fieber zu haben. Er hatte schon immer viel Wärme ausgestrahlt, im Winter hatte ich nie eine dicke Decke gebraucht, wenn er neben mir gelegen hatte. Ich seufzte erleichtert und rückte das Kissen in meinem Rücken zurecht, ehe ich ihm die Kompresse abnahm und sanft seinen Kopf zu mir zog. Er ließ es geschehen und brummte zufrieden, als er seinen Kopf auf meine Schulter bettete, die ich ebenfalls mit einem kleinen Kissen gepolstert hatte, sodass es nicht zu unbequem wurde. Ich dachte überhaupt nicht darüber nach und vergrub für einen Moment mein Gesicht in seinem Haar und platzierte dort einen federleichten Kuss. Ich spürte, wie er sein Gesicht zu einem Lächeln verzog.

Die Nacht hinterließ ihre Spuren. Ich wachte die ganze Zeit über Noah, kämpfte gegen meine schweren Lider und das Ziehen in meinem immer schwerer werdenden Herzen an. Am nächsten Morgen war ich vollkommen gerädert, doch froh, dass Noah kein Fieber bekommen hatte. Die Blutung hatte längst gestoppt und irgendwann hatte ich Noahs Gewicht nicht mehr auf meiner Schulter aushalten können, also waren wir etwas tiefer in die Kissen gerutscht. Er hatte die ganze Zeit über seinen Kopf auf meiner Brust gebettet. Die flatternden Glücksgefühle in meinem Körper wollten sich einfach nicht beruhigen lassen und doch war ich sie leid. Aber ich konnte nun einmal nichts gegen sie ausrichten.

Als er sich regte und mich verschlafen anblinzelte, warf ich ihm bloß noch ein schwaches Lächeln zu, dann sank ich in einen tiefen Schlaf. Ich träumte nicht, jedenfalls konnte ich mich später nicht daran erinnern, doch schlief ich ruhig und lang. Ich hatte die ganze Zeit über das Gefühl, von schützender Wärme umgeben zu sein, und sobald ich an die Oberfläche dämmerte, kuschelte ich mich erneut in meine dünne Decke und schlief weiter. Ich registrierte, wie sich zweimal das Gewicht auf der Matratze änderte, doch erst, als ich eine sanfte, warme Berührung spürte, öffnete ich die Augen.

»Hey.« Noah lag auf einem Unterarm gestützt neben mir und lächelte hell wie die strahlende Sonne.

Ich blinzelte mehrmals und zog mir langsam die Decke bis zur Nasenspitze. »Hey«, murmelte ich zurück.

Aus Noahs Lächeln wurde ein Grinsen.

»Wie geht's dir?«, fragte ich und registrierte, dass er sein Shirt nicht mehr trug. Der Schreck fuhr mir in die Glieder, als mir bewusst wurde, wie nah wir uns gerade waren. Ich brauchte nur meine Hand nach ihm auszustrecken, um ihn zu berühren. Es kribbelte, nein, es *brannte* in meinen Fingerspitzen und plötzlich nahm ich all meinen Mut zusammen und tat es einfach. Noah wirkte kein bisschen überrascht, als ich meine Hand an seine Wange legte, den Daumen auf seinem Jochbein, den Mittelfinger unter seinem Ohr. Zittrig hielt ich den Atem an und als Noah den Blick nicht abwandte, die Berührung nicht abwies, da hüpfte mir mein Magen so sehr im Bauch herum, dass mir beinah übel wurde. Vorsichtig strich ich mit dem Daumen über seine Haut. Nur einmal. Seine Wangenmuskeln spannten sich zu einem sanften Lächeln an, dann nahm er meine Hand und platzierte einen weichen Kuss auf ihren Rücken. Es durchlief mich heißkalt. Noah ließ sie nicht los, als er sagte: »Mir geht's gut. Habe geschlafen wie ein Baby.«

»Gut«, brachte ich mit rauer Stimme hervor.

»Danke, dass du dich so gut um mich gekümmert hast.«

»Selbstverständlich.«

Mein Herz klopfte mir bis zum Hals, meine Gedanken rasten, es schien, als würde die Luft im Zimmer immer dicker werden. Noch immer hielt er meine Hand, er begann, mit meinen Fingern zu spielen. Eine Welle brandete gegen mein Inneres an, riss an Erinnerungen, an dem Verlangen, sie erneut zu erleben, doch kämpfte ich diesen Sturm nieder. Es war falsch. Daran gab es nichts zu rütteln.

Noah schien meine Gedanken gelesen zu haben, denn plötzlich verdunkelte ein Schatten seinen Blick, der auf unsere Hände gerichtet war. Er stellte die Spielerei ein und es war, als zerschnitt mich dieses Nichtstun, als würde ich in zwei Hälften geteilt. Noah ließ meine Hand los, zog sich zurück.

»Ich werde mal duschen gehen«, sprach er und sah mich dabei nicht an.

Ich brachte nur ein stummes Nicken zustande, rang mit dem Drang zu weinen um die Oberhand. Noah stand auf und griff nach seinem Shirt, das auf dem Boden lag. Doch bevor er ging, beugte er sich zu mir herunter und küsste mich auf die Stirn. Als er die Tür hinter sich schloss und ich ihn über die Veranda gehen sah, begann ich, leise zu weinen.

Ich aß mein kaltes Essen vom Vorabend aus der Box. Mechanisch schaufelte ich es in mich hinein und sah stumpf aus dem Fenster oder verfiel in die Betrachtung des Kissens, auf dem Noah geschlafen hatte. Sobald ich an ihn dachte, spürte ich wieder das verräterische Brennen in der Kehle und atmete mit geschlossenen Augen tief durch. Dann aß ich weiter. Als ich satt war, starrte ich noch eine Weile vor mich hin, bis ich diese Lethargie von mir schüttelte wie ein nasser Hund Wasser aus seinem Fell. Ich duschte und fing danach an, meine Sachen weitestgehend zu packen. Morgen würde es zurück nach Bali gehen. Nachdem ich diesen Punkt abgehakt hatte, legte ich mich unter einen Sonnenschirm an den Pool. Mit einem schnellen Blick erkannte ich, dass Noah nicht dort war. Ich bestellte einen fruchtigen, alkoholfreien Cocktail und widmete mich einem neuen Buch. In die Welt der Geschichte einzutauchen, tat mir gut. Der Roman hatte nichts mit meiner momentanen Situation oder meinem Leben gemein und so konnte ich abschalten. Die Sätze flossen durch meinen Geist, berührten mich, klangen in mir nach und vertrieben die dunklen Wolken an meinem Horizont. Dank des Schirmes war die Hitze erträglich und ich kühlte mich erst im Pool ab, als ich drei Stunden später die letzte Seite gelesen hatte.

Verträumt hielt ich mich in einer Ecke des Pools auf und starrte auf die weißen Vorhänge der Terrasse des Hauptgebäudes. Die untere Hälfte meines Gesichts befand sich unter Wasser und ich verhielt mich ganz still, damit mir das Wasser nicht in die Nase spritzte. Gestern waren einige der Gäste abgereist und in diesem Moment war ich allein auf der Anlage, zumindest sah ich niemand anderen. Mein Blick verschwamm, ich war absolut in mich gekehrt. Das gleichmäßige Heben und Senken meiner Brust sorgte für winzige Wellen um mich herum. Ich war ihr Zentrum, ihr Auslöser, und obwohl sie so klein waren, verebbten sie erst mehrere Armlängen von mir entfernt. Dies verdeutlichte mir wieder einmal, welche Auswirkungen auch die kleinsten Dinge haben konnten – ihr Einfluss reichte meist viel weiter, als man es zu Beginn erahnte. Ein winziger Gedanke hatte ausgereicht, ein Funken, eine Idee, aus der sich ein Plan entwickelte, welcher letztendlich in die Tat umgesetzt worden war. Ich war hier. In Indonesien. Und mein gesamtes Leben stand auf dem Kopf. *It can grow to define or destroy you.* Die Macht der Gedanken war grenzenlos und noch wusste ich nicht, ob ich Gefahr lief, auf Grund zu laufen, oder emporsteigen würde. Doch nur einer hatte das in der Hand. Nicht Noah, nein, sondern nur ich. Ich allein.

3. Teil

16. KAPITEL

Das Auto schraubte sich mit jeder Kurve weiter den Berg hinauf. Die Straße war steil und die Kurven eng und ich betete, dass uns kein Reisebus entgegenkäme. Ich hatte jeglichen Bezug zu den Himmelsrichtungen verloren und konnte nur sagen, dass die grauen Wolken mal rechts und mal links hingen. Die Klimaanlage pustete kalte Luft durchs Wageninnere und allmählich begann ich zu frieren. Noahs Blick fiel auf meine Hände, die ich zwischen meine Oberschenkel gepresst hatte, und er bat den Fahrer die Temperatur ein wenig zu erhöhen. Ich warf ihm ein knappes Lächeln zu und sah wieder aus dem Fenster. Die Fahrt bot einen herrlichen Ausblick über die umliegende Landschaft und so viele Grüntöne, wie ich es selten gesehen hatte. Der Dschungel war dunkelgrün, die Reisfelder hellgrün, nahezu strahlend, dazwischen lagen dunkel verfärbte Flecken und ich fragte mich, ob diese dem Vulkanausbruch vom letzten Jahr geschuldet waren.

Als das Auto rund fünfzehn Minuten später endlich auf den Parkplatz des Tempels rollte, atmete ich erleichtert durch. Diese Fahrt hatte meinen Magen aufgewühlt und ich war absolut kein Fan von Autoluft. Wir stiegen aus und der Fahrer erklärte, er würde in der Nähe auf uns warten und wir könnten uns Zeit lassen. Wir bedankten uns bei ihm und zogen unsere Sarongs an. Inzwischen war ich wirklich gut darin, den Gebetsrock nach traditioneller Art anzulegen und zu knoten. Noah hingegen kämpfte mit seinem Stück Stoff, sodass ich ihm half.

»Danke«, murmelte er in mein Haar, als ich den Stoff um seine Hüfte schlang und ihm dabei so nah kam, dass ich mit meiner Nase seine Brust anstupsen könnte. Er roch nach Deo und Schweiß und seinem ganz eigenen Duft und ich vermied es, tief einzuatmen.

»Kann dich ja nicht wie den letzten Lump rumlaufen lassen«, antwortete ich und konzentrierte mich auf meine Finger, die das Ende des Stoffes unter die Hauptbahn stopften. Meine Knöchel streiften dabei wieder und wieder seinen Bauch und ich biss mir auf die Unterlippe, da ich glaubte, mir würden sonst meine Gedanken einfach so entschlüpfen. »So.« Ich trat einen großen Schritt zurück und betrachtete mein Werk.

»Kann ich so gehen?«, fragte Noah, der nicht an sich heruntersah, sondern seinen Blick fest auf mich gerichtet hatte. Er verließ sich gänzlich auf mein Urteil.

»Das kannst du.« Ich lächelte, dann deutete ich mit einem Nicken in Richtung der ansteigenden Straße, die zum Tempel führte.

Hier oben in den Bergen war es erheblich kühler als an der Küste, doch immer noch angenehm. Wolkenbahnen schoben sich über die grünen Hänge, manche waren deutlich näher und hoben sich von der grau-lilafarbenen Masse im Hintergrund ab. Wandte man sich jedoch in die andere Richtung, schien dort die Sonne. Ich hoffte, dass ich dieses Mal den Agung sehen konnte, denn bei meinen beiden bisherigen Besuchen war der Vulkan immer von den Wolken verdeckt gewesen. Ich musste zugeben, dass ich die Leute ein wenig beneidete, die im Internet ihre Fotos verbreiteten, auf denen der Vulkan zwischen dem steinernen Tor wunderbar zu sehen war.

Wir betraten die überwucherten Stufen, die zum Areal des Tempels hinaufführten, wo wir einer Handvoll anderer Touristen begegneten. Hier erstreckte sich ein kleines Feld, umrahmt von roten Blumen, Palmen und anderen Bäumen. Am Ende führte eine weitaus gepflegtere Treppe mit frisch verputztem Geländer höher hinauf und wir traten durch *das* Tor.

Von unten kommend wirkte es nicht allzu spektakulär, es war ein Tor, wie es häufig auf der Insel vorzufinden war: Ein Durchgang ohne Querbalken, aus Stein gefertigt, an die sechs Meter hoch, außen mit Figuren und Ornamenten verziert, innen glatt, als hätte man das Mittelstück präzise herausgeschnitten. Es war ein *Candi Bentar*, ein gespaltenes Tor. Sobald man aber den mit Mauern umgebenen Hof weiter hinaufgegangen war und sich umdrehte, erschloss sich sofort, warum dieser Ort so beliebt war. Es schien, als wäre das Candi Bentar das Tor zur Welt. Man hatte einen freien Blick auf die Umgebung, und stand man in gerader Linie zum Mittelpunkt des Tores, so schaute man auf den Hang und den Krater des Agung, sofern diesen die Wolken nicht bedeckten – wie es heute leider der Fall war.

»Tut mir leid«, sagte Noah, der dicht neben mir stand.

»Ist schon in Ordnung.« Ich zuckte mit den Schultern. »Das hat man nicht in der Hand.«

»Vielleicht verziehen sich die Wolken gleich.« Noah stieß mich sanft an und lächelte aufmunternd.

»Ja, vielleicht.«

»Stellen wir uns an?« Noah deutete auf die drei kleinen Grüppchen, die darauf warteten, sich zwischen den steinernen Pfosten ablichten zu lassen. Es war wenig los, doch ich kannte es nicht anders. Ich wusste genau, warum ich nicht in der Hauptsaison hierherkam. Diesen Trubel wollte ich mir nicht antun, erst recht nicht an solchen Orten, die über Instagram mehr und mehr Bekanntheit erreichten. Für einige mochte der Ausflug hierher sogar eine Enttäuschung sein, denn es existierten genügend Fake-Fotos von dem Tor im Internet, auf denen ein See das Gebilde perfekt spiegelte. Es waren wirklich schöne Aufnahmen, doch bildeten sie nicht die Realität ab. In Erwartung dessen kamen viele also *umsonst* her, denn hier gab es keinen See, sondern bloß platt getretenen Erdboden. Und dennoch war dieser Anblick ganz gewiss keine Enttäuschung. Er war magisch, und über dem gesamten Tempel lag eine Atmosphäre, die zum Staunen und Träumen einlud. Wer das nicht erkannte und bloß für ein schickes Foto herfuhr, der tat mir aufrichtig leid.

»Lass uns erst nach oben gehen, vielleicht sind die Wolken bis dahin fort«, antwortete ich.

»Gute Idee.«

Wir nahmen eine der drei Treppen, die in den Innenhof, den letzten der Höfe, führten. Alle drei Treppen fanden ihr Ziel in jeweils einem überdachten Tor, dem *Kori Agung*. Hier befanden sich die für die balinesischen Tempel typischen Schreine, die *Meru*, deren pagodenähnliche Dächer sich gestaffelt in die Höhe erstreckten. Die Fugen der dunklen Bodenplatten waren von saftigem Gras gefüllt und manche der Schreine oder Pavillons, in denen sich bei Zeremonien die Gläubigen aufhielten, mit Hibiskus und Frangipani geschmückt. Die drei Tore mit den schmalen Durchgängen waren reich verziert und der helle Stein an vielen Stellen witterungsbedingt dunkel gefärbt. Ich machte ein paar Schritte rückwärts und beobachtete dabei, wie sich die Perspektive änderte. Soeben konnte ich noch durch die offene Tür die Treppe sehen, nun jedoch war der Blick direkt auf die Berge und die Wolken gerichtet. Es schien, als befände ich mich losgelöst von der Erde, als schwebte ich über ihr, um mich herum existierte bloß noch der Himmel. Mein Himmel über Bali. Kurz stand ich da, ließ dieses Gefühl tief in mich einsacken, konzentrierte mich darauf, wie es wie ein Stein dem Grund entgegenstrebte. Als es angekommen war, schloss ich lächelnd die Augen.

Bedächtig und schweigend streiften wir über den Hof, betrachteten die aufwendigen Steinmetzarbeiten, atmeten die frische, klare Luft und genossen den Ausblick. Zu beiden Seiten des Hofes fielen die Hänge ab und Dschungel breitete sich in jegliche Richtung aus. Mich überkam ein angenehmes Gefühl der Ruhe, welches mich an den Aufenthalt in Kirchen erinnerte. Ich war nicht religiös, glaubte an keinen Gott, doch besuchte ich Kirchen und Tempel äußerst gern, allein schon wegen ihrer Architektur und Geschichte. Ich mochte es, mich auf eine Kirchenbank zu setzen, die Buntglasfenster, die Orgeln und Altäre zu betrachten sowie die gewaltigen Säulen und Kuppeldächer. Ich genoss die Ruhe und Friedsamkeit. Ich verstand, warum man Kirchen aufsuchte, um zu Gott zu sprechen, Beistand zu ersuchen oder einfach bloß zu sich zu finden. Diese Gebäude strahlten eine Atmosphäre aus, die einmalig war –

beinah einmalig. In Balis Tempeln verspürte ich dasselbe Gefühl, obgleich es keine reichen Prunkbauten waren, es keine Deckengemälde oder aufwendig gestaltete Grabkapellen gab. Es war schlichtweg ein Gefühl. Wenn ich mich entscheiden müsste zwischen Tempel und Kirche, würde es ohne Zweifel der Tempel sein. Hier war man näher an der Natur, näher an dem, was für die Einheimischen das Göttliche darstellte. Es wirkte freier und auf gewisse Art ungezwungener und sanfter. Die Wände waren nicht hoch und blockierten die Sicht, sie bestanden aus lebendigem Grün über verblassendem Grau und gaben den Blick frei auf die Welt. Eine Welt, die so viel bot und so viel mehr war, als wir je zu erträumen wagten. Und das Dach, es war nicht aus Stein, das Dach war der Himmel, endlos und weit, die unzähligen Wolken all unsere Möglichkeiten. Meine Augen tränten verdächtig und ich seufzte laut. Eine federleichte Berührung streifte meinen Arm und als ich in Noahs Augen sah, durchflutete mich so viel Wärme, dass ich glaubte, sie würde mir zu Kopfe steigen. In diesem Moment war es egal, dass ich noch immer etwas für ihn empfand, in diesem Moment war es egal, dass ich ihn und diese Insel bald wieder hinter mir lassen würde. Es war egal, dass ich meinen Job gekündigt hatte und nicht wusste, wohin es mich führte. Es war egal. Das einzige, was zählte, war dieser eine Augenblick. Hier oben auf dem Berg.

Wir hatten Glück. Die Wolken verzogen sich allmählich und gaben den Blick auf den Agung frei. Imposant und wunderschön lag er dort, majestätisch erhob er sich aus der Erde und erinnerte mich an den Fuji, wenngleich ich diesen bisher bloß auf Bildern gesehen hatte. Der größte Unterschied zwischen beiden Vulkanen war aber der, dass der Fuji das letzte Mal Anfang des achtzehnten Jahrhunderts ausgebrochen war, der Agung hingegen vor knapp zwölf Monaten. Der Agung war nicht nur ein schönes und beliebtes Fotomotiv, er war ebenso eine Gefahr für Leib und Leben, das durfte man nicht vergessen. Und natürlich sah es beeindruckend aus, wenn er Aschewolken und Lava spuckte, doch musste man sich immer im Klaren darüber sein, was das für die Einheimischen bedeutete. Wir Touristen flogen einfach wieder nach Hause, doch die Balinesen, die diese Region ihre Heimat nannten, konnten diese schnell verlieren.

Die Wolken hatten sich wie eine Perlenkette aufgereiht und den Feuerberg umschlungen, seine Spitze aber glücklicherweise freigelassen. Auch lag der Tempel nicht mehr im Schatten, sondern wurde von der Sonne begrüßt, und mit einem Mal war es wieder brütend heiß. Ich fuhr mir mit dem Handrücken über die Stirn und wischte den Schweiß an meinem Shirt ab. Noah schien der Temperaturschwung nichts auszumachen. Er grinste mich an, als er meinen Blick bemerkte.

»Bestes Timing.«

Er nahm mir mein Handy aus der Hand und deutete mir mit einem Wink, zum Tor zu gehen. Wir waren an der Reihe und am liebsten würde ich eine ganze Weile zwischen dem Gestein verharren, um den Anblick des Vulkans tief in mich aufzunehmen, doch warteten hinter uns sieben andere Menschen, die das ebenfalls vorhatten. Ich positionierte mich und versuchte, die Leute auszublenden, die mir zusahen. Ich fühlte mich etwas bescheuert, doch wollte ich auf diese Bilder nicht verzichten. Noah knipste fröhlich vor sich hin, gab mir ein paar Anweisungen und nachdem die ersten Sekunden vergangen waren, kam ich mir gar nicht mehr so doof vor. Noah drehte sich zu einem Pärchen hinter ihm um und sagte etwas, drückte der Frau mein Handy in die Hand und kam dann mit einem breiten Grinsen auf mich zugelaufen.

»Was ...«, brachte ich bloß hervor, als er sich mir gegenüberstellte und sein Grinsen zu einem warmen Lächeln wurde.

»Wir werden ja wohl auch zusammen ein Bild machen«, erklärte er, als sei es eine Selbstverständlichkeit.

»O-okay, na klar. Ja.« Ich strich mir eine Strähne hinters Ohr und fragte mich, wie ich es schaffen sollte, nicht stocksteif dazustehen.

Doch Noah schien keine solche Gedanken zu hegen. Er drehte sich einmal zu der Frau mit meinem Handy um und hob den Daumen, dann trat er vor und legte seinen Arm um meinen Hals und zog mich zu sich heran. Vollkommen überrumpelt stieß ich gegen ihn, meine Instinkte riefen mich dazu an, mich gegen ihn zu stemmen, doch meine Knie waren plötzlich so weich, dass ich nichts dagegen unternehmen konnte. Wie von selbst gab ich meine verkrampfte Haltung auf und lehnte mich an ihn, meinen Blick fest auf den Vulkan gerichtet. Ich hörte Noah leise lachen, dann beugte er sich zu mir herunter und drückte mir einen Kuss ins Haar. Es war wie damals, fühlte sich so richtig an, und doch so falsch. Ich wollte in diesem Moment jedoch nicht darüber nachdenken, sondern verweilte in seiner Umarmung und versuchte, mein rasendes Herz zu beruhigen. Kurz darauf löste ich mich ein wenig ungelenk von ihm und wusste nicht, wohin ich sehen sollte.

»Jetzt du allein«, sagte ich und ging, ohne einen Blick auf ihn zu werfen, zu der Frau. Ich bedankte mich bei ihr und nahm ihr mein Handy ab, um damit Bilder von Noah zu machen. Natürlich ergriff sie die Gelegenheit und fragte, ob ich von ihr und ihrem Verlobten, wie sie sagte, ebenfalls Fotos machen könnte. Nachdem ich Noah abgelichtet hatte, verbrachte ich noch mindestens zehn Minuten damit, Fotos für die Hochzeitseinladungen des Pärchens zu schießen. Am Ende bedankten sich beide überschwänglich und ich freute mich, ihnen eine Freude bereitet zu haben.

Wir verließen den Tempel und liefen zum Auto zurück. Damals hatten wir noch die anderen sechs Tempel besucht, welche sich im gesamten Areal verteilten, heute hatten wir allerdings weder Zeit noch große Lust dazu. Die Fahrt mit dem Speedboat hatte mich ermüdet, zudem lagen noch mehr als zwei Stunden Autofahrt vor uns, ehe wir am endgültigen Ziel wären. In Jimbaran würden sich mein und Noahs Weg trennen, er würde ins Hostel zurückkehren und ich hatte eine Unterkunft am Strand gebucht. Dass wir nach Gili Meno so nah beieinander wohnen würden, war nicht geplant gewesen, denn bei der Buchung des Hotels hatte ich noch nichts von Noah auf Bali gewusst. Es war der einzige Fixpunkt für diese Reise gewesen, mit dem Ziel, mich wieder dem Flughafen anzunähern, damit ich meine Zeit nicht gänzlich auf Bali verbrachte, sondern weiterreiste. Bisher hatte ich aber noch keine Ambitionen gezeigt, dieses Vorhaben auch wirklich in die Tat umzusetzen.

Ich würde dort also am Strand liegen und ständig einen Blick auf den Hang werfen, wo das Hostel zwischen all dem Grün lag. Dort, wo Noah wohnte. Damit hätte ja nun keiner rechnen können.

Die Fahrt verlief schweigsam, denn Noah war ebenso müde wie ich. Ich döste vor mich hin, immer wieder die

Szene beim Tor vor Augen, wie er mich einfach in den Arm genommen und ins Haar geküsst hatte. Es hatte so selbstverständlich gewirkt, als wären wir ein glückliches Paar, doch sah die Realität bei Weitem anders aus. Mein Geist vermischte diese frischen Eindrücke mit wilden Träumereien und immer wieder wachte ich vor Schreck auf und wusste einen Moment nicht, wo ich mich befand. Nach eineinhalb Stunden Fahrt überprüfte ich unseren Standort und erkannte, dass es noch circa vierzig Minuten bis zu meinem Hotel waren. Als ich mein Handy gegen meine Trinkflasche austauschte, bemerkte ich, dass Noah ebenfalls wieder wach war. Er hatte sich in die Ecke zwischen Autotür und Sitz gelehnt und strich sich durchs Gesicht. Als sein Blick auf mich fiel, wurde dieser mit einem Mal klarer, und etwas darin gefiel mir auf Anhieb nicht. Langsam ließ ich meine Flasche wieder sinken.

»Was ist?«, fragte ich mit belegter Stimme. Noch immer schwirrten Gedanken und Emotionen durch meinen Kopf und erschwerten es mir, mich auf das Hier und Jetzt zu konzentrieren.

»Willow und ich ...«, begann er und mein Herz setzte aus, obwohl ich noch nicht wusste, was folgen würde. »Ich hab's beendet.«

Mit einem Schlag war ich hellwach. Ich starrte ihn an, unfähig, angemessen darauf zu reagieren. »Wann?«, krächzte ich.

»Auf Meno«, antwortete er. »Als wir Pizza essen waren.«

»Das Telefonat am Strand?« Ich schaltete schnell, obgleich sich alles so träge anfühlte, so zäh. Es war, als existierten Körper und Geist in zwei unterschiedlichen Dimensionen.

Noah nickte.

»Wieso hast du nichts gesagt?«, flüsterte ich. Ich konnte meinen Blick nicht von ihm lösen, obwohl ich es wollte. Ich wollte nicht, dass er aus meinem Gesicht las, dass ich ihm auf diese Weise mitteilte, was ich darüber dachte und fühlte. Mein Herz erzitterte bei jedem Atemzug, wagte es, über eine bisher unüberwindbare Mauer zu schauen, doch zwang ich es mit Druck wieder in die Knie. Es sollte keinen Blick auf die Möglichkeiten erhaschen, die sich eventuell auftäten. Aber nein, Noah würde sicherlich nicht zu mir zurückkehren, nur weil er es mit Willow beendet hatte. Ich wusste doch gar nicht, woran es lag. Und wenn es dennoch so wäre, ich würde in ein paar Wochen abreisen. Oh Gott, ich musste aus diesem Auto raus!

»Ich habe keinen geeigneten Zeitpunkt gefunden, ich ... ich wusste nicht, *wie*.« Er richtete sich ein wenig auf, nahm seine Cap ab, fuhr sich durch die Haare und setzte sie dann wieder auf. Seine Hand verharrte auf seinem Kopf. Er wirkte unsicher, hilflos, doch durfte mich das nicht täuschen.

Und warum, und warum, und warum, und ... Ich traute mich nicht, ich wagte es nicht, nach dem Grund zu fragen. Ich fürchtete mich so sehr davor, doch brannte ich auch darauf, es zu erfahren. Es schien, als wollte er noch etwas hinzufügen, doch als ich endlich den Blickkontakt abbrach, sackte er wieder in sich zusammen und schwieg. Ich schwieg ebenfalls, obwohl mein Inneres so laut schrie, dass ich allmählich taub wurde, nicht mehr wusste, wo ich begann und wo ich aufhörte. Unbekannte, riesengroße Sehnsucht packte mich, zerrte an mir, doch ich gab nicht nach. Ich kämpfte so sehr dagegen an, dass ich fast vergaß, dass ich nicht allein im Auto saß, dass es neben Noah auch noch den Fahrer gab, der mich nun nicht schnell genug ans Ziel bringen konnte. Doch je näher wir Jimbaran kamen, desto zähflüssiger wurde der Verkehr, und meine Flucht vor Noah zögerte sich immer weiter hinaus.

Wir standen im Stau. Obwohl wir auf der Umgehungsstraße von Denpasar, der Hauptstadt Balis, fuhren, kamen wir hier nicht sonderlich schnell voran. Sah man in die Autos neben einem, erkannte man schnell, dass man nicht der einzige Urlauber war, der herumgefahren wurde. Wir strebten auf die Mautstraße zu, welche knapp 13 Kilometer über Wasser führte, sodass man auf dem Weg in den Süden nicht direkt am Flughafen vorbeimusste, was das Vorankommen bloß erschwerte. Jedoch führte auch die Mautstraße über einen Abzweiger zum Flughafen, daher war es im nördlichen Drittel ebenfalls oft verstopft. In der Regel dauerte diese Strecke weniger als zwanzig Minuten, doch würden wir diese Zeit gleich schon überschreiten – und wir waren nicht wirklich vorangekommen.

Immer wieder sah ich aus dem Fenster und strich mir nervös über die Oberschenkel. Ich war nicht unbedingt klaustrophobisch veranlagt, allerdings machte mir diese Enge inklusive der äußerst angespannten Atmosphäre zwischen Noah und mir wahrlich zu schaffen. Zu gern würde ich einfach aussteigen und den Rest des Weges zu Fuß zurücklegen, doch war das Unsinn. Ich würde den ganzen Tag unterwegs sein, falls ich nicht von den Hunderten von Scootern über den Haufen gefahren werden wollte, die sich durch jede noch so kleine Lücke zwischen den Autos quetschten. Heute war ein Tag, wie er sicher nicht im Bilderbuche Balis stand, zumindest die letzten drei Stunden nicht. Die Fahrt zerrte an meinen Nerven, ich hatte Hunger, war müde und genervt. Und das alles *ohne* Noahs Zutun. Rechnete ich die Neuigkeit, dass es zwischen ihm und Willow aus war, hinzu, glich ich einem nervlichen Wrack, das sich nicht zwischen Verzweiflung und Wut entscheiden konnte. Und das Schlimmste an allem war, dass ich noch nicht einmal wusste, warum ich so empfand.

Ich hatte mein Kinn auf die Hand gestützt und starrte auf die Ladung eines Kleintransporters. Unzählige Wassertanks waren halbherzig darauf festgezurrt und ich fragte mich, wie diese Konstruktion bei so manchen Straßenverhältnissen hier halten konnte. Ich seufzte leise, was Noah dazu veranlasste, mich anzusehen. Ich hörte, wie er seinen Kopf in meine Richtung drehte, denn er saß genauso wie ich da, das Kinn aufgestützt, und seine Bartstoppeln kratzten bei dieser Bewegung über seine Handfläche. Es war ein winziges Geräusch, das in den meisten Situationen keine Beachtung fand, doch war diese Situation eine besondere. Ich spürte seinen Blick auf mir, nahm aus dem Augenwinkel wahr, dass sich sein gesamter Körper mir zuwandte, doch reagierte ich nicht darauf. Der Seufzer hatte nicht ihm gegolten, er hatte niemandem gegolten, nichts.

Ich starrte auf den Asphalt und die Straßenbegrünung, die hier vitaler wirkte als jeder kleine Stadtpark in Berlin. Endlich fuhren wir auf die Kreuzung, die zur Mautstraße führte, und kamen etwas schneller voran. Tore, Bäume, Ladenfronten, Reklameschilder, Tankstellen. All das zog an uns vorüber, während wir im Inneren des Wagens in unserer kleinen, stummen Welt verharrten. Ich ignorierte Noah weiterhin, ich wusste mir nicht anders zu helfen. Ich bemühte mich, all meine Einzelteile zusammenzuhalten, erst im Hotelzimmer würde ich die Bruchstücke loslassen können. Was dann geschähe, wussten nur die Götter.

Eine Viertelstunde später rollten wir auf den kleinen Parkplatz vor dem Hotel. Noch ehe der Wagen zum Stehen gekommen war, schnallte ich mich ab und sprang hinaus. Es hatte zu nieseln begonnen und der Geruch von Regen und abkühlender Hitze lag in der Luft. Ich warf einen Blick die Straße entlang, die direkt zum Strand führte, dann blieben meine Augen kurz an dem winzigen Schrein hängen, der von hüfthohen Pflanzen eingerahmt war. Ein Scooter und ein Holzbrett lehnten daneben. Der Fahrer war schnell und hatte schon meinen Rucksack und Koffer geholt. Mit einem Lächeln deutete er mir, ihm zu folgen. Ich tat es, ohne noch einmal zu Noah zu sehen. Vielleicht war das albern und unfair, doch war ich in diesem Moment einfach nicht dazu in der Lage. Jedenfalls nicht, wenn ich meine Haltung bewahren wollte.
Ein schmaler, gepflasterter Weg führte weiter das Grundstück hinauf, doch die Rezeption befand sich ganz am Anfang in einer hellen, offenen Nische. Der Fahrer war bereits in ein Gespräch mit dem Mann an der Rezeption verwickelt, sie lachten und nickten viel. Ich kramte derweil ein paar Scheine aus meiner Bauchtasche und drückte sie dem Fahrer mit einem Dank in die Hand und wünschte ihm noch einen schönen Tag. Er verabschiedete sich mit einer leichten Verbeugung, dann widmete ich mich dem lächelnden Mann in Shorts und weißem Hemd. Das Einchecken dauerte wenige Minuten, dann wurde ich zu meinem Zimmer gebracht. Es lag am Ende des schmalen Wegs, im ersten Stock,

und verfügte über einen Balkon, von dem meterlange, hellgrüne Pflanzen hingen. Ohnehin war alles hier mit wuchernden Pflanzen geschmückt, wie man es so häufig erlebte, doch durch das schmale Grundstück wirkte es viel intensiver. Zwar lagen die Zimmer dicht an dicht, doch gab es nicht viele, ich hatte sechs im Erdgeschoss gezählt, also gab es wohl nur zwölf insgesamt, und ich schätzte, dass davon nicht alle belegt waren. Und da mein Zimmer am Ende lag, hatte ich also, wenn überhaupt, nur einen Nachbarn.

Der Mann von der Rezeption schloss die Tür auf und trug meinen schweren Rucksack hinein, ich folgte ihm mit dem kleinen Koffer. Kurz zeigte er mir den Balkon und das Bad, erklärte, wann und wo es Frühstück gab und welche Spa-Angebote zur Verfügung standen, dann verabschiedete er sich und ich war allein. Ich schloss die Balkontür, die er aufgelassen hatte, und sank langsam aufs Bett. Ich starrte auf ein buntes Bild an der gekalkten Wand und schimpfte mich einen Idioten. Es war definitiv nicht anständig gewesen, wie ich mich soeben Noah gegenüber verhalten hatte. Tränen schossen mir in die Augen und kurz weinte ich, doch dann wischte ich diese energisch fort und machte mich daran, meine Sachen auszupacken.

17. KAPITEL

Ich hätte nicht geglaubt, dass ich in diesem Urlaub meine Sporthose nutzen würde, doch da hatte ich mich getäuscht. Gleich nachdem ich mit dem Kofferauspacken fertig war, zog ich mir die grau-pinke Leggins und einen Sport-BH unter mein ohnehin schon durchgeschwitztes Top an und lief über den Strand von Jimbaran. Es nieselte, doch störte mich das nicht. Der Sand war nicht mehr zu heiß, um barfuß zu laufen, außerdem war er durch die Feuchtigkeit ein wenig fester. Ich lief Richtung Norden, sodass ich den Küstenbogen, auf dem sich Noahs Hostel befand, im Rücken hatte. Ich wusste zwar, dass mich dieser Anblick auf dem Rückweg verhöhnen würde, doch wollte ich ihm lieber erst später begegnen. Zur Not könnte ich auch durch die Straßen zurück zum Hotel laufen.

Meine Wadenmuskeln protestierten schon nach wenigen Minuten, doch noch gab ich mich nicht geschlagen. Ich hatte etwas wegzulaufen. Wut, Ärger, Traurigkeit, Hoffnung, leise Freude – und ein schlechtes Gewissen darüber, dass ich diese Freude empfand. Wenngleich sie noch so klein war, sie war da. Das ließ sich nicht abstreiten.

Mit jedem weiteren Schritt wurde mein Atem schwerer, ehe ich vollkommen aus der Puste war und keuchend anhielt. Ich legte den Kopf in den Nacken und atmete tief durch und ließ meine Füße von den seichten Wellen umspülen. Ich war allein, weit und breit sah ich keinen anderen Menschen und irgendwie bedrückte mich diese Erkenntnis. Ich war allein. Mit einem Augenrollen schüttelte ich diese Gedanken ab und lief ein paar Schritte weiter ins Wasser hinein. Auch vor Bali machten die Gezeiten nicht Halt und das Wasser zog sich mehr und mehr zurück. Ich fragte mich, ob die Restaurantbetreiber trotz des Regens ihre Tische und Stühle dem Meer entgegentrugen, damit die Gäste ein feuchtfröhliches Abendessen zu sich nehmen konnten, doch noch sah ich niemanden, der es auch nur in Erwähnung zu ziehen schien. Die meisten Angestellten hockten in der offenen Tür der Restaurants und starrten auf ihr Handy.

Abendessen. Seit mehreren Stunden schon knurrte mein Magen und ich sollte es wohl nicht noch länger aufschieben. Mit Appetit auf gebratenen Reis trabte ich zum Hotel zurück und versuchte, mich von dem Anblick von Noahs Wohnort nicht auf die Palme bringen zu lassen.

Nachdem ich im Restaurant der Unterkunft gegessen hatte, saß ich mit einem Minze-Lime-Longdrink auf meinem Balkon, der sanft beleuchtet war, und scrollte durch die Fotos von heute. Es war immer wieder eigenartig, wenn man den Ort wechselte. Am Morgen noch auf einer winzigen Insel, umgeben von hellem Sand und wenig Menschen, viel Ruhe und nahezu schon Einsamkeit, nun ungefähr 100 Kilometer davon entfernt, die sich allerdings viel weiter weg anfühlten, da ich den halben Tag unterwegs gewesen war, um hierherzukommen. Der größte Unterschied zu Meno war der, dass Bali ganz anders roch. Es fiel einem erst auf, wenn man dieser Insel eine Woche lang den Rücken gekehrt hatte und dann wiederkam. Meno hatte gerochen wie viele andere Orte auch, nach Salz, Sonne und Wind, was Bali ebenfalls tat, doch mischte sich stets der Duft von Räucherstäbchen und der Geruch von feuchter Erde darunter, der allgegenwärtig schien. Erst jetzt wurde mir bewusst, wie sehr ich die kleinen bunten Opferschälchen vermisst hatte, die man überall auf Balis Straßen, Gehwegen, an Stränden oder Türschwellen fand. Ihre Existenz war eines der schönsten Dinge an Bali und ich freute mich immer wieder, wenn ich die geflochtenen Canang Sari sah.

Ich betrachtete die Fotos von mir am Tor des Tempels, welche Noah gemacht hatte. Es ließ sich nicht abstreiten, dass er ein Auge für so etwas und das Licht perfekt eingefangen hatte. Mal war ich im Fokus, mal der Vulkan. Als ich weiterwischte und die Bilder von ihm und mir sah, klopfte mein Herz so schnell, dass ich glaubte, es würde jeden Moment vor Anstrengung zerspringen. Ich schluckte krampfhaft. Die Bilder waren wunderschön. Ich konnte es nicht anders beschreiben. Wir sahen aus wie ein richtiges Paar, ein glückliches Paar. Die Frau hatte genau in dem Moment abgedrückt, als Noah mir den Kuss ins Haar drückte, und direkt danach, als ein warmes Lächeln in seinem Mundwinkel hing. Von mir war nur die Rückansicht zu sehen, doch machte ich keinen verkrampften Eindruck wie erwartet. Es sah vertraut zwischen uns aus, äußerst vertraut.

Mit geschlossenen Augen atmete ich durch und ließ das Gefühl, welches das Foto vermittelte, ungefiltert durch mich hindurchströmen. Alle Umstände einmal beiseitegenommen, fühlte es sich gut an, so gut, dass ich Angst davor bekam.

Ich nahm einen großen Schluck von meinem Drink, dann wählte ich alle Bilder von Noah und unsere gemeinsamen aus, um sie ihm zu schicken. Ich beobachtete die einzelnen Ladekreise und überlegte, was ich dazuschreiben konnte. Ich wollte keine Erklärung für mein Verhalten abliefern – ich hoffte, er könnte sich meine Reaktion selbst ein wenig erklären –, aber dass ich mich scheiße verhalten hatte, wusste ich ja selbst.

Die Bilder hatten alle geladen und waren bei Noah angekommen, aber er hatte sie noch nicht gesehen. Ich starrte ungefähr eine halbe Minute auf den Bildschirm, dann stöhnte ich frustriert auf, schloss den Chat und legte das Handy mit dem Display nach unten auf den Tisch.

Ich rückte mit dem Stuhl näher an das Balkongeländer heran und betrachtete durch das Gewirr der Pflanzen hindurch die in gelbes Licht getauchte Poollandschaft. Von irgendwoher erklangen muntere, gedämpfte Stimmen, jemand lachte. Ich lauschte weiter in den Abend hinein. Das Rauschen der Wellen und das laute Zirpen der Zikaden mischten sich unter die Gespräche der anderen Gäste, irgendwo ertönten ein hohes Hupen und das Beschleunigen eines Scooters. Das alles lenkte mich nur kurz ab. Ich drehte mein Handy um, sah, dass Noah noch nicht geantwortet hatte, doch was sollte er auch schreiben? Ein Danke wäre natürlich nicht unangebracht, zudem unverfänglich, es wäre ein Abschluss. Abschluss wofür? Ich raufte mir die Haare, starrte auf das blöde Gerät und hätte es am liebsten gegen die Wand oder von hier aus in den Pool geworfen. Wie war es bloß dazu gekommen, dass man so extrem abhängig von dieser Technik geworden ist? War es nicht erschreckend, dass diese grauen und blauen Häkchen dazu in der Lage waren, die eigenen Gefühle zu beeinflussen? Ein großer Teil der Kommunikation hatte sich dadurch auf knappe Sätze, Abkürzungen und Smileys reduziert. Man konnte nicht mehr anhand der Mimik oder Stimme seines Gesprächspartners deuten, wie er etwas meinte, sondern musste sich auf digitale, gelbe Gesichter verlassen, die recht eindimensional das menschliche Gefühlsspektrum wiedergaben. Gewiss gab es Momente, in denen Smileys oder Abkürzungen den Austausch vereinfachten, aber wichtige Angelegenheiten auf diese Art zu führen, war grundsätzlich nicht klug. Man las Nachrichten so, wie man sie verstehen wollte, nicht unbedingt so, wie der Absender sie beabsichtigt hatte. Unschuldige Sätze konnten auf diese Weise für Zündstoff sorgen, Ernstes wurde als unwichtig abgetan. Und wenn man sich dann gegenüberstand, traute man sich nicht, das, was man schreiben würde, auch auszusprechen. Das war doch scheiße!

Diese Gedanken bewogen mich dazu, erneut zu meinem Handy zu greifen. Ich schrieb Noah, dass ich morgen gern mit ihm reden wollte. Es war an der Zeit, die Dinge zu klären!

Noah antwortete erst am nächsten Morgen. Er ging überhaupt nicht auf die Bilder ein, ignorierte sie, als hätte er sie gar nicht bekommen, und viel zu meinem Vorhaben, meiner Bitte, sagte er auch nicht, sondern schickte mir bloß Kadeks Nummer. Dieser gab heute einen Surfkurs und würde mich danach mit zum Hostel nehmen können. Ich bedankte mich ebenso wortkarg bei ihm und verabredete mit Kadek, dass ich gegen 15.30 Uhr zu seinem Spot käme. Dieser befand sich in der Nähe, ich würde ihn schon finden. Er bot mir an, dass ich mitmachen konnte, doch da der Kurs für Fortgeschrittene und mein Können ziemlich eingerostet war, lehnte ich dankend ab. Als Antwort erhielt ich einen lachenden Smiley mit rausgestreckter Zunge.

Kadek und ich erreichten das Hostel um kurz nach 16 Uhr. Kadek sagte, er würde ein wenig in der Gemeinschaftsküche herumwerkeln, und somit begab ich mich auf die Suche nach Noah. Ich fand ihn in einem der Doppelzimmer. Er war gerade dabei, eine der Wände zu streichen.

»Hey«, sagte er, als er mich im Türrahmen stehen sah.

»Hi«, antwortete ich leise und von großer Unsicherheit geplagt. Auf der Fahrt hierher war ich immer wieder die Worte durchgegangen, die ich ihm sagen wollte, und mit jedem Meter, den wir uns dem Hostel genähert hatten, war mein Herzschlag schneller geworden. Nun dröhnte mein Herz so laut in meinem Inneren, dass es all die Worte vertrieb, die ich mühevoll vorbereitet hatte.

»Hilfst du mir?« Noah warf mir einen knappen Blick zu, ehe er sich wieder der Malerrolle und der grünen Farbe widmete, die verteilt werden wollte. Seine Miene war nicht unbedingt unfreundlich, doch sonderlich wohl fühlte ich mich auch nicht.

»Ja, klar«, sagte ich und räusperte mich.

»Du kannst unten anfangen.« Mit dem Fuß deutete er auf die Bahn neben sich, die er an der Leiste und zur Decke hin abgeklebt hatte.

»Okay.« Ich schnappte mir die bereits benutzte, kleinere Rolle und ging an die Arbeit.

Die Farbe gleichmäßig zu verteilen, hatte etwas Beruhigendes an sich, es war wie beim Nägellackieren. Das Geräusch der schmatzenden Farbe an der Wand gefiel mir ebenfalls und voller Konzentration hatte ich innerhalb weniger Minuten das Grün fein säuberlich aufgetragen. Schon jetzt klebten mir ein paar Farbspritzer an der Hand. Noah war auf einen Stuhl gestiegen und bestrich den Rand mit einem Pinsel, ich wartete stumm auf weitere Anweisungen, doch kamen keine. Wieder versuchte ich, mir die Worte zurechtzulegen, doch waren sie mir abhandengekommen. Die Atmosphäre war überaus angespannt, die kurze Malerarbeit hatte uns bloß einen winzigen Aufschub gegönnt.

Als Noah mit dem Pinsel fertig war, schnappte er sich wieder die Rolle und verteilte das Grün über dem Streifen, den ich angebracht hatte. Ich fühlte mich vollkommen nutzlos, denn besonders viel hatte ich ihm nicht geholfen.

»Soll noch etwas gemacht werden?«, fragte ich endlich und pulte an dem Plastikgriff herum.

Noah antwortete nicht, sondern strich die Bahn erst fertig und atmete dann tief durch. Er knetete den Griff der Rolle und starrte die Wand an, dann legte er sie ab und trat mehrere Schritte nach hinten, um einen besseren Blick auf sein Werk zu haben. Doch sah er nicht mehr die Wand an, sondern mich. Ich hielt diesem Blick nicht lange stand, denn dieser war aufgebracht und verletzt sowie voller Unverständnis. Ich fühlte mich hundeelend und mein schlechtes Gewissen nahm ungeahnte Ausmaße an. Auffordernd hob Noah die Brauen und verschränkte die Arme vor der Brust.

»Ich ...« Ich senkte meinen Blick auf den frisch geschliffenen Holzfußboden. »Ich hatte mir so viele Worte zurechtgelegt und jetzt weiß ich nicht mehr, was ich sagen soll.« Meine Stimme wurde mit jeder Silbe leiser, sodass ich nicht wusste, ob Noah mich am Ende überhaupt noch verstand.

»Wie wäre es damit, wenn du mir erklärst, warum du dich gestern so verhalten hast.« Seine Stimme war überraschend kühl, so kühl, dass ich mich nicht dagegen wehren konnte ihn anzusehen.

»Das kann ich nicht«, flüsterte ich.

Noah schnaubte verärgert.

»Ich meine«, fing ich hastig an, »ich kann es dir nicht erklären, weil ich es nicht weiß. Jedenfalls nicht so wirklich.« Meine Augen wanderten umher, ich ertrug seinen Blick nicht auf mir. Ich konnte mich nicht daran erinnern, jemals so von ihm angesehen worden zu sein. Es erschwerte diese Situation ungemein und ich bereute jetzt schon, dass ich hergekommen war. Ich hörte Noah tief einatmen.

»Okay, dann ...« Er fuhr sich durchs Gesicht. »Dann ...« Er schüttelte den Kopf und sah an die Decke. »Verdammt, Skye, du machst es mir wirklich schwer!«, brach es aus ihm heraus.

Überrascht sah ich ihn an. »Was meinst du damit?« Meine Stimme hatte noch immer kaum Volumen, sie kam nicht gegen den Sturm in mir an. In Noahs Gesicht spiegelten sich unendlich viele Emotionen, doch Wut, Verzweiflung und Zärtlichkeit schienen um die Oberhand zu ringen. Er machte eine hilflose Geste und kam dann auf mich zu. Ich saß noch immer auf dem Boden, sodass er in die Hocke ging. Sein Gesicht war nur wenige Zentimeter von meinem entfernt, ich sah die Rillen seiner hellbraunen Iris und konnte seine markanten, wenigen Sommersprossen einzeln zählen. Sanft wehte mir sein Geruch in die Nase, der meinen inneren Sturm nur noch verstärkte. Ich hatte Angst, ihm so nah zu sein, ich wusste nicht, was mich erwartete, wusste nicht, wovor genau ich mich wappnen sollte. Ich versuchte, eine Mauer um mein Herz hochzuziehen, doch hatte ich keine Kraft mehr dazu. Es lag offen und ungeschützt da. Noah hatte es in der Hand, er könnte es mit wenigen Worten zerstören. Einfach so.

»Ich habe Angst«, stieß ich hervor und kämpfte nicht länger gegen die Tränen an, die sich sammelten.

»Wovor?« Noahs Stimme hatte von aufgebracht zu samtweich gewechselt, doch wollte ich das nicht als Hoffnungsschimmer deuten.

»Vor dem, was du nun sagen wirst«, brachte ich verhalten hervor. »Vor dem, was es mit mir macht.«

»Und was ist, wenn ich nichts sage?«, fragte er und ein leises Lächeln legte sich auf seine Lippen.

Vorsichtig hob ich eine Schulter an. Wandelte sich der Schimmer in ein sanftes Leuchten? Ich pulte an dem Lack an meinem Nagel herum. Mein Magen fühlte sich wie ausgehöhlt an, mein Herz saß nicht mehr da, wo es hingehörte, und die Schwingungen auf meiner Haut brachten mich um den Verstand.

Noah setzte ein Knie auf dem Boden ab und hob mit dem Finger mein Kinn an. Ich spürte seinen Atem, wusste, dass er nicht halb so ruhig war, wie er wirkte, spürte die Wärme seines Blickes auf mir, als sei er die Sonne. Ich konnte mich nicht irren, oder? Das würde er nicht tun, wenn er ...

Er beugte sich zu mir und ich hielt den Atem an. Äußerst sanft, als befürchtete er, mich kaputt zu machen, berührte er meine Lippen mit den seinen. Ich schloss die Augen. Seine Hand wanderte von meinem Kinn über meine Wange zu meinem Nacken. Es war nur ein einzelner Kuss, doch er war lang, wenn auch nicht zu intensiv, eher vorsichtig, fragend, und doch lagen so viele unausgesprochene Dinge in ihm, dass ich leise aufseufzte. Noah lächelte an meinen Mund, hatte seine Stirn gegen meine gelehnt und atmete tief durch. Dann zog er sich zurück, seine Wärme folgte ihm einen Moment später. Wir sahen uns an.

»War das okay?«, fragte er mit belegter Stimme.

Ich zog meine Brauen zusammen und nickte. Natürlich war es das! »Ja«, sagte ich bloß. Hatte er das gehört? Mein Herz pochte so laut.

»Gut.« Er lächelte mich voller Glück und Freude an, doch dann wurde ich von einem Blitz der Realität durchzuckt.

»Zumindest denke ich das«, fügte ich hinzu und strich mir durchs Gesicht.

Sein Lächeln erstarb und eine Falte bildete sich auf seiner Stirn. »Wie soll ich das verstehen?«

»Du ... Ich ...« Frustriert warf ich die Hände in die Luft und rutschte auf meinem Hintern ein Stück von ihm fort.

Sein Blick verhärtete sich.

»Dieser Kuss, Noah, er bedeutet mir mehr, als du dir vorstellen kannst!« Plötzlich war meine Stimme wieder da und dieses Mal würde ich sie auch nutzen. Ich stand auf, sein Blick folgte mir. »Er ist das Beste, was mir passieren konnte. Doch auch das Schlimmste.« Mein Herz schlug mir bis zum Hals, doch würde es mir dieses Mal nicht meine Worte stehlen. »Ich bin hierhergekommen, um einen neuen Weg einzuschlagen, um mit Dingen abzuschließen, mir über vieles klar zu werden. Und dann tauchst du plötzlich auf, brichst in mein Leben ein, bringst alles durcheinander, was ich als geordnet gedacht hatte. Du lässt mich zweifeln, alles infrage stellen, und meine Gedanken drehten sich seit unserer Begegnung nur um dich!«

Noah erhob sich ebenfalls, er stand still da, unterbrach mich nicht, gab mir den Raum.

»Ich wusste, diese Auszeit würde nicht einfach werden, schließlich war ich das letzte Mal mit *dir* hier, doch du machst es mir schlichtweg unmöglich! Du ... Du ... Du hast mir mein Herz gestohlen.« Tränen rollten mir über die Wange, doch noch hielt ich mich aufrecht, noch gab meine Stimme nicht nach. »Und das schon vor langer, langer Zeit. Ich hatte geglaubt, ich hätte es zurückerobert, nach all den Jahren, doch musste ich erkennen, dass das ein Trugschluss war. Du machst mich wahnsinnig! Im Guten wie im Schlechten. Und ich halte es kaum aus, in ein paar Wochen wieder gehen zu müssen, und doch weiß ich, dass es das Beste ist!« Der Damm war gebrochen, die Worte sprudelten nur so aus mir heraus, endlich tat ich diesen Schritt. »Als ich Willow das erste Mal gesehen habe, hat es mich ebenfalls wahnsinnig gemacht, und das hat mich bis ins Mark erschreckt! Was lasse ich mich davon aus der Ruhe bringen, habe ich mich gefragt. Und dann tauchst du plötzlich auf Meno auf!« Ich lachte freudlos auf. »Es war, als würden die Dämonen in meinem Kopf real werden, mir von Angesicht zu Angesicht gegenüberstehen!« Noah wollte etwas sagen, doch ich schüttelte knapp den Kopf. Ich war noch nicht fertig. »Es hat mich solche Sehnsucht nach dir gepackt, dass es mich beinah umgebracht hätte. Und glaube mir, wenn ich sage, dass ich es tausendmal durchgegangen bin, ob ich bloß der Erinnerung an uns nachhänge, oder ob es real war, jetzt und hier. Es *ist* real,

Noah! Ich liebe dich! Nach all der Zeit noch immer, doch weiß ich einfach nichts damit anzufangen.«

Da war es. Ich hatte es nicht geplant, nicht beabsichtigt, es zu sagen, doch konnte ich es nun nicht mehr zurücknehmen. Ein riesiges Gewicht hatte sich von mir gelöst, ich hatte das Gefühl, wieder aufrechter stehen und freier atmen zu können. Und egal, was folgen würde, ich war erleichtert, es gesagt zu haben.

Obgleich Noah mich in diesem Moment ansah, als sei ich verrückt geworden.

Vielleicht deutete ich sein Gesicht auch falsch, doch wann war das je passiert? Kälte überzog meinen Nacken und meine Arme. Wir starrten uns an, es war, als wäre die Zeit stehen geblieben. Es rauschte in meinen Ohren und ich fühlte mich seltsam benommen. Ich klammerte mich an das Gefühl der Leichtigkeit, das mich soeben noch überkommen hatte, mir aber nun wie Nebel durch die Finger glitt.

»Scheiße, Skye«, sagte Noah.

Scheiße, Skye? Mir wurde schlecht. Mehr hatte er nicht dazu zu sagen? »Nostalgie?«, würgte ich hervor. »Hat dich das dazu bewogen, mich zu küssen? Oder war es noch weniger?« Ich schnaubte laut, als sich Fassungslosigkeit in mir ausbreitete. Noah machte einen Schritt auf mich zu, ich machte einen Schritt zurück, warf einen Blick zur Tür. Irgendetwas blitzte in seinen Augen auf, doch wollte ich es nicht erkennen.

»Wie kommst du darauf?«, fragte er.

Ich zuckte mit den Achseln. »Vielleicht wolltest du es noch einmal ausprobieren, ehe –«

»Ehe was?«, fuhr er mir dazwischen. Wut zeichnete sein Gesicht. »Falls du es vergessen hast: Ich *habe* bereits mit Willow Schluss gemacht! Bevor ich es überhaupt gewagt habe, dich zu küssen!« Seine Stimme war laut und viel zu kraftvoll für den kleinen Raum. »Denkst du wirklich, ich täte das bloß aus einer Laune heraus?«

»Ich weiß es nicht, okay?«, schrie ich und zuckte zusammen, von meiner eigenen Lautstärke erschreckt. »Ich weiß es nicht«, wiederholte ich etwas gemäßigter. »Ich habe keine Ahnung, was hier passiert. Ich versuche, mich auf meine Gefühle zu verlassen, weiß aber nicht, ob das richtig ist.« Ich sackte in mich zusammen. »Es kommt mir vor, als stehe ich wieder dort, wo wir beide damals aufgehört haben.«

»Oh Gott, Skye, ich doch auch!«

Ich riss die Augen auf. »Woher soll ich das denn wissen?«

»Ich hätte es dir erklärt, wärst du gestern nicht einfach aus dem Auto gestürmt«, antwortete er.

»Du hattest während der Fahrt doch genug Zeit«, erwiderte ich.

»Ja, als ob du mir irgendetwas geglaubt hättest!« Er schnaubte. »Ich habe doch gemerkt, dass ich dich damit überrumpelt habe. Ich bin doch nicht blöd.« Er überbrückte den Abstand zwischen uns, sodass er mir den Blick auf die Tür versperrte. »Wenn du gehen willst, dann geh.« Er nickte in die Richtung des Ausgangs, er wusste genau, woran ich gedacht hatte. »Doch werde ich das nicht lange mitmachen.« Sein Blick bohrte sich in meinen. »Du hast gerade so viel Mut bewiesen und daran sollte ich mir wohl ein Beispiel nehmen. Ich kann es dir allerdings nur erklären, wenn du auch gewillt bist zuzuhören. Also.« Er rückte wieder von mir ab und deutete erneut zur Tür.

Ich kaute auf meiner Unterlippe herum. Ja, ich hatte wirklich Mut bewiesen, verdammt noch mal! Ich hatte ihm alles gesagt, ich glaubte nicht, dass noch viel zurückgeblieben war. Nun war er an der Reihe, das war ich ihm nicht nur schuldig, ich wollte es auch hören. Ich brauchte eine Erklärung. Mein Blick wanderte sein khakifarbenes Shirt hinauf und verankerte sich in dem Zimtstangenbraun seiner Augen. »Können wir trotzdem rausgehen?«, fragte ich zerknirscht. »Ich halte es hier drinnen nicht mehr aus.«

Seine Augen verengten sich kurz. »In Ordnung«, sagte er dann.

Auf dem Weg nach draußen versprach Noah Kadek, bald in der Küche zu helfen, doch erst musste er noch etwas klären. Als er das sagte, fiel Kadeks Blick auf mich und er hielt erstaunlicherweise die Klappe. Wahrscheinlich hatte er uns streiten gehört und war klug genug, sich einen dummen Spruch zu verkneifen, als er unsere ernsten Gesichter sah.

Obwohl es im Haus kühler war, erschien mir die Luft draußen um einiges klarer und frischer. Ich atmete mehrmals tief durch, richtete meinen Blick aufs Meer und erst ein paar Atemzüge später wieder auf Noah. Wir liefen durch den Garten und setzten uns auf die Bank nahe dem Tor. Noah hatte die Ellenbogen auf die Knie gestützt und raufte sich die Haare, ehe er tief Luft holte und sich dabei etwas aufrichtete.

»Es war keine Nostalgie, nicht nur«, fing er an. »Natürlich wollte ich wissen, ob es sich noch immer wie damals anfühlt, doch das war nicht der Grund, warum ich dich geküsst habe.«

Ich starrte angestrengt in Richtung Meer und nickte langsam.

»Ich wollte es, weil ... weil es mich wahnsinnig gemacht hat, es *nicht* zu tun. Seitdem ich dich im Café getroffen habe, konnte ich an nichts anderes mehr denken.«

Diese Worte waren schön, doch waren sie bloß Schmuck um den harten, wahren Kern herum. Ich biss mir auf die Lippe, als sich erneut die Tränen bemerkbar machten. Noah registrierte das und wandte sich mir zu.

»Hey«, sagte er leise und nahm meine Hand in seine. »Ich habe es nicht wahrhaben wollen, doch der ... der Sturm der Gefühle, den dein Anblick in mir ausgelöst hat, fegte alles und jeden hinfort. Es wäre Willow einfach nicht fair gegenüber gewesen, zudem standen wir noch ganz am Anfang. Die paar Tage auf Meno haben ausgereicht, um meinen Entschluss zu bekräftigen. Ich hatte seit Ubud schon mit dem Gedanken gespielt. Ich wusste, du würdest bald wieder abreisen, und dann würde wieder Ruhe einkehren, doch war ich von der Heftigkeit meiner Gefühle wirklich erschrocken. Und das wollte ich Willow nicht antun.«

Wieder nickte ich und versuchte, das Gefühl seines kreisenden Daumens auf meiner Haut auszublenden.

»Natürlich wusste ich nicht, wie du empfindest, doch habe ich auf Meno eine Vorstellung davon bekommen, wie es womöglich in deinem Inneren aussieht. Auch wenn fünf Jahre vergangen sind, hast du dich kaum verändert, Skye. Und das hat mich tief getroffen.«

Meine Verwirrung über diese Worte veranlasste mich dazu, ihn anzusehen. Er lächelte zaghaft.

»Du bist noch immer die, in die ich mich damals verliebt habe. Du hast dich nicht verändert, du bist einfach noch mehr geworden, noch mehr *du*. Und das hat mich erschüttert. Ich habe mir tagelang den Kopf darüber zerbrochen, wie ich so dumm gewesen sein konnte, dich damals gehen gelassen zu haben.« Ein leises Lachen entschlüpfte seiner Kehle und er schüttelte den Kopf. »Ich war ein Idiot.«

Warme Wellen flossen durch mich hindurch, spülten die Wut davon, fluteten die Inseln der Ungewissheit und des Zweifels. Doch noch hatten sie Bestand, noch waren sie dort.

»Dass ich es nicht geschafft habe, in all der Zeit die Gilis zu besuchen, war nicht ganz die Wahrheit«, fuhr er fort. Zart strich er mit den Fingerspitzen über meine Handfläche und ich biss die Zähne zusammen. »Ich habe sie gemieden.«

»Wieso?«, fragte ich atemlos.

Er senkte den Blick auf unsere Hände und fuhr langsam meinen Ringfinger entlang. Hinauf, über die Kuppe und auf der anderen Seite hinab. Dann schloss er meine Hand und drückte einen Kuss auf meine Haut, ehe er sie mir in den Schoß legte. Diese Geste war so zärtlich, doch schwang noch etwas anderes mit. Hoffnung und Furcht rangen tief in mir miteinander, es fühlte sich nach Abschluss an, doch auch nicht. Ich wollte ihm gerade mitteilen, dass ich es nicht mehr aushielt, da sprach er weiter.

»Du erhieltest auf Meno die Nachricht darüber, den Job in Berlin bekommen zu haben. Du hast dich so sehr gefreut und gleichzeitig hat es dich bedrückt. In keinem Moment unserer Beziehung habe ich solche widersprüchlichen Gefühle in deinem Gesicht gelesen. Und ich wollte es dir nicht noch schwerer machen.«

Er presste die Lippen aufeinander und starrte auf seine Füße. Es machte mich wahnsinnig, ihn so zerrissen zu sehen, und ich legte meine Hand an seine Wange. Mit geschlossenen Augen knetete er seine Nasenwurzel.

»Wie hättest du es mir denn schwerer machen können?«, fragte ich und drehte seinen Kopf zu mir herum. Als sich unsere Blicke trafen, verkrampfte mein Herz. Oh Himmel, ich liebte ihn! Ich liebe ihn so sehr! Es war wie ein Rausch, diese Gefühle, sein Anblick, seine Augen, aus denen im Moment so viel Schmerz und Zuneigung sprachen, all das brachte mich beinah um den Verstand. Mein ganzer Körper war ein einziges Pochen. Ich liebte ihn.

»Indem ich dir einen Heiratsantrag mache«, antwortete er stockend.

»Du ...« Mir versagte die Stimme. Die Kraft, die meine Hand an seiner Wange hielt, verflüchtigte sich und sie kam wie von selbst zu mir zurück. Es schien, als hielte die Welt den Atem an, die Wellen versiegten, ihr Rauschen verstarb, die Wolken erstarrten, die Zikaden verstummten. Alles, was zu hören war, war mein Herz, das raste, und das zittrige Atmen, das wieder einsetzte, nachdem seine Worte meinen Grund erreicht hatten. »Du wolltest mich heiraten?« Mit erstaunlich ruhiger Stimme wiederholte ich das, was er soeben gesagt hatte.

»Natürlich wollte ich das«, antwortete er, sah dabei aber nicht unbedingt danach aus. Seine Miene war gequält, offenbar hatte er sich vor meiner Reaktion gefürchtet, tat es noch immer. »Du warst ...«

Er stockte und Erkenntnis regte sich in seinen Augen, die ihn urplötzlich von der Bank jagte. Erschrocken beobachtete ich, wie er sich in den Nacken fasste und aufs Meer sah. Ich zog die Knie an, wusste nicht, was ich sagen sollte. Ich war verwirrt, glaubte, auf einem schwankenden Boot zu stehen, immer wieder gegen die Reling geworfen zu werden, keinen Halt mehr zu finden. Er hatte mir einen Antrag machen wollen! Mein Blick bohrte sich in seinen Rücken und als ob er es gespürt hätte, drehte er sich schwungvoll wieder zu mir um.

Er lachte aufgebracht. »Verdammt noch mal, Skye!« Tränen glitzerten in seinen Augen und erneut fuhr er sich durch seine Haare. »Du *bist* die Liebe meines Lebens!« Hilflos hob er seine Arme und ließ sie wieder fallen. »Ich liebe dich. Das habe ich immer getan. Ich habe dich nie aus meinem Kopf bekommen. Und nun ...« Er deutete auf mich und es sprach so viel Verzweiflung aus dieser Geste, dass es mich zerriss, doch hielt es mich nicht länger auf der Bank.

Ich stand auf und stürzte auf ihn zu. Ich blieb erst stehen, als unsere Lippen aufeinandertrafen, ich kam erst wieder richtig zu Atem, als ich den seinen in mir widerhallen spürte. Er belebte mich, gab mir Kraft, gab mir Hoffnung. Ich schlang meine Arme um ihn, klammerte mich an seiner Schulter fest, während er mich an der Hüfte packte und die andere Hand in meinem Nacken platzierte. Unsere Küsse schmeckten nach Verzweiflung, nach Verzehrung, doch ebenso nach Erfüllung und Rettung. Sie waren nicht sanft, aber auch nicht leidenschaftlich, sie waren bloß rau und schmerzhaft und doch konnten wir nicht damit aufhören. Wir sanken zu Boden, knieten im Gras, meine Hände fuhren unter sein Shirt und seine Hand umfasste meine Brust. Mein Hirn schaltete sich aus, meine Gedanken waren von mir abgeschnitten, nun hatte mein Körper die Oberhand. Ich stöhnte in seinen Mund und er erschauderte, presste mich noch stärker an sich. Es war mir egal, wo wir uns befanden, es war mir egal, falls Kadek uns erwischte: Ich hob Noahs Shirt am Saum an und machte damit meine

Absicht deutlich. Wir unterbrachen unsere Küsse nur für diesen einen Moment, damit ich ihm sein Shirt über den Kopf ziehen konnte, dann legte er seinen Arm in meinen Rücken, um mich zu stützen, und drückte mich sanft ins hohe Gras. Sein Atem ging schwer, seine Küsse schienen überall, seine Stoppeln kratzten über meine Haut. Er zerrte mir die Shorts von den Beinen, doch als er meine Bikinihose berührte, stockte er kurz und sah zu mir auf. Ich nickte entschlossen und zog seinen Kopf wieder zu mir.

Schweigend lagen wir nebeneinander im Gras und betrachteten den sich langsam verfärbenden Himmel des späten Nachmittags. Schweiß hatte sich an meinen Schläfen und unter meinen Brüsten gesammelt, mein Herz flatterte wie ein Kolibri und noch immer nahm ich tiefe Atemzüge. Noah neben mir erging es kaum anders, sein Brustkorb hob und senkte sich deutlich und er atmete durch die Nase ein und durch den Mund aus. In mich hineingrinsend tastete ich nach seiner Hand. Der Erdboden und das Gras waren warm, doch nicht so warm wie Noahs Haut. Ich verschränkte meine Finger mit seinen und drückte seine Hand ganz fest, was er genauso fest erwiderte. Es war nicht seltsam zwischen uns, wie es in solch einer Situation möglicherweise sein könnte, es fühlte sich richtig an. Und wunderschön.

»*Noah, where are you, man? Need you in the kitchen!*«

Noah grunzte leise. »Mist«, sagte er und rollte sich auf die Seite.

»Du hast es versprochen.« Ich grinste und reichte ihm sein Shirt, das neben mir lag.

»Ja«, seufzte er. »Das habe ich.« Er drückte mir erst einen Kuss auf den Bauch, dann auf den Mund und stand auf. »*One Minute!*«, rief er in Richtung Haus.

»*Not any longer!*«

Noah fletschte die Zähne und ich lachte leise, stand aber ebenfalls auf. »Geh«, sagte ich und schob ihn an. »Ich komme gleich nach.«

»Okay.«

Er strich mir über die Wange. Seine Augen leuchteten, ihnen haftete noch der Nachklang der Erregung an und am liebsten würde ich sofort wieder über ihn herfallen. Er schien es in meinem Blick zu lesen, denn er lachte wissend und schüttelte den Kopf. Mit dem Zeigefinger stupste er meine Nase an, dann drehte er sich theatralisch seufzend um und ging ins Haus, um Kadek zu helfen. Ich sah ihm hinterher und mit jedem Schritt, dem er sich dem Hostel näherte, verstärkte sich mein übertriebenes, vor Glück und Staunen getriebenes Grinsen. Ich glaubte, zu träumen! Dieser Kerl dort, er ... Himmel, was war da gerade passiert? Ich hielt mir das Gesicht und horchte in mich hinein. So kannte ich mich überhaupt nicht, doch ich bereute es kein Stück. Es war wie etwas, wonach ich mich lange gesehnt hatte, ohne zu wissen, was es war, und erst, als ich es bekommen hatte, traf mich die Erkenntnis darüber. Hatten all diese Jahre sein müssen, um genau zu diesem einen Moment zu führen? Diese Vereinigung, diese Leidenschaft. Diese Liebe. Ich strich mir über meine geschwollene Unterlippe und schloss lächelnd die Augen. Ja, hierfür habe ich die Vergangenheit gern in Kauf genommen.

Mit leichten Schritten und leichtem Herzen folgte ich Noah ins Haus hinein.

Als ich die Küche betrat, schlug Kadek Noah gerade lachend gegen die Schulter. Ein wenig schuldbewusst drehte sich Noah zu mir um, seine Wangen waren leicht gerötet. Fragend zog ich die Brauen hoch. »Hast du es ihm etwa schon erzählt?«

»Nicht *das*, aber das andere«, antwortete er und zupfte an seinem Ohrläppchen.

Ich verschränkte die Arme vor der Brust und bemühte mich, nicht zu lachen. Ich schwebte auf Wolke sieben, wahrscheinlich und hoffentlich für eine lange Zeit, da brauchte es schon mehr, mich da wieder von runterzustoßen. »Aha«, sagte ich bloß.

Kadek, der kein Wort verstand, sah von einem zum anderen, und allmählich breitete sich ein wissendes Grinsen auf seinem Gesicht aus. Manchmal reichte es, einfach die Mienen der anderen zu studieren. »*Trouble in paradise?*«

»*No, not anymore*«, antwortete ich selbstsicher, woraufhin Kadek anerkennend nickte und dann einen Blick auf Noah warf, der mich verträumt ansah. »He!«, sprach ich ihn an.

»Hmm?«

»Was muss getan werden?«

»Was? Oh!«

Er lachte und Kadek schüttelte mit hochgezogenen Brauen den Kopf. Wahrscheinlich hatte er Noah noch nie so gesehen. Ich *hoffte*, er hatte ihn noch nie so gesehen!

»Du kannst die Barhocker zusammenschrauben, dann kümmern Kadek und ich uns um die Lampen.« Er deutete an die Decke, wo ein paar Kabel herauslugten. Kadek, der ihn genau beobachtete, verstand und schob die Leiter direkt darunter. Geschwind kletterte er hinauf und wartete, dass Noah ihm die Aufhängung reichte, die auf dem Tresen bereitlag.

»Okay, klar«, sagte ich und trat auf die ordentlich aufgereihten Einzelteile der Sitzmöbel zu, die in der Ecke zum Flur lagen. Es sah unkompliziert aus und so machte ich mich gleich ans Werk.

Wir arbeiteten in friedlicher Atmosphäre und hauptsächlich unterhielten Kadek und ich uns, während Noah mal mir, mal ihm half, sich jedoch kaum an den Gesprächen beteiligte. Ab und zu wanderte mein Blick ganz automatisch zu ihm. Ich war außerstande, mich seiner Sogwirkung zu entziehen, sodass ich um einiges länger brauchte, die Schrauben vernünftig festzuziehen. Am Ende waren die Jungs deutlich schneller mit den Lampen als ich mit den Stühlen, und so saßen wir nachher alle drei auf dem Boden und schraubten vor uns hin. Als wir damit fertig waren, holte Kadek drei Flaschen Bier aus dem Kühlschrank und wir stießen auf die neuen Möbel an.

Das intensive Licht der untergehenden Sonne leuchtete die Küche, die wir innerhalb weniger Stunden komplett möbliert hatten, wunderbar aus. Um den L-förmigen Tresen standen zehn Barhocker und es gab vier kleine Tische mit jeweils zwei dazu passenden Stühlen sowie eine Bank aus dunklem Holz an der Stirnseite des Raumes. Die Hängeschränke, die die Jungs bereits vor Noahs Aufbruch nach Gili Meno aufgehängt hatten, würden erst kurz vor Öffnung mit Geschirr bestückt werden. Jetzt fehlte nur noch eine Sache: die Bilder. Ich war gespannt, welche Noah und Kadek für diesen Raum ausgesucht hatten, und erkannte das eine natürlich sofort. *Reisterrassen im Morgendunst.* Noah hatte es rahmen lassen und sein Anblick lud zum Träumen ein.

»*What about ... here?*«, fragte er Kadek und mich und hielt es an die Wand hinter dem Tresen.

Ich trat ein paar Schritte zurück, aus der offenen Küche hinaus. Es war bemerkenswert, wie laut die Zikaden zirpten, doch untermalten sie die Stimmung, welche das Bild vermittelte. »*I think it's perfect.*« So würde man jedes Mal einen Blick darauf werfen, wenn man das Haus durch die Küche betrat.

Fragend sahen wir Kadek an.

»*A real eyecatcher*«, stimmte er zu und somit war es beschlossene Sache.

Nachdem wir noch in einem der Schlafsäle mit dem Bettenbau begonnen hatten, machte Kadek sich bald aus dem Staub. Er musste seinen Bruder im Warung ablösen, sodass dieser zu einer Party von Freunden konnte. Wir verabschiedeten uns von ihm und bestellten Essen bei einem Lieferservice. Dieses Mal schloss ich mich Noahs Wahl an und wir bekamen zwei riesige Portionen gebratene Nudeln an die Haustür gebracht. Interessiert erkundigte sich der Lieferant, ob dies ein Hotel wäre, und als Noah bejahte, ließ er gleich einen kleinen Stapel Prospekte da.

Wir machten es uns auf den zusammengeschraubten Barhockern unter dem gedämpften Licht der neuen Lampen in der Küche gemütlich. Immer wieder wanderte mein Blick zu dem Bild der Reisterrassen an der Wand, ich konnte mich einfach nicht daran sattsehen.

»Ein unglaublich schöner Tag war das«, sagte Noah, der meinem Blick gefolgt war. »Da habe ich realisiert, dass du ...« Er hielt inne.

Ich löste mich von dem Bild und sah ihn an. »Dass ich was?«, fragte ich leise.

»Dass du mich glücklich machst.« Er legte seine Gabel beiseite und strich sich mit beiden Händen über die Oberschenkel. »Es ist albern – das darf ich bloß niemals Kadek erzählen«, er lachte leise, »doch auch nach nur drei Tagen wusste ich es einfach. Es ist mir wie Schuppen von den Augen gefallen, ich habe plötzlich gemerkt, dass ich das, was wir gehabt haben, niemals mit jemand anderem haben könnte. Dieser Moment in dem Laden war so real, so intensiv, ich hätte es dir am liebsten sofort gesagt.«

Ich lächelte zaghaft, suchte seinen Blick, doch er starrte weiterhin auf die Tischplatte.

»Willow hat sich einfach nicht so für die Dinge interessiert wie du, wir waren nicht auf dieser Ebene, auf der *wir* damals waren. Es wäre mir egal gewesen, wenn du nicht aufgetaucht wärst, du warst für mich Vergangenheit, wunderschön, doch eben«, er hob die Schultern, »vergangen.« Mit der Zunge fuhr er sich über die Lippen, seine Miene verharrte nachdenklich. »Manchmal sind es die Dinge, die wir mit einer Person erleben, und nicht die Person selbst, an die wir uns erinnern, bei uns tragen. Doch mit dir ... Du warst *immer* diese Person, alles andere spielte keine Rolle. Ich konnte mit dir über alles reden und sei es noch so unwichtig, aber du, Skye, du hast den Dingen erst Bedeutung verliehen, ihnen Leben eingehaucht, *mir* Leben eingehaucht. Du hast mir meine Welt geformt und als ich daran dachte, dass du bald wieder abreisen würdest, da bin ich fast verrückt geworden. Es hat mich fertig gemacht. Komplett. Meno war wirklich eine Kurzschlussreaktion, ich hatte Angst, dass du dich vielleicht umentscheidest, danach nicht zurückkommst, nach Lombok fährst, keine Ahnung ... Ich wusste, ich durfte mir diese Chance nicht entgehen lassen. Nicht schon wieder. Ich habe nicht nachgedacht und ja, dann ...«

Wieder lachte er, es war ein wenig Unglauben daruntergemischt und so, so viel Wärme, so viel Zuneigung. Ich war absolut überfordert mit dem, was er da sagte, und wusste nicht, ob ich jemals angemessen darauf reagieren könnte.

»Ich weiß nicht, was ich sagen soll, Noah«, wisperte ich.

Endlich sah er mich an. »Du musst nichts sagen.« Mit dem Daumen strich er eine Träne aus meinem Augenwinkel. »Du musst nur bei mir sein.« Leise und zart schwebte seine Stimme durch den Raum. »Okay?«

Ich schniefte. »Okay.«

»Wunderbar.«

Er beugte sich zu mir und gab mir einen langen Kuss. Dann widmete er sich wieder seinen Nudeln, während ich ihn noch einen Moment lang anstarrte.

Als wir aufgegessen hatten – besser gesagt, als *Noah* aufgegessen hatte –, setzten wir uns für eine Weile nach draußen. Noch waren keine Lichter im Garten installiert, doch das störte nicht. Die Dunkelheit hob die Sterne hervor und lange saßen wir einfach nur da und schauten in den Himmel. Ich versuchte dabei, meine Gefühle in Bahnen zu lenken, doch war es mir nicht möglich. In meinem Inneren tobte ein bunter Sturm, immer wieder explodierte etwas in mir, und obwohl ich viel zu viel gegessen hatte, schien mein Magen federleicht und mir in der Kehle herumzuhüpfen. Ich tastete nach Noah und strich über seinen Unterarm, ließ meine Hand zu seiner wandern, strich über jeden seiner Finger, als würde ich überprüfen, ob sie noch alle dort waren. Er zog mich an sich, sodass ich mich gegen seine

Brust lehnen konnte, und platzierte einen Kuss in meinem Nacken. Seine Berührungen waren so vertraut, so sanft, so natürlich. Ich dachte daran, wie wir vorhin übereinander hergefallen waren, und noch immer empfand ich nichts Schlechtes darüber. Es hatte sich nicht überstürzt angefühlt, nein, sondern absolut richtig. Perfekt. Wir waren wie zwei Ertrinkende, die sich gegenseitig gerettet haben.

»Woran denkst du?«

Ich drehte mich in seiner Umarmung um, sodass ich ihm ins Gesicht schauen konnte, wenngleich es im Dunkeln lag. Ein wenig ungläubig hob ich die Brauen. »Woher weißt du, dass ich an was gedacht habe?«

»Man kann nicht an nichts denken«, erwiderte er überzeugt.

»Pfft«, machte ich bloß, da ich anderer Meinung war.

»Also?« Sein Finger fuhr mein Schulterblatt entlang, rüber auf die andere Seite, dann über mein Schlüsselbein.

Leise seufzend schloss ich die Augen. »An uns. Vorhin.«

»Ah, das.« Seine Stimme schwang um, sie wurde tiefer, und ich hörte eindeutig ein Grinsen daraus hervor.

»Ja, *das*«, erwiderte ich und stieß ihn sanft an. Sein Daumen strich über meine Seite.

»Bereust du es?«

»Nein«, antwortete ich sofort. »Du?«

»Niemals.« Seine Lippen wanderten über meinen Hals, doch ich entzog mich dieser Liebkosung. »Was ist?«, fragte er alarmiert, ohne jedoch kaum Abstand zu meiner Haut zu nehmen.

Sein Atem bereitete mir trotz der Wärme der Nacht eine Gänsehaut, es kribbelte in meinem ganzen Körper, doch noch würde ich diesen nicht gewinnen lassen. »Wirklich nicht?«, hakte ich nach.

Sein Kopf entfernte sich ein wenig. »Wirklich nicht, Skye. Mit dir fühlt sich alles richtig an.« Tief ausatmend strich er sich durchs Gesicht. »Meine Güte, was hast du mit mir gemacht, Frau?«, klagte er plötzlich.

Ich lachte. »Wieso? Nur, weil du aus tiefster Seele sprichst?«

»Das tue ich, oder?«, fragte er etwas zerknirscht.

»Na, ich hoffe doch.« Ich packte seine Arme und legte sie fest um mich. »Du sollst mir dein Herz ausschütten, Noah.«

Er schwieg einen Moment. »Immer«, sagte er dann ganz leise.

18. KAPITEL

»*Good morniiiiing!*«, begrüßte Kadek mich laut, als ich verschlafen in die Küche schlurfte. »*Sleep well?*« Er zwinkerte übertrieben und wackelte mit den Augenbrauen.

»*Idiot*«, brummte Noah, der an der gekalkten Kücheninsel saß und eine Schüssel Müsli mit Obst vertilgte.

Ich setzte mich neben ihn auf den Barhocker und nahm einen Schluck von seinem Orangensaft. »*I did, thanks for asking*«, antwortete ich Kadek mit honigsüßer Stimme und lächelte vollkommen unschuldig.

»*Fine, fine. I am happy for you.*« Mit Zeige- und Mittelfinger deutete er auf Noah und mich und ich warf Noah einen fragenden Blick zu.

»*He knows*«, sagte er auf Englisch, damit Kadek ihn verstehen konnte.

Dieser lachte gackernd. »*Oh, I know, I know eeeeeverything!*« Er nickte vielsagend und hob abwehrend seine Hände, als Noah einfach seinen Löffel auf ihn warf.

»Noah!«, schimpfte ich.

»Er soll sein blödes Mundwerk halten!«, verteidigte er sich mit einem Lachen.

»*What is he saying, hm?*« Kadek spülte Noahs Löffel kurz ab und gab ihm diesen zurück.

»*He says, you should shut up about it*«, erklärte ich ihm.

»*Oh, I will never do that!*«

»*We know*«, sagten Noah und ich wie aus einem Munde, woraufhin Kadek wieder laut lachte.

»*Lovely, so lovely.*« Kadek griff sich an die Brust, spitzte die Lippen und klimperte übertrieben mit den Wimpern.

»*Oh, piss off now, will you?*« Noah schüttelte den Kopf.

»*I will, don't be afraid, my friend. You'll have the house all by yourself. Just gimme five more minutes.*«

»*Take your time, Kadek*«, sagte ich lachend und stand auf, um mir ebenfalls Müsli einzufüllen. Er sprang herbei und holte mir eine Schüssel aus einem der Kartons hervor. »*Thank you very much.*«

»*Always, my dear. Your boyfriend could have done it though.*«

Wir beide warfen Noah einen tadelnden Blick zu, doch dieser schnaubte bloß.

»*Alright guys, taking a pi–*« Im letzten Moment brach Kadek ab, um nicht allzu vulgär zu wirken, doch würde es mich nicht stören. »*I'm off!*«

»*Finally!*«, stieß Noah augenrollend hervor.

»*Have a nice day!*«, wünschte ich Kadek, der sich zum Abschied verbeugte und dann lachend aus der Küche sprang. Einen Moment später hörten wir ihn pfeifend durch den Garten laufen. »Boyfriend, hm?«, fragte ich dann und setzte mich wieder neben Noah. Er brummte irgendwas Unverständliches. »Das habe ich nicht verstanden«, sagte ich. »Noch mal bitte.«

Noah atmete durch. »Wäre das schlimm?«

Ich blinzelte. »Schlimm?«, wiederholte ich. »Noah. Ich habe dir gesagt, dass ich dich liebe, du hast es auch gesagt, wir haben direkt danach mitten auf dem Rasen ... *gevögelt.*« Mit Nachdruck stellte ich die Keramikschüssel ab. »Wenn es schlimm wäre, wäre ich nicht hier!«

Er starrte mich an, dann schlich sich ein anzügliches Grinsen in sein Gesicht. »Wir haben nicht nur auf dem *Rasen* gevögelt.«

Ich schlug ihm gegen den Arm. »Das ist das einzige, was dir dazu einfällt?«

»Es ist jedenfalls das, was am meisten Platz in meinem Kopf einnimmt«, grinste er.

Ich schüttelte den meinen. »Das sollte –«

»He.« Er strich mir über den Arm. »Das war ein Scherz.« Er sah mir tief in die Augen. »Es ist bloß alles ein wenig überwältigend. Gestern kommt mir so unwirklich vor.«

»Du hast ja recht.« Ich legte meine Hand an seine Wange und fuhr mit dem Daumen über seine Lippen. Sanft zog ich seinen Kopf zu mir heran und küsste ihn. Er schmeckte nach Wassermelone.

»Du –«, setzte er an, doch ich verschloss seinen Mund mit einem weiteren Kuss. Er gab einen überraschten Laut von sich, doch ging sofort darauf ein.

Ein Feuer packte mich und ich stand vom Hocker auf und drängte mich an ihn. Ich wusste nicht, was mit mir los war, es schien, als hätten wir all die letzten Jahre aufzuholen. Noah hatte noch immer den Löffel in der Hand, legte ihn aber schleunigst fort und schlang die Arme um mich.

»Wo wir gerade vom Vögeln sprachen«, hauchte ich atemlos und zerrte an seinem T-Shirt.

»Du machst mich wahnsinnig«, antwortete er und küsste sich meinen Hals hinab, ehe seine Hände an beiden Seiten meinen Bauch hinauf- und unter mein Top glitten.

Ich stöhnte leise auf, als er meine Brüste umfasste und sie leicht drückte. »Jetzt. Sofort.« Zu mehr Worten war ich nicht imstande, doch ich hätte eigentlich auch gar nichts sagen müssen. Noah hob mich hoch und setzte mich auf dem Tresen ab. Mit einem Ruck zog er meine Hüfte zu sich heran und einen Moment später lag meine Bikinihose auf dem Boden. Dann weihten wir die Küche ein.

Im Laufe des Tages strichen wir einzelne Wände von fünf weiteren Zimmern und am Abend fuhr Noah mich auf seinem Scooter zurück zu meinem Hotel. Ich schmiegte mich an seinen Rücken und beobachtete all die Lichter, die an uns vorbeizogen. Es war viel los auf den Straßen, Touristen kamen vom Strand oder waren auf dem Weg zu den vielen Restaurants, Einheimische kehrten von der Arbeit zurück oder begannen diese gerade erst. Die Straßen waren recht voll und es herrschte wie immer geordnetes Chaos, doch bekam ich davon gar nicht so viel mit. Noah schlängelte sich an den Autos vorbei, nutzte aber keine der extrem schmalen Lücken wie die verrückten Balinesen. Nach einer knappen Viertelstunde hielten wir vor meinem Hotel, das in orangegelbes Licht getaucht dalag. Wir stiegen ab und ich gähnte laut.

»Sorry«, sagte ich lächelnd.

»War ein langer Tag«, erwiderte Noah mit einem wissenden Grinsen.

»Ein schöner Tag«, verbesserte ich ihn.

»Allerdings.«

Er zog mich an sich und küsste mich innig. Ich ließ mich in seine Umarmung sinken, doch schob ihn ein paar Sekunden später von mir, sonst hätte ich ihn glatt mit auf mein Zimmer genommen und da weitergemacht, wo wir vorhin nach dem Streichen aufgehört hatten. Irgendwann war auch mal gut. Außerdem war ich wirklich todmüde. Noah gab erst einen Protestlaut von sich, doch dann kapitulierte er und setzte mir einen winzigen Kuss auf die Nasenspitze. Kopfschüttelnd strich er mir mit dem Handrücken über die Wange.

»Was ist?«, fragte ich und hielt seine Hand fest.

»Nichts.« Sein warmes Lächeln jagte mir einen Schauer über die Haut. »Ich kann bloß nicht aufhören, dich anzusehen.«

Ich lachte leise und schlug ihm sanft vor die Brust. »Schleimer.«

Grinsend zuckte er mit den Achseln. »Gib's zu, dir geht es genauso!«

Ich erwiderte sein Grinsen. »Möglich.«

Augenrollend sah er zur Seite. »Pfft.« Er spielte den Beleidigten. Genau wie früher.

Ich ging nur halbherzig darauf ein, stellte mich auf die Zehenspitzen und legte meine Arme um seinen Hals. »Morgen treffe ich mich mit Luh«, sagte ich und gab ihm einen Kuss.

»Mhhhmm«, machte er mit geschlossenen Augen.

»Wir gehen in ein Café.« Wieder küsste ich ihn. »Vielleicht kommen wir euch danach besuchen.« Kuss. »Und dann könnten wir euch helfen.« Kuss.

»Hmm.« Auf Noahs Gesicht breitete sich ein frecher Ausdruck aus.

»Und nein, wir werden nicht mal eben verschwinden.«

Noah lächelte noch immer, doch als er keinen weiteren Kuss bekam, öffnete er die Augen.

»Wir sollten uns in Kadeks und Luhs Gegenwart ein bisschen zusammenreißen. Ich glaube nämlich nicht, dass dies unter *respektvolles Verhalten* fällt.«

Noah stieß laut die Luft aus. »Du hast ja recht.«

»Natürlich habe ich recht.« Ich grinste und ließ ihn los.

»He!«, sagte er sofort, schnappte meinen Arm und zog mich zu sich heran, sodass ich gegen ihn prallte. »Nicht so schnell!«

Er umfasste mein Gesicht mit beiden Händen und küsste mich so zärtlich und intensiv, dass meine Knie weich wurden und ich ihn trotz geschlossener Augen in tausend Farben getaucht sah. Als wir uns am Ende atemlos voneinander lösten, trat ich einen Schritt zurück und musterte ihn lange. Mein Körperinneres war warm, mein Herz schlug mir erbarmungslos bis zum Hals und mein Kopf fühlte sich seltsam leicht an, wie in Watte gepackt. Es war ein Wunder, ein nicht geträumter Traum, eine Unmöglichkeit. Und doch standen wir hier, wir beide, er und ich, und es war himmlisch.

»Gute Nacht«, flüsterte ich. Noch immer brannte das Verlangen seiner Lippen auf den meinen, noch immer pulsierte ein ganz bestimmtes Gefühl, ein Drang, in meinem Inneren.

»Hoffentlich bis morgen«, sagte er.

Ich nickte bloß und strich im Vorbeigehen über seinen Arm, dann ging ich direkt auf mein Zimmer, ohne mich noch einmal umzudrehen.

Die nächsten Tage vergingen wie im Fluge. Mein Treffen mit Luh war sehr schön. Wir hatten ein neues, hippes Café gewählt, in dem wir ganze vier Stunden saßen und quatschten. Es war, als kannten wir uns schon jahrelang und hatten einiges an Neuigkeiten auszutauschen. Ich fühlte mich in ihrer Gegenwart unglaublich wohl und das sagte ich ihr auch. Zwar überforderte ich sie damit ein wenig, doch einen Moment später lachte sie schon wieder so laut und fröhlich wie zuvor. Danach halfen wir den Jungs im Hostel, ehe ich mich abends zu Fuß auf den Rückweg zum Hotel machte. Ich ließ mich durch die Straßen treiben, genoss die wuselige Atmosphäre und die bunten Lichter. Ich hatte überaus gute Laune und da ich bisher den ganzen Angeboten der Straßenverkäufer widerstanden hatte, hielt ich an einigen Ständen an und sah mich nach neuen Souvenirs um. Etwas scheinbar Exklusives zu finden war gar nicht so einfach, denn die meisten Produkte waren typische Massenware und so etwas gefiel mir überhaupt nicht. Mit leiser Sehnsucht dachte ich an den Laden in Ubud zurück, in dem wir all die wunderschönen Bilder gefunden hatten. Solch ein Geschäft suchte man hier in Jimbaran vergeblich, vor allem an dieser kleinen Touristenmeile.

Hier und da schnappte ich ein paar deutsche und englische Gesprächsfetzen auf oder chinesische und koreanische Sprachmelodien. Ich ließ meinen Blick über die Leute wandern und sah mehrere große Gruppen junger, ostasiatischer Erwachsener, die in luftiger Abendkleidung gen Strand strebten. Ich lächelte. Da standen wohl die klassischen Sonnenuntergangsbilder an. Kurzerhand entschied ich, ihnen zu folgen. Auf dem Weg kaufte ich mir eine Tüte Erdnüsse und als ich den Strand erreichte, der um diese Uhrzeit immer am vollsten war, wurde ich von einem Barmann angequatscht. Ich nahm sein Angebot an, fragte aber, ob ich meine Erdnüsse essen dürfe, wenn ich an einem seiner Tische saß.

»*No problem*«, winkte er lässig ab und ich setzte mich in einen gemütlichen Korbstuhl, der etwas schief im Sand stand.

Es war wirklich erstaunlich, wie viele Leute sich hier in der Gegend aufhielten, denn tagsüber bekam man nicht so viel davon mit. Viele unternahmen Ausflüge zu den im Norden liegenden Tempeln oder Wasserfällen, einigen war mit Sicherheit die Mittagshitze viel zu stark und andere verließen ihr riesiges Resort ohnehin kaum. Doch wurde es Abend und der Himmel verfärbte sich allmählich, strömten sie aus allen Ecken herbei.

Mir wurde mein Bier gebracht und einen Moment lang blieb der Kellner an meinem Tisch stehen. Er fragte mich, woher ich käme und ob ich wirklich allein hier sei, denn es saß ja niemand bei mir. Mich störten die Fragen nicht, also antwortete ich freundlich, jedoch nicht allzu ausführlich. Wir unterhielten uns für ein paar Minuten, dann verabschiedete er sich und nahm die nächsten Bestellungen auf. Ich verfolgte derweil das Treiben am Strand. Ich erinnerte mich noch genau daran, wie ich hier damals voller Staunen und Begeisterung entlangspaziert war und die bunten Farben des Abendhimmels betrachtet hatte. Natürlich hatte ich wie alle anderen auch Selfies gemacht, hatte den perfekten Winkel fürs Hochkantformat gesucht und tausende Fotos geschossen, von denen ich am Ende bloß eine Handvoll behalten hatte. Damals wie heute posierten Pärchen und vorwiegend Frauen in schicken Kleidern, einige gar mit Hüten, vor dem Sonnenuntergang. Ausschließlich alle Restaurants hatten ihre Tische und Stühle so nah ans Wasser herangetragen, dass die Füße nass wurden, wenn die Wellen genügend Kraft hatten, so weit an Land zu rollen. Ich genoss das leise Rauschen und die

Farben, die sich auf dem nassen Sand spiegelten. Der Himmel wirkte, als würde er brennen, orangerotes Licht schien über dem Horizont zu schweben, helle Wolken waren dünne Tupfer. Darüber war der Himmel dunkelblau, die Schaumkronen der sanften Wellen darunter weiß. Unzählige Stimmen redeten und lachten durcheinander, es herrschte eine friedlich-fröhliche Stimmung, wie man sie glaubte nur im Urlaub zu erleben. Genüsslich trank ich von meinem Bier und warf einen Blick gen Süden, Richtung Hügel. Dort oben lag das Hostel. Ein warmes Kribbeln breitete sich in meiner Brust aus, als ich daran dachte, wie ich heute Morgen neben Noah aufgewacht war. In manchen Augenblicken war es unfassbar und dann wieder so real wie der Sand hier unter meinen nackten Füßen.

Ich leerte mein Bier und spazierte den Rest des Weges zu meinem Hotel am Wasser entlang. Überall sah ich glückliche Gesichter, was wiederum das Hochgefühl in mir steigerte. Kurz bevor ich zu meiner Unterkunft abbog, wurde ich von zwei Japanerinnen angesprochen. Sie deuteten auf ihre Gruppe von über zehn Leuten und fragten, ob ich ein Foto von ihnen machen könnte. Ich bejahte und hockte mich in den Sand, um einen guten Winkel zu erwischen. Die Jungs und Mädels brauchten eine Weile, ehe sie sich aufgestellt hatten, dann streckten sie alle Zeige- und Mittelfinger zum Victory-Zeichen aus und riefen irgendetwas, das ich nicht verstand. Ich machte mehrere Aufnahmen, dann reichte ich das Handy zurück. Alle bedankten sich überschwänglich, ehe wir uns voneinander verabschiedeten. Mit leichten, beschwingten Schritten ging ich weiter.

Es folgten zwei Tage, die nur aus Sonne, Wellen und im Hostel helfen bestanden, und am dritten Tag trafen wir uns alle am Strand von Jimbaran, nur einen Katzensprung von meiner Unterkunft entfernt. Eine der größten Organisationen, die dem Plastikmüll auf der Insel den Kampf angesagt hatten, hatte zu einem Beach Clean Up aufgerufen. Neben der Müllsammelaktion gab es eine große Infoveranstaltung, an der auch andere Organisationen beteiligt waren. Für Noah und Kadek war dieses Event wichtig, weil sie etwas über fachgerechte Müllentsorgung lernen konnten und darüber, wie man von vornherein weniger davon produzierte. Möglichkeiten des Recyclings wurden aufgezeigt und wie sie mit diesem Problem an ihre Gäste herantreten konnten. Für mich war es wichtig, weil ich als Einzelperson etwas dazu beitragen und mich in dieser Hinsicht weiterbilden wollte, um noch sensibler und offener an dieses Thema heranzugehen, und für Kadeks Familie war es wichtig, um überhaupt ihr Bewusstsein darüber zu erweitern. Außerdem führten sie einen kleinen Laden, also betraf es sie als Unternehmer genauso.

Der Strandabschnitt war voller Leute und es ließ mein Herz höher schlagen. Verkaufsstände und Tische mit Flyern und Broschüren waren im Sand aufgestellt worden, viele der Kinder und Jugendlichen – und einige der Erwachsenen – trugen die Shirts der Organisation und hatten Banner gebastelt. Zwei Mädchen untermalten die entspannte, fröhliche Stimmung mit Gitarrenklängen und überall lagen riesige Müllsäcke bereit gefüllt zu werden. Wayan setzte sich auf einen Stuhl und sah sich das Treiben von außen an, doch alle anderen aus Kadeks Familie mischten sich unter die Leute. Putu war mit ihrem Mann und ihren Kindern gekommen, die Kleinen schlossen sich schnell einer Gruppe Gleichaltriger an, und die beiden Luhs strebten auf einen der Verkaufsstände zu, wo ältere Damen ihre Waren aus recyceltem Material anboten. Ich nahm Noah bei der Hand und zog ihn mitten ins Getümmel.

»Das ist echt krass, was die hier auf die Beine gestellt haben«, sagte er und sah sich begeistert um.

»Und das sind alles Kids!«

Er warf mir einen Blick zu. »Willst du damit etwa sagen, dass wir alt sind?«

Ich zuckte die Achseln und lachte. »Schon irgendwie, oder? Das hier ist auf jeden Fall nicht mehr unsere Generation.« Ich machte eine allumfassende Handbewegung. »Und die unsere kann sich ordentlich eine Scheibe von der hier abschneiden!«

»Das ist wahr.«

Er zog mich an sich und legte mir von hinten die Arme um den Hals. Einen Augenblick standen wir so da und staunten über das Organisationstalent und die Anzahl der Leute. Ein paar Minuten später traten dann die beiden Gründerinnen dieser Bewegung vor – zwei Schwestern, gerade einmal 16 und 18 Jahre alt, die sich schon seit über sechs Jahren dafür engagierten – und berichteten stolz, dass sich in diesem Moment an über 100 Orten auf der Insel Menschen zusammentaten, um etwas gegen das Müllproblem Balis zu unternehmen. Es wurden nicht nur Strände gesäubert, sondern auch von Schülern und Studenten selbst gebaute Systeme in die Flüsse gelassen, die den Müll herausfilterten, sodass dieser nicht ins Meer floss, und Interessierte wurden darüber aufgeklärt, mit welch einfachen Möglichkeiten sie Müll reduzieren konnten. Dazu zählten neben Privatpersonen ebenso Firmen und Hotels. Die beiden

Mädels bedankten sich für die tatkräftige Unterstützung und erhielten lauten Beifall. Noah legte seine Finger an die Lippen und pfiff so laut, dass ich erschrocken zusammenzuckte. Als ich ihm gegen die Brust schlug, lachte er bloß und drückte mir einen feuchten Kuss auf die Schläfe.

»*Let's do this!*« Kadek rieb sich voller Vorfreude die Hände und trug Komang auf, zwei der Müllsäcke für uns zu holen.

Wir lösten uns ein wenig vom Zentrum der Gruppe und liefen ungefähr zweihundert Meter nach Norden, sodass wir die Ausläufer des vom Müll zu befreienden Gebietes markierten, und nahmen unsere Arbeit auf. Es war Monsunzeit, von der wir diese Saison nicht allzu viel bemerkten – es regnete nicht so häufig wie in den letzten Jahren –, dennoch hielt das die Strömung nicht davon ab, den Müll von anderen Orten Balis oder gar anderen Inseln an den Strand zu spülen. Kadek und Komang wateten mit einem Rechen durch das aufgewühlte Wasser und Noah und ich sammelten allerlei Tüten, Dosen, Flaschen, Verpackungen, kaputte Fischernetze und undefinierbaren Kleinkram vom Strand auf. Es war nicht mein erster Beach Clean Up, zuhause in Deutschland hatte ich schon an einer Handvoll teilgenommen, doch überall war es der gleiche Müll. Sogar die meisten Firmen, die auf die Verpackungen gedruckt waren, unterschieden sich nicht. Dies verdeutlichte wieder einmal, in welcher Verantwortung die Global Player standen. Ich hoffte sehr, dass sich einiges in ihren Reihen ändern würde – genauso wie ich hoffte, dass sich das Denken der Verbraucher änderte. Ich war fest davon überzeugt, dass jeder kleine Beitrag half. Man musste ja nicht sein komplettes Leben umstellen und eigentlich auch auf nichts verzichten, man musste sich bloß ein wenig Mühe geben, Alternativen zu finden.

Mein Daumen fuhr über ein blaues Stück Hartplastik und ich sah mich um. So viele Leute waren gekommen, um zu helfen. Ganze Schulklassen und sogar Kindergärten waren da. Mir ging das Herz auf, die Kleinen in einheitlichen T-Shirts zu sehen, wie sie umherwuselten und mindestens genauso fleißig wie die älteren Kinder waren. Kadek hatte eine Handvoll Kollegen getroffen – oder Konkurrenten, je nachdem, wie die Lage eben war –, Mitarbeiter einer Hotelkette waren ebenfalls anwesend sowie viele Privatpersonen und einige Touristen. Wie so häufig war es ein wunderschöner Tag, der Himmel blau, die wenigen Wölkchen weiß, die Sonne knallte, das Meer rauschte. Die Organisatoren hatten Planen aufgezogen, um für Schatten zu sorgen, in denen man sich ausruhen konnte, außerdem gab es kostenlos Wasser, Saft und Obst. Mir war diese Aktion unglaublich wichtig. Ich wollte dieser Insel etwas zurückgeben, denn sie hat mir so viel geschenkt, mehr, als ich je erhofft hatte, doch natürlich ging es auch über diesen symbolischen Akt hinaus. Ich wollte etwas bewegen.

Meine Füße wurden von einem Wellenausläufer berührt und in mir breitete sich ein Gedanke aus. Ließe sich daraus womöglich etwas machen? Ich sah zu Noah, der kopfschüttelnd ein Gewirr aus altem Schiffstau und Plastikfetzen aufhob und in den Sack stopfte. Noah hatte sein Projekt und ich stand vor einer Weggabelung, deren Verlauf sich mir noch nicht erschloss. Ich wusste nicht, was auf den Schildern, die nach links und rechts führten, stand. Ich bewunderte die Initiatorinnen dieser Aktion hier am Strand, ich bewunderte ihren Mut und ihre Entschlossenheit, fand es unheimlich toll, wie sie die Dinge in die Hand nahmen und von so vielen Leuten Unterstützung erhielten. Mein Blick schweifte über den Strandabschnitt, der mehr und mehr vom Müll befreit wurde. Noch wusste ich nicht, wie es weitergehen sollte, mein Visum lief bald ab und um es zu erneuern, musste ich das Land verlassen. Setzte ich meinen Urlaub für Wochen außerhalb Indonesiens fort oder verbrachte ich bloß ein paar Tage in Singapur und kehrte dann wieder nach Bali zurück? Flog ich nach Hause, um dort meine Angelegenheiten zu regeln, um ohne Altlasten wieder zu Noah zurückzukehren? Noch hatte ich keine Antworten, doch allmählich schien sich der Ansatz eines Pfades herauszukristallisieren, der ein Fundament für meine Zukunft schaffen konnte.

Am Abend luden uns Wayan und Luh erneut zu sich nach Hause ein. Wayan, der in eine hitzige Diskussion mit seinen Söhnen vertieft war, schüttelte am Ende bloß den Kopf und murmelte etwas vor sich hin, während er seine Pfeife anzündete. Kadek und Komang kamen mit einem breiten Grinsen zurück und ließen sich neben uns nieder.

»*What was that about?*«, fragte Noah und stellte die Liebkosungen an meinem Arm ein.

»*An idea*«, antwortete Komang grinsend und sah so seinem älteren Bruder sehr ähnlich. Er füllte sich etwas von dem bereitstehenden Orangensaft ein.

»*What idea?*«, hakte ich nach.

Kadek sagte etwas zu Komang auf Balinesisch und aus Komangs Grinsen wurde ein Strahlen, dann begann er uns zu erzählen. Die beiden Brüder hatten mit ihrem Vater darüber diskutiert, welchen umweltbewussten Beitrag sie mit ihrem Warung leisten konnten. Kadek hielt es für heuchlerisch, ein Hostel zu eröffnen, in dem sie weitestgehend auf Plastikflaschen verzichteten und Bambusstrohhalme verwendeten, und andererseits einen Laden führten, der genau diese Dinge verkaufte. Als Komang das erzählte, warf Kadek mit einem Lachen ein, dass er das seinem Vater natürlich etwas schonender und respektvoller beigebracht hatte. Komang war schnell auf der Seite seines Bruders gewesen und gemeinsam hatten sie heute beim Beach Clean Up verschiedene Ideen gesammelt und mit einigen Leuten gesprochen. Sie hatten sich überlegt, ihr Sortiment an Getränken zu verkleinern und Wasserflaschen gänzlich rauszunehmen. Dafür wollten sie einen Wasserspender aufstellen, wie ihn so manches Hotel seinen Gästen zur Verfügung stellte, sodass man sich sein Wasser zapfen konnte. Flaschen mussten selbst mitgebracht werden oder man kaufte vor Ort eine stabilere, die man öfter verwenden konnte. Dafür hätten sie am Strand schon einen lokalen Partner gefunden, der Flaschen aus recyceltem Plastik vertrieb. Mit den älteren Damen hatten sie locker abgemacht, von ihnen einfache Tragetaschen zu kaufen, da sie seit dem Plastiktütenverbot bisher immer noch keine gute Alternative gefunden hatten. Noah und ich waren begeistert von diesem Engagement und ihrem Plan, Wayan war es allerdings nicht so gewesen. Er hatte argumentiert, dass sich die Menschen darauf verließen, bei ihnen Wasser zu bekommen, sie wollten sich keine Gedanken darüber machen, selbst eine leere Flasche zum Einkaufen mitzubringen. Ich konnte das Familienoberhaupt verstehen, obgleich ich nicht auf seiner Seite stand. Menschen fiel es schwer, ihre Gewohnheiten zu ändern, weil sie überhaupt erst einmal erkennen mussten, was ihre Gewohnheiten waren. Veränderung gelang nur, wenn man sich aus seiner Komfortzone herauslöste, sein eigenes Handeln überdachte und Neues annahm. Die Kunden des Familienladens mussten sich eben darauf einstellen, das Wasser nun auf andere Weise zu bekommen. Genau darüber hatten Kadek und Komang mit ihrem Vater diskutiert. Und sie hatten gewonnen.

Als Noah mich später zu Fuß zu meinem Hotel zurückbrachte, kam mir eine Idee. »Dass ich da vorhin noch nicht dran gedacht habe.« Kopfschüttelnd betrachtete ich eine bunte Ladenfront.

»Was denn?« Wir gingen Hand in Hand und Noahs Daumen umkreiste den meinen.

»Habt ihr auch schon mal daran gedacht, einen Wasserspender – oder mehrere – zu installieren?«

»Tatsächlich bin ich da vorhin auch drauf gekommen«, antwortete er.

»Aber?«

Er zuckte die Achseln. »Das müsste man dann irgendwie auf den Zimmerpreis aufschlagen, aber für ein Hostel darf es allgemein natürlich nicht zu teuer sein.«

»Na ja, ihr könnt das ja einfach zur Beschreibung hinzufügen. *Eco friendly* und so. Wenn die Leute wissen, worauf sie sich einlassen, dann machen die's bestimmt gern. Und wenn sie es doof finden, dann sollen sie nicht bei euch buchen.«

»Hm, da hast du wohl recht.«

»Na klar habe ich das.« Ich grinste und er lachte leise.

»Es ist schön, dass du dich so einbringst.« Wir blieben stehen, um eine Lücke zwischen den Autos und Scootern auf der Straße zu finden, und er strich mir eine Strähne hinters Ohr.

Ich wandte mich ihm zu. »Ja?«, fragte ich vorsichtig.

Er runzelte die Stirn. »Natürlich!«

Ich schwieg einen Moment. »Findest du es nicht ... wie soll ich sagen ... ein wenig ...«

»Was?« Sanft lächelnd tippte er mein Kinn an.

»Komisch?«

»Komisch?«, wiederholte er. »Das ist nun nicht sonderlich präzise.«

Ich rollte mit den Augen.

»Aber ich weiß, was du meinst.«

»Also?« Ich sah ihn mit hochgezogenen Brauen an, er erwiderte den Blick einen Moment, ehe er antworte.

»Nein, ich finde es nicht komisch, überhaupt nicht. Es ist schön, wenn du mir deine Meinung sagst. Und ich habe auch keine Angst, dass du plötzlich über Sachen entscheidest – oder es versuchst. Das sieht dir nicht ähnlich, einfach Dinge an dich zu reißen. Ich verstehe deinen Gedankengang, doch glaube mir, ich würde dir schon mitteilen, wenn du es zu sehr zu deiner Angelegenheit machen würdest.«

Denn das ist es nämlich nicht. Ein unangenehmes Gefühl breitete sich in mir aus, doch ich wollte nicht schon wieder in diese gedankliche Abwärtsspirale geraten. Ich sah über Noahs Schulter hinweg und heftete meinen Blick auf die Leuchtreklame eines Hotels. Ich hörte ihn tief durchatmen.

»Skye, hey.« Er neigte seinen Kopf in meine Richtung, suchte meinen Blick, der sich nur äußerst langsam auf ihn richtete. Er legte seine warmen Hände um meinen Kiefer und sah mir fest in die Augen. »Ich freue mich über dich. Ich freue mich über jeden Vorschlag, den du machst, über jedes Wort, das du äußerst. Halte dich mit nichts zurück, ja? Bitte.«

Ich schloss die Augen und blendete den Straßenlärm um uns herum aus, konzentrierte mich nur auf das Gefühl seiner Haut an meiner. Ich hielt ihn an seinem Handgelenk fest, mein Zeigefinger lag über dem Klopfen seines Pulses. Kräftig und stetig, wie ein nie verlangsamendes Uhrwerk, wie ein Metronom, welchem ich meinen Rhythmus anpasste. Meinen Atem, meine Gedanken. Bumm. Bumm. Bumm. Bumm. In all dem bunten Chaos des späten Abends um uns herum verharrten wir in unserer eigenen Ruhe. Ich trat noch einen Schritt auf Noah zu, ohne dabei die Augen zu öffnen. Ich legte meine Hand in seinen Nacken und zog ihn näher zu mir heran, bis meine Stirn an seiner lag. Ich spürte, wie er sich entspannte, er atmete tief aus und ließ seine Muskeln locker. Ich hatte in diesem Moment keine Worte für das, was ich empfand, doch glaubte ich, dass ich diese gar nicht benötigte. Suchend fuhren meine Lippen über Noahs Mund, meine Finger krallten sich in seinem Haar fest. Er schlang die Arme um meine Taille, hielt mich. Meine Hand lag an seinem Gesicht, das von Sekunde zu Sekunde wärmer schien. Dieser Kuss schmeckte nach Verbundenheit und Sehnsucht – und ein wenig nach Bali. Nach dem Gefühl dieser Insel, ihren Grenzen und Möglichkeiten, nach ihrer Schönheit und ihren Geheimnissen. All das verbarg sich in dem Kuss, welcher für einen Moment wie von selbst intensiver und feuriger wurde, doch dann nahm ich das Tempo heraus, ehe ich mich äußerst langsam von Noah löste. Ich nahm seinen Geschmack in meinem Mund wahr, seinen beschleunigten Atem auf meinen Wangen. Noch immer standen wir so dicht beieinander, dass die Schwingungen unserer Haut den anderen aufwühlten wie ein kleiner Kiesel einen großen Teich. Allmählich kehrten die Geräusche zurück, das Brausen der Autos und Scooter, die Stimmen der Passanten, das Zirpen der Zikaden. Bunte Lichter drangen durch meine geschlossenen Lider und als ich sie öffnete, lächelte ich sanft. Noahs Pupillen waren riesig, seine Augen fest auf mich gerichtet, die Anspannung in seinen Körper zurückgekehrt. Er stand unter Strom, an seinem Hals pochte es verdächtig und als er wieder meine Hand in die seine nahm, drückte er sie äußerst fest. Zusammen betraten wir eine neue Wirklichkeit, obwohl wir bloß die Straße überquerten.

19. KAPITEL

Ich träumte von Wärme und wirren Bildern, mein Traum-Ich war entspannt und fröhlich, sodass sich diese Gefühle eine Weile auf mein schlafendes Ich übertrugen. Irgendwann jedoch wurde der Schleier des Traums weggerissen und ich stieß an die Oberfläche meines Bewusstseins. Ich war wach, doch noch öffnete ich nicht die Augen, sondern versuchte, das träge Gefühl des Schlafes festzuhalten, was mir aber nicht gelang. Ich drehte mich auf die andere Seite und streifte dabei etwas – oder jemanden. Schlagartig riss ich die Augen auf, doch als ich Noah friedlich neben mir schlummern sah, beruhigte sich mein Herz wieder ein wenig. Allerdings dauerte dies nur einen Moment lang an, denn dann wurden wir beide uns dieser Situation gewahr, und ich versteckte mein grinsendes Gesicht unter der dünnen Decke, während mir mein Herz munter in der Brust dröhnte.

Das Weiß von Decke und Kissen hob sich deutlich von Noahs gebräunter Haut ab. Er lag auf dem Bauch, das Gesicht in meine Richtung gewandt, einen Arm weit auf meiner Betthälfte liegend. Ich betrachtete ihn eingehend. Von seinen schlanken Fingern, über seine Hand, seinen muskulösen Unterarm, den Bogen seiner dunklen Schulter. Mein Blick wanderte über den sichtbaren Teil seines Rückens, dann wieder hinauf, seinen Hals entlang, über seinen Kiefer, zu den langen Wimpern seiner geschlossenen Augen. Die Strähnen seines dunkelblonden Haares lagen zur Seite gestrichen, als wäre er im Schlaf durch sie gefahren. Ich rollte mit den Augen. Wahrscheinlich hatte er es sogar getan. Grinsend begann ich, die markanten Sommersprossen auf seinem Gesicht zu zählen, als mich plötzlich zwei zimtstangenbraune Augen anstarrten. Noahs Mundwinkel verzogen sich wissend.

»Wie lange siehst du mich schon an?«, nuschelte er in sein Kissen.

»Gar nicht lange«, erwiderte ich, nicht darum bemüht, diese Lüge überzeugend rüberzubringen.

Noah schnaubte, regte sich aber noch immer nicht. Ich rutschte ein wenig näher an ihn heran und sah ihm tief in die Augen. Kurz zog er seine Brauen zusammen, doch dann ließ er meine Bewunderung stumm über sich ergehen. Ja, es war Bewunderung, die ich in diesem Moment empfand. Ich bewunderte seine Vollkommenheit, seine Schönheit, jetzt, genau in diesem Moment, als der Schlaf noch an ihm haftete und die laute Welt weit weg schien. Mein Herz verkrampfte sich bei seinem Anblick und ich konnte nicht fassen, dass er neben mir lag. Es war verrückt – und fühlte sich unglaublich gut an.

»Du lächelst«, brummte er.

»Tue ich das?«, fragte ich mir dessen durchaus bewusst.

»Mmpf.«

Ich lachte leise und stupste seine Nase an, die er herzzerreißend süß kräuselte. Dann streckte ich mich und drückte ihm einen Kuss auf die Stirn, ehe ich mich über ihn beugte und nach der Wasserflasche griff. Ich löschte meinen Durst und spülte den Geschmack der Nacht davon und reichte die Flasche dann an ihn weiter. Nun kam etwas Bewegung in ihn. Er richtete sich auf, wobei seine Gelenke knackten, und lehnte sich mit dem Rücken an das Kopfteil des Bettes. Er nahm ein paar kräftige Schlucke, stellte die Flasche zurück auf den Nachttisch und zog mich dann abrupt an sich. Ich quiekte überrascht auf und landete an seiner nackten Brust. Ein zufriedenes Grollen kam daraus hervor und ich blinzelte zu ihm auf, sodass meine Wimpern über seine Haut strichen. Er roch nach Wärme und nach Schlaf und ich schlang meine Arme um ihn und drückte ihn fest an mich. Er strich mir durchs Haar, glättete es, sodass es sich an meine Schultern schmiegte, während ich dem Klopfen seines Herzens lauschte.

»Willst du heute zu mir ziehen?«, fragte er und ich vernahm, wie es schneller schlug.

Ich löste mich von ihm und sah ihn an. »Meinst du das ernst?«

Er erwiderte den Blick und lächelte. »Sonst würde ich nicht fragen.«

Ein Kribbeln schlich sich meine Kehle hinauf. »Das wäre ...« Ich fuhr mir mit dem Handrücken über die Stirn und heftete meinen Blick auf seine Hand. Mit dem Zeigefinger strich ich darüber. »Das wäre schön«, rang ich mich durch zu sagen. Noah drehte seine Hand um und ich ließ meine Finger über seine Handfläche gleiten, ehe ich sie mit seinen ineinander verschränkte.

»Dann machen wir das«, sagte er mit überraschend rauer Stimme.

Ich sah ihn an und er räusperte sich leicht. Ein Schauer erfasste mich und ich beugte mich zu ihm, um ihn zu küssen. »Dann machen wir das«, raunte ich an seine Lippen und vergrub meine Finger in seinem Haar.

Als wir aus dem Auto stiegen, blieb ich für einen Moment vor dem steinernen Lawang stehen. Noah bezahlte den Fahrer und trat dann neben mich.

»Was denkst du?« Er nahm seine Cap vom Kopf und setzte sie mit dem Schirm nach hinten wieder auf.

»Ich glaube, ich bin ein wenig eingeschüchtert.«

»Wovon denn das?«, fragte er überrascht.

»Ich weiß auch nicht«, antwortete ich leicht zerknirscht.

Noah stupste mich mit dem Ellenbogen an. »Du kannst ja erst mal ein Zimmer am anderen Ende des Flures nehmen.«

»Haha«, machte ich und schlug ihm leicht gegen die Schulter, woraufhin er mir lachend einen Kuss auf den Scheitel drückte.

Er schnappte sich mein Gepäck und marschierte los, sodass ich kurz allein dort stand. Das war doch absolut verrückt, dachte ich und ließ dieses Gefühl durch mich hindurchsickern. Tief atmete ich den Geruch des Gartens ein und glaubte, ein Stück emporzuwachsen. Noah verschwand um die Ecke, doch spürte ich, dass er ganz in meiner Nähe war. Wie ein Faden, der an mein Herz geknüpft war, zupfte es in mir, drängte mich, ihm zu folgen. Doch noch widerstand ich. Ich ging ein paar Schritte über die staubige Straße und ließ meinen Blick über das Gold des gebogenen Jimbaran Beaches wandern. Meine Augen fanden ungefähr die Stelle, wo ich vor so vielen Jahren das erste Mal meine Füße in den

Indischen Ozean gehalten hatte, von wo aus ich eine Reise angetreten hatte, die noch immer meinen Weg bestimmte. Dort hatte ich das erste Mal einen Blick auf den Hügel geworfen, auf dem ich nun stand, und in mir war der Keim eines Traumes erwacht. Ich runzelte die Stirn, als mir auffiel, dass jetzt der Zeitpunkt war, an dem ich voller positiver Gefühle daran dachte. Genau hier an dieser Stelle, zum allerersten Mal. Wie eine Zäsur markierte dieser Moment meine Entwicklung, mein Umdenken und das gewonnene Wissen darüber, dass man manche Träume loslassen musste, um voranzukommen, und dass es okay war, wenn jemand anderes gleiche Ziele oder Wünsche hatte. Ich ging in mich und fand weder Neid noch Groll oder sonstige negative Emotionen vor, die mich all die letzten Wochen beschäftigt hatten. Ich empfand pure Freude.

»Wo bleibst du denn?«

Ich lächelte, als ich Noahs Stimme hörte, und drehte mich langsam zu ihm um. »Ich musste kurz etwas loswerden«, antwortete ich.

Fragend hob er die Brauen, doch ich antwortete nicht darauf, sondern sah ihn bloß an. Er stand im schmalen Durchgang des Lawang, die Sonne fiel direkt auf ihn, sodass er die Augen leicht zukniff und mich angestrengt anblinzelte. Würde er doch nur seine Cap richtig herum tragen! Ich konnte mir ein Grinsen nicht verkneifen.

»Du bist wunderschön, weißt du das?«, sagte er und obwohl er knapp vier Meter von mir entfernt stand, war es, als streifte seine Stimme meine Haut.

Ein Prickeln schlich über meinen gesamten Körper und mein Magen hüpfte mir bis zum Hals. Ein wenig verlegen strich ich mir eine Strähne aus dem Gesicht. Ich wusste nicht, was ich sagen sollte. Noah kam auf mich zu, schloss mich fest in seine Arme und drückte mir einen Kuss auf die Schläfe. Sofort entspannte ich mich. Ich war wie heißer Wachs zwischen seinen Händen, meine Knie wurden weich und ich konnte kaum begreifen, wie wunderschön es sich anfühlte, so von ihm gehalten zu werden. Ein tiefer Seufzer entriss sich meiner Kehle und ich spürte ihn gedämpft lachen.

»Du kannst dir überlegen, ob du das Poolbecken auf Hochglanz schrubben möchtest, oder die restlichen Bilder rahmen willst«, raunte er mir ins Ohr und ich musste zugeben, dass seine Stimme diese Arbeiten eindeutig verführerisch verkaufte. »Oder du sortierst Bettwäsche und Handtücher ein.« Er drückte mir einen hauchzarten Kuss aufs Ohr und ich zog die Schultern hoch. »Bretter für die untere Terrasse müssen auch noch verlegt werden.« Seine Hände strichen meinen Rücken hinauf und ich atmete schwer durch. Was tat er da? »Poolliegen müssen zusammengeschraubt und Pflanzen umgetopft werden.«

»Mh«, machte ich bloß, zu mehr war ich im Moment nicht imstande. Alles klang verlockend, solange er es weiterhin mit dieser Stimme anpries. Ich war ihm vollkommen ausgeliefert und ich wusste, dass er sich einen Spaß daraus machte, doch geschah ebenso etwas mit ihm wie mit mir. Dieses Wissen entlockte mir ein siegessicheres Grinsen und nun ergriff ich die Oberhand. Ich flüsterte ihm Dinge ins Ohr, die wir nach getaner Arbeiten machen könnten, und spürte, wie sich seine Körperhaltung änderte und sich sein Puls beschleunigte. Das, was er konnte, konnte ich auch.

»Du kleines Biest«, lachte er erstickt und drückte mir einen heißen Kuss auf die Lippen.

Ich legte meine Arme um seinen Hals und zog ihn noch näher an mich heran, drängte mich an ihn. Der Kuss nahm an Intensität zu, unser beider Atem ging schwer und Noah stöhnte leise in meinen Mund. Ich spürte ihn überall an meinem Körper, es war wie ein Rausch, seine Berührungen waren wie eine Droge, von der ich nie wieder loskommen würde. Und wollte ich das auch gar nicht. Ein Auto näherte sich und da wir mitten auf der Straße standen, waren wir gezwungen, uns voneinander zu lösen. Mit geröteten Wangen sahen wir uns an, ehe wir breit grinsten.

»Blödes Auto«, sagte Noah und verdrehte die Augen.

»Allerdings«, stimmte ich ihm zu und lachte leise.

Laut stieß er den Atem aus und streckte mir seine Hand entgegen. »Na los, komm.« Er lächelte voller Wärme und Zufriedenheit, sodass sich das allmählich abflauende Kribbeln in mir wieder verstärkte. Ich verschränkte meine Finger mit seinen und gemeinsam schlenderten wir zum Haus, um mit der Arbeit anzufangen.

Die nächsten beiden Tage arbeiteten wir ununterbrochen. Wir erhielten Unterstützung von Mutter Luh, die sich um den Garten und unsere Verpflegung kümmerte, von Komang, wenn Vater Wayan ihn im Warung ablöste, und Cousine Luh, wenn sie Feierabend hatte. Es war genauso anstrengend wie wohltuend. Es fühlte sich unglaublich gut an, etwas zu schaffen, etwas, dessen Ergebnis man direkt vor Augen hatte, und ich konnte kaum damit aufhören. Nachdem ich den gesamten Pool geschrubbt hatte, meldete sich am nächsten Tag der Muskelkater in den Schultern, doch hielt der mich gewiss nicht von den nächsten Aufgaben ab. Noah und

Kadek hatten alles gut koordiniert, jeder hatte seinen Bereich, während die beiden zwischen diesen immer hin- und hersprangen, um auszuhelfen. Abends fielen wir todmüde ins Bett, sodass wir weder Zeit noch Energie für andere Ertüchtigungen hatten, doch verschoben wir das einfach auf die Tage, wenn alles fertig wäre. Am späten Nachmittag des dritten Tages wurde endlich der Pool befüllt, sodass Kadek, Komang, Noah und ich uns nach getaner Arbeit eine Abkühlung gönnten. Dazu tranken wir Bier und aßen Nudeln vom Lieferservice. Komang musste kurz darauf wieder zurück in den Familienladen und Kadek traf sich mit ein paar Kumpels vom Surfen, sodass Noah und ich das Hostel für uns allein hatten. Wir wickelten uns fest in unsere Handtücher ein und saßen zusammen auf einer Liege, ich zwischen seinen Beinen an seine Brust gelehnt. Meine Finger fuhren über sein hochgestelltes Knie, was ihn zum Zucken brachte. Grinsend stellte ich diese kleine Folter ein und lehnte mich zurück. Sofort umschlossen seine Arme meine Mitte und ich fühlte mich geborgen wie schon lange nicht mehr.

»Du bist eine großartige Hilfe«, sagte er und nahm meine Hand, um mit meinen Fingern zu spielen. »Danke dafür.«

»Gern geschehen«, antwortete ich. »Sehr gern.«

»Ich kann die Eröffnung kaum abwarten.«

»Ach, jetzt bist du doch aufgeregt?«, neckte ich ihn. »Auf Meno klang das noch ganz anders.«

Er schnaubte in mein Haar. »Das ist nun ja auch schon wieder etwas her. In den letzten Tagen hat sich viel getan, man *sieht* einfach, dass es bald so weit ist.«

Ich nickte. »Ja, stimmt. Ich freue mich auch.«

Er löste einen Arm von mir und strich mit dem Zeigefinger langsam über meinen Nacken. Ich schloss die Augen. »Dein Visum läuft bald ab«, sagte er leise.

»Ja.« Ich seufzte.

»Schon einen Plan?« Es war eine neutrale Frage, doch hatte er nicht verhindern können, dass etwas ganz Bestimmtes in seiner Stimme mitschwang: Unsicherheit.

Ich hob eine Schulter und versuchte, dieses seltsame Gefühl, das mich auf einmal beschlich, zu ignorieren. »Nein, ehrlich gesagt noch nicht. Ich meine, diese Situation hier ist viel zu neu, als dass ich mir schon ernsthaft Gedanken darüber hätte machen können.«

»Hm.« Er zupfte an meinem Ohrläppchen.

»Aber allmählich sollte ich es wohl tun.«

Noah schwieg – und das störte mich. Warum sagte er nichts? Warum brachte er keinen Vorschlag ein? Ich konnte die Entscheidung nicht allein treffen, schließlich war ich auf ihn angewiesen. Wenn ich nur kurz nach Singapur flog, um direkt danach wieder in Indonesien einzureisen, würde ich mir hier ja kein Hotel nehmen, sondern wieder zu ihm ins Hostel zurückkehren. Wieso bot er das nicht an? Ich war zu stolz, um zu fragen, obgleich mich dieses nagende Gefühl in meinem Inneren nicht mehr losließ. Das war doch albern, oder nicht?

Die Stimmung hatte sich geändert und ich glaubte, der mit Sternen übersäte Himmel über uns geriet ins Wanken.

»Mir ist kalt«, sagte ich genau in dem Moment, als Noah etwas sagen wollte. Ich wartete noch einen Moment, doch nichts passierte. Mit einem Brennen in der Kehle rutschte ich ein Stück vor, um aufzustehen. Ich spürte Noahs Blick auf mir und in mir schrie es, warum er denn nichts sagte, doch blieb auch ich stumm. Ich schnappte mir ein paar der Bierflaschen und schlüpfte in meine Flip Flops. Noah bewegte sich nicht. Im Vorbeigehen warf ich einen kurzen Blick auf ihn, den er erwiderte, doch fühlte sich das keineswegs gut an. Was geschah hier gerade? Ich bog um die Ecke und betrat die offene Küche. Die Flaschen stellte ich auf dem Tresen ab, dann ging ich in unser Zimmer, um zu duschen.

Das heiße Wasser war eine Wohltat und mit jeder Sekunde, die es auf meinen Nacken prasselte, entspannte ich mich mehr und mehr. Ich hatte die Augen geschlossen und ging diesen merkwürdigen Moment am Pool noch einmal durch. Hatte ich zu viel erwartet? Nein, mit Sicherheit nicht. Wieso sollte Noah es auf einmal nicht mehr wollen, dass ich zu ihm zurückkäme, das ergab doch überhaupt keinen Sinn. Oder war es ihm plötzlich zu viel geworden, hatte er Bedenken? Wollte er etwa nicht, dass ich weiter an seinem Projekt teilnahm, an meinem –

Hier brach ich ab. All diese Gedanken waren höchstwahrscheinlich vollkommen unnötig, ja gar idiotisch. Bevor ich nicht mit ihm redete, war es sinnlos, sich in diesen Abwärtsstrudel zu verstricken. Ich stellte das Wasser ab und seifte mich mit ruppigen Bewegungen ein, von denen ich hoffte, dass sie mir all diese dummen Gedanken austrieben.

Als ich mir die Haare föhnte, klopfte Noah an die Tür und ich ließ ihn herein. Er warf mir ein knappes Lächeln zu, das ich für eine Sekunde erwiderte. Er wusch sich das Gesicht und ich heftete meinen Blick auf seinen nackten Rücken. Er war mir so vertraut, jede einzelne Mulde, jeder der wenigen Leberflecken, seine Form, das Gefühl seiner Haut unter meinen Fingern und doch, und doch schien etwas über uns zu schweben und unseren Himmel zu verdunkeln. Ich schluckte krampfhaft und legte den Föhn ins Regal zurück. Als ich mich wieder umdrehte, hielt Noah mir meine Zahnbürste entgegen. Er hatte bereits die Zahnpasta darauf getan und sie einmal kurz nass gemacht. Ich freute mich über diese vertraute Geste, hatte mich gleich bei unserer ersten gemeinsamen Nacht vor einigen Tagen darüber gefreut, denn früher hatten wir immer gemeinsam Zähne geputzt und für den anderen die Zahnbürste vorbereitet. Doch als ich sie in der Hand hielt und auf die eisblaue Zahnpasta starrte, war es, als würden plötzlich meterhohe Wellen über mir zusammenschlagen. Ruckartig wurde ich tief in die kalte Dunkelheit hineingezogen, konnte mich nicht befreien. Druck lastete auf meiner Lunge und es brannte in meiner Kehle. Es fühlte sich an, als würde ich aus einem Traum gerissen, mit voller Kraft zurück in die Realität katapultiert werden. Hatten wir uns etwas vorgemacht? Mit verkniffener Miene sah ich zu Noah auf, der mich mit einem Stirnrunzeln beobachtete.

»Was machen wir hier?«, fragte ich leise, aber eindringlich und hielt ihm meine Zahnbürste wie eine Art Aufforderung entgegen.

»Was meinst du?« Noahs Stirn glättete sich ein wenig, doch der seltsame Ausdruck in seinen braunen Augen blieb. Sein Blick wanderte über die Duschkabine. Er wusste genau, was ich meinte, ich sah es ihm an. Er hatte dieselben Gedanken.

»Na was wohl!«, antwortete ich laut und hob die Hände in die Luft. »Das hier! Das alles!« Ich deutete auf meine Zahnbürste und legte sie dann mit Nachdruck am Waschbecken ab. »Das ist doch bescheuert!«

Noah schwieg einen Moment, dann legte er seine ebenfalls bisher unberührte Zahnbürste neben meine. »Bescheuert nennst du das?« Er verschränkte die Arme vor der Brust und lehnte sich gegen die hell gestrichene Wand. Die Luft zwischen uns verhärtete sich.

»Ja«, antwortete ich und tat es ihm gleich, nur brachte ich großen Abstand zwischen uns und verfiel in die Betrachtung der Bodenfliesen. Das Brennen in meiner Kehle hatte nachgelassen, dafür machte es sich nun in meinen Augen bemerkbar. Mein Kiefer zitterte. »Was tun wir hier, Noah?« Ich brachte es nicht über mich, ihn in diesem Moment anzusehen. Ich wollte sein Gesicht nicht sehen, nicht aus seiner Miene lesen, die womöglich einen verletzten Ausdruck angenommen hatte. Ich wollte das nicht. Das alles. Und dabei wollte ich es so sehr. Scheiße!

Ich hörte, wie er mit der Hand über sein stoppeliges Kinn fuhr und tief durchatmete. Ich schloss die Augen.

»Ich weiß es nicht«, antwortete er dann so leise, dass ich unwillkürlich wieder die Augen öffnete.

Wir sahen uns an. Schweigend, vorsichtig, unsicher. Traurig. Es war genau wie damals und doch so anders.

»Es fühlte sich so leicht an«, sagte er mit rauer Stimme, die mir eine Gänsehaut bereitete. »Mit dir.« Der Anflug eines Lächelns erhellte für einen Moment sein Gesicht, doch dann war es wieder ernst, zu ernst. »Es war wie früher«, sprach er meine Gedanken aus. »Oder nicht?«

Früher. Dieses Wort explodierte in meinem Kopf und fesselte mein Herz. Wir hatten uns etwas vorgemacht. *Ich* hatte mir etwas vorgemacht. Schweigend blinzelte ich gegen die Tränen an.

»Skye?« Seine Stimme hatte etwas Flehendes und das entfachte Wut in mir.

»Warum hast du mir vorhin nicht angeboten, nach meiner erneuten Einreise zu dir zu kommen?«, fragte ich erstickt.

Noah stutzte. »Ist das etwa der Auslöser für das hier?« Er hob seine Hände und bemühte sich nicht, seine plötzliche Wut zu unterdrücken. »Ist das dein Ernst?«

Es verletzte mich, dass er das fragte. »Natürlich ist das mein Ernst!«, erwiderte ich heftig.

»Ich habe dir angeboten, hier einzuziehen, verdammt! Reicht das nicht?« Seine Stimme war viel zu laut für diesen kleinen Raum, sie schmerzte in meinen Ohren.

»Ja, und was bedeutet das?«

»Wie, was ...« Er brach ab und starrte mich einfach nur an. Langsam schüttelte er den Kopf. »Was soll das jetzt auf einmal?«

Ich starrte zurück. Ich hatte keine Antwort darauf. Mit einem Schnauben stieß Noah sich von der Wand ab und kam auf mich zu. Er stoppte erst, als er mein Gesicht mit beiden Händen umfasst hatte, sodass ich gezwungen war, ihm in die Augen zu sehen. Was ich in ihnen sah, brach mir das Herz.

»Ich kann das nicht«, flüsterte ich.

Es war, als würde man einen Stein auf gefrorenes Wasser werfen. In tausende Einzelteile zerbarst das Eis und legte etwas Dunkles frei, etwas, das einem Angst einjagte, das auf einen lauerte. Etwas geschah in Noahs Miene und ich unterdrückte ein Schluchzen. Für einen letzten Moment hielten unsere Blicke einander fest. Der Ausdruck in Noahs Augen war hart, das helle Zimtstangenbraun dunkel und stumpf. Alles in mir zog sich schmerzhaft zusammen und als er seine Hände von meinen Wangen nahm, war es, als würde er mit Schmirgelpapier über meine Haut fahren.

»Okay«, sagte er und schüttelte leicht den Kopf.
Eine Schlucht tat sich zwischen uns auf.
»Okay«, wiederholte ich fast stimmlos.
»Du kannst das Zimmer für dich haben, hier gibt es schließlich noch genügend andere.« Seine Stimme war kalt, sie schnitt mich entzwei.
»Ist gut.« Ich nickte schwach und versuchte, meine beiden Hälften zusammenzuhalten, doch sie glitten mir durch die Finger. Bitte geh, flehte ich im Stillen, denn ich hielt es nicht mehr aus. Geh einfach! Mein Inneres schrie ihn an, doch ich blieb ganz still, erstarrt.
»Ich schreibe Ketut und sage, dass er dich morgen früh abholen soll. Um 9?«
Ich nickte erneut, mein Blick war auf eine der dunklen Fliesenfugen gerichtet. Ein Abgrund.
»Gut.«
Mit diesem einzelnen Wort schob Noah sich an mir vorbei und ließ mich allein. Dann brach ich zusammen.

20. KAPITEL

Noah war schon wach und frühstückte, als ich in die Küche kam, doch kaum hatte er mich bemerkt, schnappte er sich seine Pancakes und ging hinaus in den Garten. Ich blieb im Türrahmen stehen und starrte auf die beiden Pancakes, die er mir übrig gelassen hatte. Tränen sammelten sich in meinen Augen und meine Brust zog sich schmerzhaft zusammen. Ich hörte Noahs dunkle Stimme, die einsilbig auf Kadeks Fragen antwortete, kurz darauf erklang wieder das laute Hämmern, das mich vor ein paar Minuten aus einem kräftezehrenden Schlaf gerissen hatte. Ich fühlte mich leer und ausgelaugt, meine Augen waren geschwollen, mein Kopf dröhnte. Zittrig atmete ich ein, konzentrierte mich darauf, nicht wieder zusammenzubrechen. Die Nacht war schrecklich gewesen, in meinem ganzen Leben hatte ich mich noch nie so einsam gefühlt – auch damals nicht, nach unserer Trennung. Die ersten Stunden hatte ich kein Auge zugetan und immer darauf gehofft, dass Noah in mein Zimmer käme, obgleich ich gewusst hatte, dass er es nicht tun würde. Diese hoffnungslose Sehnsucht hatte mich aufgefressen und jetzt war nichts mehr von mir übrig.

Ich schleppte mich die wenigen Meter zu der Kücheninsel und hievte mich auf den Barhocker. Die Pancakes waren goldbraun, perfekt, genauso, wie ich sie am liebsten hatte. Ich rollte einen auf und biss lustlos ab. Ich hatte heute eine lange Fahrt vor mir, ich musste mich stärken, doch auch dazu zwingen, denn ich verspürte weder Hunger noch Appetit. Ich stand wieder auf, um mir Orangensaft aus dem Kühlschrank zu holen, und fühlte mich dabei wie ein ungebetener Gast, der alles für selbstverständlich nahm. Kurz verharrte ich an der geöffneten Tür, dann schloss ich sie wieder, ohne den Saft herauszuholen.

Mechanisch aß ich die beiden Pancakes auf und blieb eine Weile vollkommen regungslos sitzen. Ich starrte auf den leeren Teller, doch nahm ihn gar nicht wahr. Alles, was ich wahrnahm, war der rohe Schmerz in mir, dieses Pochen, das mich mit jedem Schlag meines Herzens weiter aushöhlte. Ich fühlte mich so allein und mir konnte auch nicht die Tatsache helfen, dass ich mich auf Bali befand. Und das war das Schlimmste.

Ich bewegte mich nicht, nur die Tränen bahnten sich einen Weg über mein Gesicht, fielen auf das dunkle Holz, auf mein angewinkeltes Bein. Stumm ließ ich sie gehen und wartete vergeblich auf das reinigende Gefühl. Wie war ich nur in diese Situation geraten? Wieso war das passiert? Es kam mir vor wie in einem Traum, dass ich jetzt hier saß, vollkommen am Boden zerstört. Noah war zwar nur wenige Meter von mir entfernt, doch schienen die Wände um mich herum mich in einer anderen Dimension gefangen zu halten. Was war der Auslöser gewesen? Ich raufte mir die Haare und biss die Zähne zusammen. Hatte ich alles kaputt gemacht, weil ich aus einer Laune heraus gehandelt hatte? Wieso war die

Stimmung so schnell gekippt, obwohl doch alles in Ordnung schien? Mit dem Handrücken wischte ich mir über Wange und Kinn, Tränenspuren schimmerten auf meiner Haut. Himmelhoch jauchzend, zu Tode betrübt. Ich hatte keine Kraft mehr für diese emotionale Achterbahnfahrt – und dabei hatte ich geglaubt, sie wäre endlich vorüber und ich aus dem Wagen gestiegen.

Der Blick auf die große Uhr über dem Herd rückte mich für einen Moment wieder gerade. Ich musste mich beeilen, in zwanzig Minuten würde ich von Ketut abgeholt werden. Die Nase hochziehend stand ich auf und räumte den Teller weg. Als ich mich umdrehte, fiel mein Blick auf das gerahmte Bild der Reisterrassen. Dieser Tag ... Was hatte Noah über ihn gesagt? An dem Tag hatte er gemerkt, dass ich ihn glücklich machte.

Meine Unterlippe bebte und bevor ich erneut in hemmungsloses Schluchzen ausbrach, stürzte ich aus der Küche.

Eine Viertelstunde später verabschiedete ich mich von Kadek, der mich fest drückte und mir liebe Worte ins Ohr murmelte. Wieder musste ich mich zusammenreißen, ich hatte schon genug geheult. Schniefend bedankte ich mich bei ihm für seine Gastfreundschaft und nahm ihm das Versprechen ab, seine Familie lieb von mir zu grüßen.

»*Will do*«, sagte er und lächelte vorsichtig. Er schien ebenfalls nicht genau zu wissen, wie man am besten mit dieser Situation umging.

»*Bye, Kadek*«, sagte ich mit belegter Stimme und sah mich nach Noah um, doch fand ich ihn nirgends. Mein Herz verkrampfte, ich war wie ein blanker Nerv, nur ein Lufthauch reichte aus, mich in die Knie zu zwingen. Ich ergriff meinen Koffer und schleppte mich durch den Garten. Der Himmel über mir war strahlend blau, das Meer rauschte wie eh und je, die Zikaden waren laut, der Ruf eines Geckos begleitete mich auf den letzten Metern. Noch einmal sog ich den Duft der Pflanzen um mich herum ein und versuchte, das drängende Gefühl in mir zu ignorieren. Ich wollte, dass Noah mich aufhielt, doch wollte ich es nicht. Ich wollte, dass er meinen Namen rief, mir versprach, dass alles gut werden würde, doch wie sollte das funktionieren? Es war nur ein Traum gewesen. Ich hatte meinen alten Traum gegen einen neuen eingetauscht, mir aus Wünschen und Illusionen eine neue Realität gewebt, die mich jetzt eiskalt einholte. Jeder weitere Schritt kostete mich so viel Überwindung und war so schwer, dass ich glaubte, Bleigewichte an den Füßen hinter mir herzuziehen. All die widersprüchlichen Gedanken und Empfindungen in mir rissen an meiner Selbstbeherrschung, doch wollte ich erhobenen Hauptes von hier gehen. Es fiel mir unglaublich schwer.

Das Auto strebte gen Norden. Wir befanden uns auf dem Weg nach Pemuteran, im Nordwesten Balis. Dies war der Ort gewesen, der mir damals geholfen hatte, mich an all die neuen Eindrücke zu gewöhnen, mich Schritt für Schritt zu akklimatisieren, mich langsam, aber intensiv mit der Insel und ihren Besonderheiten auseinanderzusetzen. Ich fand es daher nur logisch, an diesen Ort zurückzukehren, doch nicht nur die Logik trieb mich dorthin, auch das Herz. Ich hatte Pemuteran vermisst, immer wieder, denn es erinnerte mich an eine unbeschwerte Zeit voller Gelassenheit, innerer Ruhe und dem Gefühl, angekommen zu sein. Ich verspürte tiefe Verbundenheit und Dankbarkeit, wenn ich an diese

Gegend dachte, und ich hoffte, sie könnte mir in dieser schwierigen Zeit helfen.

Die Fahrt dauerte fast vier Stunden, führte durch die Berge und die Dschungel Balis, mitten durch die Insel, an Reisfeldern und Tempeln vorbei, hinauf und hinunter, nahm enge, nicht einsehbare Kurven, führte durch Nebel und durch Sonne. Auf manchen Strecken waren wir vollkommen allein auf der Straße, dann gesellte sich der eine oder andere Scooter dazu, ehe wir wieder auf eine mehr befahrene Straße bogen. Als wir die Küste erreichten, ging mein Herz auf, denn nun war es nicht mehr weit. Wir passierten den Pulaki Tempel und Ketut machte mich auf die vielen Affen am Straßenrand aufmerksam, doch ich hatte sie bereits selbst gesehen. Ein Reisebus vor uns wendete und versperrte kurz die Straße, sodass ich eine kleine Affenfamilie einen Augenblick lang beobachten konnte. Dann ging es weiter und ungefähr fünfzehn Minuten später erreichten wir das Ziel. Meine Unterkunft lag in einer ruhigen Seitenstraße, nur knapp fünf Minuten vom Strand entfernt. Ich kehrte in das Gästehaus von damals zurück, denn es hatte mir so gut gefallen, und ich war froh gewesen, dass es noch Zimmer frei hatte. Die Begrüßung fiel sehr herzlich aus, ich erhielt einen Papayasaft, ein gekühltes Wasser und einen kalten Waschlappen. Dankbar zog ich mich mit den Erfrischungen zurück und packte aus. Ich hatte erst einmal für vier Nächte gebucht, also schaffte ich ein wenig Ordnung, denn ich wollte die nächsten Tage stressfrei und aufgeräumt verbringen.

Ich lag mit dem Waschlappen auf der Stirn auf dem Doppelbett und ließ den letzten Abend noch einmal Revue passieren. Schwer atmete ich ein und aus und als ich Noahs gebrochenen Blick vor mir sah, schossen mir die

Tränen in die Augen. Ich habe das alles nicht gewollt, ganz bestimmt nicht, doch war es nun einmal geschehen. Ich war hierhergekommen, nach Bali, um mein Fernweh zu stillen, genauso wie das Heimweh nach dieser Insel, die mir so sehr ans Herz gewachsen war, dass es wehtat. Und dann hatte ich Noah hier getroffen, ihn, den ich lange für die Liebe meines Lebens gehalten hatte.

Ein dumpfes Gefühl breitete sich in mir aus. Was empfand ich nun, was hatte mich dazu bewogen, zu ihm ins Hostel zu ziehen? Träumerei, Wunschvorstellung? Komplette Idiotie?

Ich drehte mich auf die Seite und starrte auf den dunkelbraunen Nachttisch. Die letzten Wochen zählte ich zu den schönsten meines Lebens, da konnte ich mir noch so sehr das Gegenteil einreden. Doch ich wusste schlichtweg nicht, was ich damit anfangen sollte. All die Höhen und Tiefen der vergangenen Tage, all der Herzschmerz, das pure Glück, die Verzweiflung und die Verzehrung. Für irgendetwas musste das doch gut gewesen sein! Irgendetwas musste es mir gebracht haben, mir einen Weg eröffnet haben. Oder?

War es richtig, einer alten Liebe wieder Leben einzuhauchen? Einer Liebe, deren Ende einen verzweifeln ließ, einen zerstört hatte, so sehr, dass man glaubte, sich niemals davon erholen zu können? Ich war hier im Urlaub, im Paradies, da sah man die Dinge womöglich ein wenig anders, romantischer, es war kein gefährlicher Alltag, sondern jeder Tag glich einem neuen, unbekannten Abenteuer. Und Noah war eines davon. Ein kleines Abenteuer. Der Gedanke riss an mir, denn er wirkte so falsch. Noah nur ein Abenteuer? Das glaubte ich ja selbst nicht. Ein Schluchzen ergriff meinen gesamten

Körper und ich knüllte die Decke über meiner Brust zusammen. Aber warum fühlte es sich dann nicht richtig an? Warum hatte ich Zweifel? Machte mir die Vernunft einen Strich durch die Rechnung oder war ich bloß blind?

Mit der Decke wischte ich mir die Tränen von der Wange, dann richtete ich mich langsam auf und schniefte laut. Mit einem Gefühl der Leere sah ich mich in dem Zimmer um. Auch nach so vielen Jahren wirkte der Anblick vertraut und nichts hier erinnerte mich an Noah, denn mit ihm war ich nie hier gewesen. Laut atmete ich aus und legte den Kopf in den Nacken. Nur mein Herz erinnerte mich an Noah, nur all die Ereignisse der letzten Wochen.

Ich stand auf, um mir die Tränenspuren aus dem Gesicht zu waschen. Als ich in den Spiegel sah, blickte mir ein überaus trauriges Selbst entgegen. Das sollte so nicht sein. Bewusst oder unbewusst – ich hatte mich für diesen Ort entschieden und ich sollte etwas daraus machen. Ich sollte mir hier nicht Kopf und Herz zerbrechen, sondern die mir verbleibende Zeit nutzen, vollkommen ausschöpfen. Erneut benetzte ich mein Gesicht mit kaltem Wasser, dann kämmte ich mir die zerzausten Haare. Dabei beobachtete ich mich genau, meine zusammengekniffenen Brauen, meine Unterlippe, auf der ich kaute, meine trüben Augen, die die letzten Tage noch so gestrahlt hatten. Ich seufzte leise und fuhr mir durchs Haar, was deutlich heller geworden war, um mir einen einfachen Zopf zu machen. Mein Haar war heller, meine Haut dunkler, doch nicht nur äußerlich hatte ich mich verändert. Etwas in mir war abgeplatzt, hatte eine verborgene Schicht freigelegt, doch andererseits schien etwas anderes begraben worden zu sein. Es war ein seltsames Gefühl, es kam mir vor, als schwebte ich zwischen zwei Ebenen, klammerte mich an die gegenüberliegenden Ränder einer Schlucht und hatte nicht die Kraft, beide Enden zueinander zu bringen. Ich war es leid, mich entscheiden zu müssen, doch manchmal blieb einem keine andere Wahl. Ich zog mich aus und versorgte mit mechanischen Bewegungen meine Haut mit Sonnencreme, anschließend schlüpfte ich in meinen gepunkteten Badeanzug. Dieser Tag an genau diesem Ort war zu schön, um düsteren Gedanken nachzuhängen! Ich würde ihn nutzen und hoffte, dabei all die negativen Ströme aus meinem Kopf vertreiben zu können.

Mit einem letzten Blick in den Spiegel redete ich mir Mut zu, dann packte ich meinen Rucksack, schnappte mir meine Flossen und begab mich auf den Weg zum Strand.

21. KAPITEL

Am nächsten Tag schaffte ich es kaum aus dem Bett. Mein Herz war ein einziges Chaos und trug dazu bei, dass mein Körper keine Ruhe fand. Hinzukam, dass ich überhaupt nicht gut geschlafen hatte, da ich immer das Gefühl gehabt hatte, irgendwelche monströsen Riesenviecher wären auf dem Dach herumgeklettert. Ich hatte vergessen, dass das Dach keine Dämmung besaß und die hölzerne Abdeckung jedes noch so kleine Geräusch zu mir nach unten übertrug. Mehrmals war ich aus dem Schlaf geschreckt und als dann auch noch ein Gecko seine unverkennbaren Laute von sich gegeben hatte, hatte ich geglaubt, dass dieser ganz nah an meinem Ohr saß. Nein, diese Nacht war in keiner Weise erholsam gewesen.

Vollkommen verspannt richtete ich mich auf. Großartig, ich hatte also auch noch falsch gelegen. Besser konnte der Tag nicht beginnen. Ich krabbelte aus dem Bett und dehnte und streckte mich ausgiebig, dann trottete ich ins Bad und bekam beinah einen Herzinfarkt. Ein schwarzes, rundes Etwas zischte in unglaublicher Geschwindigkeit über die Wand und verbarg sich unter meinen aufgehängten Handtüchern.

»Oh nee«, stieß ich hervor und starrte aus großem Sicherheitsabstand auf den weißen Frotteestoff. Mein Puls beschleunigte sich und vertrieb die Müdigkeit aus meinen Gliedern. »Scheiße.« Das konnte ja nur eine dicke, fette Spinne sein. Ich schnappte mir meine Flip Flops und warf den ersten auf das Handtuch. Ich traf die obere Ecke – nichts passierte. Ich warf den zweiten – und traf die Wand. Verzweifelt sah ich mich nach anderen Wurfgegenständen um und griff nach meiner Sonnencreme. Dieses Mal traf ich und schrak heftig zusammen, als der schwarze Fleck durch die offenen Ziegelsteine meines Badezimmers hinaushuschte. Tief atmete ich durch. Den Göttern sei Dank, dass die Spinne diesen Weg eingeschlagen hatte und nicht auf mich zugekrabbelt war. Einen Moment lang blieb ich noch stehen, dann sammelte ich meine Sachen vom Boden auf und wusch mir das Gesicht.

Beim Frühstück unterhielt ich mich mit einem älteren Ehepaar aus Australien, welches diese Unterkunft genau wie ich schon einmal gebucht hatte. Wir tauschten uns über die Herzlichkeit der Besitzer und die gemütlichen Zimmer aus, ehe sie mir von ihrem Plan erzählten, in den nächsten Tagen eine Tour nach Java zu buchen, um dort eine Vulkanwanderung zu unternehmen. Die Frau bot mir an, mitzukommen, und ich bedankte mich brav, wusste jedoch nicht, ob ich darauf eingehen würde. Ich wusste im Moment einfach gar nichts. Nachdem die beiden sich verabschiedet und ich aufgegessen hatte, saß ich noch eine Weile am Tisch und starrte vor mich hin. Das Grün des kleinen Gartens war üppig, die Stauden und der Bambus hochgewachsen und die breiten Farne verdeckten nahezu die Sicht auf meinen kleinen Pavillon. Automatisch wanderten meine Gedanken zu Noah und ich fragte mich, wie er diesen Morgen verbrachte, was er frühstückte, wie seine Pläne für den Tag aussahen. Doch schnell sah ich nur noch seinen verletzten, wütenden Gesichtsausdruck vor mir und ich bemühte mich, dieses Bild zu verscheuchen. Ich griff zu meinem Handy und musste mich erneut in das WLAN einloggen, da soeben wohl wieder der Strom ausgefallen war und mein Handy aus irgendeinem Grund sich nicht wieder von selbst einwählte. Ich beantwortete ein paar Nachrichten und ehe ich WhatsApp schloss, öffnete ich den Chat von Noah und mir. Einen Moment später stöhnte ich frustriert auf. Der Gedanke an ihn war mir in den letzten Wochen so ins Blut übergegangen, dass ich es zu Beginn gar nicht merkte, wenn ich irgendetwas tat, das mit ihm in Verbindung stand. Ich las die letzte Nachricht, die von ihm stammte. Sie war gestern Abend eingetroffen und noch immer hatte ich nicht geantwortet. Und ich wusste nicht, ob ich überhaupt antworten würde. Obgleich er sich nicht von mir verabschiedet hatte, hatte er mich zur Eröffnungsfeier des Hostels eingeladen. Ich konnte nicht einschätzen, ob dies eine Kurzschlussreaktion war und er es jetzt schon bereute, oder ob er bloß fair sein wollte. Meine Augen füllten sich mit Tränen. Fair. Ich war definitiv nicht fair gewesen. Wieder war ich einfach so abgehauen, davongelaufen. Es hatte mich schlichtweg überkommen, diese Angst, diese Vorsicht, diese Zweifel. Ich hatte mich die letzten Jahre über so daran gewöhnt, alles mit mir allein auszumachen, dass ich überhaupt nicht daran dachte, mit jemandem darüber zu reden. Auch mit Noah nicht, der letztendlich der Auslöser für meine Reaktionen war. Ich war nie vor Konflikten davongelaufen, ich hatte immer alles auf diplomatische Weise lösen wollen, doch war ich wiederum in

Herzensangelegenheiten noch nie sonderlich geschickt gewesen – dennoch hatte ich mich immer getraut, die Probleme anzusprechen. Warum war mir das jetzt nicht mehr möglich? Hatte ich es wirklich verlernt oder ... war mir das nicht wichtig genug? Nein, energisch schüttelte ich den Kopf, es war mir so wichtig, dass es all den Platz in meinen Gedanken einnahm und ich mich kaum auf etwas anderes konzentrieren konnte. Doch wieso gelang es mir nicht ... Wieso schien Flucht der einzige Ausweg für mich zu sein? Frustriert legte ich den Kopf in den Nacken und atmete tief durch. Ich musste auf andere Gedanken kommen, es irgendwie schaffen, meinen Kopf von diesem Ballast zu befreien. Wenigstens nur für kurze Zeit, sodass ich in all dem Dunst etwas sehen konnte.

Es war brütend heiß und mir lief ein Schweißtropfen den Oberschenkel hinab. Mit dem Handrücken wischte ich mir über den Haaransatz und ärgerte mich, dass ich vergessen hatte Taschentücher einzupacken. Ich lief am Straßenrand entlang, denn einen Bürgersteig gab es nicht. Ich begegnete kaum irgendwelchen Touristen, im Vergleich dazu aber vielen Einheimischen. Einige musterten mich interessiert, wie ich allein durch die Hitze stapfte, mit Trekkingschuhen und einem wahrscheinlich hochroten Kopf, doch hatte ich mich nach all der Zeit an die Blicke gewöhnt. Die menschliche Neugierde war einfach universell.

Ich hielt mich an die Hauptstraße, die bis auf wenige Ausnahmen die einzige war, welche kaum Schlaglöcher aufzuweisen hatte, und betrachtete die bewaldeten, dunkelgrünen Hügel, die den Ort malerisch einfassten. Dünne Schäfchenwolken hatten sich über den

Hügelkuppen gebildet, über dem Meer zu meiner Linken war der Himmel ungetrübt blau. Ich lief an einer offenen Garage vorüber, in der gewerkelt wurde. Die beiden Männer – ein älterer und ein jüngerer – musterten mich und ich hob die Hand zum Gruß. Der jüngere Mann erwiderte die Geste, der ältere bewegte sich kein Stück, auch in seinem Gesicht tat sich nichts. Ich dachte mir nichts dabei und ließ meinen Blick schweifen. Obwohl es hier keinen Bürgersteig gab und ich mich somit direkt an der Straße befand, musste ich mir keine Sorgen machen, von einem flinken Scooter über den Haufen gefahren zu werden. Der Verkehr hier war nichts im Vergleich zu den verstopften Straßen Jimbarans oder Legians. Hier taten sich schnell immer irgendwelche Lücken auf, die man als Fußgänger nutzen konnte, um die Straße zu überqueren. Zudem fuhren in Pemuteran deutlich weniger Autos mit getönten Scheiben herum, hier war man als Tourist fast noch ein Exot. Und es gefiel mir sehr. Hier erfuhr man das balinesische Alltagsleben beinah gänzlich ungetrübt vom Tourismus, hier hatte man seine Ruhe. Gern würde ich wissen, ob die Menschen, die hier lebten, das genauso sahen. Wenig Touristen hieß, dass sie unter sich blieben, doch somit fehlte auch das Geld. Wahrscheinlich wäre diese Frage gar nicht so leicht zu beantworten.

Ich holte mein Handy hervor und schaute nach, wann ich auf die Abbiegung treffen würde. Ich hatte den Weg gut eingeschätzt, denn die übernächste Nebenstraße musste ich rein. Als ich abbog, brauste ein kleiner Transporter hupend an mir vorbei, auf dem Männer und Frauen in weißer Kleidung saßen. Die Männer trugen Udengs, die traditionellen, gefalteten Tücher, um die Stirn geknotet, die Frauen Blumen und Spangen im

Haar. Alle winkten mir zu – ich winkte lächelnd zurück. Da die Straße schnurgerade verlief, konnte ich den Wagen bis zu ihrem Ende verfolgen. Er hielt genau dort, wo auch ich hinwollte.

Auf den ersten Blick sah ich nur zwei weitere Touristen auf dem Parkplatz vor dem Tempel. Ihnen wurde gerade von einem Einheimischen erklärt, dass man einen Sarong tragen musste, wenn man den Tempel betreten wollte. Die beiden Männer hörten skeptisch zu und sahen sich immer wieder zu dem Tor um. Ich rollte mit den Augen und fragte mich, was sie so weit in den Norden getrieben hatte, denn sie wirkten eher wie die typischen Partyleute, die kein einziges Mal aus ihrem Hotel kamen, weil sie All Inclusive gebucht hatten. Aber ich wollte nicht zu voreilig sein, vielleicht tat ich ihnen ja Unrecht. Ich holte meinen eigenen Sarong aus meinem Rucksack hervor und band ihn mir um. Aus dem Augenwinkel sah ich, wie ein junger Mann auf mich zukam – wahrscheinlich um mir zu helfen –, doch als er merkte, dass ich den Dreh raushatte, blieb er grinsend stehen und hielt seinen Daumen nach oben. Ich grinste zurück.

Ich ging an den beiden Typen vorbei, die sich allmählich doch mit dem Gedanken anzufreunden schienen, einen Rock zu tragen, und holte mir ein Ticket für 35.000 Rupiah. Dann ging ich über den Parkplatz, der sich mehr und mehr mit in Weiß gekleideten Einheimischen füllte, und trat durch das Tor – ein Candi Bentar. Es war, als würde ich eine Tür hinter mir schließen, denn kaum war ich ein paar Schritte gegangen, herrschte angenehme Ruhe um mich herum, die nur vom Zirpen der Insekten erfüllt war. Die Tempelanlage erinnerte mich ein wenig an einen botanischen Garten, so wie ich ihn kannte. In leichten Schlangenlinien verlief der Weg, reich gesäumt von Bäumen, Sträuchern, Blumen und Gräsern. Gleich zu Beginn stand ein Pavillon, daneben ein mit Tüchern umwickelter Schrein. Die Rasenflächen waren gepflegt, die Wege sauber, die vielen kleinen Bauten geschmückt. Bedächtig und tief atmend schritt ich umher, betrachtete jede einzelne Skulptur und jede Schnitzerei ausgiebig und überlegte mir ihre Geschichte, ihre Bedeutung. Ich machte ein paar Nahaufnahmen von einer besonders schönen Frangipani und trat dann schnell zur Seite, um einer Gruppe Balinesen Platz zu machen, die auf das Innere des Tempels zustrebten. Dorthin, wo mir als Tourist der Zugang verwehrt blieb. Doch störte ich mich nicht daran, manche Dinge waren eben den Einheimischen vorbehalten und ich war bloß froh, dass ich ihre Tempel überhaupt betrachten konnte.

Ich suchte mir ein schattiges Plätzchen neben einem Pavillon und genoss für einen Moment die geminderte Sonneneinstrahlung. Die Pflanzen um mich herum schienen die Hitze zu reflektieren und vermischt mit ihrem süßlich-erdigen Duft schufen sie eine drückende Atmosphäre. Ich zog an meinem T-Shirtkragen, denn der Stoff klebte mir auf der schwitzenden Haut, und beobachtete eine Gruppe junger Männer, die lachend in Richtung inneren Tempel spazierten. Einer von ihnen kreuzte meinen Blick und ich sah instinktiv woanders hin, bemerkte jedoch, dass der Mann auf mich zusteuerte. Er lächelte einnehmend, ich lächelte ein wenig verhaltener zurück.

»*Hello*«, sagte er und ich grüßte zurück. Er deutete auf seine Gruppe. »*Temple?*«

Ich folgte dem Fingerzeig und zog fragend die Brauen hoch.

»*You come?*«

»*Where?*«, fragte ich.

Doch er sagte nichts mehr, sondern deutete mir ihm zu folgen. Dabei lächelte er weiterhin überaus freundlich und als ich zögerlich ein paar Schritte in seine Richtung machte, nickte er mir wiederholt zu.

»*But I can't go in there, I'm not allowed to*«, protestierte ich leise, als wir uns dem Tor näherten, hinter dem ich mehr als dreißig in Weiß gekleidete Menschen sitzen sah.

»*Come, come*«, wiederholte der Mann und winkte mich näher zu sich.

Zögernd warf ich einen Blick auf seine Freunde, doch sie lächelten bloß alle stumm. Ich fühlte mich höchst unwohl, wollte die freundliche Einladung aber auch nicht ausschlagen. Ich hoffte nur, dass die anderen Tempelbesucher ebenfalls kein Problem mit mir hätten. Ich biss also die Zähne zusammen und folgte der kleinen Gruppe ins Tempelinnere.

Natürlich wurde ich von jedem einzelnen gemustert und angestarrt. In einigen Gesichtern war kaum etwas zu lesen, in anderen lag so etwas wie Belustigung und keiner schien – den anwesenden Göttern sei Dank – Unmut über meine Anwesenheit zu empfinden. Unsere Gruppe setzte sich an den Rand, denn dort war noch Platz. Ich ließ mich neben meinem neuen Freund nieder und lächelte ihm zaghaft zu, was er mit einem breiten Grinsen erwiderte. Ein wenig unbehaglich sah ich mich um. Die von Mauern umgebene Fläche sah kaum anders aus als der Vorhof, nur standen hier mehrere geschmückte Schreine auf engem Raum gedrängt. Zu meiner Rechten gab es einen Pavillon, in dem drei Männer auf Stühlen saßen. Sie wirkten höchst offiziell. Ich spürte ihre Blicke auf mir und versuchte, dieses Gefühl zu ignorieren. Ich konzentrierte mich auf die anderen Besucher. Alle Männer hatten ihr Udeng um den Kopf gebunden und die einen trugen weiße Polohemden, manche sogar mit irgendeinem Druck darauf, andere hatten feinere Stoffe gewählt. Die meisten Frauen waren ebenfalls in Weiß gekleidet – in überaus schöne Oberteile mit Spitze und überraschend aufreizendem Schnitt –, manche hatten gelbe Bänder um die Taille gebunden und alle ihre Haare hochgesteckt. Jeder der Menschen hier hatte ein paar Opfergaben dabei, die auf einen langen, geschmückten Tisch gelegt wurden. Es handelte sich um Körbe voller Blumen, mehrstöckige Kreationen aus miteinander verwobenen Streifen aus Palmenblättern, in denen Früchte präsentiert wurden, ganze Berge von Canang Sari, wie man sie von Balis Straßen kannte, und mehr, was ich von meinem Platz aus nicht erkennen konnte. Meine Begleiter hatten ebenfalls kleine Schalen dabei und nach ein paar Minuten standen sie auf, um diese abzulegen. Ein Tempelpriester segnete diese Gaben mit Wasser, das er mit einer Art Pinsel über jene spritzte.

Ich überlegte, ob ich es wagen sollte, ein paar Fotos zu schießen, beobachtete aber erst einmal weiter. Allmählich beruhigte sich mein Herzschlag wieder und ich nahm eine gelassenere Haltung ein. Ein paar der Anwesenden schienen ebenfalls nicht aus Pemuteran zu kommen, denn sie fotografierten ohne Zurückhaltung, zwei nahmen sogar ein Video auf. Ich holte mein Handy aus dem Rucksack hervor und glaubte, vollkommen unter Beachtung zu stehen, doch niemand interessierte sich für das Geräusch des Reißverschlusses und meine Bewegungen. Mein neuer Freund neben mir war in ein Gespräch mit seinem Nachbarn vertieft. Ich lauschte der Melodie der Sprache. Für das ausländische Ohr klang sie schnell und fließend, als würde es keine Pausen zwischen den Wörtern geben. Ich jedenfalls erkannte nicht, wo ein Wort endete und wo das nächste begann. Die Wörter hoben und senkten sich nicht so auffällig wie im Deutschen und obwohl ich kein Wort verstand, fühlte ich mich seltsam beruhigt. Ich nutzte diese neu gewonnene Entspannung und machte ein paar Fotos, doch dann steckte ich mein Handy wieder weg und wartete mit den anderen geduldig auf den Beginn der Zeremonie. Ich war unglaublich froh, dass wir im Schatten der Mauer saßen, andere Besucher waren bloß spärlich von einzelnen, länglichen Schatten der dünnen Bambuslatten über ihren Köpfen vor der Sonne geschützt.

Ein hagerer Mann mit glattem Gesicht und faltigem Hals trat in die Mitte der kleinen Fläche und nahm auf einem Polster Platz. Er hatte eine ganz bestimmte Aura an sich, vielleicht lag es an seinen Bewegungen, an seiner Haltung, an dem Bewusstsein, dass ihm eine wichtige Aufgabe oblag. Sobald er sich hingesetzt hatte, kehrte schlagartig Ruhe ein und die Balinesen richteten sich alle ein Stück weiter auf. Ich tat es ihnen gleich. Der Zeremonienmeister begann zu sprechen. Da sich seine Sprachmelodie für mich nicht von den normalen Gesprächen meiner Sitznachbarn unterschied, war es schwierig, herauszuhören, ob es sich um eine Ansprache handelte, um einen Gruß oder eine Predigt. Einen Moment später kam Bewegung in eine Gruppe schräg gegenüber von uns. Die Männer, Frauen und wenigen Kinder senkten leicht ihre Köpfe, schlossen die Augen und lehnten die aneinandergelegten Hände gegen die Stirn. Um mich herum setzten wieder ein paar gedämpfte Gespräche ein und ich beobachtete fasziniert das Gebet und fragte mich, warum nur diese eine Gruppe daran teilnahm. Die Stimme des Zeremonienmeisters war stetig wie das Murmeln eines leisen Baches und mein ganzes Sein schien sich nur auf ihn zu fokussieren. Ich wusste nicht, was da gesagt wurde, ich wusste nicht, zu welchem Gott gebetet wurde – konnte es ja eine Vielzahl sein –, doch spielte das keine Rolle. Ich konzentrierte mich auf den Klang der Stimme, auf meinen Atem und befand mich gedanklich an einem Ort, den ich noch nicht kannte.

Die nächste Gruppe nahm das Gebet auf, dann waren wir dran. Mein neuer Freund wandte sich mir zu und legte die Handflächen aneinander. Ich machte es ihm nach. Er nickte, lächelte fröhlich und legte sich die Hände mit den Daumen voran an die Stirn, so wie ich es zuvor bei den anderen gesehen hatte, und schloss die Augen. Ich wartete noch einen Moment, da ich sonst vielleicht etwas verpassen würde, dann schloss ich ebenfalls die Augen. Die Stimme des Zeremonienmeisters hatte sich nicht verändert, sie wurde weder lauter noch leiser und schwoll auch nicht an. Nach ein paar Sekunden blinzelte ich und sah, dass die Männer und Frauen die Augen wieder geöffnet und die Hände ein wenig abgesenkt hatten, doch einen Moment später wiederholte es sich von Neuem. Ich wurde von meinem Freund angestupst und er reichte mir einen seiner kleinen Blumenköpfe, die er in einer Plastiktüte dabeihatte. Es war eine weißgelbe Frangipani. Er deutete mir, diese zwischen meine aneinandergelegten Finger zu klemmen. Ich war unglaublich gerührt von dieser Geste und bedankte mich mit einem tiefen Neigen meines Hauptes. Interessiert beobachtete ich, wie er nach dem nächsten Gebet die Blumen hinter sein rechtes Ohr klemmte, danach hinter das linke. Ich tat es ihm gleich. Dann wurden die Hände wieder an die Stirn gelehnt und ich schielte zu ihm herüber, um den nächsten Schritt nach den Worten des Meisters nicht zu verpassen. Dieser äußerte sich darin, die Blumen nun in den Knoten seines Udengs zu klemmen - ich klemmte sie in den Knoten meines Zopfes. Und dann schien es vorüber.

Es fühlte sich ein wenig danach an, aus einer Art Trance zu erwachen. Mit einem Mal rückten all die alltäglichen Geräusche wieder in mein Bewusstsein, von denen mir zuvor nicht aufgefallen war, dass sie scheinbar verstummt waren. Meine Gruppe begann, sich wieder gedämpft zu unterhalten, während in mir noch die freundliche Geste meines Begleiters nachklang. Mit einem Lächeln überprüfte ich den Sitz der Blume in meinem Zopf.

Als jede Gruppe ihr Gebet vollzogen hatte – womöglich waren sie nach Göttern, an die sie glaubten, eingeteilt –, schöpfte der Priester Wasser aus einem kleinen Brunnen in der Mitte des Platzes in einen Eimer. Mit einem Assistenten trat er auf die große Runde der Besucher zu und wurde von jemandem neben uns herangewunken. Der Meister ließ Wasser aus einer Kelle in die dargebotenen Hände des Mannes träufeln, welcher es daraufhin trank. Danach wurde ihm vom Assistenten eine kleine Schale hingehalten, doch ich erkannte nicht, was sich darin befand. Mein Freund neben mir machte auf uns aufmerksam und der Meister musterte mich für einen winzigen Augenblick, doch weder ließ er sich etwas anmerken noch verwehrte er mir das Wasser. Er füllte meinem Freund das Wasser in die Hände, dann mir und gemeinsam tranken wir es. Der Assistent kam näher und ich sah den Inhalt der Schale – es war Reis. Man nahm etwas davon auf seinen Finger, aß drei Körner und klebte sich den Rest auf die Stirn. Ich hatte absolut keinen Schimmer, was das bedeutete, doch tat das meiner Freude und Faszination keinen Abbruch. Ich war so dankbar, dass ich das erfahren durfte, dass alles andere nicht wichtig war. Da meine Stirn ohnehin recht schwitzig war, klebte der Reis gut an meiner Haut. Der Meister zog weiter und mein Freund betrachtete mich mit einem einnehmenden Lächeln. Ich grinste ein wenig verlegen, dann lachte ich leise.

»*Thank you*«, sagte ich voller Inbrunst.

22. KAPITEL

Ich ließ mich treiben.
Sanft schaukelnd trug mich das Meer, mein Gesicht war der Spiegel der Wolken. Dumpf erklang mein Atem in meinen Ohren, winzige Wellen verfingen sich in meinem Haar. Ich ruhte in mir, hier, losgelöst vom Ufer, losgelöst von festen Strukturen. Ich schloss die Augen und ließ die Sonne auf meiner Haut tanzen. Meine Gedanken hoben ab, zogen hinauf in die Lüfte und ließen mich zurück. Für ein paar Minuten war ich gänzlich frei von Sorgen und Ängsten, von Problemen und Fragen. Auf der Wasseroberfläche zu schweben hatte etwas äußerst Unwirkliches und Beruhigendes an sich, doch wenn ich mich nicht bald auf dem offenen Meer wiederfinden wollte, musste ich diese Position aufgeben. Ich atmete tief durch und senkte meine Beine ab. Für einen Moment war es kühl an meinem Bauch, da die Sonne diesen erwärmt hatte, doch wurde diese Empfindung nach ein paar Sekunden davongespült. Mein Blick war auf den dunklen Strand gerichtet, hinter dem sich ein Ring aus Bäumen und Sträuchern auftat. Manches Dach lugte daraus hervor, links lag ein Hotel mit

angrenzendem Restaurant, doch war es perfekt in die Umgebung integriert, sodass seine flachen Bauten kaum auffielen. Außer mir sah ich bloß zwei Familien und eine Handvoll Pärchen im Sand liegen oder am Wasser entlangspazieren. Genauso hatte ich Pemuteran in Erinnerung: ruhig, in sich gekehrt, unaufgeregt. Ich ließ meine Handflächen über das kristallklare Wasser gleiten und drehte mich um. Vor mir erstreckte sich scheinbar unendlich weit der Ozean, die nächste Landmasse wäre Borneo, fast fünfhundert Kilometer entfernt. Meine Gedanken zogen weiter, tausende Kilometer und ich dachte an zuhause. Mein Herz wurde schwer. Allmählich musste ich eine Entscheidung treffen. Die letzten Tage hatte ich es erfolgreich verdrängt, an Noah zu denken, mir etwas vorgemacht, indem ich mir vorgestellt hatte, ihn gar nicht getroffen zu haben. Es war ihm gegenüber nicht fair, keineswegs, doch kam ich so am besten damit zurecht. Er hatte mich zur Eröffnung des Hostels eingeladen, das war die letzte Nachricht von ihm gewesen. Und ich hatte noch immer nicht geantwortet. Meine Zehen gruben sich in den sandigen Grund und ich legte den Kopf in den Nacken. Sollte ich zusagen oder sollte ich nach Hause fliegen? Sollte ich meine Reise wie angedacht fortsetzen oder noch ein paar Tage hierbleiben? Mein Visum lief in drei Tagen ab, ich war ohnehin gezwungen, Indonesien kurz zu verlassen. Sollte ich es für immer hinter mir lassen? Es war unglaublich schwer, eine Entscheidung zu treffen, doch ließ sich dieser Umstand nicht mehr länger hinauszögern. Seufzend strich ich mir durchs Gesicht, dann tauchte ich unter.

Ich aß im Restaurant am Strand zu Abend. Ich bestellte mir einen vegetarischen Burger mit Pommes und ein Bintang, das ich aber so schnell leerte, sodass ich noch ein weiteres orderte. Die Sonne hatte an Kraft verloren, der Himmel verfärbte sich allmählich. Ich nutzte die Zeit, in der ich auf das Essen wartete, um ein wenig zu lesen. Ich hatte meinen Lesevorrat nahezu aufgebraucht, dabei hatte ich eigentlich schon viel zu viele Bücher mitgeschleppt. Für eine Reise, wie ich sie unternahm, war es ohnehin ziemlich bescheuert, fünf Bücher mit sich herumzutragen, doch konnte ich einfach nicht darauf verzichten. Theoretisch war es möglich, ein bisschen Gepäck bei Noah zwischenzulagern, falls ich weiterreiste, doch dazu müsste ich mich bei ihm melden – und ihn besuchen. In meiner Brust regte sich ein Schmerz, ein offenes Dröhnen. Die Worte verschwammen vor meinen Augen und ich legte das Buch beiseite. Mein Blick richtete sich auf den Horizont, das Gefühl in meiner Brust nahm zu. Diese körperliche Reaktion auf meine verworrenen Gefühle machten mir zu schaffen und erleichterten mir meine Entscheidung bezüglich meiner Weiterreise keineswegs. Ich holte mein Handy hervor und suchte nach einem Flug nach Singapur, verwarf diese Idee aber noch während die Ergebnisse geladen wurden, und tippte Hanoi ein. Ich fand einige günstige Angebote, die ich mir genauer ansah. Ich ging sogar so weit, das Buchungsformular auszufüllen, doch etwas in meinem Inneren weigerte sich, die Verbindlichkeit einzugehen. Mein Daumen verharrte über dem Bestätigungsbutton. Wenn ich diesen Flug jetzt buchte, war meine Entscheidung gefallen. Endgültig.

Ein Sturm stieg in mir auf. Er zog und zerrte an mir, wühlte all das auf, womit ich die letzten Tage tunlichst vermieden hatte mich auseinanderzusetzen. Zwar war das keine Lösung, doch hatte es geholfen. Und nun wurde ich hilflos umhergeworfen, bis ins Mark erschüttert. Die Ankerkette riss und ich trieb aufs offene Meer hinaus. Widerstandslos ließ ich es geschehen.

»Scheiße«, murmelte ich, schloss die App und legte mein Handy ans andere Tischende.

Nach dem Essen spazierte ich am Strand entlang und beobachtete das sanfte Auf und Ab der kleinen Wellen, die sich gezeitenbedingt mehr und mehr zurückzogen. Je weiter sich die Sonne dem Horizont neigte, desto schärfer wurden die Konturen des markanten Hügels am Ende der Bucht herausgearbeitet. Ich lief in westlicher Richtung, das orangefarbene Leuchten vor mir, links üppiges Grün, spärlich durchsetzt von hölzernen Hütten, rechts das Meer, auf dem schmale Boote dümpelten. Das Schwappen gegen das Holz beruhigte mich und trug mich hinfort. Meine Füße hinterließen Abdrücke im schiefergrauen Sand, überdauerten, ehe das Wasser sie füllte und ebnete. Unsichtbar hinterließ ich meine Spuren, wie Bali seine Spuren sanft auf meiner Seele hinterließ. Ich beugte mich hinunter und hob ein helles Korallenstück auf. Mit dem Daumen fuhr ich über die raue, zerklüftete Oberfläche und heftete meinen Blick aufs Wasser, wo sich etwas weiter draußen die Riffe verbargen, wo sie noch gediehen und wo man sich mit bewundernswerten, neuartigen Methoden um sie kümmerte. Hier hatte die bunte Unterwasserwelt eine Chance. Hier hatten sich Erfindergeist und Leidenschaft zusammengetan, um der Insel eine der Umwelt dienlichen Zukunft zu ermöglichen.

Meine Augen fanden einen Farbfleck auf dem Sand, dort, wo die kräftigeren Wellen der vergangenen

Stunden ihre Bahnen gezogen hatten. Mit einem Seufzen sammelte ich die gelbe Verschlusskappe und die Schnur mit dem Überrest eines Luftballons daran auf und stopfte sie in das Außenfach meines Rucksacks. Aus dem Gebüsch neben mir schossen auf einmal zwei einheimische Kinder, die lachend ins Wasser rannten. Eine Frau, vermutlich ihre Mutter, folgte ihnen mit einem weiteren, deutlich jüngeren Kind in gemächlichem Tempo. Unsere Blicke begegneten sich und wir lächelten einander zu, das kleine Mädchen sah mit großen Augen zu mir auf. Die Frau zündete in aller Ruhe die Räucherstäbchen ihres Canang Sari an und stellte es auf dem nassen Sand ab. Die beiden älteren Kinder tollten in voller Kleidung im Wasser herum, das Mädchen klammerte sich an die Beine seiner Mutter. Diese hob es auf den Arm und ging ebenfalls ins Wasser, sodass ihre Hose bis zu den Unterschenkeln nass wurde. Sie hockte sich hin und träufelte dem Mädchen Wasser über den Kopf. Das tiefstehende Sonnenlicht brach sich in den Tropfen und die leisen Worte der Frau waren wie das Murmeln eines kleinen Baches. Ich beobachtete diese Szene und ließ das Korallenstück durch meine Finger wandern. Die Bewegungen der Mutter erinnerten mich an das Ritual im Tempel vor ein paar Tagen. Es hatte etwas Bedächtiges an sich, etwas Spirituelles, etwas, das sogar mich freier atmen ließ, obwohl ich bloß Zuschauer war.

Ich suchte mir ein Plätzchen in der Nähe der Pflanzen, die den Strand einfassten, und setzte mich in den abgekühlten Sand, zog die Beine an und stützte mein Kinn darauf ab. Mein Blick wanderte noch einmal zu der Familie, dann zog er weiter über die flache Bucht, die von dem Lachen der spielenden Kinder erfüllt war.

Dort, wo das Wasser spiegelglatt war, erstrahlte es in einem sanften Silber. Palmen spiegelten sich darin, und Wolken. Die winzigen Wellen hingegen waren von einem hellen Blau. Beides weckte Sehnsucht in mir. Oder verwechselte ich dieses Gefühl mit der puren Freude, schon dort zu sein, wohin es mein Herz gezogen hatte? Wonach sollte ich mich denn sehnen? Die silbernen Ränder verfärbten sich, nahmen den Ton von Perlmutt an, ehe sich blasses Rosa daruntermischte. Meine Hand strich stetig über den Sand, hin und her, in einem beruhigenden Rhythmus.

Ich wusste genau, wonach ich mich sehnte, ich brauchte mir nichts vorzumachen. Der Sturm in meinem Inneren hatte sich gelegt und ich war auf etwas zugetrieben, von dem ich mich einst losgesagt hatte. Die Strömung oder der Wind – etwas sorgte dafür, dass die glatten Oberflächen verwirbelten, und ich glaubte, etwas darauf zu erkennen. Das Wasser war eine Leinwand meiner Gedanken. Deutlich sah ich Noah darin, wie er das Gesicht in die Sonne hielt, zufrieden mit sich und zufrieden mit dem Tag. Wieder war er ein Stück vorangekommen und sei es bloß mit einen einzigen Anruf, einer Mail, einer Idee, einem Häkchen auf seiner Liste. Ich sah das Leuchten seiner Augen, wenn er mir zuhörte. Manchmal schien es, als würde er gar nicht darauf hören, was ich sagte, sondern bloß der Art und Weise lauschen, *wie* ich es sagte. Und dass ich überhaupt meine Gedanken mit ihm teilte, das schien für ihn das, was zählte. Dass ich bei ihm war, ihm meine Zeit schenkte. Dieses Gefühl hatte er mir vermittelt. Immer wieder. Bis ich ihn von mir gestoßen habe.

Meine Finger krallten sich in den Sand. Ich spürte die einzelnen Körner an meiner Haut, als seien sie dazu da, mich daran zu erinnern, dass sich im Leben immer wieder Unebenheiten auftaten. Ich dachte an meine abrupte Abreise, an meine Flucht aus dem Hostel. Und mit jeder Welle, die an den Strand schwappte, zweifelte ich mehr an dieser Entscheidung. Das Herz will, was es will. Es war so einfach und doch so schwer. Die Sehnsucht nach ihm zerriss mich. Die mühsam aneinandergenähten Teile meiner Selbst gaben einfach so nach, sie hielten nicht mehr. War es erbärmlich, dass nur einer dazu imstande war, sie zusammenzuhalten? War ich in eine krankhafte Abhängigkeit geraten, die mich immer wieder an den Fesseln zurückriss, mir nur so viel Raum gewährte, dass ich mir eine Illusion der Freiheit erschaffen konnte? Ich dachte an meine und Noahs Beziehung zurück. Niemals hatte es einen Moment gegeben, in dem ich das Gefühl gehabt hatte, etwas zu verpassen oder mich selbst aufgegeben zu haben. Bei uns war es schon immer so gewesen, dass wir den anderen ganz machten. Wir waren wie zwei Hälften, zwar mit Sprüngen und Rissen, doch sahen wir diese nicht mehr, wenn wir zusammen waren. Er war mein Seelenverwandter. Und ich musste endlich den Mut aufbringen, mich dieser tief greifenden Kenntnis zu stellen. Mit allem, was dazugehörte. Liebe war nicht leicht, Liebe bedeutete auch, miteinander an der Beziehung zu arbeiten, daran zu wachsen, doch nichts wuchs ohne Nährboden. Einmal waren wir schon gescheitert, weil uns das Leben dazwischengekommen war. Das ertrug ich kein zweites Mal. Die Angst hatte mich aus Noahs Armen vertrieben, mich an sich gerissen und beinah erstickt. Doch die letzten Tage hatten mir geholfen, mich von ihr zu befreien. Ich hatte über meine Angst triumphiert und wusste nun, welche Schritte ich zu gehen hatte. Schritte, die nicht nur

Noah betrafen, sondern auch mich ganz allein. Mich und die Rolle, die ich auf dieser Insel spielen wollte, die Aufgabe, die sie mir bot. Ein Projekt, eine Passion, die seit Jahren unbemerkt in mir geschlummert und sich in den vergangenen Wochen ans Licht gekämpft hatte. Ich würde dieser Insel etwas zurückgeben! An meinem Himmel waren endlich die Wolken vorübergezogen.

Ich biss mir auf die Unterlippe und heftete den Blick auf das Stück Schnur, das aus meinem Rucksack herausschaute. Langsam rieb ich ein Sandkorn nach dem anderen von den Fingern.

Wie? Wie würde dieses Leben an Noahs Seite aussehen? Einst hatte ich eine genaue Vorstellung davon gehabt, doch das ist so lang her, dass es keine Rolle mehr spielte. So viel hatte sich verändert, obgleich wir noch immer dieselben waren. Oder täuschte das? Konnte man derselbe Mensch bleiben, wenn sich seine Gedanken änderten, wenn sich Träume und Ziele änderten? Oder war es eine Erweiterung der Facetten, fügte man bloß etwas hinzu, wurde man mehr? Ich wusste keine Antwort darauf. Was ich aber wusste, war, dass ich dieser einen Zukunft eine Chance geben wollte. Die letzte. Ich richtete mich auf. Wer war ich, sollte ich diese Möglichkeit an mir vorüberziehen lassen? Ich war fähig, meine eigenen Entscheidungen zu treffen, fähig, mein Handeln zu reflektieren, fähig und mutig, diesen Schritt zu wagen. Und fähig, auf mein Herz zu hören.

23. KAPITEL

Ketut ließ mich in der Kurve vor dem Hostel raus, sodass ich die letzten Meter zu Fuß gehen konnte. Zwar musste ich so auch mein Gepäck schleppen, doch wollte ich mich diesem Ort Schritt für Schritt nähern, mit jedem Atemzug meine Entscheidung weiter sacken lassen, sie tief in mich aufnehmen, sie verankern. Denn sie würde mein Fundament sein.

Die Träger meines Rucksackes schnitten mir in die Schultern – ich hatte ihn schlecht gepackt –, doch spürte ich das kaum. Musik schwang mir entgegen und Lichterketten säumten den Weg. Eine seltsame Mischung aus Aufregung und Ruhe lag in mir. Ich kannte den Ort, das Hostel, hatte ihn zu einem Zeitpunkt kennen gelernt, als er der Welt noch verschlossen gewesen war, hatte hinter die Kulissen gesehen, sogar mit angepackt, selbst mit meinen eigenen Händen etwas geschaffen. Ein Teil von mir war unwiederbringlich mit diesem Ort verbunden. Herzblut und ein Stück meiner Seele waren dort hineingeflossen, obgleich es gar nicht *mein* Ort war. Doch das spielte keine Rolle mehr. Das hatte es seit dem ersten Tag, als ich Noah beim Streichen geholfen und wir uns ausgesprochen hatten, nicht mehr. Das war mir nun klar und ich war bereit, mich eigenen Projekten zu widmen. Das Haus würde jetzt allerdings eine ganz andere Dynamik besitzen, es würde sich von einer Oase in einen Bienenstock verwandeln, sich anders anfühlen, vermutlich ein wenig fremd.

Das vertraute Rauschen der Wellen, die gegen die Nacht anbrandeten, begleiteten mich auf den letzten Metern. In gemütliches Licht getaucht lag das Grundstück da und mit klopfendem Herzen wollte ich gerade durch das Tor treten, als mir die vielen kleinen Opferschälchen auffielen, die davor- und in den Nischen lagen. Die geflochtenen, gelben Canang Sari waren über und über mit verschiedenfarbigen Blumen, Reis, Süßigkeiten und Räucherstäbchen versehen. Der angenehme Geruch, den ich seither mit dieser Insel verband, und die Tatsache, dass diese Gaben vor Noahs Hostel lagen, trieben mir die Tränen in die Augen. Ich war zutiefst gerührt und dankbar für diese Geste, wenngleich sie gar nicht mir galt.

Vorsichtig schritt ich um die Schalen herum und trat durch das Lawang und an der Aling-Aling vorbei. Feuerkörbe und Fackeln gesellten sich zu dem Schein von Lampions und gebogenen Bambuslaternen, wie Noah und ich sie in dem Pizzarestaurant auf Meno bewundert hatten. Kurz lächelte ich bei ihrem Anblick, doch verging es mir schnell, als ich fröhliches Gelächter hörte. Ich kannte die Stimmen nicht und sie brachten meine Aufregung zurück. Plötzlich fühlte ich mich wie ein beliebiger Gast, fremd und unsicher, wie zu meinen ersten Alleinreisen vor Jahren, vor Noah.

Ich stand vor der Gartenbank, die nach meiner Flucht vor sechs Tagen mit zwei Steinskulpturen links und rechts von ihr geschmückt worden war. Dieses kleine

Fleckchen Erde, diese wenigen Quadratmeter hier bedeuteten mir so viel, dass ich es kaum verarbeiten konnte. Kopfschüttelnd strich ich mir durchs Gesicht, dann nahm ich meinen Koffer wieder in die Hand und näherte mich dem Haus. Das Schnappen meiner Flip Flops auf den groben Steinen kam mir viel zu laut vor, so als würde ich jeden der Leute hier auf mich aufmerksam machen. Als würde mir dieses Geräusch vorauseilen und mich ankündigen, obwohl ich tunlichst vermeiden wollte, dass man mich erwartete. Ich hatte Noah nicht geantwortet und ging davon aus, dass er nicht mit mir rechnete. Es sollte keine Überraschung sein, dass ich herkam, ich hatte schlichtweg nicht die richtigen Worte gefunden, ihm meine Entscheidung mitzuteilen.

Meine Augen wanderten über einige der Gäste hinweg. Alle trugen wie an den meisten Orten Balis kurze, luftige Kleidung und Flip Flops. Viele waren braun gebrannt, nur wenige verrieten durch ihre Blässe, dass sie gerade erst angekommen waren. Ich betrachtete die Hochterrasse, um deren Pfähle sich Lichterketten mit altmodischen, großen Glühbirnen schlangen. Weiße Vorhänge, welche zurückgebunden waren, verliehen der Konstruktion noch mehr Charme. Direkt daneben war eine Bar aufgebaut worden, die von einem Mann und einer Frau betreut wurde. Neben Getränken gab es auch einige Snacks, vorwiegend aufgeschnittenes, hübsch drapiertes Obst sowie in Bananenblätter eingewickelte Häppchen. Ich fragte mich, ob Kadeks Mutter diese zubereitet hatte. Mein Blick fiel auf den schlanken Wasserspender und ich lächelte. Der große Bambus gegenüber war mit einem gelben Band geschmückt, wie man sie häufig an Tempelschreinen sah. Davor stand eine mit weißen Kissen dekorierte Liegelandschaft aus Korb, die von einer fünfköpfigen Gruppe belagert wurde. Ich stellte meinen Koffer ab und betrachtete das Gebäude, das so viel Wärme und Gemütlichkeit ausstrahlte, dass ich tief durchatmen musste. Der Blick in die Gemeinschaftsküche war frei, dort tummelten sich ebenfalls eine Handvoll Leute, die meisten mit Bierflaschen oder Säften in der Hand, zwei von ihnen tanzten albern, was momentan überhaupt nicht zum Takt der Musik passte, und lachten sich dabei kringelig, was mich ebenfalls zum Lachen brachte. Und dann sah ich Noah.

Ich erstarrte, meine Gesichtszüge froren ein, ehe sich grobe Unsicherheit in ihnen ausbreitete – ich konnte wahrlich spüren, wie angespannt meine Muskeln waren. Ein nagendes Gefühl breitete sich in meiner Magengegend aus und mein Kopf war wie leergefegt. Ich starrte ihn an. Wie er lässig gegen die Kücheninsel lehnte, die Arme verschränkt, ein Bier in der Hand. Er unterhielt sich angeregt mit einem Pärchen. Sie lachten mehrmals und als Noah grinste, wie nur er grinsen konnte, erfassten mich so viele Gefühle, dass mir wahrlich schlecht wurde. Schiere Sehnsucht packte mich, zerriss mich, warf mich unbarmherzig hin und her, dabei hatte ich doch schon eine Entscheidung getroffen. Noah drehte sich ein wenig und ich erkannte, dass er eine weißgelbe Frangipani hinter dem rechten Ohr trug. Es versetzte mir einen Stich, doch war ich absichtlich nicht zur Einweihungszeremonie gekommen. Ich hätte mich fehl am Platze gefühlt, wie ein Eindringling. Außerdem hatte Ketut früher am Tag keine Zeit gehabt, mich zu fahren, und einen anderen Fahrdienst hatte ich nicht in Anspruch nehmen wollen.

Noah wirkte so unbeschwert. Glücklich. Ich kaute auf meiner Unterlippe herum und überlegte. Sechs Tage war es her, seit ich von hier geflohen war. Sechs Tage. Das war nichts und doch war es eine kleine Ewigkeit. In dieser Zeit konnte vieles passieren. Er hatte mich hierher eingeladen, doch war das direkt nach meiner überhasteten Abreise gewesen. Seitdem hatten wir keinen Kontakt mehr gehabt. Vielleicht hatte er seine Meinung geändert und war bloß zu höflich gewesen, die Einladung zurückzuziehen. Vermutlich hatte er ohnehin gedacht, ich würde nicht kommen.

Auch wenn das abfallende Ufer über hundert Meter entfernt war, hörte ich die Wellen so laut, als befände ich mich direkt vor ihnen. Sie drängten mich, schoben mich in eine Richtung, doch wusste ich nicht mehr, ob diese nicht mein Untergang wäre. Noah lachte und strich sich durchs Haar. Er lauschte den abwechselnden Worten des Pärchens und ein amüsierter Ausdruck blieb in seinen Mundwinkeln hängen. Wie gern würde ich dort mit ihm stehen, mich der Gelassenheit dieses Ortes anpassen, der fröhlichen Ungezwungenheit, die über dem gesamten Areal lag, und einfach nur mit Leuten plaudern. Und Noah wäre direkt neben mir und ich mir seiner Nähe stets bewusst, doch würde ich sie niemals als selbstverständlich erachten. Nein, sie war ein Geschenk, unerwartet und überraschend, und in der Regel behielt man seine Geschenke. Entschlossen machte ich einen Schritt vor und packte meinen Trolley, als plötzlich eine schlanke Gestalt um die Ecke trat und direkt auf Noah zusteuerte. Noahs Lächeln verlor ein wenig an Durchsetzungskraft, dennoch war es echt, doch glich es eher einem Hauch und keinem freudigen Sturm. Willow legte ihre schmale, gebräunte Hand auf seine Schulter und etwas verkrampfte sich in mir. Erneut fiel ich in eine Schockstarre, doch diese war so unangenehm, dass ich vor Schmerz aufjapste. Ich wusste, er hatte es nicht hören können, und dennoch fanden in diesem Moment seine Augen die meinen. Er richtete sich auf, stellte sein Bier auf dem Tresen ab und ließ mich teilhaben an seinem wunderschönen Mienenspiel. Kurz verdeckte Willow die Sicht auf ihn und diesen Moment nutzte ich, doch kam ich nicht weit.

»Skye!«

Seine Stimme schnitt durch mich hindurch. Ich drängelte mich an einer Gruppe vorbei und ließ fast meinen Koffer fallen.

»*Skye*!«

Tränen schossen mir in die Augen. Die Lichter verschwammen in der Dunkelheit, doch kannte ich den Weg, der über die Steinplatten führte, in- und auswendig.

»Wenn du jetzt wieder abhaust ...«

Er klang verärgert, doch da war noch etwas anderes, etwas, das mich letztendlich dazu brachte stehenzubleiben. Und er hatte ja so recht! Ständig lief ich vor ihm davon, damit musste ich endlich aufhören! Nicht für ihn, sondern für mich, ich musste endlich Mut beweisen und mich den unangenehmen Dingen im Leben stellen. Und ich wollte Antworten. Ich wusste, es würde mich nie wieder loslassen, wenn ich jetzt einfach so ginge, obwohl ich noch so viele Fragen hatte. Obwohl ich mich dazu entschieden hatte, zu bleiben.

Ich stellte den Trolley ins Gras und nahm den schweren Rucksack ab, der umkippte, als ich ihn losließ. Diese körperliche Last loszuwerden, tat gut und sie erleichterte mich auf viele Weise. Tief atmete ich durch, dann drehte ich mich um.

Noah hatte die Hände in seine Shorts gestopft, er war barfuß, die dicken, tätowierten Linien auf seinen Füßen sahen in dem schummrigen Licht aus wie Ölschlieren. Das Glück, das ich meinte, eben noch aus seiner Miene herausgelesen zu haben, als er in der Küche gestanden hatte, war etwas anderem gewichen. Ich wollte weg, sofort, doch blieb ich, wo ich war. Wir musterten uns, versuchten, aus dem anderen zu lesen, doch gelang es uns nicht. Meine Gedanken kreisten in hohem Tempo bloß um eines: Willow. Warum war sie hier, was hatte er zu ihr gesagt? Hatte er sie eingeladen oder war sie einfach so aufgetaucht? Ihre Hand auf seiner Schulter. Wenngleich der Moment nur eine Sekunde angedauert hatte, war die Vertrautheit zwischen ihnen so deutlich zu erkennen gewesen, dass ich mich fragte, ob die letzten Wochen bloß Einbildung gewesen waren.

»Bist du hier, um dich zu verabschieden?«, fragte Noah. Leise, ohne Wut, doch auch ohne Erwartung.

Wahrscheinlich ist es das, was ich tun sollte, schoss es mir durch den Kopf. Warum hatte er mir nur diese Frage gestellt? Sie war verfänglich, forderte eine weitreichende Entscheidung. Wieder dachte ich an Willow und biss die Zähne zusammen. Wenn ich nein sagte, machte ich mich womöglich lächerlich, hatte die letzten Tage umsonst mit mir gerungen und eine Antwort gefunden, doch bejahte ich, wäre dies der Zeitpunkt des Abschieds. Für immer. Diese Erkenntnis traf mich wie ein Schlag. Jetzt oder nie, hier oder nirgendwo. Es lag in meiner Hand. Würde ich jetzt gehen, würde ich für immer gehen. Ich wusste nicht einmal, ob ich jemals wieder nach Bali zurückkommen würde. Zurück an den Ort, an dem meine Seele verankert war. Ich würde einen Teil von mir verlieren, sollte ich nicht zurückkehren, einen Teil, den ich erst vor wenigen Jahren kennengelernt hatte, der nicht in Verbindung zu Noah stand. Alles oder nichts. Ein Wort. Ein Wort, das mich zu ersticken drohte.

»Skye?«

Seine Stimme traf mich wie seichte Wellen am Strand. Kurz umspülte sie mich, umgab mich vollkommen, gab mir das Gefühl, aufgehoben zu sein, doch dann zog sie sich wieder zurück, fort, und ließ mich zitternd allein.

Noah trat einen Schritt auf mich zu, nur einen einzigen, der Rest war an mir.

»Warum ist Willow hier?«, brachte ich unter Mühen hervor.

Etwas regte sich in seiner Miene. Verständnis. »Ich habe sie eingeladen.«

Ein dumpfes Grollen zog durch mein Inneres.

»Um ihr zu danken«, fuhr er fort. »Sie hat so viel Werbung für uns gemacht und dank ihr haben wir für die nächsten Monate fast doppelt so viele Buchungen.« Er hob die Schultern. »Da war es nur fair, sie zur Eröffnung einzuladen.« Sein Mund verzog sich zu einem winzigen Lächeln. »Meinst du nicht?«

Ich brauchte einen Moment, dann nickte ich. Natürlich war das fair, ich hätte es auch getan. Und dennoch blieb ein bitterer Beigeschmack.

»Sie hat ein Zimmer die Straße rauf genommen und reist morgen wieder ab.«

Ich biss mir auf die Unterlippe.

»Es tut mir leid, falls du etwas anderes dachtest.«

Wieder nickte ich und blinzelte gegen die Tränen an. Ich fühlte mich so kraftlos und aufgerieben. All diese emotionalen Aufs und Abs der letzten Wochen hatten mich zu einer labilen Heulsuse werden lassen. Ich hatte nichts gegen das Weinen, reinigte es ja die Seele, doch war diese Zerrissenheit auf Dauer anstrengend und aufzehrend. Ich wollte endlich wieder Stabilität in meinem Leben, egal, in welcher Form, und ich glaubte fest daran, dass Noah mir diese geben könnte – sofern er denn wollte.

»Also.« Noah atmete tief durch. »Bist du hier, um dich zu verabschieden?«

Das war er, das war der Moment, der alles Weitere bestimmen sollte.

Meine Augen suchten sein Gesicht ab, noch immer standen wir zwei Armlängen voneinander entfernt, und dennoch war der Sog zwischen uns unverkennbar, nicht auszuhalten. »Nein«, sagte ich. »Das bin ich nicht.«

Als hätte Noah den Atem angehalten, atmete er tief aus. Er hob seinen Blick und ich fragte mich, wie ich jemals habe zweifeln können. Er wirkte erleichtert, erst jetzt änderte sich seine Körperhaltung, minimal, doch unverkennbar. Und als wäre ich sein Spiegelbild, richtete ich mich ebenfalls ein Stück auf, drückte die Schultern durch, hob mein Kinn.

»Das ...« Er räusperte sich. »Das ist gut.«

Ich lächelte vorsichtig. »Ist es das?«

Leise lachend strich er sich über seinen Nacken und warf einen kurzen Blick durch den abendlichen Garten, ehe er diesen wieder auf mich richtete. »Mehr als gut. Wunderbar. Fantastisch.«

Ich verfiel in eine Mischung aus Lachen und Schniefen und wischte mir über die Augen. Ein liebevoller Ausdruck lag in Noahs Miene und gleich wurde mir viel wärmer ums Herz. Ich wollte auf ihn zugehen, doch war er es, der den Abstand zwischen uns überbrückte. Einen Moment später lag meine Wange an seiner Brust und seine Arme waren um mich geschlungen. Seine Hand hielt meinen Hinterkopf und ich drückte ihn an mich. Ich sog seinen Duft ein, seine Wärme, kostete das Gefühl seiner Haut an der meinen gänzlich aus, spürte sein Lächeln in meinem Haar. Sorgen und Kummer fielen von mir ab, legten ein Schimmern in mir frei. Ich konnte freier atmen und fühlte mich behütet, doch das Schönste war, dass ich wusste, dass Noah dies ebenfalls fühlte. Was konnte die Liebe besser beschreiben, als das Gefühl, für einander da zu sein, sich gänzlich in eine Umarmung zu lehnen, sich fallen zu lassen, doch dies ebenso zurückzugeben? Der sichere Hafen des jeweils anderen zu sein, das war es, was Liebe für mich ausmachte. Nicht nur, doch zu einem großen Teil. Jeder Mensch empfand anders darüber, jeder interpretierte Liebe anders für sich, doch ich wusste, wenn es jemanden gab, der es ähnlich sah wie ich, dann war es Noah. Schon immer gewesen. Er war meine zweite Hälfte, der Grund, warum ich mich all die Jahre so rastlos und unausgeglichen gefühlt hatte, warum meine anderen Beziehungen in die Brüche gegangen waren. Ich war nie vollständig gewesen, doch hatte ich mich darum bemüht. Eine Weile war es mir geglückt, denn ich hatte die Gedanken an Noah vollkommen ausgeblendet, doch in Wahrheit war ich bloß eine Meisterin der Selbsttäuschung gewesen. Nie wieder hatte jemand das in mir auslösen können, was Noah getan hatte. Ansätze mochten dagewesen sein, doch außer ihm war niemandem der Ritt über das Riff gelungen, sie alle waren gescheitert und zurück an Land gespült worden. Und nun standen wir hier, wieder vereint, so wie es immer hatte sein sollen. Er machte mich ganz – und ich ihn.

Meine Finger krallten sich in seine Schultern und der Druck seiner Arme um meine Taille wurde stärker. Wie beschrieb man dieses Gefühl des körperlichen Verlangens, das einen so dicht an den anderen drängte, dass man sich wünschte, die Barriere der Haut löste sich auf? Wie beschrieb man dieses körperliche Verlangen, das zu einem Verlangen der Seele wurde, sodass man meinte, nichts auf der Welt könnte dringender und emotionaler sein als dieser eine Moment? Oder war es andersherum? Bedingte das Bedürfnis der Seele nach Vervollständigung das des Körpers? Oder war darin gar nicht zu unterscheiden? Die Intensität meiner Gefühle und Gedanken traf mich so unvorbereitet, dass ich mich versteifte. Noah reagierte darauf, indem er seine Hände auf meine Hüfte legte und mich sanft ein Stück von sich schob, während meine Hände auf seiner Brust zur Ruhe kamen. Er suchte meinen Blick.

»Ich kann es nicht in Worte fassen«, sagte ich und zerging beinah in dem Wunsch, ihn überall an mir zu spüren.

»Das musst du auch nicht«, antwortete er leise, scheinbar ruhig, doch hob und senkte sich seine Brust unter meinen Fingern vielsagend schnell.

Meine rechte Hand fuhr unter sein Shirt und er schloss schwer atmend die Augen. Langsam strich ich seinen Bauch hinauf, über seine warme Haut, bis ich über seinem Herzen angekommen war. Ich spürte seinen Herzschlag, kräftig, schnell, verräterisch. Sanft drückte er meinen Kopf gegen seine Brust und so standen wir da. Ein Herz. Und eine Seele. Wir waren in unseren eigenen Kokon gehüllt, in unsere eigene kleine Welt. Nichts und niemand könnte uns je etwas anhaben. Endlich hatten wir wieder zueinandergefunden und ich war bereit, die unzähligen Fäden unser beider Leben miteinander zu verflechten, Schritte zu gehen, die uns an ein Ziel führten, welches hoch in den Wolken lag und doch geerdet schien. Meine Hand glitt über seinen warmen Körper und er atmete laut durch. Ich lächelte an seine Brust, zog meine Hand unter seinem Shirt hervor und reckte mich ihm entgegen. Ein Ziehen stach durch meinen Bauch, kurz bevor sich unsere Lippen berührten. Es war ein einzelner, langer Kuss, der tief durch mein Inneres hallte. Um einen Hauch rückte ich von ihm ab, sodass meine Unterlippe über seiner Oberlippe schwebte. Unser Atem verwob sich miteinander, mein Herz drohte zu zerspringen. Ich hatte meine Arme um seinen Hals geschlungen und meine Stirn gegen seine gelehnt. Noah hatte die Augen geschlossen, seine Wimpern warfen Schatten auf sein schönes Gesicht. Eine Wärme stieg in mir auf, breitete sich in alle Richtungen aus und als ich meine Lippen über seinen Mund wandern ließ, presste Noah mich an sich. Mir entfuhr ein leiser Laut, den Noah mit einem Kuss eindämmte. Ich erwiderte diesen und ein Ruck fuhr durch ihn hindurch. Er umfasste mein Gesicht mit beiden Händen und lotste mich rückwärtsgehend zu der Bank. Er rempelte meinen Rucksack an und wäre fast darüber gestolpert, sodass wir für einen Moment auseinandergerissen wurden.

»*Shit*«, entfuhr es ihm lachend und ich stimmte in sein Lachen ein. Mein Inneres fuhr Achterbahn. »Komm her!«, sagte er und setzte sich auf die Bank.

Ich folgte ihm und setzte mich auf seinen Schoß, legte die Arme wieder um ihn, er umfasste meine Hüfte. Wir sahen uns an.

»Du bist hier«, flüsterte er mit dunkler Stimme.

Dieser eine kleine Satz, diese drei Worte bedeuteten mir unglaublich viel. Ich wusste, wir würden noch über meine Flucht reden müssen, über meine Zweifel und Ängste, über meine Pläne, doch nicht jetzt. Dieser Zeitpunkt galt etwas anderem. »Ich bin hier«, antwortete ich leise und strich über seinen Nacken.

Ich drückte ihm einen Kuss auf den Hals und arbeitete mich bis zu seinem Mund vor. Sein Atem ging tief, sein Puls unter meiner Berührung raste. Mit einem wissenden Lächeln presste ich meine Lippen auf seine. Er stöhnte leise auf, was mich in Brand setzte. Ich schlang meine Beine um seinen Rücken und küsste ihn mit einem unbändigen Verlangen, welches mich die Kontrolle verlieren ließ. Meine Gedanken sagten sich von mir los, jetzt regierte mein Körper über meine Taten. Ich drängte mich an ihn, er erhöhte den Druck auf meine Hüfte. So, wie ich auf ihm saß, war das für unsere Situation nicht von Vorteil, doch kaum war ich mir dessen bewusst, schwand der Gedanke in einem bunten Nebel hinter meinen geschlossenen Lidern. Noahs Hände wanderten unter mein Shirt, meinen Rücken hinauf, dann wieder hinunter. Ich seufzte an seinen Mund, was ihn schier wahnsinnig machte. Wir bekamen nicht genug voneinander, konnten das Verlangen nicht unterdrücken. Neben meiner offenkundigen Erregung nahm ich einen Jubelsturm in mir wahr. Es passierte gerade wirklich, das hier war die Realität. All meine Sorgen und Ängste lösten sich in nichts auf, wurden von strahlenden Farben ersetzt, von tausenden von Gefühlen, die auf mich einprasselten, sodass ich überhaupt nicht mehr wusste, wo oben und wo unten war. Ich geriet in einen inneren Glückstaumel, der Herr über Sinn und Verstand wurde. Noahs Hand umklammerte meinen

Nacken, ich hatte meinen Rücken durchgedrückt und sein Gesicht in beide Hände genommen. Er war die Luft, die ich zum Atmen brauchte, und ich verzehrte mich nach ihm. Er war –

»Skye!«, keuchte er, doch ich ließ nicht von ihm ab. Er knurrte unter meinen Küssen und ging für einen Moment darauf ein, doch dann lehnte er sich zurück. »Skye, Skye, hey.« Er lachte glückstrunken, als er meine Miene sah. Beide atmeten wir schwer. Er schloss die Augen und versuchte, sich zu sammeln. »Du machst mich wahnsinnig.«

Mein Puls raste, die Hitze stieg mir zu Kopf und viel weiter unten zogen sich die Muskeln fast schmerzhaft zusammen. »Was tust du?«, fragte ich atemlos und wischte mir eine klebrige Strähne aus der Stirn.

Noah brauchte einen Moment, ehe er fähig war zu antworten. Seine Augen waren dunkel, sein Blick voller Begierde und ich sah ihm deutlich den Zwiespalt an. Er rang mit sich. »Wir ... Ah, Scheiße.« Frustriert schüttelte er den Kopf. »Wir sind nicht allein.« Er nickte in Richtung des Hauses, das hell erleuchtet dalag. Die Party war nur wenige Meter von uns entfernt und doch wirkte es so, als trennten uns ganze Welten. Wir gegen alle anderen.

»Ich weiß«, antwortete ich verzweifelt und lehnte meinen Kopf gegen seine Brust. Ich spürte ihn leise lachen, dann hörte ich seinen Atem ganz nah an meinem Ohr.

»Wir müssen uns das für später aufheben, ja?«

Ich nickte mit geschlossenen Augen und krallte meine Finger in sein Shirt.

»Wir haben alle Zeit der Welt«, versprach er mit tiefer, sanfter Stimme. »Und wir werden sie gänzlich auskosten.«

Ich sog seinen Geruch ein, klammerte mich noch für einen Augenblick an die Illusion, dass wir einfach weitermachen konnten, doch dann schwang ich ein Bein von ihm herunter. Ehe ich aufstand, drückte ich ihm noch einen Kuss auf den Mund und er strich mir mit den Knöcheln sanft über die Wange, dann mit dem Daumen über die Unterlippe. Mit Knien wie aus Wackelpudding erhob ich mich und schnappte mir meinen Koffer. Noah schwang sich meinen Rucksack auf den Rücken und ließ seinen Blick über meinen ganzen Körper wandern. Als ich fragend die Brauen hochzog, schüttelte er bloß stumm den Kopf. Aber er grinste sein typisches Grinsen – und das brachte das Schimmern in mir zum Strahlen.

»Komm«, sagte er, nachdem wir einen Moment in der Dunkelheit verharrt hatten, und griff nach meiner Hand.

Diese Geste und das Wissen darum, gemeinsam mit ihm durch den Garten zu gehen, an den feiernden Gästen vorbei, hinein ins Hostel, erfüllte mich mit solch großen Glücksgefühlen, dass mir ganz schwindelig wurde. Als wir an Kadek, Komang und Luh vorbeikamen, machten die drei große Augen, ehe sie lachend und jubelnd über uns herfielen. Ihre Freude war unglaublich süß und herzerwärmend und es dauerte ein paar Minuten, ehe wir uns von ihnen losreißen konnten, um mein Gepäck wegzubringen.

»Du strahlst ja«, bemerkte Noah.

Ich grinste breit. »Ich habe ja auch allen Grund dazu.«

Er sah mich lange an, dann schlich sich der Schalk in seinen Blick, doch er sagte nichts. Stattdessen stieß er eine Zimmertür in einem vom öffentlichen Teil abgetrennten Gebäudetrakt auf.

»Wie sieht's denn hier aus?«, fragte ich laut. »Das ist ja das reinste Chaos!« Anklagend sah ich zu Noah, der meinen Rucksack von den Schultern gleiten ließ.

»Gut, dass den Gästen hier kein Zutritt gestattet ist.« Er grinste und hievte mein Gepäck neben seinen wackeligen Kleiderschrank.

Ich stemmte die Hände in die Hüften. »Die würden sofort Reißaus nehmen und bloß schlechte Bewertungen dalassen.« Ich lachte, als er sich bestürzt an die Brust fasste.

»Bin noch nicht dazu gekommen.« Er zuckte mit den Achseln und hob einen Stapel Klamotten von dem Stuhl hoch, dessen einziger Zweck die Kleiderablage zu sein schien, und stopfte ihn in den Schrank. »So, aufgeräumt.«

»Na ja.« Grinsend deutete ich auf die drei offenen Kartons in der Ecke, neben denen ein halb aufgebautes Regal stand – immerhin lagen Schrauben und Werkzeug geordnet davor –, und auf den Kabelsalat neben seinem Bett. So liebevoll eingerichtet und aufgeräumt das Hostel aussah, so sehr sah es in seinem Zimmer nach Rumpelkammer aus. Doch störte mich das kein bisschen. Das Leben fand außerhalb dieser wenigen Quadratmeter statt.

»Ich hätte dir ein Gästezimmer gegeben«, sagte er. »Aber leider sind alle belegt.«

»Haha«, machte ich bloß und schlug ihm vor die Brust. Sofort fing er meine Hand ein. »Erstens: Es ist toll, dass sie alle belegt sind und zweitens –«

»Und zweitens?« Ein herausforderndes Funkeln trat in seine Augen und er packte mein Handgelenk ein wenig fester.

»Wäre es jawohl höchst albern, wenn wir nicht in einem Zimmer schlafen.« Ich erwiderte seinen Blick.

»In einem Zimmer oder einem Bett?«

Ich rollte mit den Augen. »Siehst du hier noch ein zweites Bett stehen?«

Ein Glucksen schlich sich seine Kehle hinauf. »Gott sei Dank nicht.«

»Schuft«, erwiderte ich bloß und streckte meine Hand nach ihm aus. Er ergriff sie und ich zog ihn aus seinem Zimmer heraus, ehe wir durch den privaten Seiteneingang wieder hinaus ins Freie traten.

»Wenn es dir nichts ausmacht, erst einmal so zu leben«, sagte er grinsend, doch als ich stehenblieb und er mein Gesicht sah, wurde er gleich wieder ernst. »Was ist?«

Ich starrte auf die wild gewachsene Hecke und schluckte. »So leben«, wiederholte ich zaghaft und versuchte, die Bedeutung dieser scheinbar schlichten Worte in ihrer Gesamtheit zu erfassen.

»Oder nicht?«, hakte Noah irritiert nach.

»Doch, ich denke schon, also ich meine …« Hilfesuchend sah ich zu ihm auf, doch er hob bloß die Brauen. »Ich …«

»Skye.« Seine Miene schien plötzlich etwas distanziert. Er seufzte laut. »Was ist –«

»Ich habe Angst, Noah!«, brach es aus mir heraus.

»Ich weiß!«, entgegnete er genauso laut und trat einen Schritt auf mich zu. Wir waren uns nun so nah, dass ich seinen Atem auf meiner Stirn spürte. »Das habe ich auch.« Sofort nahm seine Stimme wieder einen sanften Ton an, der mich dazu veranlasste aufzusehen.

»Was ist, wenn es nicht funktioniert?«, fragte ich in den winzigen Abstand zwischen uns hinein.

Zärtlich nahm er mein Gesicht in seine Hände, strich einmal mit dem Daumen über meine Wange. »Was, wenn doch?«

Sein Blick war warm, voller Emotionen, voller Hoffnung. Ja, was wäre dann? Ich schluckte krampfhaft, suchte nach meiner inneren Stimme, trug ihr auf, die Worte hinauszutragen, kämpfte um jede Silbe, um jeden Laut.

»Es würde mich unendlich glücklich machen«, sagte ich und erzitterte unter der Wucht dieser Worte, meiner Worte. Ich machte mir nichts mehr vor, es war das, was ich wollte. Bei ihm sein. Hier. Eine Chance leben, von der ich nicht gedacht hätte, sie jemals zu erhalten.

»Und du machst *mich* gerade unendlich glücklich, Skye.«

Noah lachte erstickt auf, in seinen Augen schimmerte die Dunkelheit der Nacht und ich glaubte, die Wellen des Meeres, das allgegenwärtig war, darin zu erkennen. Seine Wellen, die mein Riff erklommen, meinen Ozean aufrüttelten, ihn bis ans Ende ergründeten, das Salz schmeckten, die Herrlichkeit, diese Weite und Tiefe. Ein Kribbeln zog sich über meine Haut, auf meiner Stirn pochte ein Nerv. Wir waren zwei Magneten, die sich nicht länger gegen die Anziehungskraft des anderen wehrten. Seine Hand fuhr über meine Wange, hielt mich fest, dann legte er seine Stirn an meine und gemeinsam atmeten wir ein und aus. Atmeten die Nähe des anderen, kosteten von dem Vertrauen und den Möglichkeiten, die so vielseitig waren wie eine Handvoll Sandkörner. Er hauchte einen Kuss auf meinen Scheitel, dann wanderten seine Lippen suchend über mein Gesicht. Ich hatte die Augen geschlossen, konzentrierte mich ganz und gar auf seine Berührungen, auf die Spur der Liebe, die er auf meiner Haut hinterließ. Er küsste meinen Mundwinkel und ich hob meinen Kopf, richtete mich nach seiner Sonne. Langsam, doch mit einer Intensität und Bedeutungskraft, die mir den Atem raubten, trafen unsere Lippen aufeinander. Es war bloß ein einzelner Kuss und doch sackte diese Tat, dieses Gefühl, tief in mich ein, verankerte sich dort unten und wurde zum Spross einer strahlenden, ereignisreichen Zukunft. Ich wusste nun, wohin ich mit all dem, was mich ausmachte, gehörte: Hierher, unter den Himmel von Bali.

ANMERKUNG UND DANKSAGUNG

Dieses Buch zu schreiben hat mir sehr viel bedeutet. Es entstand aus dem Drang heraus, dem Fernweh ein wenig nachzugeben und noch einmal äußerst detailliert an so viele Orte zurückzukehren. Bali ist eine traumhafte Insel, die mich tief bewegt hat. Skyes Erlebnisse sind bis auf wenige Ausnahmen meine Erlebnisse. Es stecken viele persönliche Eindrücke in dieser Geschichte, nur die Liebesgeschichte ist (leider) fiktiv. Niemals werde ich die Herzlichkeit der Balinesen vergessen, niemals die Freundlichkeit des Mannes im Tempel von Pemuteran, das fröhliche Winken und Lachen der Kinder, die Frau eines Abends am Strand. Und natürlich das herrliche Chaos auf den Straßen.

Doch jedes Paradies hat so seine Schattenseiten. Ich war schockiert, als ich die kleinen Müllberge am Rande der Dörfer gesehen habe, als sich beim Baden eine Plastiktüte um mein Bein geschlungen hat und mein Hirn im ersten Moment diese beiden Elemente nicht zusammenbringen konnte. Doch es gibt Hoffnung. Ein wichtiger Schritt war das Verbot von Einwegplastik. Zudem gibt es viele Organisationen, die für ein schönes, müllfreies Bali kämpfen. Eine davon ist Bye Bye Plastic Bags (BBPB). Von Melati und Isabel Wijsen 2013 gegründet hat sich diese NGO bereits in 50 Ländern der Welt etabliert. Skye möchte der Insel etwas zurückgeben – und ich ebenso. Daher wird ein Teil der Einnahmen dieses Buches an BBPB gespendet.

Als Selfpublisherin trifft man gänzlich freie Entscheidungen, wie das eigene Buch aussehen soll. Doch natürlich sind neben einem selbst auch noch andere Menschen an dem Prozess der *Buchwerdung* beteiligt. So ganz ohne geht es eben doch nicht, doch möchte man auf Unterstützung auch gar nicht verzichten.

Mein erster Dank gilt wie immer Dana und Josy <3 Ihr seid stets die Ersten (und meist einzigen), die meine Geschichten lesen dürfen, bevor es alle anderen tun. Eure Anregungen und Tipps sind Gold wert, auch wenn ich nicht immer alle befolge oder umsetze. Ihr wisst, ich kann manchmal ziemlich stur sein. Ich freue mich schon auf die nächsten Diskussionen und unsere tollen Buchclubtreffen!
Und Dana: Dir noch mal ein gesonderter Dank für diese wundervolle Karte! Sie ist so schön geworden!

Als Nächstes ein fettes Dankeschön an Ria für dieses wundervolle Cover! Zwar ganz anders als erwartet, dafür umso schöner. Ich liebe es!

Lea, vielen Dank, dass du extra für mein Buch diesen wundervollen Text geschrieben hast! Ich hoffe, es kommen noch sehr viele Zeilen und Verse von dir!

Ornella, du hast mit deiner Illustration so viel dieses Romans eingefangen, obwohl du ihn noch gar nicht kennst. Sie ist wunderschön und löst in mir den Wunsch aus, selbst auf dieser Schaukel zu sitzen. Ich danke dir!

Vivi, beste Schwägerin der Welt, vielen Dank für das tolle Logo! Jetzt brauche ich noch ein paar mehr Bücher, damit es richtig gut im Regal aussieht!

Mama und Papa, danke, dass ihr mir in den letzten Wochen Obdach gewährt habt. Als 30-Jährige noch einmal zu den Eltern – jippieeee ... War schön, reicht nun aber auch!

Ein großes Dankeschön geht natürlich auch raus an mein Bloggerteam und alle anderen, die mich auf dem Weg der *Buchwerdung* unterstützt haben! Es ist immer wieder äußerst aufregend, seine Gedanken auf diese Art mit anderen zu teilen, und umso glücklicher macht es mich, wenn ich euch alle ein Stück weit nach Bali mitnehmen konnte!

Anni, Mai 2020

Sophia Kastor

Sykar – Zwischen den Welten

Ein ehrgeiziges Schulmädchen.
Ein stummer Überlebenskünstler.
Ein erbitterter Krieger.
Eine allmächtige Schöpferin.
Eine zarte Prinzessin.
Sie alle haben etwas gemeinsam: ihre Seele.
Hast du dir schon einmal vorgestellt, wie es wäre, wenn es andere Welten gäbe? Wenn es andere Möglichkeiten gäbe, du zu sein?
Diese Vorstellung wird für Thessa zur Realität, denn sie ist eine Sykar. Sie hat die seltene Gabe, in jede der fünf Parallelwelten springen zu können und dabei jeweils eine neue Identität anzunehmen.

Doch nicht alles ist so zauberhaft, wie es zunächst scheint, denn den Sykar droht große Gefahr. Thessa wird in eine riskante Mission verwickelt, ohne die genauen Hintergründe der Aufgabe zu kennen. Nicht einmal der erfahrene Partner, der ihr zur Seite steht, kann sie vor der Bedrohung in den Welten schützen. Als sie der Wahrheit auf die Spur kommt, ist es längst zu spät: Thessa und ihr Gefährte finden sich inmitten eines durch Verrat, Machtgier und Lügen geprägten Krieges wieder und werden zur entscheidenden Gewalt über dessen Ausgang...

Der Auftakt der Urban-Fantasy-Dilogie über die Facetten einer Persönlichkeit.

BoD: 13,99 €
E-Book: 4,99 €